Uma pitada de amor

Katie Fforde

Uma pitada de amor

Tradução de

FABIANA COLASANTI

1ª edição

EDITORA RECORD
RIO DE JANEIRO • SÃO PAULO
2015

CIP-BRASIL. CATALOGAÇÃO NA FONTE
SINDICATO NACIONAL DOS EDITORES DE LIVROS, RJ

Fforde, Katie

F463u Uma pitada de amor / Katie Fforde; tradução de Fabiana Colasanti. – 1ª ed. – Rio de Janeiro: Record, 2015.

Tradução de: Recipe for Love
ISBN 978-85-01-10399-4

1. Ficção inglesa. I. Colasanti, Fabiana. II. Título.

15-19705 CDD: 823
CDU: 821.111-3

Título original: Recipe for Love

Texto revisado segundo o novo Acordo Ortográfico da Língua Portuguesa.

Impresso no Brasil

ISBN 978-85-01-10399-4

Para Frank Fforde e Heidi Cawley,
com muito amor e gratidão.
Também para Téo Fforde, só por estar ali.

Agradecimentos

Escritores são como bolas de neve; eles passam a vida juntando pedacinhos de conhecimento — muitas vezes sem saber que o estão fazendo. Mas há várias pessoas que eu sei que deram grandes contribuições para este livro. Sem uma ordem em especial:

Elizabether Garret para Cliff Cottage, que realmente ajudou a evitar o pânico do prazo.

Judy Astley e Kate Lace, que ajudaram Cliff Cottage com a ajuda no prazo.

Edd Kimber @theboywhobakes, que foi muito prestativo a respeito de competições de culinária.

Liz Godsell, por me falar sobre queijos.

Heidi Cawley, por me falar sobre delicatessens, por fazer a própria *pancetta* e por me levar para fazer compras. E também por aprendermos juntas sobre cupcakes.

Frank Fforde, que me ajudou com conselhos profissionais sobre cozinha e por me dizer que é possível fazer um rápido creme *custard* com chocolate branco.

Helen Child Villiers — Chepstow Cupcakes —, que me ensinou como fazê-los e zombou dos meus esforços.

Molly Haynes, que, quando eu pedi uma receita de canapé pelo Twitter, me respondeu com algo verdadeiramente delicioso.

Karin Cawley, por fazer um pudim de pão tão delicioso que tive de botá-lo no livro. Ela também fez Heidi, o que foi ainda mais inteligente.

Como sempre, meu marido maravilhoso e assistente de pesquisa, Desmond Fforde, que continua a me aturar.

E sem esquecer de Briony Fforde, que me mantém sob controle e me faz rir. Nada corre tranquilamente sem riso.

Capítulo 1

Zoe Harper deitou-se no banco ao sol com os olhos fechados, escutando uma cotovia ao longe. Mais perto, ela podia ouvir o estalido da grama e o zumbido de insetos. O tempo andava instável nos últimos dias, no melhor estilo britânico, mas aquele era um dia perfeito de início de verão.

Advertida de que o GPS não funcionava na área, ela pensou que passaria muito tempo perdida e chegou cedo demais ao local. Ficou se perguntando se estava no lugar certo, pois a velha mansão parecia estar passando por uma grande reforma, com enormes andaimes e várias vans de empreiteiros estacionadas na entrada. Fenella Gainsborough, em estágio avançado da gravidez, confirmou: sim, ela estava no lugar certo, e, obviamente, ainda não estando pronta para seus convidados, colocou um mapa nas mãos de Zoe e a mandou dar uma volta. Zoe, aliviada por ter chegado ao seu destino, ficou feliz em deixar o carro e explorar o local a pé. Como nenhum dos outros concorrentes havia chegado — eles só eram esperados de noitinha —, ela foi sozinha.

Agora tentava relaxar, mas, apesar do sol em suas pálpebras, achava difícil. A caminhada desde Somerby House havia consumido um pouco de sua energia nervosa, contudo, Zoe ainda estava cheia de adrenalina. Sentia-se entusiasmada com a competição culinária iminente — ficara muito feliz por ter conseguido entrar —, mas também estava uma pilha de nervos. E não ajudava o fato de estar sendo filmada, para depois, mais adiante no ano, o programa ser exibido pela TV. Zoe se consolou com o pensamento de que, pelo menos, a transmissão não era ao vivo. Ela ainda não conseguia acreditar que havia passado pelo rigoroso processo seletivo. Só havia se inscrito por insistência da mãe e da melhor amiga, Jenny, mas ali estava ela, em um campo no meio do nada, sentindo como se estivesse prestes a ser executada. Suspirou e se espreguiçou. O melhor a fazer era respirar fundo e tentar tirar uma soneca.

No momento em que a paz dos campos ingleses finalmente começava a deixá-la relaxada, ela ouviu um carro na pista abaixo e de repente se sentiu completamente desperta.

O carro passou e então parou. Obviamente chegara ao portão que bloqueava a pista. Zoe também tinha seguido por ali havia mais ou menos meia hora e decidira não passar por cima dele. Um grande aviso de "Não ultrapasse" a ajudara na decisão.

Zoe esperou e logo ouviu o carro dar ré ruidosamente. Ele teria de seguir de ré pela pista toda, a não ser que fosse pequeno, mas o som não era o de um carro pequeno. Ele parou e ela ouviu a troca de marcha. Assim que percebeu o que o motorista pretendia, sentou-se ereta e começou a descer a ribanceira. Havia uma vala, escondida pela grama alta. Ela mesma não a teria encontrado se não tivesse tropeçado e quase caído nela.

Tarde demais. Quando ela finalmente chegou à pista, espanando resquícios de grama de seus jeans, a roda traseira do carro estava suspensa sobre a vala. A parte da frente estava quase lá dentro, do outro lado da pista. O motorista saiu do carro e bateu a porta.

— Que lugar idiota para se construir uma vala! — resmungou.

Ele tinha uma aparência bastante impressionante. Alto e de ombros largos, com cabelo escuro, tinha o ar de uma pessoa que não estava acostumada a ser contrariada pela engenharia civil.

Zoe ficou com vontade de rir, mas só conseguiu dar de ombros.

— Um lugar bastante comum, eu pensaria, ao lado da pista, para escoar a água.

O homem olhou fixamente para ela.

— Não tente me confundir com lógica. O que vou fazer?

Provavelmente era uma pergunta retórica, mas Zoe, que levava as coisas muito ao pé da letra, disse:

— Ligar para o seguro, o reboque, alguma coisa assim?

Ele fechou a cara.

— Pareço o tipo de homem que anda com o número de telefone de um reboque?

Zoe refletiu por um momento. Ela não tinha pensado que havia um visual típico para quem andasse com o telefone do reboque, mas, conforme estudava o estranho mais atentamente, percebeu que o cabelo cacheado dele, um pouco comprido demais, na verdade, era de um ruivo muito escuro. Ele tinha olhos verdes, uma boca curva e um nariz grande, ligeiramente adunco. Ela não conseguia decidir se ele era muito bonito ou muito feio; mesmo assim, tinha de admitir que era extremamente sexy. Parecia o tipo do homem que presumia que seu carro nunca iria quebrar.

— O que eu vou fazer? — perguntou ele, mais uma vez retoricamente.

Ele despertou o que havia de pior em Zoe. Ela sabia que ele esperava que ela não respondesse ou apenas se oferecesse para ir buscar ajuda, mas decidiu provocá-lo. Sentia-se um pouco tola.

— Bem, há muitos galhos perto do portão. Talvez a gente possa empilhá-los debaixo do pneu e você consiga dar ré até conseguir virar. — Apesar de seu desejo de provocá-lo, era uma sugestão sincera.

— Ora, você é o cúmulo da praticidade, não é? — constatou ele, fazendo com que ser prática parecesse ruim. Apesar disso saiu andando pela pista na direção em que ela havia apontado e então chamou-a imperiosamente por cima do ombro. — Vem, vou precisar de você.

Enfurecida com os modos dele — "cúmulo da praticidade"? —, embora feliz por estar fazendo alguma coisa útil para extravasar seu nervosismo diante da futura competição, Zoe o seguiu. Mas ela se censurou; isso podia lhe trazer sérios problemas.

Ela já havia sacado quem ele era àquela altura — quem mais passaria por ali a menos que fosse para Somerby? E este homem — arrogante e questionador — tinha que ser um dos jurados. Ele não poderia ser um mero participante em uma competição culinária. E como ela conhecia os outros jurados de vista de suas aparições na televisão, este só podia ser Gideon Irving. Era um nome conhecido no mundo da gastronomia: crítico, escritor especializado e empresário. Seu estilo literário era ácido e muitas vezes cruel, mas ele adorava descobrir novos chefs e chamara atenção do público para vários novos talentos.

Ela não havia sido exatamente grossa, mas tendera um pouco nessa direção. Não ia ganhar a competição agora. E ficar a sós com um dos jurados — por mais inocente que a situação fosse — não seria contra as regras? Ah, por que não havia simplesmente ficado deitada na grama ouvindo as cotovias? Correu para alcançá-lo.

Eles acharam umas toras maiores além dos galhos. Uma clareira tinha sido aberta ali perto, a maioria dos troncos de árvores havia sido removida, mas ainda sobravam vários.

— Vou levar algumas das toras maiores e você leva o que conseguir carregar — instruiu ele.

Zoe assentiu e começou a catar os pedaços de bétula, abeto e faia espalhados por ali.

— Se isso não der certo — falou ela, achando difícil acompanhá-lo apesar de os braços dele estarem cheios de toras —, podemos ir até a casa e pedir que mandem um trator, sei lá.

— Podemos — concordou Gideon Irving —, mas vamos tentar isso primeiro.

Ele não chegou a sorrir para ela, embora o olhar especulativo que lhe lançou indicasse que estava gostando do que via.

Zoe não era uma grande fã da própria aparência, mas não tinha nenhum tipo de complexo por causa disso. Tinha cabelo castanho, curto e cacheado, um corpo pequeno, pele clara e sardas. Ela sabia que, quando se arrumava, podia ficar bem bonita, só que hoje não estava nem um pouco arrumada. Vestia jeans, tênis e uma camiseta listrada. Nunca usava muita maquiagem, e no momento não estava usando nenhuma. Tinha olhos azuis e cílios escuros e sabia que seu tamanho fazia parecer que tinha menos que seus 27 anos.

— Está bem.

Juntos eles empilharam a madeira dentro da vala, construindo uma plataforma para o pneu suspenso. Não falaram muito, mas Zoe estava se divertindo. Gostava de resolver problemas e quando viu algumas pedras que haviam caído de um muro, foi pegá-las.

Seu agradecimento foi uma olhada e um grunhido, no entanto, de alguma forma ela se sentiu recompensada. Ele tinha olhos incríveis. Ela sentiu uma palpitação de entusiasmo.

— A questão é: vamos ter que fazer isso tudo de novo na outra vala? — perguntou ele.

— Vamos — respondeu ela. Vinha pensando exatamente naquilo enquanto trabalhava. — Mas agora que temos as pedras não vai demorar tanto.

Zoe estava imunda e bastante suada quando eles finalmente terminaram. Ele já havia tirado a jaqueta há muito tempo e sua camiseta branca estava coberta de lama.

— Você sabe dirigir? — indagou ele.

— Sei.

— Seguir instruções simples?

— Sei. — Mais uma vez, ela decidiu não se sentir ofendida. Era mais fácil somente entrar no carro. Na verdade, queria rir, mas sentiu que não seria uma boa ideia. Os homens não gostavam que rissem deles quando estavam com problemas em seus carros. Zoe não era especialista em homens, mas até ela sabia disso.

O carro tinha um aroma leve e delicioso de perfume e do estofamento de couro. Havia um painel que ela levou um momento para entender.

Gideon Irving aproximou-se dela enquanto falava pela janela aberta.

— Acelere devagar, e vamos ver o que acontece.

Alguns momentos e uma boa quantidade de lama depois, ele voltou até a janela e fechou a cara para ela.

Ela lhe deu um sorriso simpático.

— Ainda posso ir até a casa e pedir ajuda. — Zoe ergueu os olhos para ele, que também estava suando e tinha uma mecha de cabelo grudada na testa.

Ele meneou a cabeça em uma negativa.

— Vou até lá se for preciso. — Ele fez uma pausa, avaliando-a, seu olhar inescrutável. — Tente dar ré.

Foi preciso dar muita ré, avançar aos pouquinhos e encher a vala muitas vezes, mas, finalmente, o carro conseguiu virar. Zoe sentia como se tivesse corrido uma maratona. Ela saltou e descobriu que estava tremendo, apesar de só ter dirigido.

— Bom trabalho — disse ele e então sorriu. Era como se ela tivesse ganhado a medalha de ouro nos 100 metros. — Quer uma carona de volta para a casa? — Ele ainda estava sorrindo.

— Ah... quero — concordou ela, sem saber bem se suas pernas estavam tremendo por causa do que havia passado ou por alguma outra coisa.

— Então entre — disse ele quando ela não se moveu.

De alguma forma, ela pôs o corpo em movimento e entrou no carro. Agora o cheiro pungente de homem superava o de perfume e o de couro. Zoe umedeceu os lábios secos e olhou fixamente pela janela do carona. Estar tão perto dele parecia quase demais, apesar de ela não saber exatamente o porquê. Ele tinha um efeito muito perturbador sobre ela, que não tinha certeza se gostava disso ou não.

No fim do longo caminho, ele parou o carro.

— Você é uma das participantes?

Ela fez que sim com a cabeça.

— Você é um jurado? — perguntou ela, apesar de já saber a resposta.

Ele fez que sim com a cabeça.

— É melhor saltar aqui, então — aconselhou ele.

— É. — Ela fez uma pausa. — Talvez seja melhor fingirmos que não nos encontramos antes.

— Se você preferir assim, mas não vai fazer nenhuma diferença em como vou julgá-la.

— Ah. — Ela corou. — Não achava que faria. Eu só quis ajudar.

— E ajudou. — Ele quase sorriu. — Mas isso não vai fazer você ganhar.

— Vou saltar agora — falou Zoe.

— E eu vou dar uma volta por aí.

Zoe subiu a colina até a casa, com as pernas duras depois do esforço. Somerby era uma casa grande, mas não imponente. Era tão simpática quanto sua proprietária parecera ser no primeiro encontro.

Espanando pedacinhos de lama e grama, ela bateu à porta da frente e esperou um tempinho até que Fenella abrisse. Ela não pareceu muito satisfeita em ver Zoe. Vários cachorros saíram correndo pela porta e foram para o gramado na frente da casa.

— Ah! Você já voltou!

— É. Você disse que eu poderia voltar às quatro. E já são quatro horas.

Fenella suspirou e afastou o cabelo do rosto.

— Eu realmente gostaria que ainda fossem duas horas.

Zoe riu.

— Dia difícil?

Fenella concordou com um aceno de cabeça.

— Por mais que você tente planejar e se preparar e fazer listas, tem dias em que tudo dá errado de qualquer jeito.

Zoe se demorou no degrau da frente.

— Alguma coisa em especial deu errado?

— Não, só que nada deu muito certo. — Ela suspirou de novo. — É porque Rupert, o meu marido, não está em casa.

— E não é um bom *timing*?

— Isso! E tenho que preparar o chá dos jurados e os planos que eu tinha cuidadosamente elaborado para o bolo deram errado. Nem tenho tempo de comprar um agora.

— Ah.

Fenella abriu mais a porta.

— Entre, por favor. Nada disso é problema seu. Tenho certeza de que biscoitos empapados são exatamente o que pessoas esnobes do mundo gastronômico gostam com seu chá da tarde.

— Com certeza! — concordou Zoe diplomaticamente.

— Esperamos abrir no antigo celeiro uma coisa tipo um "restaurante com quartos", em que seja possível se hospedar e ir direto para a cama depois do jantar. Precisamos contar com a boa vontade das pessoas esnobes do mundo gastronômico. — Ela parou para respirar e olhou para Zoe com mais atenção. — O que aconteceu com você? Parece que andou lutando na lama!

— Eu sei. E foi o que aconteceu mesmo. Quero dizer, mais ou menos.

Provavelmente percebendo que Zoe não queria entrar em detalhes, Fenella continuou:

— Venha, vou lhe mostrar o seu quarto para que possa se lavar. Você já deve saber que vai ter que dividi-lo com alguém, mas pelo menos você vai ficar por aqui. Cães!

A pequena matilha veio saltitando para dentro da casa, e Fenella guiou Zoe até os fundos, atravessaram o pátio até o estábulo convertido onde Zoe e outra concorrente seriam alojadas. Nem todos poderiam ser acomodados em Somerby: alguns ficariam em pousadas locais. O estábulo era charmoso e tinha um fogão a lenha, um pequeno fogareiro, um sofá encardido e uma cama de casal. Uma cama de solteiro tinha sido espremida lá dentro, presumivelmente pelo bem dos concorrentes.

— Você chegou primeiro — disse Fenella —, então vai ficar com a cama de casal!

— Que maravilha! Mas acho melhor tomar uma ducha antes.

Fenella falou:

— É por ali. Você se incomoda se eu não lhe mostrar? Tenho esse maldito chá para resolver.

Zoe tinha a impressão de que Fenella não costumava xingar por coisas pequenas; ela devia estar realmente em pânico.

— Olhe — falou Zoe —, que tal eu tomar banho, trocar de roupa e preparar uns bolinhos ou algo assim para você? A que horas eles vão chegar?

Fenella olhou seu relógio.

— Em 45 minutos. Não dá tempo de fazer nada. — Ela suspirou. — Uma amiga do vilarejo ia trazer um bolo. Já estava tudo organizado, mas um dos filhos dela ficou doente e ela não pode deixá-lo.

— Vou só lavar as mãos e já vou. Bolinhos não levam tanto tempo.

Fenella fez uma careta que pretendia ser firme e de negação, mas acabou sendo suplicante.

— Eu não posso pedir que você faça isso!

— Você não pediu, e eu prefiro me ocupar a ficar à toa. Só quando cheguei aqui, da primeira vez, foi que percebi o quanto estou apavorada com todo esse negócio de competição. — Ela estava falando sério: sempre tinha odiado testes, mas pelo menos eles não envolviam câmeras de televisão. — Vou me sentir melhor se estiver fazendo alguma coisa.

— Então vou estar lhe fazendo um favor deixando você me ajudar?

Zoe deu uma risadinha.

— Mais ou menos. Mas acho melhor eu vestir alguma coisa limpa.

— Eu posso emprestar uma das camisas do Rupert. É o que tenho usado nos últimos tempos. Ela vai cobrir você mais do que qualquer avental cirúrgico.

Depois de largar a mochila, Zoe seguiu Fenella de volta à casa principal. Ela percebeu algumas escadas encostadas em paredes aleatórias e que bastante trabalho ainda precisava ser feito nas dependências, mas, ainda assim, era tudo muito pitoresco. Somerby em si seria um lindo pano de fundo para a competição e era uma época do ano muito fotogênica.

— É provável que isso seja terrivelmente contra as regras — disse Fenella depois de encontrar farinha, manteiga e ovos. — É melhor não contarmos a ninguém. Quero dizer, se os jurados descobrirem que estão comendo os seus bolinhos e que eles são deliciosos...

— O que vão ser. Bolos são a minha especialidade.

— ... ia ficar parecendo que estávamos tentando abrir alguma vantagem, sei lá.

Zoe fez que sim com a cabeça.

— Concordo. Não vou deixar ninguém me ver.

De repente, Fenella parecia em dúvida de novo.

— Tem certeza de que quer fazer isso?

— Ah, sim! É muito melhor me manter ocupada do que ficar sentada roendo as unhas. — Ou ajudar motoristas em apuros, por mais atraentes que sejam, pensou ela. — Eu sei o que estou fazendo em uma cozinha com um pouco de farinha e um forno semidecente.

Os bolinhos estavam quentes demais para serem recheados com geleia e creme, então foram dispostos em tigelas separadas na bandeja. Fenella tinha se oferecido para fazer isso, mas Zoe — apesar de seu ínfimo conhecimento sobre gravidez — achou que sabia o suficiente para reconhecer que subir vários lances de escada levando bandejas pesadas não era uma boa ideia. Ela as carregaria para cima e então se retiraria para a cozinha e deixaria Fenella lidar com os jurados. Dessa forma, não seria vista.

Estava arrumando as coisas antes de descer de novo para pegar mais água quente quando ouviu vozes e soube que estava prestes a ser descoberta.

Teve um momento de pânico, mas aí se acalmou. A menos que fosse Gideon Irving, ela estaria bem. Não faria contato visual com ninguém e sairia do aposento antes que qualquer um a notasse.

Conforme as vozes se aproximaram, ela percebeu que não seria tão simples assim.

— Fiquei preso em uma maldita vala — disse uma voz grave que ela conhecia bastante bem agora. — Por sorte, uma pessoa que estava passando me ajudou.

Ela virou a cabeça para o outro lado e continuou arrumando pratos, botando xícaras em seus pires na mesinha perto da janela. Estava coberta de popelina branca, cortesia de Rupert, e duvidava que fosse ser reconhecida. As pessoas tinham uma tendência a não reconhecer os outros quando não esperavam vê-los.

— É — continuou Gideon —, ela era pequena, mas sabia dirigir e levantava toras de madeira como um halterofilista.

Zoe se sentiu corar com o elogio desajeitado. Duvidava que Gideon dissesse aquilo na sua cara.

— Então, quem era ela mesmo? — O outro jurado, um chef amável que costumava visitar a cozinha das donas de casa, ensinando-as a fazer molhos, andou na direção da mesa.

— Só alguém que estava passeando. Pessoalmente não vejo motivos para caminhar, a menos que você tenha um destino certo.

Felizmente, Fenella apareceu e disse:

— Sirvam-se de chá, cavalheiros.

Zoe encolheu-se e se afastou, resmungando:

— Vou pegar água quente.

Zoe tivera um emprego aos sábados em um café durante anos e gostava bastante de lidar com clientes. O que ela não gostava tanto era de tentar não ser notada. Não era de ter subterfúgios, e agora, se via obrigada a guardar dois segredos — ambos porque não conseguia deixar de ser prestativa. Sua mãe costumava dizer que ela tinha nascido com um gene prestativo. Na verdade, era uma virtude, mas, naquele exato momento, parecia um vício.

Quando Zoe ia voltar com a água quente, Fenella reapareceu.

— Ah, obrigada — disse ela. — Incomoda-se de levar lá para cima? Acho que ninguém a notou, não é?

Ela estava prestes a dizer que Gideon podia tê-la percebido, mas aí lembrou-se de que Fenella não deveria saber que ela e Gideon já haviam se encontrado — e Fenella *estava* grávida. Zoe não tinha escolha. Pegou o bule.

— Já volto.

Pouco depois, retornou.

— Agora, o que você tem que fazer, Fen? — perguntou ela (Fenella tinha insistido para que Zoe a chamasse de Fen, dizendo que ninguém a chamava de Fenella a não ser que estivesse zangado com ela). Gideon e o outro jurado estavam absortos demais na conversa para prestar atenção nela. Zoe estava se divertindo. Sabia que o nervosismo que estava evitando voltaria à tona assim que fosse ao quarto. Isso tinha sido exatamente a distração de que ela precisava.

Fenella suspirou.

— Ah, nada de mais. Colocar algumas batatas no forno para o jantar. Vocês todos vão ao pub para comer, e os jurados e o pessoal da televisão vão comer aqui. E tem o encontro oficial depois. Ou antes. — Ela franziu as sobrancelhas. — Sério, a produtora é terrivelmente mandona. Eu lhes indiquei alguns taxistas locais ótimos, mas não, eles tinham que trazer gente de Londres. Loucura!

Ela afastou uma mecha de cabelo da testa, fazendo Zoe querer lhe emprestar uma presilha.

— De qualquer modo, agora vou cozinhar para os jurados assustadores e o pub local, que está bastante acostumado a fazer isso, vai cozinhar para vocês.

— Por quê?

— É culpa do Rupert. Ele disse para o pessoal da TV que é mais fácil cozinhar para seis do que para 12, mas acabou virando mais do que seis, com todos os produtores e tal. — Ela fez uma pausa. — E ele devia ter voltado para ajudar. O ensopado já está pronto. Na verdade, só falta preparar os legumes. — Ela se apoiou na mesa da cozinha. — Você pode imaginar como é estressante cozinhar para chefs famosos e um crítico culinário.

— Entendo muito bem como é, considerando que esta competição é exatamente sobre isso. — Zoe achou que Fenella parecia muito cansada e, vendo-a colocar a mão na barriga, ficou se perguntando se ela estava bem. — E se Rupert não voltar a tempo?

— Tenho certeza de que vai voltar. — Ela não parecia muito certa.

Zoe tomou uma decisão. Fenella, de quem ela havia gostado de cara, precisava dela.

— Vou preparar as batatas para você. Que legumes vai servir?

— Coisas da horta: favas, repolho... e alguns aspargos cultivados pelo pessoal do fim da rua. São todas coisas locais.

— Vai fazer uma entrada?

— Sopa. Rupert fez com que tudo fosse o mais fácil possível.

— Então, você quer que eu ajude?

Fen mordeu o lábio e suspirou. Ela ficou brincando com uma caneta na mesa da cozinha. Todo o seu ser demonstrava indecisão.

— Só se Rupert não aparecer. Você tem que ir ao seu jantar. Já vi o seu cronograma. Eles vão passar as informações principais, vocês devem conhecer uns aos outros, essas coisas fundamentais. — Ela fez uma pausa. — Mas se Rupert não estiver aqui, seria maravilhoso se você pudesse me ajudar no começo. — Fenella sorriu. — O micro-ônibus só vai pegá-los às oito. O meu jantar é às sete e meia.

— Então, teoricamente, eu poderia arrumar as coisas lá em cima para você e, então, descer correndo a tempo de pegar o ônibus.

Fenella fez que sim com a cabeça.

— Quando a reforma da sala de jantar acabar, vou ter um elevador de restaurante para subir e descer com tudo. Mas, como a sala ainda não está completamente arrumada, por enquanto não o temos.

— Bem, eu não me incomodo em ficar como um elevador de restaurante hoje.

Fenella deu um meio sorriso e se sentou.

— Eu sei que não devia aceitar — desculpou-se —, mas não consigo evitar. — Ela assumiu uma expressão decidida. — E bem sei que ficar correndo por aí sendo prestativa está ajudando você a não pensar na competição.

Zoe sentou-se ao lado dela.

— É verdade.

— Normalmente não me incomodaria em aceitar ajuda, mas, se você estiver descumprindo alguma regra, pode acabar com as suas chances de ganhar. Pode até ser desclassificada antes de começar!

— Mas nós não sabemos se é contra qualquer regra e ninguém vai perceber, tenho certeza. Eu consegui me safar com o chá, não consegui? — Ela deu uma risadinha. — Posso usar um avental e uma touca como disfarce.

— É melhor nem brincar com isso! — disse Fenella. — Por acaso, eu tenho exatamente esses itens! Ano passado fizemos um chá com o tema da era eduardiana e nós todos nos vestimos como criados.

Zoe riu.

— Vou preparar as batatas agora e limpar os outros legumes e depois então acho melhor seguir para o estábulo.

— Sua colega de quarto está lá. Ela chegou enquanto você estava lá em cima.

— Ah, como ela é?

— Muito chique. Espero que você tenha colocado sua mochila em cima da cama de casal!

Capítulo 2

Quando Zoe voltou para o estábulo, ela o encontrou ocupado por uma linda mulher loura, mais ou menos da sua idade, que parecia mais uma modelo que uma cozinheira. A não ser pela faixa etária, Zoe não podia ver qualquer outra similaridade entre elas. A garota era alta, com cabelo liso e comprido, com luzes sutis; usava maquiagem, incluindo cílios postiços, uma saia minúscula e uma blusa de alcinhas, apesar de não estar tão quente. Seus sapatos, chutados para longe agora, porque ela estava deitada na cama de casal, eram sandálias altas de tiras.

Zoe sorriu, decidida a que as visíveis diferenças entre as duas não deveriam significar que não poderiam dividir o mesmo quarto tranquilamente.

— Oi! Eu sou a Zoe.

— Cher — disse a moça que parecia modelo. — Espero que não se incomode por eu ficar com a cama de casal. Não consigo dormir em camas de solteiro.

— Ah, é? Mas você é tão magra, não pode ser porque não são grandes o suficiente.

Cher tinha uma risada metálica, um pouco aguda demais para o gosto de Zoe.

— Não! Não é isso, mas preciso me esticar. É porque tenho pernas muito compridas.

— Você certamente não espera que eu fique com pena de você porque tem pernas compridas, né?

— Não — respondeu Cher com rispidez —, mas espero que me deixe ficar com a cama de casal.

Zoe piscou diante da súbita mudança no tom de Cher, mas decidiu não ter uma discussão do tipo "eu cheguei aqui primeiro", uma vez que não eram crianças e, se iam ter que dividir o quarto, seria melhor se, pelo menos, se dessem superficialmente bem. Ela podia ver que teria que escolher suas batalhas ao lidar com Cher e esta era uma que não achava que valesse a pena.

— Está bem. — Ela foi até sua mochila, que tinha sido jogada sem cerimônia na cama de solteiro. Zoe a abriu e começou a tirar suas coisas. Não havia muito e ela em geral não se dava ao trabalho de desfazer as malas, mas algum instinto territorial profundamente arraigado a fez querer espalhar seu rastro.

O armário estava cheio de roupas de Cher. Saias minúsculas, alguns shorts (se houvesse uma onda de calor, era óbvio) e algumas calças jeans *skinny*. Muitos pares de sandálias de tirinhas e bolsas entulhavam o chão do armário.

Zoe pendurou seu único vestido, algumas calças jeans e umas blusas e camisetas, e pegou seu nécessaire.

— Tenho que tomar uma ducha e lavar meu cabelo.

Ela entrou no banheiro esperando que sua colega de quarto não tivesse usado todas as toalhas.

Estava mexendo no cabelo, enquanto ele secava naturalmente, seu método de sempre, quando Cher, que estava deitada na cama observando, falou:

— Eu tenho um secador de cabelo, se quiser emprestado.

Zoe se virou.

— Valeu, mas nunca me dou ao trabalho de secar. Não leva muito tempo se eu só amassá-lo.

Cher se levantou.

— Você ficaria muito mais bonita se fizesse escova. Muito diferente. Eu faço para você, se quiser.

— Está tudo bem, obrigada. Decidi há anos não ter um estilo que dependa de aparelhos elétricos, no caso de algum dia eu não ter acesso a eles.

Cher deu de ombros como se Zoe fosse louca.

— Fui cabeleireira por um tempo — revelou a loura.

Zoe tentou decidir se gostava dela ou não. Ela parecia uma esposa-troféu, interessada apenas em sua aparência e se as pessoas achavam que ela era bonita. Mas a oferta para ajudar com o cabelo tinha sido gentil. Ou talvez ela só não suportasse ver o cabelo de Zoe todo bagunçado e despenteado, o que podia significar que era uma daquelas pessoas obcecadas por controle.

— Então, o que a fez entrar na competição? — perguntou Zoe, decidindo que estava na hora de descobrir alguma coisa sobre a colega de quarto.

— Ah, eu quero aparecer na televisão. Quero muito ser famosa e acho que, se tiver a oportunidade de ser vista, vou receber outras ofertas.

Zoe olhou surpresa para ela.

— Você não gosta de cozinhar?

Cher deu de ombros.

— Não muito.

— Mas passou na seleção?

— Ah, passei. Eu sou boa, só não gosto tanto assim. Não gosto de ficar com os dedos melecados. — Ela fez uma pausa e olhou para Zoe como se estivesse de alguma forma ligando-a à palavra melecado. — Pelo menos ponha um pouco de maquiagem e um vestido. Não quero ser associada a um bagulho.

Zoe mal conseguia acreditar no que ouvia e teve que se segurar para não responder, lembrando-se de sua resolução de tentar se dar bem com Cher. Ela botou o vestido, admitindo com relutância para si mesma que Cher, apesar de inacreditavelmente grosseira, talvez estivesse certa: podia ser uma boa ideia deixar uma boa primeira impressão. Ela olhou para o relógio. Eram quase sete horas e ela precisava de uma desculpa para sair e ir ajudar Fenella. Podia ter começado a ser prestativa para diminuir seu nervosismo, mas agora estava gostando de se sentir parte daquilo.

— Acho que vou dar uma volta. É muito bonito por aqui.

Como Zoe previra, Cher não tentou ir com ela.

— Eu não saio para caminhar. Tipo errado de sapato.

Zoe olhou para os pés de Cher.

— Fico surpresa que você consiga cozinhar usando isso. Como faz para ficar de pé tanto tempo? — Ela não conseguia imaginar Cher com o tipo de tamanco que muitos cozinheiros usavam; Zoe tinha um par em sua mochila. Não tinha visto nenhum no meio de todos os saltos no armário. Tampouco conseguia imaginar Cher com a calça xadrez que alguns chefs vestiam. Mas Zoe também não usava isso.

— Eu uso tênis para cozinhar. Não que eu cozinhe muito.

Isso deixou Zoe ainda mais curiosa.

— Mas como você entrou em uma competição de culinária se não cozinha muito?

Cher se levantou da cama e jogou o cabelo para trás.

— Só garanto que o que eu faço esteja muito bom. — Sorriu para Zoe. — Eu pretendo ganhar, sabe. — Foi até o espelho e se inspecionou atentamente. — Sempre consigo o que me proponho a fazer: conseguir um emprego, arrumar um homem, qualquer coisa. Desta vez, vou ficar famosa, o que significa que *tenho* que ganhar a competição.

A dedicação de Cher era assustadora.

— Mas por que uma competição de culinária se você não gosta de cozinhar? Por que não... sei lá... *The X Factor* ou *Britain's Next Top Model*?

— Pensei neles, é claro, mas vai haver muito menos competição se eu cozinhar.

— O que faz com que você pense assim? Pode haver cozinheiros muito bons aqui! Eu, por exemplo!

— Não tem a ver só com cozinhar. Eu vi como os concorrentes flertam com os jurados. — Ela olhou para Zoe com algo parecendo pena. — Já falei, eu posso cozinhar bem se quiser. Posso não ser a melhor cozinheira daqui, mas vou ser a mais bonita, a mais sexy, por isso vou ganhar. Apesar de você estar muito melhor agora do que estava antes, não pense que tem alguma chance.

Zoe observou-a. Depois do que Cher havia dito antes, sua brusquidão não era mais surpresa.

— Bom saber! — falou Zoe com uma animação forçada.

— E você, por que entrou? — perguntou Cher, virando-se de costas para o espelho, tendo obviamente decidido que não se podia aperfeiçoar a perfeição.

— Ah, eu também quero ganhar. Quero o dinheiro para abrir uma pequena delicatéssen, ou um bistrô, ou alguma coisa onde eu possa cozinhar as comidas que amo. O que você quer fazer com o dinheiro?

— O dinheiro não é o mais importante. O meu pai é muito rico. Eu só quero a fama e as oportunidades que ela me trará.

— Bem, que vença a melhor cozinheira — disse Zoe, seus modos irreverentes disfarçando sua determinação cada vez maior em derrotar essa mulher na competição, mesmo que isso a matasse. E não só porque ela queria a cama de casal.

— Então, você abriu mão de um bom emprego e uma graça de namorado para estar aqui? — indagou Cher. — Aliás, trabalho com eventos, apesar de receber uma mesada muito boa do meu pai.

— Eu tinha um emprego decente em uma imobiliária, mas alguém foi promovido no meu lugar, mesmo eu estando lá há séculos, portanto não me incomodei em sair de lá. — Ainda estava um pouco magoada com o episódio, mas não era de ficar remoendo as coisas e, de toda forma, ela realmente queria gerenciar seu próprio negócio.

— E o namorado? Eu consigo ver você saindo com o mesmo garoto desde os tempos de escola antes de casarem e terem filhos. — Ela bocejou. — Isso não tem nada a ver comigo!

— Nem comigo — disse Zoe, furiosa com aquela presunção, apesar de ainda estar determinada a não demonstrar seus sentimentos. — Decidi há algum tempo não deixar que minha felicidade dependesse de um homem. Se alguém maravilhoso aparecer e me conquistar, acho que eu toparia, mas teria que ser um cara muito especial.

Zoe pensou em seu histórico de relacionamentos um tanto monótonos: uma lista curta de rapazes muito legais e decentes. Ela gostara bastante de todos eles, mas nunca havia chegado a ponto de não poder viver sem um deles. Uma imagem de Gideon todo salpicado de lama e suado surgiu na sua mente naquele momento, mas ela a afastou tão rápido quanto tinha aparecido.

Cher estava concordando com um movimento de cabeça.

— É isso aí, amiga! Eu também penso assim. Não faz sentido deixar sua vida nas mãos de alguém que pode acabar se mostrando um fracassado. — Ela foi até o frigobar. — Trouxe uma garrafa de vinho. Quer uma taça?

— Não, obrigada. Prefiro me manter sóbria para amanhã. Vou dar aquela volta agora. — De repente Zoe sentia que precisava de um pouco de ar. Também queria ver como Fenella estava.

Enquanto andava até a casa, riu para si mesma. Cher era extraordinária, não fazia sentido ficar indignada com suas declarações loucas e determinação ferrenha em ganhar. As duas tinham que dividir um quarto, o que seria impossível se ela ficasse irritada ou criasse problemas.

Com um pouco de medo de ser vista pela equipe e pelos jurados, Zoe ficou aliviada ao se deparar com um homem grande na cozinha, o que significava que Fenella não estava sozinha. O homem grande — para sua grande surpresa — lhe deu um abraço de urso e a beijou carinhosamente.

— Muito obrigado por ajudar minha esposa grávida! — falou ele. — Você merece ouro e joias, mas, na falta disso, que tal uma taça de tinto? Ou prefere tomar um gim?

— Rupert! — repreendeu Fenella, parecendo bem menos estressada do que quando Zoe a vira pela última vez. — Aliás, Zoe, você está uma graça. E este, como você provavelmente já percebeu, é meu marido Rupert.

— Olá, Rupert — cumprimentou-o Zoe, aceitando a taça de vinho que ele lhe entregou e se sentido um pouco hipócrita por recusar a oferta de Cher com uma desculpa tão arrogante.

— Sente-se. Como você ajudou mais cedo, não estamos com muita pressa e, de qualquer modo, Rupert está cuidando de tudo agora.

Zoe puxou uma cadeira e pôde observar a cozinha com a devida atenção; não tivera tempo antes. Concluiu que era perfeita. Imensa, com um forno do tamanho de um carro, um guarda-louça antigo, um sofá, uma mesa de refeitório comprida o suficiente para uma escola pequena e chão de laje. Havia fotos nas paredes, uma grande estante repleta de livros sobre culinária, jardinagem, flores e pássaros e também muita tralha. Parecia uma casa de verdade.

— Eu adoraria ter uma cozinha como esta — revelou Zoe.

— Eu gostaria mais se ela não tivesse um ralo de escoar dinheiro — disse Rupert, tendo acabado de provar o ensopado e jogado a colher de chá dentro da pia. — Apesar de que, é claro, nós também adoramos a casa.

— Por que não adorariam? É maravilhosa!

— É, sim — concordou Fenella —, mas sai muito caro mantê-la e reformá-la. Não paramos de pensar em formas de ganhar dinheiro com ela, por isso ficamos tão felizes em sediar essa competição de culinária.

— Quase não conseguimos — admitiu Rupert —, já que temos um casamento bem no meio da competição.

— Rupert! Acho que você não devia ter dito isso. É uma surpresa. Quero dizer, todas as tarefas são surpresa, os concorrentes não devem saber sobre elas até a noite da véspera.

Zoe riu.

— Bem, eu não vou contar a ninguém.

— Felizmente, a organizadora do casamento é uma amiga nossa, Sarah, e ela conseguiu convencer o casal, argumentando que vão economizar uma fortuna ao terem vocês cozinhando, o que valia um pouco de inconveniência. — Rupert, aparentemente decidindo que tinha um pouco de tempo livre, havia se juntado às duas mulheres à mesa.

— Querido, não vai ser inconveniente, nós nos asseguramos disso.

— A comida é um certo risco — falou Rupert. — Mas isso acontece com frequência em casamentos.

— Não em Somerby — disse Fenella de maneira empertigada.

Rupert riu e Zoe aproveitou o calor das brincadeiras entre eles. Que maravilhosa a segurança de saber que você ama e é correspondido.

Quando Zoe se levantou para partir, Fenella disse:

— Sirva-se do que precisar. Leite, por exemplo. Tem um pouco no seu frigobar, mas se acabar você pode vir aqui e pegar. E há pacotes de biscoitos nesta caixa. Rupert trouxe mais.

— Eu não quero pegar nada que vocês planejem usar.

— Não se preocupe — garantiu Rupert. — Temos biscoitos especialmente para os hóspedes. Eu não tenho permissão para me aproximar deles.

Zoe voltou correndo ao quarto e escovou os dentes para que ninguém sentisse cheiro de vinho tinto em seu hálito.

— Onde você estava? — perguntou Cher com curiosidade.

— Ah, só dando uma volta por aí — disse Zoe com a boca cheia de pasta de dente, sentindo-se inexplicavelmente culpada.

— Bem, se você não se apressar, vamos perder o ônibus.

Algumas horas depois, eles estavam de volta do pub, sendo conduzidos escada acima até a sala do comitê em Somerby por um Rupert um pouco preocupado.

— Aqui estamos! — disse ele, abrindo a porta para o aposento grande com uma mesa enorme dentro. Ele fez uma pausa enquanto todos entravam em fila. — Os jurados ainda estão comendo, mas uma parte da equipe de produção está aqui para conversar com vocês. Tenho que ir servir a sobremesa. — Ele saiu da sala o mais rápido que pôde sem parecer mal-educado.

Zoe e os outros se sentaram nas cadeiras ao redor da mesa.

— Boa noite, pessoal! — Uma bonita mulher loura com um sotaque americano muito leve, cabelo como o de Marilyn Monroe e olhos de safira entrou na sala. Seus modos frios não se ocultavam sob sua beleza. — Meu nome é Miranda Marilyn. Vocês todos provavelmente sabem, sou a diretora da produtora que está fazendo este programa. E nós todos temos certeza de que será um enorme sucesso, para nós e para vocês. — Ela fez uma pausa. — Vai ser muito intenso. Como provavelmente já sabem a esta altura, vocês terão um desafio a cada dois ou três dias, mais ou menos. — A tensão na sala aumentou um pouco conforme o olhar dela passava por cada concorrente, fazendo com que Zoe, pelo menos, sentisse que já havia sido julgada, e não tinha ganhado.

— Esperamos que usem os outros dias para se preparar, mas vai haver uma folga em algum momento. De qualquer modo, Mike vai dar mais detalhes. Espero que vocês todos tenham tido a chance de se conhecerem durante o jantar. O que devem se lembrar é de que, apesar de estarem competindo, muitas das tarefas irão envolver trabalho em equipe. Liderança e trabalho em equipe também contarão pontos, além da excelência da comida.

Mais um olhar duro. Agora, todo mundo (exceto Cher) parecia inquieto. Zoe gostava de trabalhar em equipe, embora sempre pensasse em si mesma como segunda em comando, em vez de líder. Será que sua personalidade seria forte o suficiente para criar um plano e fazer com que a equipe o seguisse?

— Agora vou deixá-las por conta do Mike.

Todo mundo aplaudiu enquanto ela se sentava.

— Oi, pessoal — falou Mike, que, depois do jantar no pub, parecia um velho amigo, prestativo e não ameaçador. — Diferentemente de algumas competições de culinária, vocês ainda não conheceram os jurados...

— Nós sabemos disso — sussurrou Cher, encorajada por várias taças de vinho durante o jantar.

— ... porque a seleção foi feita por outras pessoas.

— Pelo amor de Deus! Nós estávamos lá! Sabemos que os malditos jurados estavam muito "ocupados" — Cher fez um movimento com os dedos para indicar aspas — para dar as caras! — Ela ia abandonando a sutileza a cada minuto.

O tom de Mike era consolador.

— Mas vocês vão conhecê-los amanhã e acredito que estejam muito entusiasmados com isso.

— Estou dando pulinhos de felicidade — disse Cher, sem se dar mais ao trabalho de manter a voz baixa.

Felizmente, o constrangimento de Zoe não foi muito além, uma vez que o restante do discurso do Mike não ofereceu oportunidades para Cher resmungar, e ela pôde escutar sem muita atenção. Parte de seus pensamentos estava nos outros concorrentes. Ela havia conversado com alguns no pub; os demais, só observara de longe.

Havia o rapaz desleixado com uma cabeleira que ficava quase em pé. Ela havia conversado com ele e descoberto que seu nome era Shadrach. Ele era apaixonado por comida e sua personalidade parecia combinar com seu nome. Também havia a maternal Muriel, que estava feliz por ter escapado da família, descrevendo-se como "apenas uma boa cozinheira doméstica", mas que, para Zoe, parecia uma forte concorrente.

Mais cedo, Cher havia desfilado até onde dois rapazes estavam sentados, as pernas afastadas, os pés batendo, transpirando testosterona, como se fossem cavalos suados. Eles — Zoe sabia que eram Dwaine e Daniel — praticamente tinham "competição" tatuado na testa. Cher brincara bastante com o cabelo, umedecera os lábios e até deixara que os dois dessem uma espiada em seu decote. Isso, aparentemente, era sua versão de formar uma equipe. E podia dar certo, pensou Zoe. Mas e se ambos se apaixonassem por ela? Poderia haver uma briga horrível, com sangue para todos os lados. Agora, em seu assento na primeira fila, Cher mandava sinais dizendo "olhem para mim" com os olhos, as mãos e o cabelo.

Sentada logo atrás de Zoe e Cher, uma garota um tanto séria com quem Zoe ainda não tinha conversado. Ela poderia ter potencial para vencer. Era tímida, com o cabelo dourado preso para trás com uma presilha brega, mas tinha uma determinação que era evidente mesmo de longe. Chamava-se Becca. Ao lado dela, estavam dois homens que aparentavam ser mais velhos, um deles se chamava Bill, e o outro Shona, que havia contado a Zoe durante o jantar que estava "uma pilha de nervos".

— Muito bem, pessoal — falou Miranda Marilyn, levantando-se de novo. — É a última vez que irão me ver até o fim da competição. Como disse Mike, amanhã vocês vão conhecer os jurados e descobrir qual é a primeira tarefa. Porém, devo adverti-los: eles vão deixar no chinelo todos os jurados dos quais já ouviram falar. É um mercado muito duro e vocês precisam ser igualmente durões para ser bem-sucedidos. — Ela saiu sem mais demora; um rapaz com uma prancheta, que obviamente era seu braço direito, a seguiu.

Todo mundo agora estava perambulando pela sala, conversando, avaliando os oponentes, como se tivessem finalmente percebido que a competição estava prestes a começar. Havia um número enorme de pessoas para se lembrar, pensou Zoe, mas com dez concorrentes e vários funcionários da televisão, não tinha como esquecer.

Alguém apareceu às costas de Zoe.

— Bem, foi o esperado, não acha? Aliás, eu sou Alan. Não tivemos a oportunidade de conversar durante o jantar.

Alan era de altura mediana, o cabelo farto começando a ficar grisalho e um ligeiro bronzeado. Ele parecia vagamente familiar e ela ficou imaginando se já se conheciam ou se ele era ator ou algo assim.

— Zoe. — Ela estendeu a mão para ele. — Eu conheço você de algum lugar? Da televisão, talvez?

Ele inclinou a cabeça.

— É possível. Fui ator profissional durante anos, mas não recentemente. Cozinhar é o que faço agora. Daí a competição.

— Então, o que espera conseguir com isso? — Zoe estava sempre curiosa em relação às pessoas. Ficou imaginando se havia sido um pouco abrupta e, então, confessou seus próprios motivos. — Eu entrei pelo dinheiro, mas minha colega de quarto, Cher, ali, a loura linda encantando aqueles rapazes? Ela está atrás da fama. — Zoe fez uma pausa. — E você?

Alan parecia não se incomodar com a pergunta.

— Acho que quero os dois, dinheiro e fama. Gostaria de ter um pub à beira do rio, com comida. Você conhece este tipo de coisa: barcos atracados, comida de verão, vinho branco gelado, gente jovem e bonita com cartões de crédito *platinum*, que vêm porque é o novo lugar da moda. — Ele riu. — Mas também quero famílias. Um lugar onde a vovó e todas as crianças façam uma boa refeição em um ambiente descontraído.

Zoe sorriu para ele.

— Parece que você já criou até a propaganda.

— Admito que estou sendo um pouco precipitado, mas é isso que vou fazer se ganhar a competição. E você?

— Gostaria de ter uma pequena delicatéssen com refeições pré-cozidas para que as pessoas possam ter a conveniência de levar comida de qualidade para casa.

— Ah! Ótima ideia. Você deveria tentar conhecer Gideon Irving. Ele é um grande importador de azeite, azeitonas, esse tipo de coisa. Você vai precisar disso se tiver uma delicatéssen.

— Ah, é? Eu achava que ele escrevesse sobre comida.

— Ele escreve, mas também faz parte de uma grande cooperativa que fornece alimentos para delicatessens vindos do mundo inteiro. Escrever sobre comida é uma espécie de hobby, apesar de ser sua paixão.

— Como você sabe disso tudo? — Zoe estava fascinada.

— Um primo meu esteve em algum comitê com ele. Parece que ele foi forçado a ser jurado.

— Sério?

Alan fez que sim com a cabeça.

— É! Segundo meu primo, ele disse que não queria comer várias receitas tenebrosas herdadas de avós que haviam aprendido a cozinhar durante o racionamento, na guerra.

— Minha nossa! Seu primo estava realmente presente quando ele disse isso? Pode ser só um boato...

— Estava. Ele contou ao comitê que tinha sido forçado a aceitar. — Alan franziu ligeiramente as sobrancelhas. — Ele parece mesmo ser muito arrogante.

— Parece — concordou Zoe. Disso ela sabia.

— E pode ser um pouco mal-humorado. Não suporta gente idiota.

Ela também havia percebido isso.

— Ah.

Alan assentiu, com prudência.

— Portanto, é melhor ter cuidado com ele. Sua amiga Cher vai acabar descobrindo que está enfrentando um homem que não pode encantar.

Zoe riu.

— É, mas você sabe como são os homens... sempre suscetíveis a uma loura de pernas compridas.

— Nem todos os homens. — Alan lançou um olhar que podia ser apenas amigável, mas também podia ser significativo.

Zoe pensou sobre ele. Era simpático, apesar de um pouco velho para ela. Sua mente passou para Gideon Irving. Ele não era muito mais novo que Alan; ainda assim, ela definitivamente o achara atraente. Ainda bem que ela tinha sido avisada. Mas Alan havia lhe contado alguma coisa de que ela não soubesse? Na verdade, não, tirando a parte sobre o império alimentício.

Aos poucos, todos se dispersaram; alguns para as pousadas locais e o restante para as dependências adaptadas de Somerby House.

De volta ao seu quarto, Cher levou tanto tempo no banheiro que Zoe teve que escovar os dentes perto da cama e cuspir em um ralo do lado de fora. De manhã, depois de Zoe tê-la classificado silenciosamente como uma vaca egoísta, Cher foi muito simpática e até emprestou um produto para o cabelo que definitivamente ajudou os cachos de Zoe a parecerem mais intencionais e menos aleatoriamente naturais.

Ela era complicada, Zoe concluiu enquanto Cher ficava de pé atrás dela, observando-a pelo espelho e arrumando um último cacho para que todos os fios estivessem perfeitos.

O encontro com os jurados deveria acontecer na grande tenda ao lado da casa. Elas encontraram os outros lá dentro, trocando observações sobre as acomodações e imaginando como seriam os jurados. Quase todos estavam nervosos. A noite anterior fora como uma festa. Agora, na tenda, ligeiramente fria no início da manhã, a sensação era de uma competição.

— Parece quando o ginásio da escola é transformado em sala de prova, não é? — sussurrou Zoe para Cher enquanto procuravam seus crachás.

Cher olhou para ela de maneira inquisitiva.

— É? Eu não fiz muitas provas.

Zoe, que se considerava uma pessoa razoavelmente calma, não pôde deixar de ficar impressionada com a frieza de Cher. Ela podia estar indo para o cinema, pela forma como se comportava.

— Venha — disse a outra. — Vamos para a fila da frente. Não vamos ser notadas se sentarmos no fundo.

Zoe, sentindo que havia bastante tempo para ser notada, seguiu-a humildemente.

Conforme se sentavam, esperando pelos jurados, o estômago de Zoe se retorcia de nervosismo e entusiasmo. Ela já conhecia um deles, mas é claro que não podia admitir isso para ninguém. Ficou imaginando se ele daria algum sinal de reconhecimento. Cher, segura e linda, aparentemente sem perceber a tensão à sua volta, verificou suas unhas ao estilo francesinha procurando defeitos, mas não encontrou nenhum.

Mike apareceu para falar com eles. Ele ficou na frente de uma mesa que era obviamente para os jurados. O nervosismo de Zoe aumentou. A hora era aquela; ia começar para valer. Cher ainda estava impassível. Zoe percebeu que as unhas dos pés dela também estavam feitas no estilo francesinha. Zoe, cujo sangue-frio a havia abandonado há muito tempo, levantou a mão para mexer no cabelo. Cher, obviamente vendo isso pelo canto do olho, esticou a própria mão e segurou a de Zoe. Ninguém ia mexer em sua criação, mesmo que não fosse ela quem estivesse usufruindo.

— Muito bem, pessoal. A próxima parte não vai ao ar, mas só algumas palavras sobre isso. — Ele falou sobre os caras do som e da luz, assim como os câmeras. — Vocês vão se acostumar com as câmeras logo, logo, o que é bom, mas, por favor, tomem cuidado para não xingar Vão conhecer os jurados agora e aí vamos filmar tudo.

Zoe deu uma olhada na equipe de câmeras perambulando com seus equipamentos e pranchetas. Eles eram como formigas. Ela quase havia se esquecido da parte da televisão naquilo tudo, concentrada como estava na competição, em cozinhar o melhor que pudesse.

— Um grande aplauso para os jurados, gente... — terminou Mike.

Todo mundo aplaudiu obedientemente.

O primeiro a se apresentar foi o chef bonzinho da TV, Fred Acaster, que ensinava às pessoas receitas básicas com uma gentileza que fazia o mundo amá-lo. Ele era um pouco mais velho do que aparentava na telinha, mas parecia simpático.

Zoe percebeu que Cher ajeitou um pouco a postura e deu a ele sua total atenção. Parecia que ela havia projetado alguma espécie de raio mágico na direção dele. Ele a notou e sorriu. Zoe não entendeu direito o que ela havia feito, mas, de repente, Cher estava cintilando para ele sem realmente se mover. Era impressionante!

O segundo jurado era uma mulher, Anna Fortune. Ela comandava uma escola de culinária e tinha fama de ser assustadora. Participara de um programa de televisão quando uma equipe de chefs profissionais teve uma experiência "de volta às aulas" com ela e havia sido cruel. Definitivamente, era a pessoa que deviam impressionar. Porém Cher não se deu ao trabalho de se conectar com ela.

E aí veio Gideon Irving. A lembrança que Zoe tinha dele era de quando estava enlameado, desgrenhado e suado. Agora, seu cabelo continuava despenteado, mas estava limpo, assim como a camiseta por baixo do terno de linho. Armada com a informação privilegiada de que ele não queria ser jurado, Zoe sentia que sua rabugice opressiva estava de certa forma explicada.

Ao lado dela, Cher definitivamente cintilava. Zoe viu Gideon olhar para a concorrente, mas não sabia dizer o que ele estava pensando.

Ela tinha percebido de cara que Anna Fortune seria a jurada a cortar os concorrentes em pedaços, mas Cher estava focada nos homens. De certa forma, fazia sentido. Havia dois homens para apenas uma mulher e, se você conseguisse que os dois ficassem do seu lado, certamente iria passar. Zoe sentiu-se estranhamente intimidada. Uma coisa era cozinhar bem em casa, ou no pequeno café onde ela trabalhava aos sábados. Fazer isso em um espaço tão público (apesar de modesto) já era difícil o suficiente; fazê-lo com uma câmera apontada para você era pior ainda.

Depois de se apresentarem, Anna Fortune foi direto ao assunto.

— Certo, a primeira tarefa. Providenciamos para que vocês assumissem dois restaurantes. Vocês serão divididos em equipes e cada equipe comandará um restaurante. Vamos determinar funções para cada um de vocês. Prestem atenção a seus nomes...

— Dá para ver que ela comanda uma escola, não é? — disse Cher, mais uma vez um pouco alto demais para a paz de espírito de Zoe.

Zoe suspirou. Seria um longo encontro.

Capítulo 3

Zoe se viu em uma equipe com um dos rapazes — Dwaine —, Muriel, a mulher mais velha, Alan, o ex-ator, e Cher. Bill, Shona, Shadrach, Becca e Daniel estavam em um restaurante do outro lado do vilarejo.

Gideon Irving estava encarregado de distribuir as tarefas na equipe de Zoe. Anna fora com os outros, e um carro estava de prontidão para transportar os jurados entre os dois. Depois de pegar as chaves com o dono (que ficou pairando nervosamente por alguns minutos até Gideon lhe garantir que seu restaurante estava em boas mãos e que não deixaria que ninguém o incendiasse), ele os olhou por alguns minutos agonizantes e, então, disse:

— Muito bem, Dwaine, você é o chef. Muriel, *sous*; Alan, *commis*; Zoe, chefe *steward*; e Cher, salão. Sabem quais são suas funções?

— Eu acompanho as pessoas aos seus lugares e lhes trago os cardápios? — perguntou Cher.

Gideon concordou com um aceno de cabeça.

— Você também faz a ligação com a cozinha, organiza a equipe de atendimento, o proprietário permitiu gentilmente que usássemos alguns dos membros de sua equipe habitual, e resolve qualquer dificuldade.

— Fácil — declarou ela, a voz tão cheia de insinuações que Zoe ficou bastante constrangida.

— Zoe? Está claro o que você tem que fazer como chefe *steward*?

Zoe lançou o olhar mais cruel que ousava dar, o que não era muito.

— Limpeza. Eu entendi.

— Provavelmente vai ter que fazer um pouco mais do que isso e, apesar de parecer uma função braçal, há muitas oportunidades para brilhar. — Ele fez uma pausa. — Vamos observá-los de tempos em tempos, assim como assistir às filmagens que forem feitas durante o dia. Nada do que vocês fizerem vai passar despercebido, bom ou ruim. — Ele lançou um olhar para Cher que a fez rir sedutoramente, enfurecendo Zoe.

Quando se assegurou de que todo mundo sabia o que ia fazer, ele se virou para ir embora. Olhou para Zoe e piscou ao passar. Ela corou, esperando que ninguém mais tivesse notado.

O restaurante ficava perto de Somerby — o que não era nenhuma surpresa — e servia boa comida, básica, estilo bistrô. Lendo o cardápio, Zoe viu que faziam aspargos enrolados em presunto de Parma acompanhados por um ovo poché. Ela sabia que isso não seria problema para ninguém, muito menos para alguém em uma competição culinária, mas ficou muito aliviada por não esperarem que ela os fizesse. De todas as coisas supostamente fáceis, ovo poché era com toda a certeza a mais difícil.

Dwaine estava felicíssimo por ser o chef, apesar de lançar um olhar depreciativo para o cardápio. De acordo com ele — e gostava de partilhar o que pensava —, como não havia nenhuma emulsão, *veloutés* ou siri-mole frito em massa de tempura, não havia nenhum desafio.

— Ah, cacete! Não acredito que vou ter que cozinhar uma porra de frango à Kiev! — Ele continuou xingando e amaldiçoando os pratos simples de pub, que eram populares e com preços razoáveis, até perceber que sua taxa de impropérios por minuto provavelmente quebrava todos os recordes e que os rostos olhando para ele não estavam impressionados. Era como se as câmeras ainda não estivessem rodando. — Eu sou um chef — explicou-se ele. — Não espero servir comida já pronta.

— Há um restaurante com uma cozinha aberta perto de mim que deixa muita coisa semipronta — disse Alan. — Senão, levaria horas até as pessoas serem servidas.

Dwaine grunhiu.

— E quanto ao equipamento? Onde fica a de *rôtisserie*? O de *sous-vide*? O para fazer imersão? Não estou acostumado com isso!

— Você *vai* se acostumar com isso — falou Zoe. — Um chef com padrões tão altos como você vai ser capaz de dar um jeito, tenho certeza. — Ela estava verificando a máquina de lavar pratos, feliz por seu emprego no café ter sido um bom treinamento.

Depois de ter se assegurado de que sua ferramenta mais útil estava presente e funcionando, ela deu uma olhada no que mais havia ali — ou o que não havia.

Tirando os dois fogões gigantescos, havia um liquidificador Bamix, uma torradeira, um maçarico culinário, a pia à parte para lavar as mãos, um aviso na parede a respeito das tábuas de corte coloridas para diferentes tipos de alimento e também, preocupantemente, um armário de vidro no qual estavam penduradas algumas facas e cutelos de aparência letal. Ela ficou imaginando se aquilo estava trancado. Dada a natureza do chef do dia, esperava que estivesse.

Dwaine estava convencido de que fora escolhido por sua habilidade. Isso podia ser verdade — seu teste podia ter sido brilhante —, mas nenhum dos outros sabia se isso era verdade e já havia discórdia nas trincheiras.

Todo mundo recebera um dólmã e um chapéu branco de chef, mas Dwaine trouxera as próprias calças com uma estampa xadrez enorme e, em vez de um chapéu de mestre-cuca, usava uma bandana ao estilo de Marco Pierre White. Aí, ele tirou suas facas. O armário trancado já era, pensou Zoe, enquanto ela e Muriel trocavam um olhar significativo.

Dwaine desenrolou o estojo, revelando facas grandes o bastante para derrubar pequenas árvores. Ele soltou uma de sua bainha protetora.

— Olhem só esta beleza! — exclamou, fazendo alguns movimentos assustadores com ela. — Essa aqui é afiada como a de um samurai. Corta uma echarpe de seda mais fácil do que qualquer outra...

— Ah, guarde isso, por favor — pediu Muriel. — Vai acabar machucando alguém, possivelmente você mesmo, e aí não vai ser capaz de cozinhar. — A reação maternal dela teve o efeito certo e Dwaine parou de se exibir por alguns minutos.

Houve um momento de calma irrequieta e então eles ouviram "gravando", e sua primeira tarefa na competição começou. Zoe achou que muita coisa teria que ser tirada na edição se a torrente anterior de palavrões fosse algo a ser levado em conta, mas isso não era problema dela. Já sabendo onde os pratos sujos seriam colocados e para onde iriam depois que estivessem limpos, ela estava cortando cebolas. Parecia uma boa ideia manter-se ocupada enquanto esperava algo para lavar.

Gideon Irving entrou na cozinha. Ele a inspecionou como um leão escolhendo um gnu. Zoe, que não deveria merecer a atenção dele, sendo a versão moderna de uma copeira, foi sua primeira vítima. Ele a puxou de onde ela estava cortando e levantou sua tábua.

— Onde está o pano de prato? Sem um pano de prato, a sua tábua vai escorregar! Ponha um aí, agora!

— Mas você não é um chef — disse Zoe, encontrando um pano de prato e abrindo-o sob sua tábua. Ela podia sentir o olho vigilante de uma câmera fixo nos dois.

— Isso não significa que eu não tenha passado muito tempo em cozinhas profissionais — respondeu ele. — Agora deixe-me verificar a sua técnica.

Zoe estivera feliz cortando cebolas. Faziam seus olhos lacrimejarem, mas ela estava aguentando. Pegou a faca e começou a cortar mais uma.

— Logo de cara já posso falar que você precisa de uma faca maior — corrigiu ele, selecionando uma do cepo de facas. — Esta é melhor, tem um pouco de peso. — Ele avaliou a lâmina com o polegar e então pegou um afiador de aço. Deu várias passadas antes de ficar satisfeito.

Ela pegou a faca e preparou-se para cortar a raiz.

— Não! — falou Gideon. — Deixe a raiz ou vai sorar e fazê-la chorar mais. Agora, corte-a em dois. — Ele tirou Zoe do caminho, pegou a cebola e a segurou. — Desta forma, se a faca escorregar você não vai se cortar. Use a técnica de criar uma ponte sobre o alimento com a mão — colocou um dedo de cada lado da cebola — ou a de formar uma garra. — Ele mudou a posição dos dedos, juntando-os e protegendo-os da faca. — Viu? Mostre para mim.

Zoe, sentindo-se completamente diminuída sob o olhar das câmeras, fez alguns cortes hesitantes.

— Melhor — disse Gideon, menos agressivo agora que estava ensinando a ela. — Experimente desse jeito...

Dois minutos mais tarde, Zoe estava picando cebolas como uma profissional. Gideon podia ser brusco, mas era um bom professor.

Ele e a câmera tinham ido até onde Alan estava botando ovos para ferver, e Dwaine olhou para Zoe com pena.

— Não acredito que você entrou em uma competição como esta sem saber como picar cebolas.

— Ah, cale a boca — retrucou Zoe com calma. — Passei pelo processo de seleção, igual a você.

— É, mas, sério...

— Deixe-a em paz! — repreendeu-o Muriel. — Ela está indo bem. E quanto a você? Está pronto?

Gideon, tendo entrado como um experiente e incisivo treinador e dado alguns conselhos para quase todo mundo, deixou-os para que continuassem trabalhando. Ficaram apenas os concorrentes e a equipe de filmagem.

— Muito bem. — Cher entrou com um pedaço de papel. — Algumas pessoas chegaram e eles querem alguma coisa, tipo, muito rápido...

— Não podem ler os cardápios? — resmungou Dwaine, determinado a bancar o chef mal-humorado.

— Podem, mas o que eles podem comer que seja rápido? — insistiu Cher.

Houve um silêncio enquanto todo mundo olhava para o menu. Nada parecia muito rápido. Mesmo o cassoulet, que só precisava ser esquentado, levaria alguns minutos para ser preparado.

— Que tal um sanduíche? — sugeriu Muriel.

— Eles querem alguma coisa quente — informou Cher.

— Sanduíche quente? — indicou Zoe. — Eu vi alguns daqueles sanduíches que já vêm prontos.

— Boa ideia — falou Muriel. — Ligue a torradeira, Alan.

— Quem é que está no comando aqui? — rugiu Dwaine. — Sanduíches tostados não estão na porra do cardápio!

— Então qual é a coisa mais rápida? — perguntou Cher impacientemente.

— Sei lá, mas eu não sirvo nenhuma merda de sanduíche! — emburrou Dwaine.

— Não leva muito tempo e, no mundo real, se forem embora felizes é mais provável que voltem. — Muriel estava se mantendo firme.

— Mas sanduíches não estão no cardápio! — repetiu Dwaine. — Eles não podem comer algo que não está no cardápio só porque é rápido!

— Mas quanto tempo leva para fazer um sanduíche? — insistiu Zoe, que achava que podiam ter algo já derretendo na chapa em vez de perderem tempo discutindo.

— Uns dez segundos, se as pessoas não desperdiçarem tempo brigando sobre o assunto — disse Muriel.

— Eu concordo com o Dwaine — falou Cher. — Não acho que eles deveriam ter um tratamento diferenciado. Quanto tempo leva para fazer risoto?

Zoe trocou olhares com Muriel.

— Vou perguntar o que eles gostariam — disse Zoe. — Risoto leva séculos.

Muriel concordou com um gesto da cabeça e disse:

— E não se esqueçam, vocês dois, isso é uma competição. E o cliente tem sempre razão. O que os jurados vão pensar se deixarmos clientes irem embora sem serem servidos? Cabe a nós dar a eles o que precisam.

— Eu não estou aqui para fazer porra de sanduíche nenhum! — Sentindo o apoio de Cher, Dwaine não se importou com o linguajar enquanto o impacto de suas palavras os envolvia.

— Nós vamos em frente, então — falou Zoe. — Muriel está certa. As pessoas vieram para cá querendo um lanche quente, nós temos uma cozinha, vamos lhes dar um! Vá lá e diga a eles, por favor, Cher!

Cher cruzou os braços e balançou sua cabeça dourada.

As coisas estavam saindo do controle. Esta era a primeira tarefa deles e já estavam pulando na garganta uns dos outros. Isso é que era trabalho em equipe. Zoe suspirou, tirou seu chapéu de mestre-cuca, do qual ela andava louca para se livrar, e entrou no salão.

A família — pai, mãe e dois adolescentes — estava parada ali, parecendo desolada. Ela abriu um largo sorriso para eles.

— Olá! Sinto muito por terem ficado esperando. Podemos fazer sanduíches tostados bem rápido. Por que não se sentam? Gostariam de alguma bebida? Café? Chá, chocolate quente?

A família relaxou e se acomodou à mesa. Zoe foi para trás do bar para estudar a cafeteira e ficou aliviada ao encontrar tudo de que precisava. Abriu rapidamente alguns sacos de batatas fritas, virou-os em uma tigela e os colocou na mesa. Aí voltou para a cozinha.

— Muito bem, pessoal. Vamos trabalhar!

Capítulo 4

Eram nove horas da noite e os concorrentes estavam reunidos em um dos celeiros de Somerby, traumatizados e bebendo vinho. Um bar improvisado havia sido montado para eles, quase como se forças superiores tivessem sentido que iam precisar depois daquele dia estafante. Havia seis deles: os outros três concorrentes, que estavam alojados no vilarejo, já tinham voltado para dormir em sua hospedagem.

É claro que todo mundo sabia que alguém seria eliminado. Era uma competição; uma pessoa iria embora após cada tarefa. Mas como os dois grupos haviam considerado tudo tão difícil, eles de certa forma esqueceram esse aspecto. E Dwaine fora embora. Simples assim.

Zoe achava que seu grupo havia sido um desastre. Ela e Muriel acabaram fazendo a maior parte do trabalho. Dwaine passara tempo demais construindo torres de comida, encurvado sobre os pratos, acrescentando pedacinhos de sabe-lá-Deus-o-quê em cima de borrões marrons preocupantes até tudo estar frio como pedra e então ser devolvido pelos clientes.

E a comida dele também não tinha muito gosto. O grupo acabou descobrindo que tudo o que Dwaine sabia de culinária vinha de programas de televisão: ele jamais experimentara nada. Para ele, se o prato está bonito, estava bom, e esse foi seu problema. Recusava-se a admitir um erro. E, apesar de tudo, permanecera confiante até o final.

Anna Fortune entrou na metade da tarefa. Ela observara a cozinha, que Muriel e Zoe haviam transformado em uma fábrica de omeletes (servidas com batatas fritas e salada) e saíra de novo com uma fungada audível.

Depois de alguns segundos trocando olhares horrorizados, Zoe e Muriel continuaram com seu plano. Alan havia feito saladas, Muriel as omeletes e Zoe fora a servente, correndo entre a cozinha e o restaurante, assegurando-se de que todo mundo estava feliz. Cher havia polido copos e servido vinho. Dwaine tinha ficado emburrado.

Bem no fim do serviço, Zoe viu uma figura escura se esgueirar, como um lobo. Tratava-se de Gideon. Era estranho, eles concluíram enquanto faziam uma última limpeza na cozinha, como, passado o nervosismo inicial, não sentiram-se vigiados pela equipe de filmagem observando cada movimento deles. Mas um jurado era uma presença do alto escalão, tomando nota de cada coisa.

— Pobre Dwaine, ele estava muito abaixo do esperado — comentou Zoe, passando a garrafa de vinho para Alan, à sua esquerda.

— Não sabia trabalhar em equipe, não é? — disse Alan.

— Não — afirmou Muriel veementemente.

— Ele era o elo mais fraco, tinha que sair — falou Cher.

Muriel e Zoe trocaram olhares. A própria Cher tinha sido um elo bastante fraco e, mesmo assim, ela ainda estava aqui. Zoe imaginou se Muriel também estava se perguntando se era a beleza de Cher que a havia salvado desta vez e se sempre a salvaria.

— Alguma pista de qual vai ser o próximo desafio? — perguntou Bill, um ex-construtor na faixa dos 60 anos que estivera na outra equipe.

— Espero que seja algo individual — disse Becca, aquela que Zoe identificara imediatamente como grande adversária, apesar de ela não falar muito. — Sou melhor sozinha.

— Acho que você se saiu muito bem hoje — elogiou Bill. — Cozinhou bem para caramba, isso sim.

— Vocês acham que vamos ficar sempre na mesma equipe? — indagou Zoe, pensando que ficaria muito feliz em trocar Cher por Bill.

Cher era ótima em parecer que estava fazendo alguma coisa se a câmera estivesse nela ou se houvesse um jurado presente, mas não fazia muito nesse meio-tempo.

— Ah, acho que eles vão nos misturar para os desafios em grupo — opinou Muriel. Ela bocejou. — Acho que vou para a cama. Não tenho mais a energia de antigamente.

— Eu também não — concordou Bill. — Eu a acompanho. Você está em um dos estábulos, não está? Eu estou no chiqueiro.

Todos concordaram que estavam cansados e o grupo se separou. Cher e Zoe andaram até seu estábulo convertido em quarto.

— Se formos divididos em pares, quero ficar com você — anunciou Cher, animadamente. Se tivesse sido mais simpática, Zoe poderia se sentir lisonjeada, mas ela suspeitava de motivos escusos. Seus instintos não estavam errados. — Acho que ficamos bem juntas. Você me destaca bem, sendo baixinha e morena.

— Então você acha que fica mais bonita, mais alta e mais loura, se estiver ao meu lado? — Zoe queria confirmar que suas suspeitas estavam certas.

— É. Não fique ofendida. Você não é feia, mas só não é... — Ela fez uma pausa. — Só não é tão bonita quanto eu.

— Certo — falou Zoe, sentindo, de repente, que quanto menos tivessem a ver uma com a outra, melhor. — Acho que vou até a casa pegar leite para o chá de amanhã. Parece que o nosso acabou.

— Ah, ótimo, nos vemos mais tarde.

— E tente já ter acabado no banheiro quando eu voltar.

A cozinha de Somerby encontrava-se vazia e bagunçada. Os restos de um grande jantar estavam na mesa e todas as superfícies de trabalho tinham panelas, tabuleiros de alumínio gordurosos e copos sujos em cima. A pia estava cheia com mais panelas, que haviam sido deixadas de molho. Zoe, que achava que suas pernas não iam funcionar por muito mais tempo, foi até a geladeira, tentando ignorar a desordem. E aí pensou em Fenella, com sua enorme barriga de grávida, que provavelmente tinha ido para a cama sem limpar nada por bons motivos. Ela não ia querer ver tudo aquilo pela manhã.

— Eu tenho que parar de ser tão prestativa! — afirmou em voz alta, tirando a mesa e enchendo o lava-louça. — Devia só pegar o leite, e voltar para a minha cama e ter uma boa noite de sono antes do desafio de amanhã.

Mas ela não se escutou. Parecia estar no piloto automático; tendo passado o dia inteiro limpando, não podia parar agora.

Estava botando as últimas coisas dentro, enchendo a máquina o máximo que podia, quando ouviu uma voz atrás de si.

— O que você está fazendo aqui?

Ela se virou, esperando que fosse Rupert, mas sabendo perfeitamente bem que não era.

— Eu podia lhe fazer a mesma pergunta! — disse ela, lembrando-se tarde demais de que devia tentar cair nas graças dele.

— Deixei minhas anotações aqui e preciso delas para amanhã. Ainda estamos lá em cima discutindo algumas coisas. — Gideon fez um gesto na direção de uma pasta em cima de uma cadeira. — E você?

— Eu estava pegando leite para amanhã de manhã. Fen disse que devíamos fazer isso.

— E a Fen guarda leite no lava-louça, é?

Provavelmente porque estava cansada, Zoe se pegou sorrindo.

— É claro, todo mundo não faz isso?

Gideon, que, olhando bem, também parecia cansado — o dia tinha sido cheio e, apesar de os jurados não terem se desgastado tanto, eles obviamente levaram seus papéis a sério —, permitiu que sua boca se retorcesse um pouco.

— Eu estava aqui quando a Fen subiu para ir para a cama. Você limpou isso tudo, não foi?

Zoe não conseguia pensar se tinha ou não permissão para ajudar Fenella.

— Talvez...

Gideon fez que sim com a cabeça.

— Você sofreu lavagem cerebral durante o dia. Não pode ver louça suja sem ter que lavá-la.

A testa dela se enrugou um pouco.

— Acho que talvez seja isso mesmo. — Ela procurou embaixo da pia, encontrou algumas pastilhas de sabão e ligou a máquina. — Muito bem, leite.

— Pode ser uma ideia maluca, mas sugiro que você procure na geladeira.

Zoe ignorou isso, mas quando virou de costas, com uma garrafa de plástico na mão, viu Gideon bocejando. Ele esticou os braços ao máximo e grunhiu. Isso fez Zoe pensar em um urso — embora um urso bem sexy. Ele sorriu com sono.

— Sabe, estou com o súbito desejo de tomar chocolate quente. Quanto leite tem na geladeira?

Zoe olhou lá dentro de novo.

— Um monte. — Aí ela se ouviu dizer: — Quer que eu faça para você?

Ela realmente devia parar de se oferecer para fazer coisas para os outros o tempo inteiro. Gideon provavelmente ia pensar que ela estava tentando puxar seu saco, o que nunca aconteceria.

Ele a salvou de si mesma. Negou com um aceno de cabeça.

— Sente-se. Eu sou um especialista.

— Em chocolate quente? Mas você é crítico de gastronomia e empresário! — Ele nunca ia conseguir sem chocolate de verdade, do México, e também creme.

— Isso não significa que eu não possa fazer um chocolate sensacional, não é? Sente-se!

Zoe puxou uma cadeira e se sentou, dizendo a si mesma que ele não a estava tratando como um cachorro, mas só insistindo para que botasse os pés para cima, o que ela precisava fazer. E se ele podia fazer chocolate quente, então bom para ele.

O chocolate exigiu um pouco mais no quesito derreter, bater e requentar do que Zoe pensaria ser necessário, mas quando ele botou uma caneca fumegante com espuma na frente dela, o aroma estava divino.

— Biscoitos — disse ele, enfaticamente.

— Naquela caixa — falou Zoe, apontando. — A Fen disse que são para uso exclusivo dos clientes. Eu sou, se você não é.

Gideon vasculhou a caixa e trouxe um pacote de biscoitos consigo.

— Tem outros, se você preferir, mas acho que estes são os que combinam mais com chocolate quente.

Zoe deu uma risadinha.

— Qual é a graça? — indagou ele.

O ultraje dele a fez rir ainda mais.

— Sinto muito. É só que é tão... sei lá, "chef" da sua parte, apesar de eu saber que você não é chef, ter um biscoito especial para combinar com chocolate quente.

Ele lhe deu uma olhada que podia ser uma advertência.

— Eu acho, tendo em vista que você entrou em uma competição culinária, que devia levar tudo um pouco mais a sério.

Mas Zoe já tinha passado do ponto de ser advertida.

— Posso ter entrado em uma competição culinária, mas isso não significa que tenho que ser uma idiota pretensiosa! — Ela fez uma pausa. — Significa?

— Levar a sua arte a sério não significa que você seja pretensiosa. — Ele puxou outra cadeira e se sentou, fechando as mãos em volta da própria caneca de chocolate.

— A não ser no seu caso! — Ela lançou-lhe um olhar, desafiando-o.

— Não olhe para mim. Eu sou o especialista aqui! Você é a reles participante.

Zoe tomou um golinho do chocolate quente e suspirou.

— Tenho que admitir, você pode ter feito uma grande cena e uma bagunça maior ainda, mas isto está divino.

— Estou lisonjeado.

— Ah, não fique. A minha opinião não conta. Afinal, sou só uma "reles participante".

Ele riu de verdade dessa vez.

— Não uma participante que pareça ter a intenção de seduzir os jurados, isso é certo. A garota que fez o atendimento no salão no desafio de hoje com certeza sabia a quem devia agradar.

— Fico feliz em ouvir isso. É uma competição culinária.

Ele balançou a cabeça de leve.

— Isso não é muito engraçado, sabe.

— Eu sei. Mas estou levando a competição a sério. E se eu não ganhar porque não flerto com os jurados, tudo bem. Quero ganhar pelos meus próprios méritos.

Ele olhou firmemente para ela e falou:

— Não sei muito sobre seus méritos, ainda, mas não está fazendo um mau trabalho flertando com os jurados.

Zoe ficou horrorizada.

— Você não acha que eu estava flertando, acha? Eu estava só brincando!

— Então está tudo bem. Eu a absolvo do flerte.

Se bem que, pensou Zoe, talvez ela tivesse flertado um pouco. Gideon tinha aquele efeito sobre ela e, secretamente, ela bem que gostava. Ele era muito menos temível na cozinha aconchegante de Somerby. Mas ela tinha que tomar cuidado.

— Ótimo! Eu quero ganhar isso jogando limpo.

— Isso é admirável. — Ele fez uma pausa. — Então, por que você quer ganhar?

Ela ficou bastante satisfeita por estarem em terreno mais seguro.

Refletiu e disse:

— Quero ganhar porque amo comida e amo cozinhar. Abri mão de um emprego em que estava havia algum tempo e quero realmente ganhar. — Ela lhe lançou um olhar pesaroso. — Não sou obcecada por dinheiro nem nada, mas quero abrir uma deli. O dinheiro ajudaria.

— É justo.

Ele estava olhando para ela um tanto intensamente, por isso Zoe decidiu lhe fazer uma pergunta.

— E você? Tem alguma ambição antiga? Ou se considera completamente bem-sucedido?

Ele riu.

— Longe disso! E sim, eu tenho ambições antigas.

— Que são...?

— Eu me sinto como uma concorrente ao Miss Universo quando digo isso, mas realmente quero fazer algo para ajudar a educar as pessoas quanto à comida. Jamie Oliver fez grandes avanços, mas eu gostaria de entrar nessa briga. — Ele estava mexendo o restante de seu chocolate enquanto falava, um olhar de concentração no rosto. Estava claro que era muito apaixonado pelo assunto.

— Então por que não entra? Afinal, não é nada do que se envergonhar.

— Ainda não encontrei a plataforma certa. Precisa ser algo grande, mas eu vou encarar. Um dia.

— Acho que é uma ambição genial. Muito melhor do que querer abrir uma deli. — Zoe estava bastante satisfeita por ele ter ideais. Fazia com que gostasse dele ainda mais.

— Nós todos podemos mudar o mundo, e boas delicatessens são maravilhosas.

Zoe concordou com a cabeça.

— Não me dê corda nesse assunto. Tenho tantas ideias... — De repente ela bocejou.

— Ei, é melhor você ir para a cama. Precisa dormir. Você tem uma competição para ganhar.

— Eu me sinto tão culpada...

— Por quê? — Gideon estava confuso.

— Por contar minhas ambições a você. Pode fazer com que me favoreça.

Ele riu.

— Prometo a você, sou incorruptível. Você provavelmente vai conseguir sua delicatéssen algum dia, mesmo se não ganhar.

— Talvez. De qualquer modo... — Ela hesitou, relutante em ir embora, apesar de saber que deveria.

— Acho que se estiver realmente determinada, vai conseguir o que quer. — Ele parecia achar que a hesitação dela era falta de confiança.

— Talvez você tenha razão. — Ela se sentia estranhamente livre para dizer o que pensava com Gideon; sentia-se mais à vontade com ele do que com homens mais próximos da sua idade e com perfis mais parecidos. Também havia algo na cozinha que era um convite à intimidade.

Talvez ele sentisse a mesma coisa, porque, em vez de voltar para o andar de cima (certamente as pessoas estavam imaginando o que havia acontecido com ele), perguntou:

— Então, como é ficar aqui?

— Foi só uma noite, mas Fen e Rupert são muito hospitaleiros. Foi por isso que limpei a cozinha para eles, os dois foram uma graça comigo.

— Sou capaz de mendigar uma cama aqui, então.

— Por quê? Seu hotel não é confortável?

— Tenho certeza que é. Mas sou alérgico a hotéis. Passo muito tempo fora e preferia ficar na casa de alguém.

Zoe pensou em Fenella, que já tinha coisas demais para fazer.

— Bem, acho que você não devia fazer isso.

Ele ficou surpreso.

— Por que não?

— Não tem nada a ver comigo, é claro, mas Fen está grávida. Se você se hospedasse aqui ia dar muito mais trabalho para ela.

— Ia?

— É claro! Ela teria que fazer um café da manhã adequado, se assegurar de que o seu quarto estivesse arrumado... todo tipo de coisa de que ela não precisa agora.

Ele estudou Zoe com mais atenção.

— Você é muito protetora com ela.

— Não... Bem, talvez eu seja. Mas tenho pena dela com todas essas pessoas à sua volta quando está prestes a dar à luz.

Ele pensou a respeito.

— Está bem, se eu prometer não pedir, nem mesmo aceitar, qualquer atenção especial, nem mesmo o café da manhã, manter minhas coisas limpas e não chegar tarde nem bêbado, posso perguntar se há uma cama extra para mim? A produtora iria pagar a eles, afinal de contas.

Zoe fez uma careta.

— É claro, não é da minha conta...

— Nem um pouco.

— Mas se você cumprir esses termos e essas condições...

— Aaah, que formal — provocou ele.

— Você pode perguntar se pode ficar.

Gideon se levantou e pegou a caneca vazia de Zoe.

— Vou dizer que tenho permissão do rottweiler domesticado deles.

— Ah, por favor, não. — Zoe estava subitamente séria. — Eles ficariam muito chateados, senão muito irritados. Eu não quero isso.

— Está bem, vai continuar sendo nosso segredo.

Zoe se levantou e pegou o leite. Gideon foi até ela.

— Boa noite. — Ele parecia que ia beijar sua bochecha, como beijaria se tivessem se conhecido socialmente, do jeito normal.

Zoe ergueu os olhos para ele e tentou pensar em algo inteligente para dizer, para encerrar a conversa; mas nada lhe ocorreu, então, agarrando o leite, virou-se e saiu.

Para seu grande alívio, Cher estava dormindo quando voltou. Ela não teve que aguentar perguntas sobre se havia precisado ordenhar a vaca, considerando o tempo que levara para voltar com o leite. Pela manhã, ela pensaria em uma boa desculpa. Cher era uma pessoa muito desconfiada. Era como viver na Inquisição Espanhola, mesmo que você não tivesse feito nada errado. Afinal, as regras não diziam que ela não podia dividir um chocolate quente com um dos jurados. Ou diziam?

Capítulo 5

— Não tem iogurte, nenhuma frutinha vermelha e nada de pão — disse Cher, olhando dentro do frigobar na manhã seguinte.

— Ah — falou Zoe, sem saber que outro comentário poderia fazer. — Posso ir pegar pão, eu acho.

— Considerando quanto tempo demorou para pegar o leite ontem à noite, você poderia assar o pão.

Zoe suspirou. Cher tinha razão. Nenhuma de suas desculpas para demorar tanto com o leite parecia ter colado, o que não era nada surpreendente, de verdade.

— Então, como você conhece o caminho — disse Cher —, é melhor ir trotando e pegar um pouco.

Mais uma vez se segurando para não dar uma resposta zangada, Zoe saiu do estábulo. Sinceramente, sua companheira de quarto era impressionante! O chalé parecia apertado com a personalidade de Cher ocupando todos os espaços, e Zoe ficou feliz por sair — e ela se sentia atraída para Somerby por diferentes motivos. Atravessou o pátio e entrou na cozinha pela porta dos fundos.

Fenella já estava lá. Ela também tinha perguntas.

— Você arrumou a cozinha ontem à noite, não foi?

— Desculpe, eu só...

— Ah, pelo amor de Deus! — Fenella se aproximou e abraçou Zoe. — Eu não estava dando uma bronca em você! Apenas não consegui encarar aquela louça e o Rupes também não. Ele disse que resolveria isso hoje de manhã, mas eu desci mais cedo. — Ela esfregou a lateral da barriga. — Não estou dormindo tão bem, e foi como se os elfos tivessem passado aqui durante a noite! Estava tudo brilhando.

— Bem, eu senti pena de você. Tem tanta coisa para fazer, além de estar grávida.

— Você é uma fofa. Espero realmente que ganhe. — Fenella abriu um grande pacote de pão e tirou um. — Foi isso que veio pegar? Os faxineiros entregam o pão e o leite aos outros, mas como vocês estão tão perto da casa, sou eu quem deve levar — explicou Fenella, desculpando-se. — Mas desde que fiquei tão enorme, parece que não consigo cuidar disso.

— Não me incomodo de buscar, e o pão está lindo.

— Temos uma superpadaria. Nossos hóspedes adoram os pães deles.

Zoe pensou em outro hóspede que eles poderiam ter e quase avisou Fenella, para que a outra tivesse tempo de preparar uma desculpa, se precisasse. Aí percebeu que não devia dizer nada, ou Fenella ia ficar imaginando como ela sabia que Gideon queria sair de seu hotel.

Elas conversaram por alguns instantes sobre amenidades, e Fenella perguntou:

— Eu estava pensando uma coisa: você tomou chocolate quente antes de voltar com o leite?

Zoe pensou depressa.

— Sim, sim, tomei. Espero que não tenha problema!

— É claro que não tem problema! O que você quiser! Meu Deus, se os elfos vêm à noite, você não nega a eles um pouco de chocolate quente.

— Então está tudo bem. É melhor eu levar este pão antes que Cher comece a comer o próprio braço. Não que haja muito ali para comer.

Fenella deu uma risadinha.

— Ela nunca vai engordar até o tamanho 38, vai?

Zoe balançou a cabeça.

— Não. — Ela pegou o pão. — Tchau!

— Tchau, então! — exclamou Fenella. — E não precisa me dizer por que havia duas canecas no escorredor.

Era bastante óbvio que Fenella queria muito que ela lhe contasse, mas Zoe só deu de ombros.

— Elfos! Você sabe como eles são! — E saiu rapidamente antes que sua anfitriã pudesse fazer mais alguma pergunta.

Contudo, ela gostava do fato de que Gideon havia lavado as canecas. Talvez ele mantivesse sua promessa de não dar trabalho a Fenella.

— Muito bem! Pessoal! — Mike pediu a atenção de todos.

Eles estavam na tenda e o vento frio de maio fazia as laterais do pano ondularem um pouco. O tempo tinha voltado a ficar instável.

— A tarefa de hoje! — Ele teve que erguer a voz para se fazer ouvir. — Vai ser feita em dois dias e tem a ver com usar produtos realmente locais.

Cher se virou para procurar as câmeras e descobriu que não havia nenhuma, ou melhor, os equipamentos estavam todos desligados naquele momento. Os outros se concentraram em Mike. Estavam mais unidos agora que haviam deixado a tarefa inicial para trás.

— A primeira coisa a fazer é adquirir seus ingredientes — explicou Mike, consultando uma folha de papel. — Vocês receberão uma lista de fornecedores locais, uma determinada quantia e formarão grupos para serem conduzidos até eles. Isso é para garantir que realmente fiquem na área. Quem tem carro, por favor entregue as chaves. Assim vamos garantir que não vai haver trapaça.

— E depois o quê? — indagou Bill. — O que devemos fazer com nossos ingredientes?

— Vocês vão trabalhar sozinhos e devem produzir uma excelente refeição de três pratos. O orçamento é generoso, portanto, não precisam tomar cuidado com o custo, mas ficarão um pouco limitados por precisar usar os ingredientes locais.

— E quanto a coisas como azeite de oliva? — perguntou Shadrach, o cozinheiro fanático, parecendo em pânico. Daniel concordou com a cabeça. — Sal e pimenta?

— Eu ia chegar aí — disse Mike. — Há uma lista de exceções para a regra de produtos locais. Azeite e sal e pimenta estão nela. Vou entregar a vocês a lista de fornecedores e as regras sobre o que é considerado ingrediente local. Vocês têm uma hora para pensar sobre o que querem cozinhar, aí os carros virão para levá-los aos fornecedores escolhidos. Seria uma boa ideia se pudessem se agrupar por carros, cerca de quatro pessoas em cada, para podermos coordenar aonde vamos. Vocês serão filmados nos vários fornecedores. Ah, e receberão suas sacolas antes de entrarem nos carros.

Zoe sentiu-se entusiasmada. O desafio era bem a praia dela.

— Acho que isso vai ser divertido — comentou com Cher, que por acaso estava perto.

— O quê? Ingredientes locais? Divertido? Acho que não. O que por aqui vai ser minimamente decente? Algumas cenouras e um pouco de vaca velha.

Zoe olhou em volta, receosa de que alguém que pudesse ser considerado um local tivesse ouvido esse insulto e se ofendido. Ela voltou devagar para o quarto, lendo a lista de fornecedores. Seu problema seria escolher que ingredientes usar, havia tantos disponíveis. Ficou um pouco surpresa por Cher não a ter seguido, mas não triste.

Uma hora depois, armada com sua bolsa e as anotações tão fundamentais, Zoe foi de volta até a frente da casa. Uma frota de táxis estava parada e Fenella, com o telefone na mão, parecia chateada.

— O que houve? — indagou Zoe.

— Acho que eles não mandaram táxis suficientes — disse Fenella. — Eu queria que a produtora tivesse pedido para a gente indicações de empresas.

— Bem, não é culpa sua, é? — indagou Zoe. Parecia haver carros o bastante para ela. As pessoas estavam entrando neles, suas sacolas enfiadas na roupa.

Mike veio até ela.

— Ah, Zoe! Achei que estava faltando alguém!

— Eu cheguei aqui na hora — disse ela, ofendida.

Mike olhou para seu relógio.

— É, acho que chegou, mas eles não mandaram carros suficientes...

— Eu falei! — disse Fenella, perversamente satisfeita.

— ... o que significa que todo mundo teve que se espremer, três atrás. Acho que a firma de táxi não entendeu que a equipe de filmagem também ia.

Fenella balançou a cabeça, mais por tristeza do que por raiva.

— O problema é que não há espaço para você, Zoe — falou Mike, parecendo irritado.

— O quê? — Zoe de repente se sentiu como a última garota escolhida para o time. — Aposto como Cher não teve que se espremer no banco de trás. Aposto como ela está ótima.

Mike parecia acanhado.

— Ela realmente saiu correndo só com um câmera com ela.

— Você não devia ter deixado! — disse Fenella indignada. — Não é justo!

— Eu sei — concordou Mike —, mas, francamente, achei que haveria lugar para todos e não estou muito em forma para correr pela estrada e me jogar na frente de um carro em movimento. Olhe, vai ficar tudo bem. Zoe pode ir, sozinha, quando o primeiro táxi voltar. Tenho certeza de que não vai ter que esperar muito.

— É ultrajante! — disse Fenella, pegando o braço de Zoe e guiando-a na direção da cozinha. — E não precisava ter acontecido se apenas tivessem me deixado dizer quais pessoas locais são confiáveis.

Gideon estava na cozinha, conversando com Rupert e, ao vê-lo, Zoe tentou dar a ré e sair de novo. Parecia não conseguir evitá-lo. Havia uma pequena mala no canto da cozinha e ela presumiu que ele recebera o selo de aprovação e a permissão para ficar em Somerby. Descobriu que gostava da ideia.

— Não precisa fugir só porque estou aqui — disse ele. — Eu não mordo. Ou pelo menos só uma vez por mês, quando a lua está cheia.

Rupert riu.

— A pobre Zoe não conseguiu um táxi porque eles não mandaram o suficiente — explicou Fenella.

— Você achou que isso poderia acontecer, não foi, amor? — comentou Rupert. — Zoe, tome uma xícara de café para compensar. Acabei de fazer um pouco. E nós lhe devemos pelo menos isso, com toda a ajuda que você nos deu.

Fenella lançou um olhar chocado para Zoe, notado por Rupert.

— Ah, não se preocupem, meninas — falou Rupert alegremente. — Tenho certeza de que não é contra as regras Zoe ajudar com a limpeza.

— Ah, não, claro que não — disse Fenella. — Sente-se. Vou procurar uns biscoitos.

— Isso não a põe em desvantagem? — perguntou Rupert, entregando-lhe uma caneca de café que tinha um cheiro divino.

— Acho que sim.

— Significa que eles vão chegar aos fornecedores primeiro — falou Gideon. — E vão ter mais tempo para pensar no cardápio.

— Bem, é, já tinha pensado nisso, mas não há nada que eu possa fazer. — Ela bebericou seu café com gratidão e decidiu deixar a atmosfera tranquilizante da cozinha de Somerby abrandar sua irritação.

— Deixe-me dar uma olhada na sua lista de fornecedores locais — disse Rupert, esticando a mão. Zoe tirou-a do bolso de trás do jeans. — Hmm — continuou, analisando a lista. — Eles deixaram de fora alguns lugares bons. Por que não nos consultaram sobre os nossos fornecedores? Estão sendo muito estúpidos em relação a isso. Deviam ter nos perguntado muito mais coisas.

— Quem eles deixaram de fora? — indagou Fenella, bebericando chá de hortelã.

— Bem, os Rose, para começar, e, apesar da cidra ser seu carro-chefe, eles criam um porco maravilhoso — explicou Rupert. — E Susan e Rob não estão aqui. É uma loja de laticínios, pequenininha, mas bem-abastecida...

— Como eles dizem toda vez que vamos lá — disse Fenella. — Como puderam ficar de fora?

— Algum pesquisador em Londres não os encontrou em nenhuma lista de endereços — disse Gideon. — Mas não há motivos para nós não irmos lá. — Ele olhou para Zoe, que se pegou corando.

— Nós? Não tenho permissão para ir a não ser nos automóveis oficiais, tivemos que entregar as chaves dos nossos carros para garantir que não iríamos quebrar as regras de "apenas ingredientes locais".

— Esses lugares ficam a praticamente uma caminhada de distância — explicou Rupert. — Muito mais locais do que alguns desses fornecedores. — Ainda estava olhando de maneira depreciativa para a lista.

— Eu a levo — disse Gideon. — Eu mesmo quero dar uma olhada neles.

— Mas não é contra as regras? — perguntou Zoe, ao mesmo tempo percebendo que queria muito explorar aqueles lugares com Gideon. — Seria uma confraternização, sei lá.

— Eu sou um jurado, não o inimigo — disse Gideon, olhando intensamente para ela.

— É a mesma coisa — comentou Zoe, baixinho. — Não é?

— Bem, não vamos contar a ninguém — disse Fenella —, e a culpa é deles por não terem mandado carros suficientes. Você ficaria em desvantagem se não fosse com o Gideon.

Ele olhou para Fenella.

— Qualquer um pensaria que você está louca para me tirar do seu pé.

— Como adivinhou? — perguntou Fenella, rindo. — Tenho uma equipe de decoradores prestes a começar o seu quarto a qualquer minuto. Temos que preparar aquela suíte nupcial super-rápido.

Ele franziu as sobrancelhas.

— Ah, espero que a minha estadia aqui não a tenha atrapalhado.

— De jeito nenhum — disse Fenella. — Eles podem trabalhar com você no meio. Se não se incomodar, é claro.

— Por mim, tudo bem. — Gideon sorriu. Afinal, Fenella e Rupert estavam lhe fazendo um favor.

Fenella se virou para Zoe.

— Agora termine o seu café e depois vá. E traga um pernil de porco para mim. Vou telefonar e dizer a eles o que queremos. Ah, e um pouco de bacon...

Capítulo 6

Zoe entrou no carro de Gideon sentindo uma mistura de entusiasmo e nervosismo. Ela conseguira conhecê-lo um pouco enquanto estavam tomando chocolate quente, mas estar tão perto dele era, de certa forma, um choque. Ela sabia que se sentia atraída por ele — gostava dele, até —, mas não havia percebido o quanto até seu braço estar a apenas centímetros do dele. Zoe realmente esperava ser capaz de se concentrar. Não era sempre que achava as pessoas atraentes dessa forma e isso a estava deixando um pouco tonta.

— Está com as direções? — perguntou Gideon.

Ela se deu uma sacudida mental e pôs o cérebro para trabalhar.

— Estou. Parece bem simples. — Rupert rabiscara um mapa que Zoe agora examinava. — A qual devemos ir primeiro? Porcos ou laticínios? — Ela estava determinada a parecer completamente profissional e eficiente. O que ela era. Em geral.

— A qual vamos primeiro?

— Laticínios, mas não queremos coisas estragando no carro enquanto olhamos os porcos. Talvez porcos?

Ele fez que sim com a cabeça, tendo pensado no assunto.

— Está bem, estou nas suas mãos, mas não podemos nos perder.

Conforme começou a relaxar um pouco e a aproveitar a companhia dele, achou que podia provocá-lo.

— Com licença, mas foi você que desceu pela pista errada e atolou o carro tentando dar a volta!

Ela o viu erguer os olhos para o céu pelo espelho retrovisor.

— Eu sabia que você nunca me deixaria esquecer disso.

Zoe sorriu. Algo na maneira com que ele falou aquilo os conectou, como se fossem uma equipe — ou um casal, juntos em uma aventura. Ela descobriu que gostava bastante daquela ideia, mas aí se repreendeu. Eles não eram uma equipe: ele era um jurado em uma competição que iria — com sorte — ser assistida por milhões, e ela, uma concorrente.

E, de qualquer maneira, ela estava louca por gostar de Gideon. Ele jamais olharia para ela, a não ser, possivelmente, como uma diversão quando não houvesse muita opção. Ele tinha o tipo de visual — não exatamente bonito, mas inegavelmente sexy — que sugeria que podia conseguir qualquer mulher que quisesse. Mesmo que o desejasse — e, se fosse sincera, ela desejava —, seria louca de se entregar aos seus sentimentos. Tinha que se controlar. Não podia pôr em risco suas chances na competição. Ela era uma jovem moderna, e não sacrificaria suas aspirações por um homem, por mais tentador que fosse.

— Acho que é aqui — informou ela ao se aproximarem de uma curva, semiescondida por sebes altas. O campo estava brilhante, com aquele verde fresco que só se vê em maio na Inglaterra. Zoe estava realmente se divertindo. — Rupert disse que a placa fica bem escondida, mas é ao lado de um carvalho.

— Entendi. — Ele diminuiu a velocidade e virou onde ela indicou. Com um rugido gutural, desceram por uma trilha de terra não-tão-lisa. — Mas se você tiver nos levado a uma rua sem saída, espero que nos tire de lá.

— E não é o que sempre faço? — Ela lhe lançou um olhar desafiador.

O que ele lhe deu em resposta sugeriu que não estava acostumado a ser desafiado. Zoe decidiu fazê-lo sempre que possível — para o bem dele, é claro. Também percebeu o quanto adorava flertar.

A estrada era cercada de pomares, com porcos pretos farejando por debaixo das árvores — uma imagem idílica que fez Zoe suspirar por uma vida mais rural. A cidade onde ela havia morado até a competição, e onde seus pais ainda viviam, não era exatamente uma metrópole, mas existia algo maravilhosamente agradável em um campo de verdade e não na versão pintada em uma caixa de chocolates.

— Provavelmente são árvores de cidra — disse ela em voz alta, para disfarçar o suspiro. — Suponho que as maçãs deem um sabor especial à carne.

Gideon riu.

— Desde que os porcos não comam demais e fiquem bêbados.

— Porcos podem ficar bêbados? — perguntou Zoe.

— Ah, sim, podem mesmo. Mas não tenho certeza se têm ressaca.

A ideia estimulou a imaginação dela.

— Imagine ter que servir remédio para ressaca aos montes, pilhas e pilhas de Engov.

— O que seria seguido por arrotinhos de porco — falou Gideon. — Que fofo.

Zoe deu uma olhada rápida e furtiva para ele enquanto estacionavam; um homem que achava que porcos podiam ser fofos não podia ser de todo ruim. Não que ela achasse que ele era ruim... Zoe meio que desejava que ele parasse de dizer coisas que a fizessem gostar mais dele.

Gideon saltou do carro. Não havia ninguém por perto.

— Eles têm uma loja? — indagou para Zoe. — Ou uma campainha?

— Vamos tocar a campainha da porta da frente e esperar que alguém venha. — Ela suspirou. — Não tenho muita experiência em fazendas, mas posso imaginar que quase nunca há alguém por perto. Estão sempre em algum lugar, fazendo alguma coisa.

Felizmente eles não tiveram que esperar muito tempo, aproveitando a luz do sol e inspecionando os canteiros de flores de cada lado da porta da frente, antes de ouvirem uma voz.

— Posso ajudá-los?

Uma mulher na faixa dos 30 anos apareceu. Usava camiseta e jeans enfiados nas galochas e seu cabelo estava preso em um rabo de cavalo. Não usava maquiagem. Seu sorriso largo tornava qualquer outro tipo de enfeite desnecessário.

— Desculpem, eu estava alimentando os bebês... leitões.

— Ah, podemos ver? — disse Zoe.

— Não se apegue a nada que você possa comer — falou Gideon, seguindo as duas mulheres.

— Não vou comer nenhum desses, vou? — disse Zoe.

— Eu só estava falando...

A mulher que ela estava seguindo suspirou.

— Você parece o meu marido. Eu sou Jess Rose, por falar nisso. Fen e Rupert mandaram vocês aqui? Eles telefonaram e disseram que duas pessoas estavam a caminho. Aqui estamos.

No chiqueiro havia uma porca do tamanho de um carro e 12 leitõezinhos iguais a embrulhinhos com patas.

— Ah, meu Deus, eles são adoráveis! — exclamou Zoe.

Gideon ergueu uma sobrancelha, mas ela podia ver que ele também os achava adoráveis.

— São mesmo — concordou Jess. — E ainda assim nós os comemos. Nós lhes oferecemos a melhor vida, a mais natural possível, e aí eles morrem.

— Vocês não lhes dão nomes? — Zoe quase sussurrou.

Jess balançou a cabeça.

— Não para os leitões, só para as porcas de reprodução.

Com certa relutância, Zoe afastou o olhar das criaturas que se contorciam e farejavam e a lembravam filhotes de labrador.

— Isso não é bom! Estamos em uma missão. Além de pegar algumas coisas para Fen, quero alguns produtos suínos realmente maravilhosos para uma competição de culinária.

Jess abriu um largo sorriso.

— Venha comigo. Talvez eu tenha exatamente do que precisa!

Eles a seguiram até um galpão. Pendendo do teto havia meia dúzia de peças de carne.

— É da barriga — disse Jess. — Esta é a minha *pancetta* caseira!

Gideon e Zoe trocaram olhares.

— Fen sabia sobre isso? — indagou Zoe.

— Não! Eu queria ver se dava certo antes de contar às pessoas, mas dá.

— Eu preciso levar um pouco disso! — exclamou Zoe.

— Você faria o que com ela? — perguntou Gideon.

— Sei lá! E se soubesse não lhe contaria! — respondeu Zoe, só parcialmente ciente do quanto isso parecia tolice. — É absurdamente caro?

Eles foram embora da fazenda com vários pacotes no banco de trás.

— Estou tão entusiasmada com a *pancetta* — informou Zoe. — Ninguém mais vai ter!

— Você vai ter que fazer algo especial com ela — comentou Gideon. — Ter bons ingredientes é apenas o começo.

— Ah, pare de ser tão sensível. Vamos procurar o lugar dos queijos agora. — Mas ela se lembrou de algo de um dos livros de receitas da mãe, escrito nos anos 1970.

Depois de girar e virar por mais algumas estradas no campo, eles chegaram ao destino seguinte. Zoe estava realmente se divertindo. Era um belo dia do começo do verão e Gideon era uma companhia muito tranquila. Tudo estava bem no mundo — pelo menos para Zoe.

Eles estacionaram nos fundos de outra pitoresca casa de fazenda, atravessaram o pátio, passando por algumas vacas com manchas brancas interessantes no dorso, e tocaram o que esperavam ser a campainha certa. Após alguns minutos, enquanto imaginavam se estavam no lugar certo, a porta foi aberta por uma mulher atraente que lhes deu um sorriso caloroso.

— Fen telefonou e avisou que vocês viriam — disse ela. — Bem-vindos! Eu sou a Susan. Fen disse que era para eu mostrar tudo, não só queijo e leite, mas isso primeiro. Venham por aqui.

Enquanto Zoe seguia Susan e Gideon, ela se sentiu inspirada. Essa mulher teria produtos maravilhosos, coisas a que os outros não teriam acesso e que dariam a Zoe uma ligeira vantagem. Apesar de saber que era boa cozinheira, ela suspeitava que houvesse outros na competição melhores que ela. Ainda não houvera realmente oportunidades para os participantes brilharem. Ela precisaria conseguir alguma vantagem para ganhar.

— Querem ver onde produzimos? Ou só a loja?

Gideon olhou para o relógio.

— Bem, já estamos fora há um tempo.

— Estávamos vendo porquinhos e comprando bacon e carne de porco — explicou Zoe. — E cidra.

Susan riu.

— Sei onde estiveram. Se não tiverem tempo para o grande tour, e eu na verdade também estou meio ocupada, venham e olhem a loja. — Ela os guiou até uma construção pequena e abriu a porta. — Isto era um estábulo.

— Ah, eu estou dormindo em um estábulo no momento — comentou Zoe.

— Rupert e Fen foram tão criativos, não é? Agora, deem uma olhada. Quase tudo aqui foi produzido ou na nossa fazenda ou na fazenda ao lado.

Com o prato principal decidido e a ideia para uma entrada, era na sobremesa que Zoe precisava pensar. Ela queria fazer algo original, o que significava nada de frutas de verão.

Gideon saiu andando para ver a parte comercial do processo de fabricação de queijos, deixando Zoe examinar o estoque sem sua presença inibidora. Será que toda essa expedição juntos era contra as regras? Apesar de que, para ser justa consigo mesma, não havia nada nas regras sobre não encontrar outros fornecedores, acompanhada por um jurado. Ela só não seria filmada.

— Você precisa de alguma coisa específica? — perguntou Susan depois que Zoe dera a volta na loja inteira sem escolher nada.

— O problema é que eu não sei do que preciso, a não ser de ingredientes para uma sobremesa que seja original e local, é claro.

— Os morangos estão lindos.

— Eu sei, mas acho que todo mundo vai usar morangos ou framboesas. — Ela pegou um vidro de mel.

— O mel do tio Jim é muito especial.

— Vou levar um pouco, de qualquer modo. Eu adoro mel.

— Eu também! E fica muito bom com queijo.

Isso chamou a atenção de Zoe.

— Fica?

— Fica! Venha, vou mostrar a você.

Susan abriu a geladeira, pegou um pedaço de queijo e depois um pote de mel. Passou um pouco de mel no queijo.

— Tome, prove isto. Não é exatamente um Single Gloucester, porque estamos fora da área onde ele pode ser produzido, mas é feito com o mesmo método.

Zoe botou o queijo com mel na boca. Enquanto mastigava, Susan continuou:

— Uma amiga que conheci em um curso de fabricação de queijos o faz e é um dos meus favoritos. Nós o chamamos de Single Littlechurch. Criamos o gado Gloucester porque é uma raça rara.

Susan mergulhou de novo na geladeira.

— E aqui está o que nós fazemos, que é como um Brie.

— Como fica com mel? — perguntou Zoe, seu cérebro zumbindo.

Susan sorriu.

— Experimente!

Zoe não conseguiu falar por alguns segundos.

— Isso é tão maravilhoso! Preciso disso também!

— Você tem um orçamento ilimitado?

— Não ilimitado, mas bastante generoso. — Ela mastigou e pensou mais um pouco. — Apesar de que, para uma sobremesa, provavelmente vou precisar de algo mais ácido, algum tipo de fruta, mas não vermelha.

— Tem que ser fruta fresca?

— Acho que não.

Susan fez um gesto na direção das prateleiras.

— Dê uma olhada nas frutas em conserva, então.

— Ameixa-de-damasco? O que diabos são ameixas-de--damasco? Nunca ouvi falar delas — indagou Zoe alguns instantes depois.

— Uma espécie de ameixa selvagem. Crescem em sebes e no ano passado tivemos montes delas. Minha mãe faz as conservas.

Zoe pegou o pote e inspecionou as frutinhas amarelas que pareciam opalas douradas.

— Com certeza vou querer um pouco disso. Você faz creme também?

— É claro que faço! E desafio você a encontrar um creme melhor no condado.

Depois de mais algumas compras, na maior parte em lojas de fazendas, eles voltaram a Somerby. Zoe ficou aliviada por não terem esbarrado em ninguém pelo caminho. Não que estivesse fazendo nada ilegal, mas ela ainda achava que provavelmente não devia passar tanto tempo com um dos jurados. Estava encantada com suas aquisições e, além disso, apesar de Gideon ter estado lá, ele não sabia exatamente o que ela planejava cozinhar. Ela descobriu que gostava muito de surpreendê-lo. Fenella e Rupert haviam providenciado chá para todos e Zoe aguardava ansiosamente por aquela refeição — que ela não tinha ajudado em nada no preparo.

Gideon estacionou na frente da casa e Zoe saltou. Quando ela saía do carro, Cher apareceu da lateral da casa. Aquela garota tinha um sexto sentido, pensou Zoe, sentindo-se culpada.

— Ah, olá. Ficamos nos perguntando onde você estava. Então conseguiu uma carona?

Aí Gideon saltou do carro, fazendo Cher olhar fixo e se controlar.

— Ah! Entendi! — Ela riu sedutoramente. — Não é contra as regras ficar amiguinha dos jurados?

— É contra as regras fazer com que os competidores não consigam obter seus ingredientes — replicou Gideon com calma.

— Eu fiz isso? — Cher era toda inocência.

— Você pegou um táxi sozinha, o que significou que não havia lugar para Zoe — explicou ele.

— Duh! Foi mal! Parecia haver um monte de táxis. — Seu remorso fingido envolvia olhar para Gideon por baixo dos cílios postiços e sorrir.

— Bem, deixe para lá, eu tenho o que preciso agora — disse Zoe.

Só por um segundo, ela pensou que preferia não ter nada com o que cozinhar do que ficar vendo Cher flertar com Gideon, mas aí se deu uma chacoalhada mental. Isso era ridículo. Gideon parecia impassível diante das artimanhas de Cher e, de qualquer modo, ela, Zoe, não tinha direitos sobre ele.

Uma vez que suas sacolas de ingredientes haviam sido cuidadosamente marcadas e guardadas, prontas para o desafio no dia seguinte, e um banquete maravilhoso tinha sido desfrutado, todos perambularam de volta para suas acomodações. Tinham algum tempo livre antes do jantar.

Como Cher entrara no chuveiro quando Zoe entregava suas compras para Fenella, Zoe ligou seu laptop enquanto esperava, sabendo que a companheira de quarto poderia demorar. Ela estava procurando uma receita. Havia acabado de encontrar a que queria quando Cher apareceu enrolada em uma toalha e espiou por cima do ombro, deixando uma gota cair no teclado com sua proximidade. Zoe fechou o site e desligou o laptop.

— Está sendo um pouco ciumenta quanto ao que planeja cozinhar, hein? — provocou Cher.

— Estou? O que você está planejando, então? — perguntou Zoe.

— Ah, não vou contar! A não ser que você me conte, é claro. Afinal, não vamos querer fazer a mesma coisa.

Zoe não era uma jogadora nata, mas estava começando a aprender.

— Ah, está bem — disse alegremente. — Faz sentido. Você primeiro.

A expressão de Cher endureceu quase imperceptivelmente enquanto se vestia. Ela não parecia se incomodar de fazer isso na frente de Zoe, mas também, com um corpo como o dela, não tinha nada a esconder.

— Não, você. — Ela agora estava se admirando na frente do espelho.

— Certo. Bem, pensei em fazer um negócio que estava em um livro da minha mãe. É basicamente uma massa de éclair que você frita.

Cher fez uma careta.

— Deve engordar horrores!

— Isso não importa. Não somos nós que temos que comer. E você?

— Ah, ainda não decidi. Preciso de um pouco mais de tempo para refletir.

Zoe pensou em protestar, mas a verdade é que ela mesma não havia decidido seu cardápio inteiro. Felizmente, massa de éclair frita era apenas uma de suas ideias.

O micro-ônibus levou todo mundo até o pub no vilarejo, mas só algumas pessoas quiseram ficar até tarde. Cher foi uma das que saiu cedo, pegando carona com um morador local que conhecera no bar e em quem confiara para deixá-la em casa. Mas, apesar de Zoe ter voltado menos de vinte minutos depois, quando chegou ao quarto encontrou a porta firmemente trancada.

— Isso é completamente ridículo — disse Zoe, depois de bater na porta por vários minutos sem qualquer resultado e procurar na lista de contatos do celular na vaga esperança de que tivesse o número de Cher e pudesse ligar para ela pedindo que destrancasse a porta.

— Cher? — gritou. — Sou eu, Zoe. Você não pode já estar dormindo! Tem que me deixar entrar!

Não houve resposta. Estava tudo tão silencioso que Zoe ficou imaginando se ela realmente estava ali. Por alguns instantes ficou preocupada. E se Cher, tendo aceitado uma carona de alguém que não conhecia, tivesse, na verdade, sido sequestrada? Mas o homem parecia ser bem conhecido no pub e passara muito tempo falando sobre a esposa e os filhos.

Ainda assim, algumas cenas passaram pela mente de Zoe, envolvendo Cher sendo assassinada com requintes de crueldade, antes de ver uma presilha de cabelo no degrau. Zoe tinha quase certeza de que ela não estava ali quando saíram, o que a deixou confiante de que a companheira estava lá dentro.

Gritou de novo, mas não obteve resposta. Deu, então, a volta na construção, tentando encontrar uma janela ou algo pelo qual pudesse entrar. Não havia nada, apesar de uma boa espiada através de uma delas revelar a bolsa de Cher. Ela não havia sido assassinada — ainda!

Zoe não queria acordar os outros participantes que estavam no local e, de qualquer modo, o que podiam fazer? Só havia uma solução: eles teriam uma chave extra na casa. Ela andou até lá, mas estava muito irritada. Já passava bastante das dez horas e ela sabia que Fenella ia para a cama bem cedo. Porém Rupert podia estar acordado.

Esse pensamento otimista se extinguiu à medida que ela se aproximava da porta dos fundos. Nenhuma luz estava acesa no andar de baixo. Ela podia ver uma lá em cima, no segundo andar, mas o porão, onde ficava a cozinha, parecia estar deserto. Apesar de saber que era inútil, ela tentou abrir a porta dos fundos. É claro que estava trancada.

— Isso é tão idiota! — disse Zoe e marchou de volta para o estábulo, determinada a fazer Cher acordar desta vez.

Ela esmurrou a porta até o punho doer. Nenhuma resposta. Decidiu que teria que atirar pedrinhas na janela do quarto que estava com a luz acesa em Somerby e fazer com que Rupert acordasse. Havia uma ladeira na frente da casa e ela a subiu rapidamente, estimulada pela irritação, que beirava a ansiedade. O que faria se não conseguisse entrar no estábulo? Precisava dormir em algum lugar!

Assim que chegou à porta da frente, ofegando um pouco, um carro se aproximou. O alívio tomou conta dela. Ali estava alguém que podia ajudar. Ficou ainda mais aliviada ao ver que era Gideon. Apesar de que ele a consideraria louca, ou incompetente, por não ser capaz de entrar no próprio quarto, pelo menos era alguém que ela conhecia.

— O que você está fazendo aqui? — perguntou ele. — Acabou de preparar sua comida para amanhã ou vai encontrar um amante em segredo?

— Nenhum dos dois! Minha maldita colega de quarto me trancou do lado de fora e eu preciso entrar na casa para encontrar outra chave. — Ela fez uma pausa. — Tem que haver uma.

— Eu não tenho nenhuma chave, mas sei onde está a da porta dos fundos. Vamos dar a volta.

Zoe começou a se sentir mais calma. Logo, ela conseguiria ir para a cama. Mataria Cher pela manhã.

A chave estava no alto de uma porta antiga e grossa que levava a uma adega, e Gideon, sem demora, a abriu. Enquanto seguiam pelo corredor até a cozinha, Zoe esfregou a cabeça e percebeu que estava suando.

— Nossa, eu preciso de uma xícara de chá! — falou, soando desesperada, ao entrarem na cozinha. Ela botou a chaleira no fogo. Era uma emergência e chá era sempre uma boa coisa nesses momentos. Apesar do suor, ela também estava com um pouco de frio. — Você quer? Aí podemos procurar a chave do meu estábulo.

— Chá seria ótimo. — Gideon puxou uma cadeira e sentou-se à mesa comprida.

Eles beberam o chá em um silêncio amigável. Zoe sentia-se mais calma agora, convencida de que, quando se levantassem, entrariam no corredor e encontrariam um armário de chaves, com todas devidamente etiquetadas. Tudo parecia muito melhor agora que ela tinha mais alguém ali para ajudá-la.

Eles encontraram um armário de chaves, mas infelizmente não havia uma debaixo de "Estábulo".

— Não acredito que eles não têm chaves extras — resmungou Zoe com um suspiro de desespero. — O que vou fazer?

— Bem, primeiro vamos voltar ao estábulo e nos assegurar de que a porta realmente está trancada, não emperrada nem nada. Aí vamos fazer mais uma tentativa de acordar Cher.

— Eu realmente tentei! — Ela esfregou o punho, lembrando-se de como o machucara esmurrando a porta.

— E, se esse plano fracassar, vamos partir para o plano B.

— Que é? — falou ela, trotando atrás dele.

— Eu conto quando tiver pensado nele.

Estranhamente, Zoe ficou aliviada quando Gideon também não conseguiu entrar no estábulo. Ela teria se sentido uma total idiota se a porta estivesse aberta, tendo ficado destrancada esse tempo todo.

— Muito bem, hora do plano B — disse ela.

Ele riu baixinho.

— Eu tenho um, mas você não vai gostar.

— Se ele envolve eu ter uma noite de sono, vou adorar — falou Zoe, bocejando.

— Envolve dividir o meu quarto, que é gigantesco — explicou ele.

— Tudo bem. Sinto que poderia dormir em um corrimão agora, que dirá em um quarto gigantesco.

— Mas só há uma cama. Também é gigantesca.

Zoe fez uma pausa. Estavam quase na porta dos fundos.

— Você está brincando, não é?

— Não.

— Não acredito que não haja outro quarto em que eu possa dormir. Esta casa é enorme.

— Também está em reforma e muitos quartos estão sendo decorados. Mas o principal é que eles não têm camas.

— Ah — disse Zoe. — Eu preciso de uma cama.

— Então, de volta ao plano B. Eu estou na suíte nupcial, que está sendo feita. Os pintores estiveram lá hoje. A cama é tão grande quanto uma quadra de tênis... obviamente para o caso da noite de núpcias não sair tão bem assim.

— Certo.

— Não estou me oferecendo para dormir na poltrona — afirmou ele de maneira veemente. — Para começar, nós dois temos que trabalhar amanhã e precisamos de uma boa noite de sono, e em segundo lugar, não tem nenhuma poltrona no quarto.

— O quê? Nenhum lugar onde colocar as roupas?

— Tem um banquinho para a penteadeira. — Ele abriu a porta. — Venha. Não há outra solução razoável.

Com relutância, ela o seguiu para dentro da casa e dois lances de escada acima até a suíte nupcial. Zoe estava dividida: metade dela estava apavorada com a ideia de compartilhar uma cama com ele, mas a outra encontrava-se animada. Ela já admitira para si mesma que gostava dele. Isso era obviamente um teste enviado por Deus. Na frente da porta, ela parou.

— Não tenho escova de dentes nem pijama.

— Eu tenho aquelas escovinhas de viagem que você pode usar e empresto uma camisa a você. Agora, por favor, deixe de ser tão puritana sobre isso. Como eu disse, nós dois temos um dia muito pesado amanhã.

Depois de desistir de toda a resistência (que ela tinha que admitir não ser tão forte a essa altura), Zoe descobriu que podia se virar muito bem sem uma escova de dentes, apenas com uma minúscula escovinha de viagem, pasta de dentes e uma toalha. E a camisa era bastante decente, desde que ela ficasse de calcinha. Ela teria gostado de algum tipo de hidratante, mas não falou nada. Ele não parecia metrossexual o bastante para carregar um vidro de creme.

Gideon estava sentado na cama enorme. Vestia um roupão atoalhado. Ela não lhe perguntou por quê. Presumiu que era porque ele normalmente dormia nu e a estava poupando. De toda forma, ela ficou grata pelo gesto. Por um momento, a ideia do que estava debaixo do roupão passou pela cabeça de Zoe, que corou. Ela foi para o outro lado, mantendo-se o mais perto que podia da beirada sem chegar a cair. Havia cerca de 60 centímetros de cama desocupada entre eles. Ia dar tudo certo. Só o que ela precisava fazer era imaginar Gideon como um colega de classe ou algo assim. Aí não haveria nada de estranho em dividirem uma cama platonicamente. O problema era que as palavras "platônico" e "Gideon" não conjugavam em seu cérebro. Ela gostava dele demais. E ele era gentil. Ele a importunara muito. Isso não a fazia gostar dele nem um pouco menos.

— Só há uma luminária de cabeceira, sinto muito.

— Tudo bem, não estou com o meu livro, de qualquer maneira. Eu não quero ler.

— Vou apagar a luz, então. — Gideon parecia estranhamente formal, considerando-se que estavam dividindo uma cama e que antes ele passara a impressão de que a situação era perfeitamente natural e que não estava nem um pouco constrangido.

— Obrigada. Boa noite. — Ela se deitou de lado, ficando na posição na qual costumava adormecer. Sentiu-o se virando também.

Porém a ação dele havia mexido na coberta, então ela se mexeu um pouco para trás. E fechou os olhos.

Por mais cansada que estivesse, o sono não vinha. Ela queria se virar para o outro lado, mas como não havia som vindo de Gideon, presumiu que ele tinha adormecido e não queria incomodá-lo.

Zoe tentou se concentrar nas suas tarefas do dia seguinte. Já decidira a maior parte do cardápio e sabia onde encontrar as receitas, mas os ingredientes que trouxera da loja de queijos a estavam atormentando. Eles eram muito bons e fora do comum.

Ela tinha centenas de receitas no laptop e eles haviam sido informados de que podiam levar suas receitas para o desafio. Teoricamente, só o que ela precisava fazer pela manhã era imprimir aquelas de que precisaria, cortesia de sua mini-impressora. Mas não tinha nenhuma receita usando queijo macio, mel e ameixa-de-damasco.

Saber que seus ingredientes eram excelentes e que ela podia ter algumas coisas que os outros não teriam era reconfortante. Ela tinha as habilidades necessárias para produzir uma refeição de primeira, no entanto sua ideia inicial de sobremesa parecia muito previsível.

Esses pensamentos não a ajudaram nem um pouco a relaxar. Na verdade, eles a deixavam mais tensa e mais longe de adormecer.

Tentou se recordar de algo calmante: contar de trás para a frente (chato), ver quantas receitas sabia de cor (lembrava demais a competição), os aniversários de todos os colegas de escola (inútil, todos estavam no Facebook).

Houve um barulho do outro lado da cama.

— Você não está conseguindo dormir, está? — falou Gideon na escuridão.

— Desculpe! Estou tentando permanecer imóvel.

— Você está imóvel, mas muito tensa. Eu posso sentir.

— Não sei o que fazer quanto a isso. Não consigo parar de pensar na competição de amanhã. Se eu não dormir, não vou dar conta. — Ela soltou o ar de maneira audível.

Ele pensou por um minuto.

— O que você faria se não conseguisse dormir em casa?

— Quase nunca acontece! Eu não tenho técnica. Todas as que eu acabei de experimentar só pioraram.

Ela sentiu ele se mexer de novo e a luz de cabeceira foi acesa.

— Por mais tentado que eu esteja em sugerir que um pouco de sexo louco e selvagem é o que você precisa para relaxar, acho que não funcionaria.

— Não — respondeu ela. Gideon estava brincando? Dizer isso acrescentava uma nova camada de tensão. Se as circunstâncias tivessem sido propícias, e neste exato minuto ela não podia imaginar como elas poderiam ser, Zoe teria pulado nos braços dele com entusiasmo. Mas não agora.

— Certo. Vou fazer o que minha mãe costumava fazer comigo quando eu ficava doente na infância.

— Ah, é? — Isso soava bastante seguro, presumindo que a mãe dele não fosse uma bruxa ou algo parecido.

— Ela lia para mim. E tenho uma coisa de que você pode gostar.

Ele se levantou e Zoe pode ouvi-lo vasculhando uma sacola. Ele trouxe um livro e se deitou na cama.

— Agora você tem que se aconchegar um pouco, faz parte do processo de relaxamento. Apoie a cabeça no meu ombro.

Zoe precisou se contorcer um pouco para ficar confortável, mas viu que o contato humano tirava um pouco do estresse. Não havia nada sexual na oferta dele, é claro. Estava sendo gentil e muito prático. Os dois precisavam dormir e, ao ajudá-la, ele ajudava a si mesmo. Zoe sentiu uma ligeira pontada de decepção e se concentrou em aproveitar a sensação de proximidade.

— Certo, agora feche os olhos.

Ele começou a ler. Após alguns momentos, ela disse:

— Eu sei o que é isso! Elizabeth David! Antigo, mas um texto ótimo. Que livro é?

— Não se preocupe com isso, só escute.

Ele tinha uma voz linda, mais linda agora que estava lendo e não sendo autoritário. A combinação disso e a prosa maravilhosa de Elizabeth David fez Zoe não querer dormir. Ela só queria escutar.

Zoe acordou uma vez durante a noite e preocupou-se imediatamente com a manhã seguinte. Aparecer à mesa de Somerby usando as roupas do dia anterior e cheirando ao sabonete líquido de Gideon poderia exigir algumas explicações.

Ela se virou para o lado e voltou a dormir, decidida a se levantar cedo e sair antes que Gideon acordasse, a fim de evitar quaisquer conversas constrangedoras de "você primeiro; não, você primeiro" em relação ao banheiro.

Em vez disso, foi acordada por Gideon, completamente vestido, colocando uma caneca de chá na mesa ao lado dela e lhe entregando uma torrada em um prato.

— Bom dia. Pode se encher com isso.

Ela o encarou. Na noite anterior, ele a havia acalmado com sua linda voz e fábulas sobre comida mediterrânea até que ela adormecesse. Esta manhã, já falou com ela sem a menor delicadeza. Zoe pegou o prato, grata. A grosseria dele afastou qualquer possível constrangimento.

— Obrigada. Está tarde? Eu pretendia acordar cedo.

— São sete e meia e Cher ainda não abriu a porta. Mas Fen está procurando a chave extra. Achei que você podia tomar café da manhã enquanto ela procura.

Zoe bebericou o chá.

— Isso foi gentil da sua parte. Fen disse alguma coisa sobre eu ter dormido aqui?

— Nada que a deixe constrangida. Acho que ela não é muito fã da Cher. Ela disse que devíamos tê-la acordado.

— O quê? A Fen? Não devíamos, não!

— Rupert concordou conosco. Bem, vou deixá-la a sós. Você deve poder pegar sua escova de dentes logo, logo.

Sozinha novamente, Zoe voltou a se deitar sobre os travesseiros e fechou os olhos. Havia sido ótimo dividir a cama com Gideon. Apesar de achá-lo quase insuportavelmente sexy, eles haviam partilhado uma proximidade distinta, especial. Pelo menos era isso que ela sentia. Ainda assim, esta manhã, ele havia sido de uma eficiência brusca. Ele era irritantemente difícil de avaliar.

Agora ela precisava encarar a realidade: a vergonha e a noção de que dormir com um jurado, por mais inocente que tivesse sido, com certeza era contra as regras. Ela estava tão ansiosa com a tarefa que tinha pela frente que sua satisfação por causa da noite lentamente se esvaiu, como água vazando de uma bolsa térmica furada. Quase não é perceptível no começo, mas logo o frio é desconfortável demais para suportar e você tem que sair e tirar os lençóis da cama.

Como se a cama estivesse realmente úmida e fria, Zoe levantou e correu para o banheiro. Uma ducha quente iria acalmá-la.

Felizmente Fenella e Rupert não estavam por perto quando ela saiu pela porta dos fundos e seguiu até o estábulo. Cher estava no chuveiro quando Zoe entrou. Toda a fúria que havia sentido na noite anterior voltou. Ela gritou pela porta do banheiro.

— Cher? O que diabos aconteceu? Por que não consegui entrar? Por que você trancou a porta?

O chuveiro foi desligado e Cher, possivelmente sabendo que não poderia evitar para sempre uma Zoe irada, saiu, usando uma toalha.

— Ah, Deus! Eu sinto tantooo! Que pesadelo! Tive uma dor de cabeça e tomei alguns comprimidos e aí eu meio que apaguei.

— Mas por que trancou a porta? Você sabia que eu não ia chegar muito depois.

— Foi um gesto automático, eu acho. Eu sinto tanto!

Zoe passou por Cher e foi para o banheiro. Talvez escovar os dentes com uma escova de dentes decente e passar um pouco de maquiagem a fizesse se sentir mais bondosa. Trocar de roupa também a ajudou e, acreditando que agora podia, pelo menos, estar no mesmo ambiente que Cher sem querer matá-la, ela foi até seu laptop para cuidar das receitas. Só que sua bateria estava descarregada — o que era estranho, porque ela havia deixado o computador plugado na tomada. Agora tudo estava desconectado e não funcionava de jeito nenhum.

— Cher? Você fez alguma coisa com meu laptop?

— Por que eu faria? Tenho meu próprio laptop.

Frustrada e confusa, Zoe ligou o computador na tomada. Elas não tinham muito tempo. Precisavam estar prontas para cozinhar em breve. Mas seu cabo de força havia sumido. Ela o procurou. Não havia nem tempo de apelar à compaixão de Rupert e Fenella e pedir para usar o computador deles. Perguntou à Cher se o tinha visto, mas ela só deu de ombros.

— Isso significa que você vai ter que cozinhar sem as suas receitas? — indagou ela.

Zoe só resmungou.

Capítulo 7

Após um silêncio de cinco minutos um tanto frio, houve uma batida na porta.

— Venham, meninas — disse Mike. — Está na hora de pegar o ônibus.

Certa de que Cher havia deliberadamente acabado com a bateria de seu laptop e escondido o cabo de força, Zoe ficou calada. Ela não tinha nem tempo nem energia para perder com Cher. Precisava botar a cabeça em ordem. Pegou um caderno e um lápis e os enfiou na bolsa. Não só tinha que pensar em uma sobremesa usando seu queijo e mel maravilhosos, mas também em uma entrada.

Cher trancou a porta atrás delas, um ato que lembrou a Zoe que tinha que devolver a chave extra para Fenella. Subiu correndo a ladeira até a porta dos fundos, jogou a chave na mesa da cozinha deserta e foi a última a entrar no micro-ônibus.

— Guardei um lugar para você — falou Cher, toda solícita. — A pobrezinha da Zoe ficou trancada do lado de fora ontem à noite — continuou ela. — Eu apaguei e ela não conseguiu me acordar.

Zoe foi forçada a tomar o assento ao lado de Cher, na falta de outro lugar.

— E então, onde você dormiu? — perguntou a colega de quarto com olhos inocentes de Bambi e só um minúsculo brilho calculista.

Zoe não tinha tido tempo de pensar em uma história crível, por isso recortou a verdade:

— Achei um lugar na casa principal.

— Ah! — Cher parecia surpresa. — Achei que eles não podiam receber os participantes por causa das reformas.

— Dormi em um quarto que ainda está sendo decorado — disse ela. — Fen arranjou para mim.

— Ah! Ouvi Gideon dizer a alguém que estava dormindo na nova suíte nupcial que estava sendo pintada. Há outro quarto?

— Cher, se não se incomoda, tenho realmente que me concentrar. Como sabe, não pude imprimir minhas receitas, então tenho que pensar um pouco agora.

— Você não está com as suas receitas? — indagou Becca, parecendo totalmente horrorizada.

Zoe estava cada vez mais convencida de que Becca ia ganhar. Ela era obsessiva e a maneira como falava sobre culinária e comida dizia à Zoe que, apesar de ainda não ter visto provas disso, ela devia ser uma cozinheira brilhante. Se ia vencê-la, precisaria de uma ajuda divina.

— É, a bateria do meu laptop estava descarregada e eu não consegui encontrar o cabo de força. Engraçado.

Houve um silêncio constrangedor.

— Espero que não se incomode por eu dizer isso, mas acho que você devia ser um pouquinho mais organizada — opinou Becca.

Zoe mordeu o lábio. Ela teria simplesmente que fingir que nada havia acontecido. Não era culpa sua o fato de seu computador não estar funcionando. E tinha quase certeza de que também não havia sido um acidente.

— Tem razão, eu devia ter as receitas em papel, assim como no computador, mas não tinha me decidido ainda quais usaria, queria manter minhas opções em aberto.

Becca fez que sim com a cabeça.

— Eu trouxe meia tonelada de receitas comigo. Provavelmente parece exagero.

— Não há nada errado em estar preparado — falou Alan. — Eu sei muitas receitas de cor. É uma espécie de hábito para mim, como decorar falas. — Ele sorriu para Becca. — Fui ator na encarnação passada.

Becca concordou, sorrindo timidamente.

— Saber as receitas de cor? — indagou Bill. — Eu não me lembraria do meu próprio nome se não estivesse escrito no dólmã.

Todo mundo riu, mas esse gracejo só deixou Zoe ainda mais preocupada por ter que trabalhar confiando apenas em sua memória e habilidades culinárias.

O micro-ônibus chegou ao campo que, com a ajuda de ótimas tendas, tinha sido transformado na cozinha da competição. Zoe foi até o lugar designado para ela, com seu próprio fogão, bancada de trabalho e vários equipamentos de cozinha, incluindo facas. Ela, como muitos dos outros, teria preferido trazer suas próprias facas, mas os organizadores haviam decidido que pessoas aleatórias carregando facas não era seguro. Ela se lembrou de Dwaine no restaurante, que, de alguma forma, havia conseguido contrabandear as suas: eles tinham razão.

— Muito bem, pessoal! — disse Mike. — Vocês sabem o que têm que fazer. Três pratos de primeira usando apenas os ingredientes locais que adquiriram ontem. Os demais ingredientes básicos permitidos estão nas suas estações. Vocês têm três horas. Os jurados vão perambular por aqui e conversar com vocês sobre seus cardápios. Já!

Zoe se debruçou sobre o bloco e escreveu seu cardápio como planejado. *Pignatelli*: massa de éclair com queijo e bacon frito, como entrada. Pelo menos ela sabia como fazer.

Filé de porco com creme e molho de calvados local, salada verde e batatas *sauté*. Aí sua caneta parou. Sobremesa. O que ela ia fazer de sobremesa? Se tudo o mais falhasse, ela podia fazer um pudim frio com as ameixas-de-damasco em conserva e o creme, mas isso não era comida que estivesse no padrão da competição.

Consciente de que estava perdendo um tempo precioso, decidiu se concentrar no que podia fazer. Ficou olhando a lista. Seu porco não precisava realmente de receita, mas, apesar de ter feito *pignatelli* centenas de vezes, de repente entrou em pânico pensando que não iria se lembrar de como fazer massa de éclair. Seria fácil errar.

Os jurados vieram até ela enquanto ainda estava escrevendo, indecisa.

— Então, o que você vai aprontar? — falou Fred, o simpático chef da TV, adorado pela nação.

— Só estou tentando elaborar as minhas receitas. — Percebendo subitamente a câmera atrás dos jurados, ela acrescentou um sorriso no último minuto.

— Não está com suas receitas? — Anna Fortune era, facilmente, a mais assustadora dos três jurados, ainda que Zoe tivesse de admitir que a admirava.

O que ela podia dizer? Ia parecer uma idiota! Por outro lado, se dissesse a verdade, pelo menos não teria que ser dissimulada, além de incompetente.

— Eu estava com elas no meu laptop, mas quando fui imprimi-las hoje de manhã, descobri que a bateria estava descarregada e o cabo de força havia sumido. — O sorriso desta vez foi provavelmente mais parecido com uma careta.

Gideon ergueu uma sobrancelha.

— Como isso aconteceu?

— Não sei — Ela não tinha certeza absoluta. Só suspeitava de Cher. — É claro que eu teria feito isso tudo ontem à noite, depois de comprar os ingredientes e planejar meu cardápio, mas fiquei trancada fora das minhas acomodações, por isso não pude. — Ela não se deu ao trabalho de sorrir desta vez. Não confiava em si mesma para olhar para Gideon.

— Bem, o que vai fazer? — perguntou Anna Fortune.

— Vou ficar bem — falou ela apressadamente, percebendo que independentemente do que dissesse, iria parecer pouco profissional ou dedo-duro. Procurou um meio-termo infeliz. — Tenho uma memória muito boa. — Isso era TV, ela tinha que improvisar.

— Então, qual é o seu cardápio? — indagou Fred. — Ou o que teria sido?

Ela sorriu para ele. Ele era muito encorajador, como um ursinho de pelúcia, fofinho e sem senso crítico.

— Eu ia fazer algo chamado *pignatelli*, que significa pinhas. É uma espécie de entrada retrô dos anos 1970 que eu nunca vi a não ser na casa da minha mãe. — Ela sorriu.

— Parece ideal!

— Devo conseguir me lembrar de como faz. — Ela tentou manter a dúvida longe de sua voz.

— Ah — disse Fred. Ele continuou rapidamente, como se para deixar para trás um assunto complicado. — E a sobremesa?

— Ainda não decidi. — Ela tentou fazer uma cara como se isso não fosse nenhum problema.

Anna Fortune franziu as sobrancelhas.

— Bem, você vai ter que tomar algumas decisões, rápido. Vocês não têm um tempo ilimitado. Chefs que estão sempre atrasados são um problema, além da total falta de profissionalismo.

Ela tinha uma voz clara que se projetava, e Zoe podia ver Cher ouvindo a bronca com um sorriso satisfeito.

— Vou terminar a tempo — garantiu Zoe com uma confiança que não sentia.

— Espero que sim.

Anna Fortune e Fred foram em frente, mas Gideon ficou para trás.

— Você deixou seu laptop ligado a noite inteira, sem estar plugado na tomada? — perguntou ele, franzindo o cenho.

— Não. É claro que não. Estava assim quando finalmente consegui entrar no meu quarto.

— Ah. — Ele fez uma pausa. — Então o que vai fazer? Você tem ingredientes maravilhosos: *pancetta*, queijo, ovos...

Só ouvi-lo dizer aquelas palavras a levou de volta à noite anterior, quando ele tinha lido para fazê-la dormir. Ela estremeceu.

— Suflê! Vou fazer um suflê! — disse ela quando a inspiração subitamente a atingiu.

— Não vai conseguir fazer isso sem uma receita — afirmou ele categoricamente.

Ela sorriu de verdade pela primeira vez em séculos.

— Vou, sim. Não é tão original quanto a minha ideia anterior, mas já preparei muitos. Se der certo...

— Uma estratégia de alto risco, se me permite dizer — opinou Gideon, que, Zoe achava, teria dito algo bem diferente se as câmeras não estivessem por perto. — E a sua sobremesa?

— Ainda não pensei no que fazer. Tenho coisas tão maravilhosas para cozinhar, vou pensar em algo, com certeza! — Consciente das câmeras, ela lhe deu um sorriso luminoso. — Se me der licença, tenho que começar.

Sentindo-se um pouco menos pressionada quando os jurados e as câmeras se afastaram, Zoe verificou os ingredientes que estavam esperando por ela. Massa folhada! Massa folhada, já aberta e pronta para usar. Seu problema com a sobremesa estava resolvido! E ela podia prepará-la imediatamente.

Apesar de soar confiante enquanto falava com Gideon, a ideia de fazer suflê sem receita era aterrorizante. Todos os outros pratos haviam saído bem, o molho cremoso tinha que ser terminado, e sua sobremesa, usando a abençoada massa folhada, parecia incrível. Ela batera e aromatizara um pouco de creme para acompanhar. Precisava dourá-la com um maçarico pouco antes de servir, mas, tirando isso, estava pronta. Havia apenas o suflê para fazer agora.

Ela preparou os pratos cuidadosamente, pincelando a manteiga em linhas verticais pelos lados. Aí os forrou com farelo de pão moído fino, grata por pão ser um dos ingredientes básicos permitidos. Finalmente, ralou o queijo e fritou *pancetta* antes de picá-la miudinho. Nunca havia feito um suflê de queijo e bacon antes e não tinha certeza se Elizabeth David, conhecida por ensinar aos britânicos como cozinhar, aprovaria, mas como ela havia conseguido a *pancetta*, estava determinada a usá-la.

Finalmente, Zoe programou o timer e limpou sua estação de trabalho, fazendo uma prece silenciosa para que tudo estivesse dando certo dentro do forno. Estava consciente dos outros participantes trabalhando em suas estações, apesar de evitar resolutamente olhar para Cher. Ela tinha convicção de que havia criado algo perfeito e estava sorrindo docemente para a câmera que passava agora.

Zoe inspecionou a sobremesa. Na sua opinião, estava extremamente convidativa. Ela havia feito três círculos de massa folhada com um espaço no meio. Dentro desses buracos, colocara fatias de queijo Brie. Aí acrescentara uma colher do chamado "mel do tio Jim". Em cima de tudo, três ameixas-de-damasco. Elas pareciam deliciosas, três globos dourados como damascos mais claros em miniatura. Salpicou as tortas com açúcar de confeiteiro e as caramelizou, então elas pareciam extremamente apetitosas. Estava satisfeita consigo mesma. Só queria não ter precisado pensar tão rápido (felizmente, era boa nisso).

— Por favor, que eu seja a primeira — rezou ela e, então, olhou pela porta de vidro do forno. — Ou melhor, a segunda. — Os suflês haviam subido, mas não o suficiente para Zoe. Eles precisavam crescer um pouco mais.

Gideon se aproximou e espiou dentro do forno. Obviamente achando a mesma coisa, ele disse:

— Está bem. Vou dar só uma palavra.

Cher, cujo patê de fígado de frango lindamente guarnecido já havia sido filmado, estava olhando para Zoe, a boca apertada de raiva e os olhos faiscando.

— Ele está lhe dando tratamento especial! É ultrajante!

Gideon, que estava passando por sua bancada com os outros jurados, falou:

— Esperamos ser justos com todos os concorrentes, Cher. Zoe teve um infeliz acidente e teve que trabalhar sem receitas. — Ele encarou Cher de uma maneira que fez Zoe esperar nunca estar do outro lado de uma olhada como aquela. — Para sermos realmente justos, deveríamos ter feito todos vocês trabalharem sem elas.

Cher corou, ficou emburrada e não disse mais nada.

Sob o olhar duro dos jurados, Zoe retirou seus suflês, certa de que os deixaria cair no chão mesmo se eles não murchassem sozinhos.

— Bem, parecem deliciosos — falou Anna Fortune, soando um pouco surpresa. — De que são?

— Queijo e *pancetta* — disse Zoe.

Anna pegou um garfo e abriu caminho na nuvem dourada diante dela.

— Hmm! E até agora ninguém mais usou *pancetta*. Onde você conseguiu isso?

Zoe tirou o panfleto de propaganda da fazenda com o endereço. Anna Fortune o olhou.

— Não menciona *pancetta*.

— Eles criam porcos e produzem cidras. Também calvados, bacon e salsichas. A *pancetta* era algo que estavam experimentando. Tive sorte em conseguir um pouco.

— Muito bem, vamos passar para o prato principal...

Fred deu uma garfada e pegou a maior parte de um suflê.

— Não há por que deixá-lo sobrando — falou. — Vai ter murchado completamente antes que as câmeras consigam filmá-lo. — A equipe de filmagem, que estava se aproximando para um close, resmungou.

Gideon provou o suflê que restava e gemeu.

— Muito bom o porco — disse Anna. — Você pode sentir que os porcos foram criados com maçãs. O molho está bom, não talhou. Agora a sua sobremesa...

Zoe trouxe suas tortas.

— Com certeza estão muito bonitas — comentou Anna, aproximando seu garfo. — De que são?

Zoe não respondeu imediatamente. Ela queria que o sabor do Brie, que seria inesperado, atingisse o paladar de Anna antes de lhe dizer o recheio. A jurada estava assentindo e o garfo de Fred atacou outra torta. Gideon foi por último.

— Estou sentindo alguma espécie de queijo, e aí mel — disse ele. — O que são as frutas? Ameixas?

— Ameixas-de-damasco. São um tipo de ameixa selvagem. Usei em conserva, do lugar onde consegui o mel e o queijo.

— Uma combinação excelente — elogiou Fred. — Eu gostei muito.

— Acho que esta receita pode ser aprimorada um pouco — opinou Anna —, mas, no geral, não é nada mau. Não era você que estava trabalhando sem receitas?

Zoe fez que sim com a cabeça. Anna não falou, mas Zoe achou que sua expressão indicava aprovação.

— Bom trabalho! — elogiou Gideon baixinho, e então os jurados foram em frente. Pelo jeito, ela ainda não iria embora!

Finalmente, Zoe foi capaz de relaxar e começou a esvaziar sua estação. Quando ergueu os olhos, viu que Cher estava sendo julgada. Não conseguiu ouvir exatamente o que estava sendo falado, mas as expressões dos jurados lhe disseram que estavam bastante satisfeitos com o que ela lhes havia oferecido. Seu bom humor diminuiu um pouco; a ideia de morar com Cher por pelo menos mais dois dias não era uma perspectiva animadora.

Zoe conseguiu mandar uma mensagem de texto para sua mãe: "Ainda estou dentro!"

Um dos rapazes saiu: Daniel. Ele alegou depois, enquanto tomavam um drinque de consolação no pub, que não podia ser cerceado por regras insignificantes e que, se pudesse ter cozinhado o que realmente queria (moluscos, na maior parte), teria sido brilhante.

— Não posso ficar preocupado com todo esse negócio de local e sazonal. Se quiser aspargos em janeiro, eu vou arranjá-los. — Ele olhou fixamente para o grupo, suspeitando que nem todos estavam do seu lado. — E se alguém mencionar aquecimento global ou transporte de comida, eu vou mandar... — Ele fez uma pausa, possivelmente percebendo Muriel, que não hesitaria em lhe dar uma bronca se ele xingasse demais — ... catar coquinho!

— Você se saiu muito bem, considerando-se tudo — comentou Cher para Zoe, lançando-lhe um olhar fulminante do outro lado da mesa. — Acho que Gideon gosta de você. — Ela fez um sonzinho desdenhoso. — Não sei bem por que, a não ser que haja algo que você queira nos contar.

— Acho que nenhum dos juízes deu qualquer sinal de favoritismo — disse Becca, cuja confiança aumentara por alguns belos elogios dos jurados. — Acho que Zoe fez um ótimo trabalho com seus ingredientes. Achei a sobremesa dela ótima.

— Não tão ótima assim — insistiu Cher. — Acontece que eu sei algo sobre ela e Gideon que vocês todos não sabem!

— Por favor, não fale sobre mim como se eu não estivesse aqui — disse Zoe, sentindo-se muito cansada.

— Bem, se não quer que eu conte para todo mundo onde você dormiu ontem à noite, é melhor contar você mesma! — falou Cher. Ela havia tomado algumas taças de vinho e isso parecia tê-la deixado mais agressiva do que o normal.

— Ninguém está nem um pouco interessado em onde eu dormi ontem à noite! — disse Zoe. — Pode deixar esse assunto para lá? — Maldita Cher, ela obviamente não ia desistir fácil.

— Acho que as pessoas vão ficar interessadas, se afetar as suas chances na competição! — Cher olhou em volta, assegurando-se de que todo mundo à mesa estava ouvindo agora. — Então, conte!

Zoe suspirou, consciente de que tinha que falar alguma coisa.

— Como era impossível acordar a Senhorita Apagada aqui para que me deixasse entrar, tive que encontrar um lugar para dormir na casa principal. E foi o que aconteceu. Agora, por que isso é da conta de alguém?

— Por que está fazendo esse escândalo todo, Cher? — indagou Muriel. Zoe podia ter lhe dado um beijo. — Me parece que é uma história que não coloca você em uma boa posição.

— Esqueçam de mim! — falou Cher, determinada a terminar o que havia começado. — Façam a Zoe contar a vocês!

— Eu realmente não vejo... — começou Zoe, tentando desesperadamente pensar em algo que pudesse dizer que não fosse muito incriminatório.

— Você dormiu ou não com Gideon Irving? — Cher bateu na mesa para dar ênfase.

— Ah, pelo amor de Deus, não seja ridícula, Cher. Você podia arrumar um emprego substituindo Jeremy Kyle, sério — disse Muriel. — Podemos mudar de assunto? Alguém tem alguma pista sobre o próximo desafio?

Zoe, que tinha uma pista, pois sabia que um casamento iria acontecer, não respondeu.

Muriel continuou.

— Bem, vamos pensar no que já fizemos até agora. Trabalho em grupo em um restaurante...

— Um desafio individual — falou Becca —, que foi meu preferido. Acho que depender de outras pessoas é estressante demais. — Ela olhou para Cher.

— Gosto de trabalho em equipe — opinou Alan. — No teatro, você tem que contar um com o outro. Estou acostumado com isso.

— Ainda acho que Zoe devia nos dizer onde ela dormiu ontem à noite — exclamou Cher obstinadamente.

— Ah, largue esse osso, Cher! — disse Alan. — Ela já falou. Na casa principal. Sorte a dela. Realmente não faz diferença para nenhum de nós se foi no segundo melhor quarto ou na suíte nupcial.

Zoe se sentiu corar, porque havia sido na suíte nupcial.

— É uma casa enorme. Há montes de quartos, apesar de a maioria estar sem o piso ou algo assim. O que eu quero saber é o que o restante de vocês faria se ganhasse a competição. Eu quero abrir uma delicatéssen. E você, Alan? — Ela sabia, é claro, mas estava desesperada para mudar de assunto.

— Ah, definitivamente um gastro-pub, em algum lugar lindo, aonde todos os meus amigos das antigas viriam — contou Alan, de repente assumindo um ar sonhador. — Posso imaginá-lo agora. Posso até comprar algumas parreiras na França, produzir meu próprio vinho e vendê-lo no restaurante.

— Isso parece divertido — disse Muriel. — Eu só quero um restaurante pequeno, na minha vizinhança, aonde as pessoas possam vir para uma bela refeição sem gastar uma fortuna.

Becca estremeceu.

— Eu amo cozinhar, mas não quero comandar um restaurante, nem mesmo trabalhar em um.

— Por que não? — perguntou Daniel, emergindo de seu poço de fracasso. — Adoro a energia, o entusiasmo...

— Odeio que gritem comigo e, pelo que vi, há muita gritaria em restaurantes — explicou Becca.

Zoe concordou.

— Está certíssima. Não acho que as pessoas trabalhem bem sob esse tipo de pressão.

— Vocês são duas covardes! — declarou Shadrach. — Eu realmente me amarro nessas coisas.

Zoe e Becca trocaram olhares.

— E quanto a você, Cher? — perguntou Zoe, querendo se vingar dela pelo abuso anterior.

— Ah, sei lá — disse Cher. — Não preciso do dinheiro... De qualquer modo, não é tanto. Eu só o usaria para ajudar de alguma forma minha carreira.

— Então como acha que vai lidar com as coisas, se não gosta do estresse? — indagou Daniel, olhando para Becca.

Becca olhou em volta, procurando uma resposta.

— Deixe-a em paz, Daniel — falou Zoe. — Não tem mais nada a ver com você!

— Isso é tão injusto! — disse Cher. — Você não pode implicar com o Daniel só porque ele não está na competição. Ele não devia ter saído! Você devia! — Os olhos de Cher cintilavam de ressentimento.

— Por que ela deveria ter saído, Cher? — perguntou Muriel com calma.

— Porque... — Ela olhou para Zoe, possivelmente avaliando suas chances de se safar com o que queria dizer. A expressão de Zoe endureceu. Ela continuou: — Porque ela nem cozinhou com receitas!

— Ah, qual é — disse Muriel. — Eu quase nunca cozinho com receita. Zoe é uma boa cozinheira. Ela permaneceu no programa por ser boa, não por dormir com um dos jurados ou o que quer que você estivesse tentando insinuar mais cedo. — Ela ergueu uma sobrancelha para Zoe, que gostou ainda mais dela.

— Pode acreditar no que quiser, Muriel. Eu sei o que sei! — Cher saiu para o banheiro e Zoe deu um suspiro de alívio.

— Vou pegar mais uma rodada — disse Alan.

— Boa ideia. Eu preciso de alguma coisa para tirar minha cabeça dessa ceninha desagradável — concordou Muriel.

Zoe olhou grata para ela, feliz com seu apoio.

— Você foi brilhante, Zoe — elogiou Becca. — Ninguém acha que você não devia mais estar aqui.

Mas, de repente, Zoe ficou imaginando. Será que devia? Ela afastou o pensamento, mas aceitou a oferta de Alan para completar sua taça de vinho. Olhou em volta e imaginou se as palavras gentis de Muriel e Becca e o apoio silencioso de Shona realmente refletiam a expressão em seus rostos. Ela tinha quase certeza de que haviam falado sério sobre a comida dela, mas será que achavam que Zoe tinha dormido com Gideon?

Olhou para o relógio. Queria voltar para o estábulo, de repente desconfortável com a companhia deles. Ela gostava dos outros concorrentes — bem, da maioria, de qualquer modo. Normalmente curtia bastante suas conversas no tempo livre (eles todos haviam decidido que Anna Fortune era com quem deviam tomar cuidado), mas esta noite só queria ficar sozinha para entender o que estava sentindo.

Cher havia voltado do banheiro feminino quando Mike se aproximou e se sentou com eles por algum tempo, despedindo-se dos últimos goles de uma garrafa de cerveja, pois teria que dirigir o ônibus de volta mais tarde.

— Então, estão animados para o desafio de amanhã? — perguntou.

— Não! Ainda não sabemos o que é — respondeu Cher. — Só vão nos contar amanhã.

— Obviamente não quero estragar a surpresa. Mas vou adverti-los de que é uma tarefa em grupo e é difícil.

— Mikey, querido — disse Cher, passando o braço pelo dele e acariciando seu antebraço. — Dê uma pista para a gente, mesmo que pequenininha.

— Galochas — falou ele, curtindo a atenção. — Provavelmente vão precisar de galochas.

Todos tinham recebido instruções para levar galochas na mala, mas não foram informados por quê.

— Ah, meu Deus! — gemeu Cher. — Vamos ter que cozinhar em uma m... — Ela também olhou para Muriel e moderou seu linguajar. — ... um maldito campo!

— É isso aí! — disse Mike, terminando sua bebida. — Agora é hora de ir para casa, a não ser que queiram voltar andando.

Zoe foi a primeira no ônibus. No curto caminho, ela se pegou pensando não em cozinhar em fogueiras, como fizera quando criança, mas em Gideon. E queria ter tido a coragem de dormir com ele direito. Se ia levar a fama, podia muito bem ter deitado na cama. De verdade. Ela gostava tanto dele e teria sido algo para se lembrar para sempre.

Zoe acordou uma vez durante a noite para fechar a janela, que estava pingando em cima dela. Havia começado a chover e ela só teve tempo de perceber que isso significava que o campo onde iriam cozinhar estaria enlameado, antes de adormecer e sonhar com críticos de gastronomia sexy e Elizabeth David.

Capítulo 8

O telefone de Zoe as acordou às sete horas na manhã seguinte e elas se arrumaram sem falar nada além de "você quer chá ou café?". Zoe decidiu tentar parar de se preocupar com os esforços de Cher para sabotá-la — seria difícil demais dividir uma casa se continuasse assim.

Cher espiou pela janela.

— Está chovendo à beça. Por que logo hoje temos que cozinhar em um campo?

— Porque sim. De qualquer maneira, nós cozinhamos em um campo ontem — continuou ela. — Já fez algo assim antes?

— Está brincando? Até parece.

Zoe não ficou surpresa. Não via Cher como o tipo bandeirante. Um acampamento luxuoso devia ser o mais perto que ela já havia chegado.

Elas comeram o cereal matinal em silêncio e foram para o ônibus.

— Muito bem, pessoal! — disse Mike depois que chegaram a um lugar lindo a cerca de meia hora de distância e já estavam seguros sob uma lona. — Duas equipes de quatro. Os jurados vão decidir quem fica com quem e lhes dirão o que vai acontecer.

Enquanto esperavam que a equipe de filmagem fizesse o que tinha que fazer, Zoe cruzou os dedos para não ficar na equipe da companheira de quarto. Não que estivesse com medo de que Cher salgasse demais suas batatas nem nada — se estivessem na mesma equipe, ela não poria as próprias chances em risco —, mas sim porque ela provavelmente seria inútil em um ambiente sem eletricidade nem água corrente.

— Bom dia, concorrentes! — exclamou Anna Fortune. — Espero que todos tenham tido uma boa noite de sono, porque têm um desafio difícil diante de vocês hoje.

Zoe sentiu-se corar, mas decidiu que tinha que superar isso. Cher podia ter descoberto onde ela tinha dormido na outra noite, mas não havia motivo para pensar que os jurados — exceto Gideon, é claro — faziam qualquer ideia.

— Vocês vão cozinhar um almoço substancial para dois grupos de excursionistas. Eles terão andado 10 quilômetros e estarão com fome, e molhados! Vão querer sopa, prato principal e sobremesa, ao meio-dia em ponto. O que dá a vocês três horas. A equipe vencedora será decidida pelos excursionistas, mas nós vamos escolher quem da equipe perdedora vai sair. Fred, pode lhes dizer com quem vão trabalhar?

Fred sorriu de maneira afável e tirou uma folha de papel do bolso.

— Muito bem, temos dois líderes de equipe, Muriel e Bill. A equipe do Bill é Shona, Alan e Becca. Muriel fica com...

Zoe não escutou os nomes. Depois que percebeu que ia trabalhar com Cher, seu ânimo despencou. Ainda assim, elas tinham Shadrach, que parecia ser brilhante, apesar de ainda ser uma incógnita como ele se viraria sem nada além de facas e tábuas de cortar, além de ser um tanto bagunceiro. Zoe sabia que Muriel não teria problemas, e ela também não. Sua própria experiência trabalhando aos sábados em um café pequeno e mal equipado significava que estava acostumada a depender de equipamentos abaixo do padrão.

— Há ingredientes ali. — Fred apontou na direção de uma área coberta, onde podiam ver pilhas de caixas. — Decidam o que querem cozinhar e comecem. Cabe aos líderes de equipe decidir quem vai fazer o quê. A decisão deles é definitiva, portanto, não discutam. Vocês têm três horas.

— Certo, equipe — falou Muriel. — Sigam-me para ajudar a carregar a comida para cá. Eu vou decidir o que fazer.

— Eu não descasco batatas — avisou Cher.

— Como assim, você não descasca batatas? — questionou Zoe. — Você é geneticamente diferente do resto de nós?

Cher fechou a cara para ela.

— Só não descasco. Estou só avisando.

Zoe ouviu Muriel resmungando enquanto andava na direção da comida, Shadrach na sua cola.

— Venha, temos que ir ajudar — disse Zoe, puxando a manga de Cher.

— Eu não quero fazer isso! — falou Cher.

— Olhe, estamos todos juntos nisso. Se perdermos, um de nós vai embora. Se você não trabalhar, vai ser você!

Finalmente convencida, Cher seguiu Zoe até onde os outros estavam pegando provisões e empilhando-as em uma cesta. Ela estava reclamando, mas assim que uma câmera a captou, ficou toda sorrisos. No momento em que a câmera passou para o outro grupo, sua carranca voltou. Zoe não conseguia deixar de se admirar com a habilidade camaleônica de Cher de ligar e desligar o charme e também de sentir quando estava sendo filmada.

— Certo — começou Muriel —, perdemos o frango, então temos carne para ensopado. Vai ser uma caçarola, então.

— Vamos botar massa em cima — sugeriu Shadrach. — Torta é melhor do que só ensopado.

— Boa ideia! — elogiou Muriel. — Tomara que dê tempo. Temos farinha e manteiga o suficiente para isso e também abóbora-cheirosa, portanto, essa é nossa opção de sopa.

Zoe reprimiu um gemido, temendo que sobrasse para ela cortar as abóboras e que fossem muito duras. Com alguma sorte, haveria um descascador de batatas.

— Então, o que vamos fazer de doce? — indagou Cher.

— Não sei. Temos alguns damascos secos lindos, podíamos fazer um crumble — falou Muriel.

— Ouvi os outros dizendo que iam fazer crumble — disse Cher. Talvez seu talento para ouvir coisas por acaso tivesse alguma utilidade, pensou Zoe.

Muriel suspirou.

— O que mais se pode fazer com damascos que não seja uma torta ou um crumble ou uma mousse ou um suflê? — acrescentou, olhando para Shadrach, que havia sido escolhido como especialista, mas ele deu de ombros.

— Pudim de pão e manteiga — respondeu Zoe. — Com damascos. Acho que vi pão e temos montes de manteiga e ovos.

— Eu não gosto de pudim de pão e manteiga — disse Cher. — Tem muito carboidrato.

Muriel a perfurou com um olhar que revelava sua carreira anterior como professora.

— Acho que vou botar você na preparação dos vegetais, Cher. Agora, você tem que ser rápida, porque se não começarmos logo o ensopado ele vai ficar borrachudo.

— Não devíamos fazer a sopa primeiro, visto que é o primeiro prato? — perguntou Cher, que, em resposta à Muriel, havia se transformado em uma adolescente mal-humorada. — A dica não está no nome? Primeiro prato.

— Não, abóbora-cheirosa é rápida de cozinhar. Precisamos botar a carne no fogo. Shadrach, você corta isso, o restante de nós vai fazer os legumes.

— Isso na verdade é bem divertido — disse Cher para Zoe um pouco depois. Estava cortando uma cebola em cubos perfeitos. Zoe estava observando agoniada, ela trabalhava de maneira tão lenta!

— É igualmente divertido se você for um pouco mais rápida — respondeu Zoe, que estava usando um cutelo em uma abóbora-cheirosa do tamanho de um pão.

— Não, só é divertido se você fizer com muita precisão — disse Cher, e Zoe decidiu que não era tarefa sua tentar fazê-la ir mais depressa. A abóbora caiu em dois pedaços e ela ergueu o cutelo de novo.

— Ei, cuidado com o que está fazendo com isso, vai decepar os dedos — avisou Muriel. — Não posso me dar ao luxo de ter você fora do time.

Os jurados escolheram este momento para passar por lá. Gideon, vendo Zoe com o cutelo, sugou o ar e tirou a faca da mão dela. Ele pegou a tábua e fez um som de desaprovação. Aí encontrou um pano de prato, molhou, esticou-o e colocou a tábua de novo em cima dele.

— Se você estivesse em uma cozinha profissional e não fizesse isso, o chef a mataria — censurou ele. — Eu já tinha te avisado!

— Sim, chef — murmurou Zoe.

— E isso serve para você também! — Ele lançou seu olhar fulminante na direção de Cher, que bateu as mãos e os cílios.

Zoe vivenciou um inesperado momento de fraternidade com Cher e amaldiçoou Gideon por tirar seu cutelo.

Era muito estressante observar os excursionistas se enfileirarem, considerando que eles iriam decidir que equipe ganharia. Cada prato deveria ser provado por todo mundo e então receberia uma nota. Depois eles poderiam se empanturrar com seu favorito. A maioria deles estava no fim da meia-idade, eram robustos e saudáveis, mas de vez em quando havia um mais idoso, que não tinha participado da caminhada, mas provavelmente era pai ou mãe de alguém que participara.

— Aquela velha nunca deve ter comido abóbora-cheirosa antes — resmungou Cher — e seus dentes não vão aguentar o ensopado. — Eles não tinham tido tempo de fazer uma torta, no final.

— Vão, sim, está muito macio e saboroso — disse Zoe, que o experimentara mais cedo. — Estou mais preocupada com o pudim. Vão achar que não está bem-feito porque não tem uvas-passas dentro.

— Foi ideia sua. Nós tínhamos uvas-passas — acusou Cher. Seu breve momento de fraternidade não havia durado mais tempo do que Zoe levou para recuperar seu cutelo. — Pelo menos não havia gordura na carne — continuou Cher. — Odeio carnes com gordura em ensopados.

— Na verdade, eu também. — Zoe hesitou e, então, acrescentou: — Cher, eu realmente acho que devíamos tentar ser amigas. Sei que estamos competindo uma com a outra, mas todo mundo está; ainda podemos ser colegas.

— Ah, Zoe! — Cher jogou as mãos para cima e revirou os olhos. — É claro que somos amigas! — Ela abraçou Zoe e beijou o ar perto de sua bochecha. — Estamos nisso juntas e, se fizermos tudo certinho, uma de nós vai ganhar!

Zoe não tinha tanta certeza. Ela confiava em suas habilidades, mas havia sérios concorrentes. Alguns dos outros podiam um dia se tornar chefs com estrelas do Guia Michelin. Ela era muito mais uma faz-tudo. Mas, ainda assim, ia dar o seu máximo para ganhar!

A degustação levou uma eternidade e o som contínuo dos pingos da chuva caindo na tenda não ajudava. A comida estava ficando fria e as pessoas pareciam comer agonizantemente devagar.

— Se pelo menos eles andassem logo com isso! — reclamou Muriel. — Isso está me deixando louca.

— Como estão os pratos da outra equipe? — perguntou Cher.

— Eles fizeram torta com merengue — falou Muriel. — Vamos esperar que o suspiro murche.

— Ah, podíamos ter feito o crumble, afinal de contas — disse Zoe, duvidando do pudim de pão e manteiga com damascos agora.

Finalmente a degustação acabou e os provadores, que deviam estar famintos àquela altura, tendo andado por quilômetros e só tendo permissão para comer porções minúsculas da comida oferecida, realmente se empanturraram.

— Eu me sinto como se estivesse trabalhando na cantina de uma escola! — comentou Cher.

— Eu gosto de alimentar as pessoas — disse Zoe. — Só não gosto de receber notas de zero a dez.

— Vamos fazer o seguinte — sugeriu Muriel. — Vou andar de um lado para o outro no meio deles e ver se consigo descobrir se gostaram do nosso.

Ela voltou alguns minutos depois.

— Opiniões mistas. Alguns acharam que tanto a sopa quanto o ensopado estavam picantes demais. Acho que não devíamos ter feito duas coisas picantes.

— Velhos não aguentam comida picante — declarou Cher.

— Essas pessoas não são velhas! — corrigiu Muriel. — Algumas têm a minha idade!

— Desculpe — balbuciou Cher.

— E quanto à sobremesa? — indagou Zoe, sentindo-se responsável.

Muriel fez uma careta.

— Qual é o problema com uvas-passas?

— Nós tínhamos uvas-passas — disse Cher, olhando fixo para Zoe.

— Eu sei! Você falou! — Zoe suspirou e passou de novo um pano em sua estação perfeitamente limpa. Ela não conseguia se lembrar agora por que insistira em deixá-las de fora. Só esperava que não tivesse custado seu lugar.

Enfim, os comensais foram embora, muitos deles se dando ao trabalho de dizer aos concorrentes o quanto haviam gostado de seu almoço.

— Pelo menos, fizemos um acampamento feliz — disse Muriel.

— Argh! Não diga a palavra com "A"! Não posso imaginar nada pior — falou Cher.

— Então, o que você faz quando vai a um festival? — perguntou Zoe, curiosa.

Cher estremeceu.

— Eu não vou. Pirâmides de cocô logo pela manhã... por favor! Isto é o mais perto de um acampamento que eu pretendo chegar.

Zoe deu uma risadinha.

— Pelo menos você cozinhou debaixo de uma lona agora.

Cher fez uma careta para ela.

Mike se aproximou.

— Muito bem, pessoal, se quiserem ir até a área de refeições, vamos dar os resultados, e, sinto muito, um de vocês vai voltar para casa.

A lama ficara muito pior agora que o solo fora remexido pelos excursionistas. Os concorrentes escorregaram um pouco enquanto se dirigiam à sala do júri.

— Nossa, odeio isso! — reclamou Cher, agarrando-se à Zoe e quase puxando-a para o chão.

— A lama é a parte fácil — disse Zoe.

— Certo — falou Mike quando todos estavam reunidos. — Tivemos alguns clientes muito satisfeitos, portanto, bom trabalho, pessoal. É uma pena que uma equipe tenha que perder, sério, quando as duas equipes se saíram tão bem. Não é mesmo, jurados?

— Até certo ponto — disse Anna Fortune. — Alguns de vocês têm técnicas de corte pavorosas, ou melhor, nenhuma técnica de corte, a ponto de os jurados pensarem em dar aulas se o tempo não fosse tão curto. — Ela fez uma pausa agourenta. — Gideon e eu estávamos falando que teremos sorte se chegarmos ao fim da competição sem ninguém perder um dedo.

O diretor se juntou a eles.

— Não sei bem se é exatamente a isso que queremos que o mundo assista pela TV. Podemos ser um pouco mais otimistas?

— Não — disse Gideon. — Anna está certa e é importante que os telespectadores saibam o quanto as técnicas de corte são importantes.

O diretor suspirou.

— Está bem, façam como quiserem, mas vou avisá-los, esse pedaço pode ser cortado.

— Podemos continuar? — perguntou Mike. — O pessoal do micro-ônibus tem outro compromisso e não queremos que ninguém tenha que voltar andando para casa.

Anna Fortune deu de ombros de uma maneira que fez Zoe lembrar-se de que ela era meio italiana.

— Podemos fazer isso agora? — indagou Gideon. — Não precisamos de toda aquela espera de mentira quando já tomamos nossa decisão, precisamos?

— Isso é televisão — Fred lembrou a ele.

Gideon fez um som de rosnado e virou-se para o outro lado.

— E a vencedora é... a Equipe Azul! — gritou Mike.

Cher guinchou, Zoe suspirou de alívio e Muriel sorriu.

— Ah, somos nós! — exclamou ela. — Bom trabalho, equipe!

— Então alguém da Equipe Vermelha...

— Nós sabemos! — disse Cher constrangedoramente alto. — Um desses perdedores sai.

Foi a tensa Shona quem teve que sair. Ela chorou, mas como aparentemente tinha passado a maior parte do desafio chorando, isso não foi uma surpresa muito grande.

— Agora, mais um jantar no pub, mas os ônibus vão sair às nove e meia em ponto, então, se perderem vocês voltam andando, está bem? — A animação inicial do Mike parecia ter diminuído bastante.

— Se perdermos os ônibus, podemos conseguir uma carona — sugeriu Cher com a confiança de uma garota bonita que não se incomodava em usar a aparência para se dar bem na vida.

Zoe pensou em não ir ao pub. Não estava realmente a fim de diversão em grupo. Por outro lado, não havia nada para comer em suas acomodações e ela não queria pegar de Fenella e Rupert.

— Ah, qual é, Zoe! — disse Cher, soando genuinamente simpática. — Não vai ser tão divertido sem você!

A fome e esse incentivo, com acenos dos outros, convenceram Zoe, e ela foi com eles. Imaginou se poderiam interagir com as equipes de filmagem e produção, mas as autoridades no comando obviamente queriam mantê-los separados.

Cher continuou sendo tão agradável durante aquela noite que Zoe já estava começando a imaginar que sua hostilidade anterior tinha sido nervosismo. A equipe vencedora estava toda de bom humor e fez o máximo para encorajar os perdedores, então foi uma noite alegre. Zoe ficou imaginando se deveria ter bebido tanta sidra. Isso e a água que ela se sentia obrigada a beber junto significavam idas constantes ao banheiro, que ficava do outro lado de um beco, e cada viagem a deixava um pouco mais molhada da chuva que se recusava a parar.

— Pelo menos você não vai ficar de ressaca — falou Muriel —, que é o principal. Há algo horrível no sofrimento autoinfligido. — Ela suspirou. — Eu sou sensata demais para ter uma ressaca agora, é claro!

— Isso parece um desafio, Muriel! — disse Shadrach, que tinha realmente brilhado em sua equipe e estava presunçoso.

— Ah, não, hoje não — falou Muriel. Ela olhou para o relógio. — Está na hora de entrarmos no micro-ônibus. Eles não vão esperar.

— Vamos ficar e tomar mais um — sugeriu Cher, incluindo Zoe em sua declaração. — Nós arrumamos uma carona.

— Cher? Eu prefiro voltar. Não quero pegar carona com um estranho.

— Não seja chata, Zoe! Só quero um caubói. Talvez dois.

— O quê? Caubóis do interior da Inglaterra? — falou Shadrach.

Cher lhe deu uma olhada.

— Vamos lá, Zoe, vamos para o outro bar e ver quem está lá.

Apesar de todos seus instintos estarem lhe dizendo que Cher estava louca, Zoe a seguiu, na esperança de que fazer alguma bobagem de garota com ela talvez tornasse mais fácil a convivência das duas. É claro, talvez não precisasse fazer isso por muito mais tempo, pensou ela melancolicamente, seguindo o cabelo brilhante de Cher pelas passagens até o Snug, onde, ela soube pela colega, os simpáticos locais bebiam. O cansaço, o clima e testemunhar o quanto Becca e Shadrach eram bons haviam abalado seu espírito normalmente otimista. A competição com certeza estava esquentando.

Elas cambalearam para fora um pouco mais tarde, atrás de um animado membro da Associação de Jovens Fazendeiros. Como elas eram duas e ele apenas um, Zoe sentiu-se razoavelmente segura e, como ele estava em treinamento para alguma espécie de evento que envolvia arremessar-se sobre sebes e valas, não tinha bebido. Ele as deixou no portão e elas se deram os braços enquanto andavam até o estábulo. Zoe havia aproveitado a noite, divertindo-se com os flertes descarados de Cher e a animação dos outros parceiros. Pouco antes de chegarem à sua porta, Cher escorregou na lama, puxando Zoe.

— Foi mal! — disse ela. — Você pode usar o chuveiro primeiro!

Zoe não estava inteiramente sóbria e sentia que ela e Cher eram amigas agora, mas, ainda assim, algo não parecia certo nessa oferta generosa. Conforme seguiam em frente, rindo, ela decidiu que estava sendo desnecessariamente desconfiada.

Tirar as galochas pareceu levar muito tempo. Elas se sentaram no degrau, puxando-as sem sucesso enquanto elas escorregavam de suas mãos. Em algum momento, acabaram se livrando delas e entraram na casa.

— Vou fazer chá. Vá tomar um bom banho, quente e demorado — falou Cher.

Mais uma vez, Zoe ficou com a pulga atrás da orelha, mas, como a ideia de um bom banho, quente e demorado, era tentadora demais para resistir, ela entrou no banheiro.

— Sua vez! — disse ela quando saiu. — Espero não ter deixado uma bagunça muito grande.

— Não se preocupe, está tudo bem.

Zoe foi para a cama pegar seu pijama embaixo do travesseiro. No momento em que botou a mão no colchão e descobriu que ele estava molhado, viu que a janela, que ela se lembrava claramente de ter fechado, estava aberta.

— Não! — gritou. — A minha cama está encharcada. Cher!

Como estava usando apenas uma toalha, ela procurou em sua mochila por outro pijama e o vestiu, aí pensou no que fazer.

Convencida de que era culpa de Cher que sua cama estivesse molhada, achou que devia tomar a cama de casal e deixar Cher se virar para dormir no sofazinho sem roupa de cama. Mas de que adiantava? Só significaria horas de gritos e brigas e chateação. E não dividiria uma cama com Cher de jeito nenhum, mesmo que a outra topasse (o que não toparia). Não, ela iria até a casa — sabia onde ficava a chave agora — e se aconchegaria no sofá na cozinha. Seria quente e seguro e ela poderia pensar no que fazer em relação a Cher pela manhã. A mulher era claramente maluca — todo aquele papo sobre se tornarem "amiguxas" quando na verdade ela estava tentando destruir suas chances na competição... Mas por que esta noite? Eles não tinham que fazer nada até quase o meio-dia seguinte. Tinham uma manhã de descanso e repouso. Conforme juntava suas coisas, ela ficou imaginando se estava usando o comportamento estranho de Cher como desculpa para ir até a casa na esperança de ver Gideon.

Ela tinha que se fazer essa pergunta, mas sabia que seria louca se tentasse ver Gideon de propósito. Por pouco tinha conseguido se safar de ter passado a noite com ele uma vez; não podia arriscar de novo.

Sua cama estava molhada e, tendo em vista que o quarto onde ele vinha dormindo ainda estava sendo decorado, ele provavelmente não estaria lá. Esse pensamento foi um alívio e ela terminou de arrumar sua mochila para a noite. Seu único ato de vingança foi levar as galochas de Cher. Eram maiores do que as dela e mais fáceis de calçar. Cher nunca conseguiria botar seus pés 37 nos sapatos 35 de Zoe.

Zoe abriu a porta dos fundos o mais silenciosamente possível e recolocou a chave. Por um momento, ela hesitou. Se Gideon estivesse lá, poderia ser desesperadamente constrangedor, sem falar em ser expulsa da competição. Aí ela estremeceu e percebeu que não podia voltar. Tirou as galochas e entrou pé ante pé na cozinha, esperando que não houvesse cães ali que com certeza iriam latir.

Não precisava ter se dado ao trabalho de fazer tanto silêncio. A cozinha estava ocupada.

— Olá, Zoe! — disse Rupert, erguendo os olhos do pão que estava fatiando. — Em que posso ajudá-la?

— Ah! — Zoe estava tão convencida de que a cozinha estaria vazia que não havia preparado nada para dizer. — Hmm, a Fen ainda está acordada?

— Está. Estamos lá em cima em nossa saletinha comendo sanduíches e bebendo. Por que não se junta a nós? Você pode levar o vinho e vamos precisar de mais uma taça. Eu acendi a lareira. Há algo maravilhosamente decadente em uma lareira acesa no verão, não acha?

— Ah, não, não quero incomodar...

— Você não vai incomodar e falou que queria ver a Fen. Ela vai adorar ver você. Vamos, pegue aquela garrafa e me siga.

Zoe pegou a garrafa que Rupert indicou. Ela o seguiu escada acima e pelo corredor. Ele abriu uma porta.

— Isso era um quarto, mas nós o transformamos em uma salinha para nós quando a casa está cheia ou, neste caso, sendo decorada. Entre.

O primeiro pensamento que ocorreu a ela foi que ninguém mais descreveria aquilo como uma salinha. Apesar de que, para ser justa, era menor do que as salas de visitas que tinha visto rapidamente no começo da competição. A lareira de um dos lados parecia grande para um quarto, e um fogo ardia alegremente nela. Dois grandes sofás de couro gasto estavam postos um de cada lado e uma grande mesa de centro baixa coberta de quinquilharias ficava no meio.

Em um dos sofás, parecendo inteiramente em casa, estava Gideon.

O coração dela deu um pulo que lhe disse que ela estava feliz em vê-lo, mas seu cérebro a instruiu a voltar direto para a cozinha, onde executaria o Plano A e dormiria no sofá.

Ninguém pareceu perceber a batalha entre seu cérebro e seu coração. Fen estava com os pés para cima, em um pufe grande, e ria de Gideon como se eles se conhecessem a vida inteira.

— Aqui está a Zoe — anunciou Rupert. — Eu a encontrei na cozinha.

— Zoe! — Fenella acenou com entusiasmo. — Entre. Não posso me mexer, infelizmente, mas isso é tão bom! Fiquei imaginando como você estava e achei que não podia perguntar ao Gideon.

Gideon se levantou. Após um momento de pausa, ele sorriu, parecendo feliz em vê-la.

— Venha e sente-se perto do fogo. Você parece estar com um pouco de frio. E está de pijama — acrescentou ele, surpreso.

Zoe se sentiu envolvida pelo calor, do fogo e das boas-vindas que recebeu.

— Olá! Eu não pretendia entrar de penetra nessa festa! — disse ela. — A não ser que seja uma festa do pijama.

— Ah, mas é! — falou Fenella. — É só o que eu tenho usado ultimamente. Rupes, vá pegar uma bebida para ela. Gideon, chegue para lá para que ela possa se sentar.

Gideon mudou de lugar e deu uns tapinhas no assento ao seu lado.

— Ah, você está descalça — disse ele quando ela estava sentada. — Por quê?

— Eu estava de galochas quando vim, mas as tirei na porta da frente. Estavam cheias de lama.

— Não ligamos muito para lama nesta casa, a não ser que tenhamos hóspedes sérios — continuou Fenella. — Não como o Gideon, que não é nada sério.

Ele lançou um olhar para Fenella que significava que aceitava isso como o elogio que era. Aí tirou uma manta das costas do sofá, enfiou-a debaixo dos pés de Zoe e então os botou em cima do sofá. Zoe ficou tocada com esse gesto, apesar de tentar manter a compostura. Suas emoções estavam à toda.

— Então, o que está fazendo aqui?

— Vim ver se a Fen ainda estava acordada.

— Problemas? — perguntou Fen.

— Sim. — Zoe aceitou a taça de vinho que Rupert estendeu para ela.

— O que foi? — indagou Fen.

Zoe tinha esperanças de contar à Fenella em particular o que havia acontecido. Agora não tinha jeito; ela teria que contar a todos eles.

— A minha cama ficou molhada enquanto eu estava fora hoje — relatou Zoe.

— Você não deixou a janela aberta, deixou? — perguntou Fenella, claramente horrorizada.

— Não, não deixei! — exclamou Zoe.

— Foi aquela vaca da Cher? — indagou Gideon. — Ela é veneno puro.

— Deve ter sido, porque me lembro claramente de fechá-la — continuou Zoe. — Eu não queria dividir a cama com ela e estava planejando dormir no sofá da cozinha, se vocês não estivessem acordados.

— Ah, não precisa fazer isso! — exclamou Fen. — Vamos encontrar um canto para você. Olhe, tome outra taça de vinho por mim. — Ela fez uma pausa. — Não é nem do álcool que eu sinto falta, pelo menos espero que não seja, é da camaradagem, de como é divertido se sentar com amigos quando estamos ligeiramente de porre.

Rupert completou o copo de Zoe.

— Sinto muito, mas isso já rolou — disse ela. — Fomos ao pub mais cedo e aí Cher quis tomar uns caubóis.

Gideon tirou a taça dela.

— Não quer ficar de ressaca amanhã.

Ela a pegou de volta.

— Eu sei. Bebi muita água.

— Coma um sanduíche — aconselhou Rupert. — Nós todos também já jantamos, mas ficamos com fome de novo. Ou melhor, Fen ficou e então não quisemos ficar de fora.

Zoe bebericou o vinho e mordiscou o sanduíche, suas pernas enroscadas debaixo da manta no sofá. Gideon passou o braço em volta dela de uma maneira casual, fazendo-a se sentir parte do grupo, e, ao mesmo tempo, bastante especial. Mais uma vez, ela afastou seus receios sobre confraternizar com jurados.

Porém estava realmente cansada. Os vários momentos de estresse e as dificuldades do dia finalmente cobravam seu preço. Ela largou a taça e recusou mais vinho. Precisava deixar a festa e encontrar um lugar para dormir. Mas isso envolveria Fenella também se mexer, e ela, obviamente, estava se divertindo muito.

Seus olhos se fecharam e, de alguma forma, Gideon a puxou mais para perto dele, para que ficasse mais confortável, aconchegada debaixo do seu braço. Ela cedeu à agradável sensação de calor, ao delicioso cheiro do perfume dele, à amigável conversa entre ele, Fenella e Rupert, e logo estava perdida em um sono profundo e sem sonhos.

Capítulo 9

Zoe percebeu que devia ter adormecido quando ouviu os outros falando sobre ela.

— Está morta para o mundo — disse Fenella — e eu não encontrei nenhum lugar para ela passar a noite.

— Não sei bem onde você tinha planejado — falou Rupert. — Não há nenhum lugar. Todos os quartos ou estão inabitáveis ou cheios de coisas para depois de amanhã.

— Podíamos apenas cobri-la com cobertores e deixá-la aqui — sugeriu Fenella, mas não pareceu satisfeita. Zoe achou que esta era uma opção muito aceitável. Afinal de contas, já estava prontinha para ir para a cama. Seria bom não ter que se mexer. Continuou de olhos fechados.

— Não se preocupem, eu cuido dela — assegurou Gideon.

Houve uma pausa; uma pausa na qual Zoe sabia que devia se mexer, acordar devagarzinho e não continuar escutando escondido.

— Bem, espero que sim — disse Fenella, parecendo severa. — Eu gosto da Zoe.

— Tudo bem — concordou Gideon —, eu também. Ela pode dividir a cama comigo. Como cabem confortavelmente seis naquela cama, ela pode continuar casta. — Ele não acrescentou que eles já haviam feito aquilo antes, e, para gratidão de Zoe, era óbvio que Fenella e Rupert não sabiam disso.

— Não é só isso — continuou Fen. — Ela é uma das participantes, você é um jurado. Se alguém descobrir, ela teria que sair com a reputação manchada e talvez você também.

— Confie em mim. Eu vou protegê-la. Ninguém vai descobrir.

Houve um silêncio. Zoe tentou imaginar os olhares preocupados. Aí houve um suspiro.

— Não quero tornar as coisas constrangedoras para vocês — Gideon acabou dizendo.

— Não é isso... — disse Fenella. — Ah... me dê aquele último sanduíche e eu perdoo você. — A sala ficou em silêncio, presumivelmente enquanto Fenella mastigava.

Com as ansiedades aplacadas, ela continuou:

— Sarah vem amanhã para cuidar das últimas pendências do casamento. Espero que seus concorrentes façam um bom trabalho com o bufê — disse ela para Gideon.

— Eles são perfeitamente capazes e, como a emissora de TV está pagando por toda a comida e o vinho, acho que o casal não vai ter motivos para reclamar.

— Eu sei disso, de verdade. — Fenella foi em frente e então gemeu. Parecia que estava tentando se levantar. — Mas ainda não quero que as pessoas passem por dificuldades debaixo do meu teto.

— Não vão. — Gideon parecia confiante. — Com pessoas como Zoe e Muriel, que são muito eficientes e ótimas cozinheiras também, não vai haver problema.

— Eu quero contratar a Zoe — anunciou Fenella. — Ela seria perfeita para assumir o meu lugar enquanto eu estiver fora de combate com o malandrinho aqui. Vou pedir a ela de manhã. Venha me ajudar a levantar e me transporte para a cama!

— E é melhor eu levar a Bela Adormecida — comentou Gideon.

Outra deixa para Zoe acordar, mas ela não queria. Queria continuar sendo cuidada por Gideon, mesmo que fosse constrangedor se ele não conseguisse levantá-la. Era evidente que se isso acontecesse, ela acordaria. Mas ia de fato estragar o clima.

Talvez ela tivesse perdido peso recentemente, porque ele a pegou nos braços sem dificuldade. Mas era muito difícil para Zoe permanecer relaxada por completo, pendendo a cabeça e relaxando os braços. Quando eles saíram da sala, ela de repente ficou preocupada caso a posição de sua cabeça a fizesse babar. Decidiu que se sentisse que algo do gênero ia acontecer, ela se remexeria, gemeria um pouco e diria "Onde estou?". Esperava que não fosse necessário. Embora pudesse ser legal usar esse clichê de uma forma perfeitamente genuína, seria mais legal acabar aconchegada na cama de Gideon.

Ela tivera tempo suficiente para pensar em dormir com Gideon e chegara à perversa e tola conclusão de que não iria desperdiçar essa segunda oportunidade. Se conseguisse persuadi-lo, parecendo natural e como se fosse ideia dele, ela iria em frente. Estava com uma paixonite séria por ele e achava que se arrependeria pelo resto da vida se não aproveitasse ao máximo a situação. E estava em uma onda inconsequente esta noite. Não conseguiria se importar com nada além daquele momento.

Fenella acompanhou Gideon, abrindo as portas. Quando chegaram ao quarto, ele falou:

— Pode acender a luz da cabeceira? E agora puxar a coberta? Obrigado.

Gideon deitou Zoe delicadamente e puxou o edredom. Ela teve que se segurar para não botar o braço por cima como sempre fazia, mas achou que um movimento súbito poderia mostrar que estava acordada.

— Não estou tão feliz com isso — sussurrou Fenella.

— Posso botar uma fileira de travesseiros no meio da cama se isso a deixar mais feliz. — Zoe podia ouvir que Gideon estava sorrindo.

— Não, não pode, porque eu teria que encontrar alguns travesseiros e está tarde demais para isso. Só não parta o coração dela!

— Não está preocupada que ela vá partir o meu?

— Não. Imagino que o seu seja duro como pedra.

— Eu gostaria de pensar que isso é verdade, é claro.

Zoe ficou tão imóvel que se alguém tivesse olhado para ela poderia pensar que estava morta. Ela estava fazendo força mental para que ele continuasse, dissesse algo mais revelador.

— Quer dizer que não é verdade? — Fenella estava obviamente intrigada.

— Como regra geral, mas neste caso específico...

Zoe achou que ia parar de respirar de vez ou cair em uma gargalhada histérica ou ainda fazer algum barulho enorme: um espirro, um uivo, alguma coisa.

— Eu tenho um fraco — continuou Gideon. — O que significa que tenho que ser mais duro com ela do que com os outros competidores. Felizmente, ela é boa. Eu não poderia salvá-la se tivesse mesmo que sair.

Zoe queria se abraçar, mas manteve-se perfeitamente imóvel.

— Bem, fico feliz em saber que você tem moral — disse Fenella. — Vou desejar boa-noite agora. Nos vemos no café pela manhã. Vou inventar algum lugar em que Zoe pudesse ter dormido para salvar a reputação dela.

Tarde demais para isso, pensou Zoe. Cher já acha que estou transando para ganhar. Posso muito bem me divertir um pouco com isso, mesmo que acabe fazendo com que Gideon seja mais duro comigo.

Para Zoe, que esperava ansiosamente pela volta dele, Gideon pareceu levar muito tempo no banheiro. Quando finalmente saiu, se esticou acima dela por alguns segundos. Aí arrumou um cacho caído em seu rosto — um gesto carinhoso que quase fez Zoe gritar —, deitou na cama e apagou a luz.

Este era o momento, ela decidiu. Remexeu-se um pouco em seu sono de mentira e chegou um pouco mais perto dele.

Ele pareceu congelar. Ela se aproximou mais um pouquinho. Como Gideon não se afastou, ela se retorceu um pouco mais.

— Zoe. — A voz dele foi alta o bastante para acordá-la, mesmo que ela estivesse dormindo.

— Ah, olá — falou ela, o mais inocentemente que podia. — Estou tendo um *déjà-vu* ou estou na sua cama de novo?

— Você está na minha cama de novo e, se não for para o seu lado, vai acabar se arrependendo.

Ela se aconchegou, aproximando-se.

— Acho que não vou me arrepender.

— Você sabe o que vai acontecer? Eu sou humano. Seu pijama é muito sensual.

— Tem certeza? — Ela colocou a cabeça no ombro dele. — São da Cath Kidston. Sempre achei que eram muito respeitáveis.

— Bem, você estava errada. E não tenho certeza se posso aguentar isso.

— Você não precisa aguentar isso. Ou, pelo menos, não precisa aguentar... — Estranhamente, ela não sabia o que dizer.

— O que você está me dizendo, Zoe? Preciso que seja muito clara.

— Estou tentando não precisar soletrar. — Deus, esse negócio de seduzir era muito mais difícil na vida real do que nos filmes!

— Não quero fazer nada de que você vá se arrepender.

Cavalheiros eram também mais difíceis de lidar que canalhas. Se alguém tentasse algo com Zoe e ela não estivesse a fim, ela não tinha nenhuma dificuldade em deixar bem claro como se sentia. Mas como ia conseguir que Gideon fizesse alguma coisa sem pular em cima dele?

— Você está usando um roupão de banho — reclamou ela. — Sempre vai para a cama assim?

— Só quando estou na cama com você.

— É um hábito do qual pode se livrar? — Ela passou o dedo pela lapela dele.

— Não é um hábito, é um roupão.

Ela levou um segundo para entender a piada.

— Muito engraçado.

— Zoe, se eu tirar meu roupão, você sabe o que vai acontecer, não sabe?

— É claro! Mas estou começando a achar que não vai acontecer nada!

— E você quer que alguma coisa aconteça?

— Devo contratar um avião para escrever no céu para você? O que mais eu preciso fazer? — Ela deu um suspiro de frustração. — Obviamente não tenho talento para seduzir.

— Ah, você está me seduzindo, eu só...

— Me escute! Eu quero você! Estou na sua cama. Se você não me quer, é só dizer! Se quer... bem, ajudaria se não estivesse usando meia tonelada de toalha.

Ele deu uma risadinha baixa.

— Tudo bem, eu entendi a dica...

Pouco depois disso, a meia tonelada de toalha dele e o pijama Cath Kidston estavam no chão.

O sol entrava pelas cortinas na manhã seguinte quando Zoe deslizou para fora da cama. Foi necessário fazer um esforço, mas ela tinha que pensar em uma forma de cobrir seus rastros antes que todo mundo acordasse. A ducha mais rápida do mundo, somada à escovada de dentes mais sumária, e ela estava a caminho do andar de baixo. Gideon ainda estava deitado. Zoe mal ousara olhar para ele. Uma espiada em seu corpo, metade debaixo do edredom, seu cabelo despenteado e sua boca linda só um pouquinho aberta tornou muito difícil sair. Se ele se mexesse e falasse com ela, estaria perdida.

Ela gostaria de ficar ali a manhã inteira. Nunca se sentira assim antes e tinha quase certeza de que o nervosismo em sua barriga e a incapacidade de respirar direito era o que todo mundo falava. Ela estava caidinha, percebeu. Era maravilhoso, mas também um pouco assustador. Sentia-se completamente tonta, como se estivesse enjoada ou algo parecido. Era sua culpa — toda sua. Se não tivesse dormido com ele, poderia ter mantido as emoções sob controle. Mas tinha tomado uma decisão e agora deveria viver com ela. Também tinha que se assegurar de que seu equívoco não acarretaria a expulsão do concurso, por sua mente não estar focada em cozinhar. Ou porque alguém descobrisse o que ela e Gideon haviam feito. Ela teria de garantir que Cher, que a andara observando maliciosamente, não pudesse acusá-la de nada.

Vestiu seu pijama de novo e desceu sorrateiramente. Parou quando ouviu vozes na cozinha. Não havia nada a fazer, ela teria que encarar.

Ouviu a voz de Cher pela porta aberta da cozinha.

— Eu vim porque estava muito preocupada com a Zoe. Ela saiu ontem à noite porque sua cama estava meio úmida, acho que deve ter deixado a janela aberta, e não voltou. Fiquei imaginando o que havia acontecido com ela.

Zoe foi forçada a admirar o talento de Cher para a atuação. Parecia estar realmente preocupada. Porém, como Zoe já havia passado a noite na casa antes e Cher não se abalara, era óbvio que agora não se tratava de um sentimento verdadeiro.

Zoe abriu a porta antes que Fenella ou Rupert tivessem que dizer qualquer coisa que não fosse exatamente a verdade.

— Olá, Cher! O que está fazendo aqui?

— Zoe! Eu estava tão preocupada! O que aconteceu com você? Onde dormiu ontem à noite?

Então se tornou evidente que Cher só queria pegá-la. Zoe disse:

— Não sei como, mas adormeci no sofá da salinha de estar. Eu devia estar tão cansada!

— Estávamos bebendo e fazendo um lanche — explicou Fenella, possivelmente tentando dar a impressão de que fora leite quente com biscoitos, não vinho e sanduíches enormes.

— É — continuou Zoe. — Uma hora eu estava com Fen e Rupert e quando vi estava cheia de cobertores. Levei um minuto para entender onde estava quando acordei.

— Mas você dormiu bem? — perguntou Fenella.

— Ah, sim. Aquele sofá é bem confortável.

Apesar de nada do que ela estava falando ser propriamente uma mentira, Zoe sentiu-se corar. Ela *havia* adormecido no sofá na salinha de estar, ela *havia* ficado imaginando onde estava quando acordou, mas muito havia acontecido entre um e outro.

Cher semicerrou os olhos.

— Não está sentindo nenhuma dor?

— Por que deveria estar? — Na verdade, ela estava um pouco dolorida, mas não era por dormir no sofá.

— Ah, sabe como é quando você adormece em um lugar estranho.

Zoe sentiu como se Cher pudesse ver marcas em seu corpo que a entregassem sobre o que de fato ocorreu, mas a própria Zoe não tinha encontrado nenhuma no banho.

— De toda forma, não posso ficar aqui batendo papo. Tenho que me vestir.

— Depois volte e venha tomar café — convidou-a Rupert. — Vou fritar umas coisas. Você também, Cher.

— Vai grelhar o bacon? — indagou Cher delicadamente.

— Não, fritar. A dica está no nome — explicou Rupert, sorrindo.

— Este tipo de fogão faz ótimos cafés da manhã — disse Fenella. — Às vezes eu faço o bacon no forno, mas Rupert gosta de fritar o pão...

Zoe saiu do aposento no momento em que Cher deu um gritinho de horror diante da ideia de carboidratos e gordura de bacon na mesma mordida tóxica.

Quando ela voltou, Gideon estava sentado à mesa atacando um enorme prato com seu café da manhã. Ele ergueu os olhos quando Zoe entrou e piscou tão rápido que ninguém além dela percebeu. Pelo menos era o que Zoe esperava. Ela puxou uma cadeira. Cher estava sentada ao lado dele e Zoe a viu colocar uma fatia fina de bacon no prato dele e fitá-lo timidamente.

— Está tentando comprar um juiz com bacon? — perguntou ele, olhando para Cher de uma maneira que feriu Zoe, apesar de ela saber perfeitamente bem que não tinha motivos para sentir ciúmes. Tinha?

— É claro que não. Eu nunca poderia competir com a Zoe neste departamento, mas não consigo comer nem mais uma migalha.

Para gratidão eterna de Zoe, Rupert interveio na mesma hora:

— Mas você mal comeu uma migalha! Uma fatia fininha de bacon e um tomate. Não vai conseguir aguentar até a hora do almoço.

— Ah, eu nunca como muito. Fico cheia muito depressa. — Ela olhou nitidamente para o prato carregado que Fenella havia posto na frente de Zoe enquanto ela se sentava.

— Mas você é cozinheira — comentou Rupert. — Com certeza tem que provar as coisas.

— Só um pouco. E quase nunca como uma refeição inteira. — Ela olhou para Zoe do outro lado. — Não consigo entender por que Rupert acha que você precisa comer isso tudo.

Zoe, que não tinha problemas com o corpo e nunca havia pensado muito sobre seu peso, de repente se sentiu como um hipopótamo; um hipopótamo apaixonado e culpado. Ela deu mais uma olhada furtiva para Gideon. Sentiu um pé tocando o seu de leve. Não podia ter certeza se era ou não acidental nem se era o do Gideon, mas o sorriso que ele lhe deu indicou que era. Parte dela sentiu uma descarga de emoção com o perigo daquilo tudo; outra parte queria dar uma bronca nele. Havia mais em risco do que a vaga dela na competição.

— Acho que Rupert só é generoso — disse ela.

— É! — concordou Fenella. — Ele é do tipo alimentador. É por isso que eu estou tão enorme. Cher, como estava o tempo quando você veio para cá?

— Está abrindo bem.

Zoe, de súbito, sentiu-se enormemente grata pela obsessão britânica com o clima.

— Isso é bom. Com o casamento amanhã seria bom se tudo pudesse secar um pouco primeiro. Querido? — Fenella virou-se para Rupert. — Sarah e Hugo vão chegar logo. Sobrou alguma coisa de comer para oferecermos a eles?

— Mais ou menos meio porco. Agora, pessoal, que tal torradas?

— Nossa, para mim não! — declarou Cher, como se qualquer um que quisesse torrada fosse primo em segundo grau de Gargântua. — Mas tenho certeza de que Zoe consegue encarar algumas rodadas.

— Ainda estou comendo salsicha, Cher — replicou Zoe irritada.

— Bem, você é o que você come! — trinou Cher, e Zoe queria se socar por ter lhe dado a oportunidade.

— Meninas — disse Rupert severamente. — Não precisam brigar.

Como Zoe não estava brigando, sentiu-se ofendida, mas aceitou que ele não podia chamar a atenção só de Cher.

— Este café da manhã foi incrível, muito obrigada — agradeceu Zoe. Ela se levantou da mesa, pegando os pratos sujos que estavam por perto. — Vou só botar isso no lava-louça.

— Não precisa — disse Fenella sem convicção. — Vai haver mais louça suja quando Sarah e Hugo chegarem aqui.

— Você está falando de Sarah Stratford? Que planejou o casamento de Carrie Condy? — indagou Cher. — Eu vi todas as fotos. O vestido dela era incrível. — Ela continuava sentada enquanto Zoe limpava.

— É — respondeu Fenella. — Realmente nos deu o pontapé inicial, não é, Rupes?

— Com certeza. Zoe, é muita gentileza sua.

— É só hábito. Agora é melhor eu ir cuidar da minha cama.

— Ah, fique e conheça Sarah e Hugo — disse Fenella.

— Vamos conhecê-los às onze e meia de qualquer modo, não vamos? — falou Zoe, que achava que já havia incomodado demais Fenella e Rupert.

— Mas você vai ganhar uma vantagem se ficar — disse Rupert.

— Eu vou ficar! — declarou Cher. — Hugo Marsters é um fotógrafo famoso.

Fenella franziu ligeiramente o cenho.

— Ele certamente é conhecido, mas acho que não tira fotos para a revista *Hello!*.

— Ah, tanto faz — falou Cher.

Zoe achou que não poderia aguentar ver Cher flertar com esse fotógrafo, além de com Gideon. Ela precisava também de algum tempo sozinha para processar o que havia acontecido e aproveitar as emoções que aquilo tudo lhe despertava. Tinha sido tão, tão especial. Não se comparava a nada que ela já havia experimentado. De repente, ela entendia; sabia o que amor e sexo significavam pela primeira vez.

— Preciso fazer algo a respeito da minha cama — informou Zoe, levantando-se determinada.

— Bem, não se preocupe com o colchão, nós temos extras — garantiu-lhe Fenella. — Minhas queridas faxineiras vêm hoje. Vão botar um novo para você e colocar o molhado na sala da caldeira para secar.

— Ótimo. Vou tirar os lençóis da cama.

— Sério, não se preocupe com isso. — Era Fenella sendo firme agora.

Mas Zoe arrumou um pouco as coisas e deu um passeio relaxante pelo jardim antes de pegar seu bloco e se dirigir para a sala de visitas onde eles todos receberiam o briefing sobre o casamento no dia seguinte.

— Certo! Pessoal! — O grito de chamada do Mike era familiar agora, mas ainda deixava Zoe nervosa. — Sarah Stratford, que está encarregada do casamento, vai dizer a vocês o que quer que façam. Sarah?

Os concorrentes, as equipes de produção e filmagem e os jurados estavam todos reunidos na sala de visitas onde haviam recebido as instruções sobre a competição.

Sarah, que conseguia parecer incrivelmente eficiente e ao mesmo tempo ligeiramente nervosa por estar na televisão, limpou a garganta.

— Oi, gente. Como o Mike disse, eu sou a Sarah e sou a produtora do casamento, e tenho que confessar que estou muito ansiosa por vocês estarem fazendo a comida para um casamento pelo qual sou responsável. — Seu sorriso caloroso fez todo mundo rir, como era esperado.

"É um evento de champanhe e canapés, mas a comida tem que ser substancial. Não queremos todo mundo caindo de bêbado depois de cinco minutos. Isso só deve acontecer mais tarde."

A plateia riu de novo.

— Quero que cada um faça dez canapés diferentes e dez unidades de cada tipo, para terminarmos com setecentos. Isso vai dar dez para cada convidado, o que deve ser suficiente para mantê-los de pé. A cerimônia é amanhã ao meio-dia.

A cerimônia do casamento vai ser aqui, na capela, portanto, os convidados vão querer comida à uma hora da tarde. Agora vou deixar vocês com os jurados, para eles passarem mais detalhes.

Houve uma onda de entusiasmo na sala. Casamentos costumavam causar esse efeito, apesar de os homens do grupo estarem um pouco menos entusiasmados. Sarah foi se juntar a um homem atraente que estava ali ao lado. Ele passou o braço em volta dela e beijou sua cabeça. Zoe presumiu que fosse Hugo. Gideon deu um passo à frente.

— Certo. Queremos cinco canapés quentes e cinco frios. Vocês precisam pensar no que querem fazer, procurar receitas etc., e então mostrar seus dez canapés a qualquer um dos três jurados ou a Sarah, para serem aprovados. Aí podem começar a cozinhar, mas lembrem-se de que muitos deles precisam ser servidos quentes, saídos do forno, ou montados na hora para não ficarem empapados. Há muitos ingredientes — ele indicou uma mesa comprida com pilhas altas de comida —, mas se quiserem alguma coisa que não esteja aqui e tiverem tempo de ir fazer compras, fiquem à vontade. Nós lhes daremos dinheiro.

Cher ergueu a mão.

— Mas o que nos impede de comprar vários enroladinhos de salsicha no mercado e só esquentá-los?

— O fato de que nós saberíamos que vocês fizeram isso e seriam desclassificados. Alguém tem mais alguma pergunta? Não? Ótimo. Ah, uma coisa que vocês vão gostar de saber: há uma determinada quantidade de massa folhada pronta na mesa, mas não o suficiente para todo mundo. Não queremos *vol-au-vents* demais. — Gideon fez uma pausa. — E se tivermos aprovado muita coisa feita de massa, vocês vão ter que pensar em outra coisa. Queremos variedade e originalidade. Obrigado.

Era extremamente difícil raciocinar quando se está apaixonada, Zoe descobriu, mas tinha que tirar Gideon da cabeça e apenas se concentrar. Ela não se deu ao trabalho de entrar na corrida para a mesa para pegar a massa. Apanhou seu caderno e começou a escrever.

Pignatelli, bolinhos de arroz, Yorkshire puddings com carne, minipizzas — não muito emocionantes, mas vegetarianas — *fritadas*, escreveu. Isso dava cinco canapés quentes. O que podia fazer frio? Tinha que ser rápida ou outras pessoas teriam as ideias e aí ela teria que pensar em outra coisa.

Depois de alguns minutos pensando e escrevendo freneticamente, ela correu até os jurados.

Anna Fortune pegou sua lista.

— Não para *Yorkshire puddings* com carne, fritadas e, se mais alguém me oferecer aspargos com presunto de Parma, eu vou gritar.

— Desculpe — disse Zoe, apesar de não ser realmente sua culpa.

— E o que são esses bolinhos de arroz? — Anna virou-se para ela com os olhos semicerrados.

— São italianos. Presunto e queijo e talvez algum legume dentro de arroz frito com ovo e farinha de rosca. — Ela costumava fazer isso frequentemente para os amigos, mas sem o presunto. Eram saborosos e muito baratos, se você não se incomodasse com as calorias.

— *Arancini* — falou Anna.

— Ou *suppli* — acrescentou Gideon. — Elizabeth David os chamava de *suppli*.

Só ouvi-lo dizer "Elizabeth David" deixou Zoe cheia de tesão. Realmente, a coisa estava ficando séria se um dos nomes mais famosos e importantes do mundo gastronômico funcionava como um gatilho para o seu desejo. Só por um nanossegundo os olhos de Zoe se encontraram com os de Gideon. Mal houve uma centelha nos dele, mas ela sabia que estava pensando o mesmo que ela. Ah, ele era uma graça!, pensou ela, mas aí percebeu que por mais gracinha que fosse, ele era um jurado e ela mal o conhecia. No pouco tempo que tivera para si mesma desde a intensa noite juntos, ela chegara à conclusão de que provavelmente ele não era para casar. Ou melhor, *ela* não era. Ela poderia ficar um tempo com ele, sem dúvida. Mas Gideon não faria o mesmo com ela. Zoe duvidava que fosse mais que uma distração para ele. Alguém com quem era divertido passar algum tempo, mas só enquanto estivesse ali, na frente do nariz dele. Mas tudo bem. Ela sabia que era assim mesmo. Ficaria triste quando a competição acabasse, ou melhor, quando acabasse para ela, mas não se arrependeria do caso entre os dois. Aproveitaria ao máximo enquanto durasse e então seguiria em frente sabendo que tivera momentos maravilhosos com um amante maravilhoso.

Ela deu uma leve piscadela para ele, sem fechar o olho, apenas contraindo o canto. Ele respondeu com uma igual. Zoe sentiu sua boca formar um sorriso incriminador. Fechou-a bem e se concentrou no que Anna estava lhe dizendo. Era uma sensação deliciosamente ilícita.

Por fim, ela foi dispensada por Anna.

— Vá ver que ingredientes sobraram e, se puder fazer o que escolheu com eles, ótimo. Senão, pense novamente!

Faltavam muitos ingredientes para que Zoe pudesse fazer boa parte dos canapés que tinha escolhido, o que, na mesma hora, a fez imaginar se haviam fornecido comida suficiente — e, se houvessem, se Cher a tinha escondido em algum lugar. Se este fosse o caso, considerando-se o pouco pano da roupa dela, era óbvio que Cher não havia escondido dentro do vestido. Zoe teve que mudar seus planos; então, um de seus canapés frios, usando salmão defumado, acabou virando sopa em copinhos de uma dose.

Não foram fornecidos copinhos, mas Zoe achava que Fenella poderia ter alguns. Ela havia dito a Zoe que possuía uma quantidade absurda de equipamento. Como não havia mais nada com que Zoe pudesse começar, ela foi até a casa para perguntar.

Ao chegar à cozinha, deparou-se com uma pequena reunião. Sarah, parecendo tensa e estressada, conversava com Fenella e Rupert.

— Eu só não consigo acreditar. Essa mulher devia ser confiável; todas as revistas chiques dizem que é uma das maiores do país. E aí apenas esquece de fazer? Isso faz sentido?

— Bem... — Fenella parecia pensar que isso podia acontecer.

Sarah não.

— A mulher está comandando um negócio! Esse bolo foi muito caro! E ela se esqueceu de fazê-lo!

— Não fique nervosa— disse Rupert —, tenho certeza de que podemos fazer outro. Ou ir até Waitrose...

Fenella e Sarah o atacaram.

— Não dá tempo de fazer um bolo desse tamanho, esperar que esfrie, confeitá-lo e fazer com que fique pronto até amanhã, ao meio-dia! — exclamou Sarah.

Conforme Zoe ouvia a conversa, elaborou um plano em sua mente. Ela gostava de desafios e, antes que pudesse se segurar, já havia se intrometido.

— Com licença.

— O que foi? — Fenella, normalmente tão calma e prestativa, parecia um pouco impaciente.

Sara, que Zoe lembrou tarde demais ser uma das juradas para essa tarefa, parecia estar a apenas um segundo de arrancar a cabeça de Zoe.

— Cupcakes — sugeriu Zoe. — Nós todos podemos fazê-los. Eu sou ótima confeitando. Monte uma linha de produção e podemos fazer setenta rapidinho. Só precisamos das formas, é claro.

Sarah respirou fundo, pelo que parecia ser a primeira vez em dias.

— Essa é uma ideia brilhante — acabou dizendo, depois que Zoe já havia se convencido de que sua cabeça seria decepada e colocada no lugar do bolo. — Não é o que a noiva queria, mas vai economizar centenas de libras e, como o vestido ultrapassou em muito o orçamento, ela vai nos agradecer. — Sarah deu uma risadinha. — Ela quer merengue? Vai ganhar é uma pavlova inteira!

— Mas e quanto à competição? — objetou Rupert. — Se Zoe fizer cupcakes, ela não vai conseguir se concentrar nos canapés. Só estou avisando — concluiu ele.

— Eu sou uma das juradas! Claro que se ela fizer cupcakes para substituir um bolo de casamento, do meu casamento, ela vai ter que passar para a próxima rodada. — Sarah olhou para Rupert, sua expressão mais hesitante do que suas palavras determinadas. — Não vai?

Capítulo 10

Enquanto Sarah supervisionava outras partes da casa, Zoe perguntou à Fenella sobre os copinhos.

— Ah, sim. Temos deles aos montes. Com certeza o bastante para o casamento.

— Ótimo. É melhor eu voltar e cozinhar um pouco, então. — Zoe franziu as sobrancelhas. — Sabe... Acho que eles não nos deram comida suficiente.

— Eles vão trazer mais. Eu espero! Não vou ter um casamento em Somerby com comida de menos. E Sarah também não vai aceitar. — Fenella teve que se sentar para se recobrar dessa ideia e do nervosismo do bolo de casamento não entregue.

— Talvez eles tenham providenciado muita comida e as pessoas tenham surrupiado mais do que precisavam — murmurou Zoe.

— Cher! Tenho certeza de que foi ela! Devia tê-la visto com Hugo. E com Gideon. — Fenella fez uma pausa típica de quando uma mulher está louca para perguntar para outra o que aconteceu na noite anterior, mas não quer fazer isso descaradamente. Zoe podia ver que ela estava se mordendo de curiosidade.

Zoe, que estava se esforçando para agir de maneira funcional enquanto se sentia profundamente distraída por uma avalanche de emoções que não conseguia bem identificar, ficou tentada a contar para Fenella. Confiava nela e, sem sua melhor amiga Jenny à mão, ela era a segunda melhor opção.

— Gideon é uma *graça* — disse ela, corando.

Fenella ficou indignada.

— Então ele mentiu para mim? Não a deixou dormir, "perfeitamente casta", como falou daquela forma maravilhosamente antiquada?

— Hmm... não. Mas para ser justa, foi culpa minha. — Ela soltou um suspiro trêmulo ao se lembrar da noite anterior. — Eu meio que pulei em cima dele.

— Mas ele não se incomodou? — perguntou Fenella, menos indignada agora.

Zoe deu uma risadinha.

— Acho que não. — Ela parou de rir de repente. — Eu sei que estou louca. E você não precisa me fazer todo o sermão do "será que ele ainda vai me respeitar depois?". Apesar de eu achar que ele vai me respeitar e tudo o mais, não vou me deixar levar. — Não pelo lado racional, pelo menos. Ela não podia falar por seu coração naquele momento.

— Isso é bom — comentou Fenella, claramente sem acreditar nela. — Mas você tem certeza? Ele parece bem legal, mas...

Zoe deu um sorriso animado.

— Ah, tenho certeza de que vou sofrer um pouco, mas isso faz parte da diversão, não é? Você passa por aqueles momentos de tristeza, chora ouvindo algumas músicas e guarda em uma caixa um ingresso de show, ou algo assim. Mas tudo bem!

— Você já sofreu por amor alguma vez? — perguntou Fenella. — Eu juro, não é moleza, não.

Zoe refletiu, pensando que podia estar prestes a passar por isso, apesar de arder firmemente em seu íntimo uma centelha de esperança de que o que tinham pudesse ser mais do que apenas um casinho passageiro.

— Bem, não. Mas fiz outra pessoa sofrer, ou pelo menos ele disse que sim. Acho que não durou tanto tempo assim.

— Bem, sofrer por amor é realmente horrível. Antes de Rupert e eu ficarmos juntos, tivemos um pequeno rompimento e nunca sofri tanto. Mesmo pensando nisso agora, quando estamos casados e tão felizes, eu me lembro do sofrimento.

— Vou tentar tomar muito cuidado com meu coração.

— Tranque-o a sete chaves. — Fenella mordeu o lábio, obviamente pensando em como continuar. — Eu gosto de Gideon, gosto muito. Acho que ele é um homem legal...

— Mas?

— Não tenho certeza se é do tipo que vai sossegar. Quero dizer, ele chama tanta atenção e é tão atraente, e você é uma graça de garota. Você não é como ele nesse aspecto.

Zoe deu um suspiro profundo.

— Posso estar totalmente errada. Eu não o conheço tão bem assim.

— Tudo bem. Entendi muito bem o que você quer dizer. Está dizendo que o vê com alguém mais sofisticado, que seja igual a ele.

Fenella botou a mão em cima da de Zoe.

— Acho que estou tentando dizer que ele não é bom o suficiente para você.

— Infelizmente é tarde demais para o aviso. Nós transamos e tenho toda a intenção de repetir, o máximo que puder, antes que esteja tudo acabado. — Ela ouviu o desafio em sua voz e esperou que Fenella não achasse que estava sendo atrevida demais.

— Mas não arrisque a competição, Zoe. Nenhum homem vale isso. Se qualquer pessoa, especialmente Cher, descobrir, vai contar para todo mundo. Você teria que ir embora e isso seria horrível. Você é tão boa nisso. E, se Gideon for um cara decente, ele vai esperar até tudo ter acabado.

Zoe concordou com a cabeça, pensando que, quando a competição acabasse, ela provavelmente nunca mais veria Gideon. Sentiu uma palpitação de ansiedade. Apesar de ter dito de maneira despreocupada à Fenella que não tinha problemas com uma paixão passageira, seu coração continuava dizendo outra coisa.

Fen apertou a mão de Zoe de novo.

— Por mais que a gente diga a si mesma "Eu vou me apaixonar" ou "Eu não vou me apaixonar", essas coisas simplesmente acontecem. Não temos escolha. Mas, por favor, tenha cuidado. Com tudo!

— Fico feliz que você entenda. Eu nunca me apaixonei antes — admitiu Zoe. — É um péssimo momento, eu sei, mas... De qualquer modo, você não vai falar nada, não é? Nem mesmo para Rupert? Bem, talvez você possa contar para ele, mas para mais ninguém.

— É claro que não vou falar. Mas realmente não quero ver você se machucar. Talvez Gideon seja o Príncipe Encantado e fique com você para sempre.

— Nenhuma de nós duas acredita nisso.

— Pode ser verdade! Todo mundo quer sossegar em algum momento. Olhe para mim e Rupert.

Zoe suspirou. Fenella e Rupert eram tão perfeitos juntos, será que algum dia ela formaria um casal assim?

Sarah apareceu na cozinha, ofegando um pouco.

— Falei com os outros jurados, contei a sua solução para eles e querem que vocês venham para que possam filmar todo o negócio de "será que a equipe consegue fazer o bolo de casamento em forma de cupcakes?". Parece que vai dar um ótimo episódio. Não me importo com o programa, mas quero um bolo maravilhoso.

— Vai ser, eu prometo a você.

Sarah franziu a testa.

— Desculpe perguntar, mas vou ter que fazer isso com as câmeras rodando, e eu quero saber: você já fez um bolo de casamento em forma de cupcakes antes?

— Não, mas já fiz muitos cupcakes. Eu costumava assá-los no café em que trabalhava. Depois que você domina a técnica de como fazer aquela espiral e sabe como preparar uma boa cobertura amanteigada, é só uma questão de apresentação. Não é? — acrescentou, vendo que Sarah ainda estava preocupada.

— Fen, você tem suporte para cupcakes em algum lugar por aqui? — indagou Sarah.

Fenella sorriu.

— Devo ter. Mas acho que não para setenta cupcakes.

— Não podemos pegar uma caixa quadrada enorme para botar um monte deles em cima e então botar o suporte no alto? — sugeriu Zoe. De repente, ela se sentia apaixonada por sua ideia. Faria com que desse certo nem que isso a matasse!

Sarah fez que sim com a cabeça.

— Fen, tenho certeza de que você tem um tule lindo ou alguma coisa em algum lugar que possamos passar em volta da mesa. Não se preocupe, podemos fazer isso. Mas, sinceramente, aquela maldita boleira! Nunca mais vou usá-la!

— Pode ter havido um bom motivo... — começou Fenella, mas aí falou: — Está bem, está bem, ela não tem salvação. Nunca mais a contrate.

— Se eles querem que a gente filme, não é melhor começar? — interrompeu Zoe.

— Ah, está bem — concordou Sarah. — Vamos, então.

A essa altura, Zoe havia se acostumado com alguns dos câmeras e suas máquinas que pairavam sobre ela quando cozinhava, mas não estava muito acostumada a ser o centro das atenções sem um utensílio na mão. Estava com um pouco de calor e percebeu que não passara nenhuma maquiagem naquela manhã. Ela falou sobre isso com Mike aos murmúrios.

— Não se preocupe! Você está ótima, Zoe! — garantiu ele. — Realmente radiante. Um pouco de rímel e você vai estar prontinha.

Fred era o jurado designado para fazer a entrevista. Pelo menos não era Gideon.

— Então, Zoe, você foi a concorrente que encontrou uma solução para o drama do bolo de casamento que não havia sido entregue.

Ela riu de uma maneira autodepreciativa.

— Eu por acaso estava lá quando Sarah descobriu que não tinha um bolo. Qualquer um de nós teria sugerido isso, tenho certeza.

A câmera passou pelos rostos dos outros concorrentes.

— Bolo não é a minha praia — falou Bill, o ex-construtor proficiente, mas corpulento.

— Então, Zoe, você vai fazer os cupcakes sozinha? Você sabe que, além disso, ainda tem que completar o desafio do canapé, não é? — Fred parecia pesaroso.

— Bem, estou esperando que todos contribuam com os cupcakes. Que a gente monte uma linha de produção. Tenho certeza de que podemos fazê-los a tempo.

— Eu não vou fazer nenhuma porcaria de cupcake — disse Cher.

— Na televisão! — murmurou Muriel pelo canto da boca. — Lembre-se de ser simpática!

Zoe podia ouvir seu suspiro irritado e esperou que a câmera não conseguisse captar.

— É claro que vou ajudar! — falou Cher, alto e com animação. — Mas isso é uma competição. Temos que nos lembrar disso. — Era evidente que estava chateada por Zoe receber toda a atenção. Devia ser uma tortura para ela, principalmente quando tinha dado atenção especial ao cabelo e à maquiagem naquela manhã, pensou Zoe, um pouco maldosa.

— Como você imagina os cupcakes, Zoe? Quer dizer, isso é para uma ocasião muito especial. Precisam ser mais do que alguns bolinhos, não é? — Fred estava sendo afável, como sempre, mas obviamente não achava que cupcakes serviriam como bolo de casamento.

— Sou só a cozinheira aqui — falou Zoe, depois de um momento de pânico que ela esperava não ser muito aparente —, portanto decorá-los não é realmente minha função...

— Mas é. Um chef é responsável pela aparência de sua comida. É uma parte vital. — Era óbvio que Fred não ia ajudá-la. — Pense naquelas esculturas de gelo incríveis que alguns chefs criam.

Isso estava muito acima de sua faixa salarial, pensou Zoe. Em cima da hora, ela se lembrou do tule. Fez uma pausa e foi com tudo. Não tinha nada a perder.

— Está bem, o que vejo na minha mente, apesar de que talvez não seja possível fazê-lo, são os bolinhos parecendo um véu de noiva. — Estava falando o que vinha à sua mente.

— Parece muito feminino — disse Fred —, continue.

Conforme as palavras saíam de sua boca, uma imagem se formou em sua mente.

— Bem, eu imagino um grupo de bolinhos no topo, como se fossem a tiara. Aí, com tule ou filó, ou algo formando uma cascata por trás, os cupcakes ficarão dispostos em meias-luas ou algo do tipo, que vão ficando maiores e maiores na direção da parte de baixo. — O alívio por ter dado alguma espécie de resposta, mesmo que não fosse muito aplicável, fez com que ela se sentisse radiante. — E seria ótimo se a decoração dos cupcakes pudesse estar de alguma forma combinando com o véu. Assim teríamos um efeito coordenado.

Pelo canto do olho, ela viu Sarah escutando atentamente, um ligeiro franzido de concentração no rosto. Um sorriso encorajador de Gideon quase a distraiu, mas Zoe conseguiu manter a compostura.

— Isso parece muito bonito. Sarah? — Fred virou-se para ela. — Você está encarregada desse casamento e sua boleira de sempre a deixou na mão...

— Não é a minha boleira de sempre — Sarah o corrigiu. — Ela não teria me deixado na mão. Esta foi escolhida pela noiva. De qualquer modo...

— Sim. Então, você acha que a ideia da Zoe vai funcionar? Me parece muito complicada.

Fred estava tão cético que Zoe ficou imersa em ansiedade.

— Ah, eu acho que vai funcionar bem — estava dizendo Sarah. — Vi algo parecido com isso antes e ficou deslumbrante. Podemos copiar algumas das flores do buquê na cobertura; outra forma de ligarmos tudo.

Quando as câmeras finalmente se afastaram, depois de Zoe ter que se repetir várias vezes, ela percebeu que estava suando.

— Você acha mesmo que vai funcionar? — perguntou a Sarah.

— Ah, vai! É uma ideia brilhante! Agora vá fazer seus canapés e eu vou procurar um suporte e um tecido para os cupcakes. Também vou conseguir as formas. Quem sabe você pode começar assim que eu providenciar tudo?

— Não vou ter que fazer sozinha, não é?

— Tenho certeza de que vamos arrumar alguém para ajudá-la — falou Sarah, soando tranquilizadora. E Zoe ficou tranquila até ir a sua estação e descobrir o quanto tinha a fazer, mesmo sem contar os cupcakes. Ninguém se arriscaria a perder por ter preparado canapés medíocres e gasto tempo ajudando com um bolo que não fazia parte da competição.

Sentindo-se sobrecarregada, Zoe foi até a mesa onde estavam os ingredientes para os canapés, que pareciam tristes, não tendo sido escolhidos para fazer parte da equipe de ninguém. Os outros haviam saído para tomar um café no celeiro. Zoe não tinha tempo.

Ela estava inspecionando melancolicamente um camembert. Imaginava se a deixariam assá-lo inteiro, para que as pessoas pudessem mergulhar torradas no queijo derretido, ou se todos os canapés tinham que ser apresentados já em uma pequena porção, quando alguém veio por trás dela e beijou seu pescoço. Zoe pulou dois metros no ar.

— Eu sabia que você era sensível, mas foi só um beijo. — A voz de Gideon em seu ouvido a fez se arrepiar toda e seus joelhos ficaram bambos.

Só por um segundo ela se permitiu desfrutar da sensação dele pressionado contra seu corpo, aí forçou-se a ser sensata.

— Alguém pode nos ver! — falou baixinho.

— Eu verifiquei. Felizmente, estamos sozinhos. Devemos aproveitar isso?

Ela sabia que ele a provocava, mas ansiava aceitar sua sugestão. Percebeu que estava ficando obcecada por ele, e não podia se dar a esse luxo. Só queria segurá-lo e nunca mais soltar. Ela conseguiu reunir um pouco de bom senso. Queria vencer a competição, ou pelo menos passar por esta rodada com sua dignidade intacta. Não ia estragar tudo só por alguns momentos de êxtase.

— Não! Alguém pode aparecer a qualquer momento. Tenho que fazer muita coisa! Não tenho tempo para nada... extracurricular. Não sei bem quem vai me ajudar a fazer os cupcakes e tenho certeza de que meus canapés vão estar secos e horríveis quando chegar a hora de servi-los. Tenho que prepará-los primeiro — explicou ela, caso ele não houvesse entendido que ela tinha o dobro de coisas a fazer do que qualquer outro. — Não posso estragar isso! A competição é a oportunidade...

— De uma vida. Está bem, eu entendi. É melhor deixar você em paz, então. De qualquer modo, estou planejando pintar um pouco.

— Pintar? Isso é meio surpreendente. Eu não imagino você com um cavalete e uma boina.

— Não esse tipo de pintura! Decoração. Rupert me disse que está tentando loucamente dar uma demão de tinta no quarto deles antes de o bebê chegar e pensei em ajudá-lo pintando uma parte. Não estou ocupado no momento e os dois estão até o pescoço com o casamento.

Zoe deu um suspiro. Ele não só era sexy, carismático e estava a fim dela, o que era lisonjeiro, mas também era gentil. Gentileza não era uma característica que ela costumava associar a homens poderosos e atraentes — não era de se espantar que estivesse encantada. Ela se permitiu acariciar o braço dele em agradecimento. Aí deu outro suspiro trêmulo.

— Eu realmente tenho que começar. — O que ela não podia fazer era bancar a idiota na televisão por causa de um homem. Podia lidar com a derrota, mas não com a possibilidade de parecer despreparada e burra. Nem mesmo Gideon valia isso.

Ele se dirigiu à entrada da tenda, virou-se, soprou-lhe um beijo e então deixou-a trabalhar.

Controlando-se, Zoe pegou os ingredientes que haviam sobrado e colocou uma bandeja de avelãs no forno para tostar. Não sabia o que ia fazer com elas, mas dando outra olhada no camembert, que na verdade tinha um cheiro bem delicioso agora que havia se aproximado dele, pensou no mel que havia usado para seu desafio "local e sazonal". Ainda tinha sobrado um pouco.

Em vez de perder tempo procurando Anna Fortune para perguntar se podia utilizar outros ingredientes, ela decidiu simplesmente usá-los. Teria que parar de trabalhar no desafio no minuto em que Sarah voltasse com as formas de cupcakes. Zoe esperava não ser a única responsável por eles. Ela pegou uma ciabatta para ver se já estava ficando velha.

Os outros haviam voltado para suas estações e agora estavam ocupados com seus próprios canapés. A tenda estava novamente tomada pelo barulho e pela agitação. Ela tinha que pensar rápido. Cher a observava atentamente, os câmeras perambulavam por ali. Zoe percebeu que os canapés de todo mundo pareciam maravilhosamente profissionais e quase prontos. Os dela eram motivo de vergonha e, além disso, ela mal havia começado. Será que conseguiria terminar tudo a tempo?

— Muito bem! Pare o que está fazendo! Estou com as coisas para os cupcakes! — Sarah e Fenella pareciam animadas quando encontraram Zoe em sua estação um pouco depois.

— Há uma loja incrível... — continuou Sarah.

— Sobre a qual eu contei a ela — intrometeu-se Fenella.

— Tanto faz. Nós temos o que precisamos. Mas acho que devíamos fazê-los...

— Nós? Então não sou só eu? — perguntou Zoe esperançosa.

— É só você, por enquanto — revelou Sarah após uma pausa.

— Nós pedimos aos outros, mas ninguém está disposto a sacrificar suas chances na competição fazendo algo que não conta pontos — disse Fenella. — Você é a única que parece se preocupar com o casamento em si.

— Muriel disse que vai ajudar quando terminar — falou Sarah. — E Becca disse que decora se estiver com tudo pronto.

— Então, por que eu sou a vítima? Por que estou sacrificando minhas chances na competição? — Zoe olhou para as duas mulheres que pareciam esperar tanto dela.

— Por que você é uma boa pessoa e nós estamos desesperadas? — disse Fenella de maneira hesitante.

— E vou fazer o máximo para garantir que isso não estrague as suas chances — acrescentou Sarah, apesar de não parecer completamente convencida de que podia fazer isso. Ela fez uma pausa. — Acho que devemos preparar os cupcakes na cozinha de Somerby, não aqui. Vai ser mais fácil.

Zoe suspirou e, enquanto andavam de volta para a casa, ela se fez a mesma pergunta que tinha acabado de fazer a Fenella e Sarah. Suas respostas eram complexas e não muito lisonjeiras. É, ela se importava com o casamento e queria ajudar, de fato, mas também sabia que, apesar de ser competente, estava competindo com bons cozinheiros.

Talvez ganhar alguns créditos com os jurados pudesse, na realidade, ser melhor para ela. Além disso, ela queria que Gideon ficasse impressionado. Queria que ele a tivesse em alta conta.

— Você liberou a mesa! — observou Sarah conforme elas entravam.

— Botei tudo em cima de uma cadeira — disse Fenella —, se é isso que quer dizer. Achei que Zoe precisaria de espaço.

— E preciso! — concordou Zoe. — Espaço, tempo e... bem, qualquer outra coisa que estejam oferecendo.

— Chá? — sugeriu Fenella, erguendo a chaleira.

Zoe fez que sim com a cabeça.

Para seu enorme alívio, Fenella tinha um livro de receitas com as quantidades necessárias para aquele monte de cupcakes, portanto, Zoe não precisou fazer multiplicações complicadas que poderiam dar errado. Ela pesou rapidamente os ingredientes e Fenella lhe entregou uma pilha de tigelas.

— E aqui está a minha batedeira KitchenAid! Não é o máximo? Na verdade, eu não a uso muito, mas adoro olhar para ela.

Zoe inspecionou a máquina azul-bebê que Fenella tanto gostava de observar.

— Na verdade, você tem um mixer de mão? — indagou Zoe. — Acho que vai funcionar melhor do que isso. Vou usar a batedeira KitchenAid para a cobertura — acrescentou como forma de se redimir.

Fenella e Sarah espalharam 75 formas de cupcake.

— Graças a Deus você tem essa mesa enorme — falou Sarah. — Eu nunca seria capaz de fazer isso em casa.

Fenella balançou a cabeça.

— Mas você não faria em casa, faria? Você contrataria um bufê.

— Ou a Bron — disse Sarah, referindo-se a uma amiga em comum. — Eu a teria chamado para fazer o bolo do casamento, para começo de conversa, só que a noiva quis a boleira favorita dela. — Sarah evidentemente ainda estava furiosa com aquilo. — Então... Há alguma chance de usarmos as cores que íamos ter no bolo original?

— Que são? — Zoe sentiu uma fina camada de suor se formar à medida que a ideia dos cupcakes ficava mais difícil.

— Vermelho-escuro, da cor de rosas vermelho-escuras, e uma espécie de amarelo muito claro. Eu tenho amostras de tecido. — A expressão de Sarah era encorajadora, como se isso fosse ajudar.

— Tenho pétalas de rosa secas do tom exato — acrescentou Fenella. — E, se ajudar, por acaso nós temos uma rosa com pétalas exatamente do mesmo amarelo. Não sei por que rosas amarelas sempre parecem ser as primeiras a desabrochar, mas são.

— Se você vai fazer o negócio do véu de noiva, podemos usá-las para ajudar a decorar os cupcakes — disse Sarah.

— Os cupcakes vão ser brancos? — perguntou Zoe. — Ou cor de creme?

Sarah limpou a garganta.

— A loja de equipamentos culinários era muito boa. Eles tinham corante. Há alguma chance de você conseguir fazer cobertura colorida? — Ela mostrou as cores como se estivesse dando um presente do qual não estava muito certa.

Zoe inspecionou as embalagens, leu as tampas e concordou com um aceno de cabeça.

— Posso fazer cupcakes vermelhos, como as rosas, amarelo-claro também e... — ela fez uma pausa — ... cupcakes de dois tons. Bem, a cobertura é de dois tons.

— Uau! — Fenella deixou escapar, impressionada. — Como se faz isso?

— É mais fácil do que parece. Eu mostro a vocês se estiverem por perto quando eu estiver fazendo.

Sarah deu a volta na mesa e a abraçou.

— Você é o máximo! Não sei o que faríamos sem você!

Zoe aceitou o abraço.

— Tudo faz parte do serviço.

Cerca de vinte minutos depois, ela disse:

— Agora acho que estou pronta para encher as formas.

— Está bem, enquanto você as enche, nós vamos botá-las em tabuleiros e colocá-los no forno — declarou Fenella. — Tem certeza de que não quer usar o Aga? Está agora na temperatura perfeita para fazer bolos.

Zoe ficou dividida. A mulher com quem ela aprendera a fazer cupcakes disse que fogões Aga eram um pesadelo para cupcakes. Mas seria muito mais rápido se pudessem usar todo o espaço de forno disponível.

Zoe olhou para Sarah, esperando uma decisão.

— Você pode experimentar uma fornada — disse Sarah, possivelmente lendo pânico e indecisão nos olhos da outra. — Apressaria o processo e não tem problema se você ficar de olho neles.

— É, mas não abram a porta do forno nos primeiros dez minutos ou eles vão solar com certeza.

— Vamos usar o timer — sugeriu Fenella. — Eu faço bolos no Aga o tempo inteiro. Vou ficar bem atenta.

— Está bem — concordou Zoe. — Mas a culpa é sua se der tudo errado! Se os cupcakes forem assados acima da temperatura ideal, eles viram vulcões. Aí teríamos que cortar as partes de cima deles e isso levaria séculos. — Ela deu uma espiada no termômetro e relaxou um pouco. Não estava quente demais.

— Tudo bem — falou Sarah, em um tom muito usado ao lidar com as ansiosas mães de noivas e, às vezes, de noivos. — Vamos ficar de olho. Vai dar tudo certo.

Finalmente, os cupcakes estavam no forno e Zoe disparou de volta para os canapés em sua estação na tenda. Conforme passava pelos concorrentes e via as lindas criações que eles haviam produzido enquanto ela estava fazendo cupcakes, sentiu que nunca sobreviveria à rodada. Ela simplesmente não tivera tempo.

A adrenalina a fez trabalhar rápido, mas ela não parava de olhar para o relógio. Apesar de tanto Sarah quanto Fenella estarem na cozinha com timers e o número dela em seus telefones para poderem ligar assim que os cupcakes estivessem prontos, Zoe ainda estava preocupada que uma fornada queimasse e ela tivesse que refazê-la.

Ela recebeu a ligação no momento em que estava tentando pensar em um último canapé, consciente de que havia se desviado da lista que entregara, mas confiando que a falta dos ingredientes seria uma desculpa conveniente. Abandonando uma ciabatta tostada e uns pedaços de camembert fatiado, ela correu até a casa e verificou que todos os bolinhos estavam marrom-dourados.

— Eles parecem incríveis! — disse Sarah com convicção. — Pode checar, se não acredita em mim, e aí volte para o seu ganha-pão. Não pode botar a cobertura neles até estarem frios.

— Está bem — falou Zoe, ligeiramente sem fôlego. — Vou fazer a cobertura depois que os juízes nos avaliarem.

Os concorrentes tiveram de preparar o máximo que podiam, já que muitos dos canapés teriam que ser assados pouco antes de servir. As instruções eram que uma amostra de tudo deveria estar pronta para que os jurados pudessem provar, mas eles só tomariam a decisão definitiva no dia seguinte, pouco antes de estar tudo pronto para servir.

Eles andaram pelas estações de trabalho, provando, exclamando, fazendo sons de apreciação. Zoe estava terrivelmente consciente de como suas criações pareciam apressadas e rústicas.

Houve um silêncio quando chegaram à sua estação.

— Ela acabou de fazer 75 cupcakes no lugar do bolo de casamento — disse Sarah após um momento de pânico. — Salvou o casamento inteiro.

— Não podemos julgá-la de modo diferente dos outros porque ela usou seu tempo para fazer outras coisas — argumentou Anna Fortune.

— Experimente um cupcake — disse Sarah. — Obviamente não está confeitado. Vamos fazer isso amanhã.

— E Zoe vai fazer isso? — perguntou Anna, dirigindo-se a Sarah, não a Zoe.

— Sim. Esperamos que os outros ajudem. — Sarah falou com uma confiança que talvez não sentisse inteiramente.

— Mas por que eles deveriam pôr em risco as chances na competição para ajudar a confeitar bolos?

Gideon, que estava atrás, deu um passo à frente.

— O desafio tem a ver com um casamento. Certamente o bolo é uma parte importante. Acho que os cupcakes deviam ser levados em consideração.

Zoe desviou o olhar. Ela achava difícil ficar perto dele em público e estava apavorada com a possibilidade de revelar seus sentimentos. E Gideon defendê-la agora fazia com que ela pensasse que até ele achava que seus canapés não tinham salvação.

— Eu acho... — intrometeu-se Fred, com a boca cheia — ... que isso é delicioso!

— O quê? — Anna e Gideon olharam para os pratos com súbito interesse.

Fred terminou seu canapé e apontou para a ciabatta com camembert derretido. Zoe passara um fio de mel por cima e acrescentara avelãs moídas. Tinham sido uma tentativa desesperada de último minuto de inventar algo para atingir o número exigido de itens. Se a amostra havia funcionado, ela os faria antes do casamento amanhã.

Gideon e Anna pegaram um cada. Eles fizeram um movimento de positivo com a cabeça e Gideon arregalou os olhos, indicando sua aprovação.

— Bem — acabou dizendo Anna —, o julgamento final é somente pouco antes do casamento amanhã, e isso é muito delicioso e original. Talvez a gente não precise eliminar Zoe ainda. — Deu um sorriso que não convenceu ninguém, mas pelo menos significava que Zoe estava a salvo por enquanto. Ela soltou um suspiro muito longo.

Capítulo 11

Zoe tinha programado seu celular para vibrar às cinco e meia da manhã. Queria estar na cozinha de Somerby às seis horas para fazer o glacê e começar a confeitar. Havia perdido as esperanças de que qualquer um dos outros a ajudasse. Era muito melhor fazer ela mesma, e garantir que fosse feito, do que confiar em sua concorrência.

Também queria evitar Cher o máximo que pudesse. Na noite anterior, ela tinha ficado atrás de Zoe como um cachorro atrás de uma pulga, tentando conseguir detalhes do que havia acontecido quando Zoe estava longe das vistas de todos os outros. Na maior parte do tempo, ela estava correndo entre sua estação de trabalho na tenda e a cozinha de Somerby tentando agradar todo mundo, mas havia conseguido um momento de tranquilidade no jardim, isolado e cercado por muros, onde, por acaso, Gideon a encontrara e roubara outro beijo. A sensação tinha sido maravilhosamente decadente, mas aventureira. Por sorte, nenhuma das janelas dava para lá. Quando Fenella tinha dito à Zoe o quanto era importante que ela tomasse cuidado, estava ensinando a missa ao Papa. Ela não devia pôr em risco suas chances na competição por causa de um homem — qualquer homem —, mas especialmente não um como Gideon. Ele podia ser sexy, podia até ser gentil — na verdade ele, definitivamente, era essas duas coisas —, mas será que algum dia iria sossegar com uma garota como ela? Ela nem queria sossegar! Tinha uma competição e uma carreira nas quais pensar. Portanto, não devia deixar seus hormônios instáveis (provavelmente era só isso) atrapalharem essa chance incrível.

Por mais que ansiasse se esgueirar até Somerby para outra noite de paixão, ela ficou em sua própria cama estreita de solteiro. A lembrança dos acontecimentos da noite anterior a distraíra do ronco suave mas persistente de Cher do outro lado do quarto e, então, as ansiedades do dia diminuíram e ela caiu em um sono profundo. O fato de que poderia ter um vislumbre dele no café da manhã não tinha absolutamente nada a ver com o saltitar de seus passos enquanto corria até a casa pela manhã. Se pelo menos Gideon não a tivesse feito sentir como se tivesse cheirado algum gás maravilhoso que fazia seu coração estourar e cantar e seus pés sentirem que não podiam apenas andar, mas sim dançar.

Somerby estava banhada em uma linda luz de começo de dia quando atravessou o pátio. Parecia maravilhosamente romântico, mas então tudo tinha um brilho romântico naquele momento. Ela fez carinho nos cachorros, soltou-os e em seguida foi até a copa onde todos os cupcakes estavam dispostos, cobertos por musselina. Ela levantou um pano, temendo vê-los marrons demais ou tendo crescido muito no meio. Mas não, eles todos haviam crescido por igual e não teriam que ser cortados ou assados de novo. Fenella e Sarah deviam ter ficado de olho neles com cronômetros nas mãos.

A manteiga havia sido deixada fora da geladeira durante a noite, portanto, não estava dura demais, e a batedeira KitchenAid de Fenella logo estava zumbindo, misturando o açúcar e a manteiga. Zoe acrescentou várias gotas de essência de baunilha.

Sarah não conseguira sacos de confeiteiro descartáveis, o que era uma pena, mas, sem se intimidar, Zoe foi em frente.

Primeiro, preparou a cobertura cor de creme, que precisava só de um toquezinho de amarelo, apenas para aprofundar o creme natural da cobertura. Aí fez a cobertura vermelho-escura, que era mais ou menos da mesma cor das pétalas das rosas. Finalmente, criou um grande enrolado de cobertura cor de creme e outro muito mais fino vermelho-escuro e os colocou um ao lado do outro em plástico filme. Cor de creme com um toque carmim nos cupcakes mais bonitos.

Estava inserindo um rolo de plástico filme em um saco de confeiteiro quando Rupert, esfregando os olhos e parecendo cansado, apareceu na cozinha, os pés descalços, usando calças de pijama com elástico e uma camiseta do Bart Simpson.

Ele olhou para o que Zoe estava fazendo, levemente horrorizado.

— Não é um pouco cedo para esse tipo de coisa?

— Bom dia! — cantarolou Zoe de maneira alegre, em parte para ser irritante. Ela estava um pouco decepcionada por não ser Gideon, mas também agradecida. Não podia se dar ao luxo de ficar distraída.

— Você dormiu aqui de novo? Seu nome do meio é Cinderela? Já tomou chá? Café?

— Não, não e sim — disse Zoe, rindo. — Queria começar cedo. Se puder colocar a cobertura nos cupcakes, eles podem ser decorados mais tarde. Talvez os outros ajudem. — Era mais provável que Cher ajudasse a salpicar brilhinhos do que fazer qualquer coisa mais difícil. — Sabe quando Sarah deve aparecer?

— Logo, tenho certeza. Ela está hospedada um pouco longe daqui, com um amigo do Hugo. Teria ficado aqui, só que estamos nessa bagunça. — Ele pôs a chaleira para ferver e esfregou a nuca. — Fen não está se sentindo muito bem.

— Ah?

— Um pouco de dor nas costas. Estou tentando convencê-la de que não precisa sair da cama. Espero que uma xícara de chá e uns biscoitos de gengibre ajudem.

Zoe bebericou seu chá e então voltou para a cobertura enquanto Rupert retornava para o quarto. Por um instante, imaginou se tinha tempo de subir escondido com uma xícara de chá para Gideon antes de voltar obstinadamente para a tarefa à sua frente.

Sua próxima interrupção aconteceu quando ela estava terminando. Era Sarah. Ela entrou pela porta dos fundos, carregada de suportes.

— Ah, uau! — exclamou, quando viu os cupcakes todos confeitados em fileiras na mesa. Zoe havia até acrescentado toques de purpurina e estrelinhas comestíveis. — Ah, uau! — repetiu. — Agora só o que precisamos fazer é levá-los para a tenda. Estou com o tule. Quando você tem que continuar com seus canapés?

— Na verdade, agora, mas vou fazer isso primeiro.

Sarah assumiu uma expressão culpada.

— Eu me sinto culpada. E se você sair? Vai ser tudo minha culpa!

— Não seja boba! Eu provavelmente não vou ganhar mesmo, acho que não cozinho tão bem quanto alguns dos outros.

— Aposto como também cozinha melhor do que alguns.

— É difícil saber. Nós não costumamos provar a comida uns dos outros. — Zoe suspirou. — Mas eu gostaria de passar para a próxima fase.

— Vou tentar garantir que você passe — falou Sarah, parecendo triste. — De outra forma, não seria justo.

— Bem, não me defenda demais ou os outros vão suspeitar de alguma coisa.

— O que há para suspeitar?

Consciente de que tinha falado demais — ela não queria que Sarah soubesse sobre ela e Gideon, a não ser que fosse absolutamente necessário —, Zoe deu de ombros.

— Ah, você sabe, que eu ajudei.

Sarah ainda aparentava estar confusa quando Fenella apareceu.

— Oi! Todo mundo tem tudo o que precisa? Olhe só para esses cupcakes! Estão incríveis! Posso comer um?

Zoe riu.

— Temos de sobra. Tive que fazer mais para os jurados, por isso você pode comer um, se conseguir encarar glacê de manhã tão cedo. Mas me deixe trazer uma xícara de chá para você, ou algo do gênero. Rupert falou que você teve uma noite péssima.

— Já tive melhores, mas não cuide de mim. Não sou completamente incapaz. Ainda.

— Vou fazer um chá para você — ofereceu-se Sarah. — Sente-se. Se vai comer um cupcake, coma-o à mesa.

— Na verdade, não sei se consigo encarar um neste momento. — Fenella se sentou. — Mas eles parecem incríveis, não parecem? Nunca tivemos um bolo de casamento feito de cupcakes aqui antes, apesar de saber que eles são populares.

— São fáceis de servir e algumas firmas de cupcakes fornecem caixas para que as pessoas possam levá-los para casa — disse Zoe.

— O que está me preocupando é levá-los para a tenda — confessou Sarah —, vamos precisar de ajudantes.

— Não vou confiar meus cupcakes à concorrência — declarou Zoe. — Eu não duvidaria que Cher os deixasse cair de propósito.

— Concordo — disse Fenella. — Ela é uma dondoca.

— Uma dondoca bonita — acrescentou Sarah — e que sabe usar seus encantos.

Uma hora e meia depois, Zoe deu um passo para trás e admirou os cupcakes. Ela e Sarah os haviam carregado em bandejas até a tenda. Tinham ficado exatamente como ela havia imaginado. A camada mais alta era como a tiara no alto do véu, rodeada por rosas. O tule caía em espirais, preso em alguns lugares por cupcakes, em diferentes níveis. Na parte de baixo, cupcakes estavam agrupados em dois ou três para parecerem rosas cortadas. Entre eles, havia pétalas de rosas, frescas ou secas, em vermelho-escuro, ou amarelo muito claro. Sarah tirava fotos no celular.

— Qualquer noiva que tenha isso como bolo de casamento ficaria felicíssima — opinou Fenella.

— Acho que ela vai ficar encantada — comentou Sarah. — A ideia original para o bolo era muito sem graça. Só amarelo-claro com detalhes em vermelho-escuro. E este vai sair de graça.

— Você mandou muito bem — elogiou Rupert, que tinha ajudado a transportar os cupcakes.

— Fico feliz que estejam satisfeitos. Agora eu tenho que resolver meus canapés — falou Zoe, jogando seu avental longe e correndo de volta para a tenda.

Os jurados formaram um círculo ao redor dos concorrentes como lobos em volta de um filhote de cervo doente, na opinião de Zoe. Finalmente, tendo provado e comentado, eles reuniram todos. Gideon se levantou para dar o resultado.

Era atípico que ele fosse o porta-voz, e Zoe ficou ainda mais nervosa.

— Sinto dizer que não conseguimos chegar a uma decisão — disse Gideon, parecendo estressado, algo que não lhe era comum. — Um anúncio será feito após o casamento.

— Mas é óbvio — opinou Cher. — Zoe deve sair. Os canapés dela são horríveis!

— Eles não são nada ruins — disse Fred. — Os com camembert e mel são deliciosos.

— Achei que meus *suppli* também estavam muito bons — falou Zoe, já que todo mundo estava falando.

— Eles estavam gostosos — concordou Anna Fortune —, mas a sua apresentação está abaixo do padrão. As pessoas não estariam dispostas a pagar uma libra e meia por cada um.

— Mas são de graça! — disse Zoe.

— É uma competição. — Anna Fortune lembrou, com firmeza.

— Também é um casamento — argumentou Sarah igualmente firme —, e sem a Zoe nós não teríamos um bolo. — Ela olhou para o relógio. — Agora eu tenho que ir. Se todo mundo puder levar seus canapés até a tenda, isso ajudaria muito. E então comecem a fazer os quentes em cerca de uma hora e meia. Os convidados estarão chegando para comer por volta da uma hora.

— Quer que a gente ajude a servir? — perguntou Muriel. — De vez em quando ajudo uma amiga que trabalha com serviço de bufê. É divertido.

— Eu vou dar uma deitada — disse Cher —, e acho que a Zoe também está precisando. Deus sabe o que ela andou fazendo a noite inteira.

— Fazendo cupcakes, na maior parte, eu acho — defendeu-a Muriel. — Zoe, dei uma espiada mais cedo, e eles estão incríveis. Adoro que pareçam um véu de noiva com os cupcakes fingindo ser rosas. Você mesma desenhou?

Zoe sorriu.

— É, com uma ajudinha dos meus amigos!

— Bem, ficou lindo — elogiou Muriel.

Becca, que quase nunca comentava sobre a comida dos outros, usando toda a sua concentração no próprio trabalho, se pronunciou:

— Ficou uma graça. Espero que não signifique que você vá sair da competição.

Zoe suspirou.

— Se eu sair, saí. Não acho que eu vá ganhar, de qualquer maneira. Acho que você vai, Becca.

Ela corou.

— Cozinhar é a única coisa que eu chego perto de fazer bem.

— E você é muito boa — disse Muriel.

Os sentimentos de Zoe eram um redemoinho de confusão. Entusiasmo e ansiedade pareciam somar-se ao constante desejo por Gideon, o que parecia sublinhar todas suas outras emoções. Mas, principalmente, ela queria que a noiva gostasse do bolo.

Não ia demorar muito até que os noivos e os convidados chegassem para a recepção.

A tenda grande que os concorrentes vinham usando fora dividida para que uma fileira de fogões, onde os cozinheiros poderiam terminar seus canapés quentes, ficasse separada dos convidados.

Dentro da tenda, ninguém jamais adivinharia que atrás de uma das paredes seis pessoas estavam ansiosamente tirando e colocando coisas nos fornos. Zoe, que confiava que o alarme de seu telefone fosse avisá-la quando tivesse de correr de volta para seu forno, ficou olhando para o espaço decorado com flores cujo foco era o bolo.

Alguém o havia iluminado, portanto, ele parecia uma obra de arte. Zoe não sabia quem havia feito aquilo ou se era comum com bolos de noiva, mas ficou sem fôlego. Tirou uma foto com a câmera do celular para mandar para a mãe depois. Sentiu uma onda de orgulho. O que quer que acontecesse, ela havia criado algo lindo e queria um registro daquilo.

— Ficou bom, não ficou? — perguntou Fenella. — Acho que Hugo, o marido de Sarah, fez a iluminação. As rosas e os cupcakes exatamente da mesma cor parecem mágicos. Espero que você esteja satisfeita.

Zoe assentiu. Sentia-se um pouco emocionada e não conseguiu falar. Pigarreou.

— Mesmo que eu seja eliminada por canapés feios, não me arrependo de ter feito os cupcakes.

Fenella beijou sua bochecha.

Depois que os convidados do casamento começaram a chegar, não houve tempo para contemplação ou para se sentir satisfeito. Todos os concorrentes se transformaram em garçons, carregando bandejas com os canapés quentes para a multidão. Eles não tinham que ajudar, mas queriam: para começar, servir sua comida era a melhor forma de ver como era recebida. Sarah deu uma bronca em Becca em um determinado momento por ficar tempo demais perto de um casal enquanto eles comiam seus *Yorkshire puddings* em miniatura com rosbife cru, mas na maior parte, eles ajudaram.

Zoe estava muito atrás dos outros, mas decidiu que não tinha importância se toda a comida não estivesse pronta ao mesmo tempo. Porém, quando o último tabuleiro de *suppli* estava fora do forno onde estavam sendo aquecidos e as últimas ciabattas com mel e camembert prontas, ela encontrou um avental limpo e levou sua comida para a multidão. Os convidados estavam sendo chamados para os discursos, então ela se enfiou entre eles, feliz que ainda estivessem com fome o suficiente para provar seus canapés.

Ela estava nos fundos, sozinha na multidão, quando alguém colocou uma taça de champanhe em sua mão. Era Gideon.

— Tome isso, você merece.

Zoe bebericou, apreciando a sensação das bolhas estourando em sua língua. Estivera bebendo de uma garrafa d'água enquanto cozinhava, mas ela tinha ficado quente. Isso era delicioso e limpava o paladar. Gideon ficou atrás dela.

— Alguém pode ver — sussurrou Zoe, angustiada.

— Ninguém vai perceber. Vão só pensar que eu estou aqui por acaso. — Ele descansou a mão suavemente na cintura dela e pressionou o corpo contra o seu.

— Não! — falou ela, o medo e o desejo deixando-a tonta.

— Então venha comigo lá para fora e me deixe beijar você.

— Acho que isso é chantagem — disse ela baixinho.

— E daí?

Ela terminou o champanhe e apoiou a taça em uma mesa próxima. O padrinho estava pigarreando. A forma como ele olhou para a noiva fez Zoe torcer para que a mulher não ficasse envergonhada com facilidade. Parecia que todas suas loucuras da juventude estavam prestes a ser expostas, com exageros.

Gideon guiou Zoe a uma saída entre duas paredes da tenda e ao ar livre. Havia outras pessoas por ali; talvez estivessem achando a estrutura um pouco quente conforme o sol de maio batia nela. Ele esticou a mão, mas ela não a pegou, não ousando arriscar qualquer contato entre eles que pudesse ser visto. Contudo, seguiu-o por entre dois prédios até onde uma roseira crescia selvagem por cima do que um dia tinha sido um chiqueiro e agora era uma acomodação elegante.

Ela se sentiu subitamente tímida e, vendo isso, ele murmurou alguma coisa e a puxou para perto, beijando o canto de sua boca.

— Você se saiu tão bem, Zoe. Aquele bolo está sensacional.

— Obrigada — agradeceu baixinho enquanto se encostava nele. E aí Gideon a beijou com mais intensidade.

Ela se permitiu alguns segundos de êxtase antes de se afastar.

— Sério, Gideon, isso é arriscado demais.

Ele parecia estar prestes a discutir, mas então disse:

— Tem razão. Há muito a perder se formos descobertos.

Ela olhou nos olhos dele e ficou feliz que a entendesse. Ele podia tê-la convencido a continuar beijando-o ou até a ir a algum lugar para mais do que beijar, mas não o fez. Isso fez com que ela gostasse mais dele. Gideon não estava usando seu poder sobre ela para seus próprios propósitos. A não ser que ele não percebesse como ela de fato se sentia. Zoe suspirou e sorriu, feliz por pensar que seus sentimentos não eram tão óbvios.

— É melhor eu voltar. As pessoas vão ficar imaginando onde estou.

— Vá, então. A gente se vê mais tarde.

— Obrigada pelo champanhe.

— Da próxima vez, haverá uma garrafa.

Zoe voltou para seu forno, o coração mais leve. Nem se importou por haver um tabuleiro queimado de alguma coisa que ela havia esquecido. Gideon, obviamente, gostava dela por quem ela era e não só pelo sexo, ou não a teria deixado ir. Ela se pegou sorrindo e parecia não conseguir parar.

Os últimos convidados ainda perambulavam por ali esperando pelos ônibus que os levariam à festa propriamente dita, que seria em outro lugar.

Os concorrentes foram reunidos com a equipe de filmagem para que os jurados pudessem falar com eles. A tenda, tão bonita apenas algumas horas antes, agora estava sendo esvaziada, as mesas, cadeiras e flores retiradas, retornando a seu aspecto antigo.

Na ponta mais distante, móveis ainda eram transportados, e Sarah, como jurada principal, teve que erguer um pouco a voz.

— O noivo e a noiva estão encantados pela forma como tudo correu — anunciou. — Estou tão aliviada, não tenho palavras. O bolo estava muito além dos sonhos mais loucos deles — continuou, procurando por Zoe, que estava tentando se esconder atrás de uma pilastra enfeitada com flores.

— Mas temos que nos lembrar que o desafio não era sobre alguns cupcakes — falou Anna Fortune —, era sobre os canapés.

Enquanto as câmeras mudavam de ângulos, houve uma pausa que deixou os nervos de Zoe em frangalhos, mesmo depois das coisas gentis que Sarah havia dito sobre o bolo.

Gideon estava murmurando no ouvido de Anna e Zoe esperou que ele não a estivesse defendendo. Iria chamar atenção para eles e Cher diria — com bastante razão — que Zoe estava recebendo tratamento preferencial.

Zoe sentiu uma pontada de culpa. Não havia recebido nenhuma vantagem (ou quase nenhuma) por causa de seu relacionamento com Gideon, mas ainda assim estava errado. Sua consciência pesava uma tonelada.

Fred acenou para a câmera de uma maneira animada.

— Acho que isso costumava ser descrito como uma reunião de jurados. — E juntou-se a Anna e Gideon em sua discussão. Sarah ficou um pouco fora do círculo, com os braços cruzados. Não parecia satisfeita. Uma parte de Zoe achava que isso daria um programa muito bom, com um pouco de divergência entre os jurados. A outra parte sentia uma onda de pânico: as coisas obviamente não iam bem para ela.

Sarah entrou no grupo e a discussão continuou.

— Vão ter que editar um pouco isso — comentou Shadrach. — Está ficando chato.

Zoe não estava entediada, e sim agoniada com o suspense.

Finalmente, os jurados se afastaram uns dos outros, as câmeras voltaram a seus lugares e Sarah estava no centro do palco. Ela repetiu tudo o que havia dito antes e acrescentou:

— Apesar de alguns dos canapés terem uma apresentação abaixo do padrão, eles estavam deliciosos. Zoe, os jurados adoraram a sua ciabatta, queijo e mel com avelãs, mas seus bolinhos de arroz pareciam um pouco rústicos.

— Então ela vai sair? — perguntou Cher inadequadamente em voz alta.

Houve uma longa pausa enquanto os jurados olhavam uns para os outros. O coração de Zoe batia alto. Agora que sua saída parecia inevitável, ela percebeu o quanto queria ficar.

— Decidimos que ninguém vai sair — anunciou Fred. — Vocês todos fizeram um ótimo trabalho e Zoe, cujos canapés foram os mais fracos visualmente, preparou um bolo de noiva maravilhoso.

— Zoe teria saído se não fosse por isso — declarou Anna Fortune, olhando para ela com olhos ferozes, dizendo "não vou deixar você se safar de nada".

— Com licença! — bradou Cher. — Sem ofensa, Zoe, mas, se os canapés dela estavam abaixo do padrão, não é justo mantê-la aqui quando todos nós nos esforçamos muito para que os nossos ficassem bons.

Zoe não conseguiu não olhar para Gideon, cujos olhos cintilavam de uma maneira ameaçadora.

— Os jurados tomaram sua decisão, Cher — afirmou Anna Fortune. Ela compartilhava a opinião de Cher, mas Zoe podia perceber que ela não ia aceitar que uma mera concorrente questionasse os jurados.

— O que nos leva ao nosso próximo desafio — falou Gideon. — Cozinhar em um dos melhores restaurantes de Londres. Vai ser muito, muito difícil. Boa sorte!

Houve um ofegar coletivo entre os concorrentes conforme os jurados deixavam a tenda, a equipe de filmagem seguindo logo atrás.

Capítulo 12

O dia seguinte foi de descanso. Zoe havia conversado com os outros por algum tempo e logo encontrara um lugar tranquilo no jardim, tentando se distrair com o livro que trouxera. Não tivera tempo de ler nem uma página desde o início da competição. Ela tinha algumas esperanças de conseguir passar um tempo com Gideon, mas ele havia saído com os demais jurados para assistir com os produtores às filmagens feitas até então. E, de qualquer maneira, Cher estava de olho nela, pendurada em seu braço como se realmente gostasse dela. Zoe acabou tendo que dizer que precisava de um tempo sozinha. Cher foi tomar banho de sol em uma espreguiçadeira do outro lado do jardim, ainda em seu campo de visão.

Eles estavam agora a caminho de Londres para o desafio de alta gastronomia.

— Vou para o vagão silencioso — disse Zoe na estação enquanto esperavam o trem. — Eu quero ler.

O que ela realmente queria era uma oportunidade para pensar e para dar uma olhada em alguns esquemas sobre técnicas de corte; essa parte, em uma cozinha profissional londrina, seria seu maior desafio. Sabia que, se sentasse no mesmo vagão que os outros, iriam falar com ela.

Enquanto observava a paisagem de sua janela, pensando como era bonita, Zoe percebeu que o remorso do dia anterior crescia, turvando a bolha de felicidade que vinha espreitando debaixo de seu avental desde praticamente o início da competição. Isso não tornava seus sentimentos por Gideon menos intensos — na verdade, pode tê-los aumentado —, mas ela tinha que examinar seus atos e ver se o sentimento de culpa era justificado.

Ela abriu a pasta com os desenhos e viu a posição de "garra" para segurar coisas estreitas, como chalotas, para que pudessem ser cortadas com a faca mais afiada sem que os dedos fossem ameaçados. Apesar de seus olhos e uma parte pequena de seu cérebro estarem estudando a imagem, a maior parte dela se perguntava o quão errado era estar dormindo com um dos jurados durante uma competição.

Ela pensou nas grandes competições — *The X Factor, Strictly Come Dancing, Britain's Got Talent* — e imaginou uma das mocinhas lindas dormindo com um dos jurados. Se Zoe ficasse sabendo disso, ficaria escandalizada. E será que John Torode dormiria com uma aspirante ao *Masterchef*? Não, é claro que não dormiria, mesmo que não fosse um homem bem-casado. Era errado. Por qualquer ângulo que se olhasse (seus olhos foram atraídos pelo desenho de uma técnica que parecia perigosa, na qual se levava a faca na direção dos dedos segurando uma cebola — a menor escorregada e você estaria usando durante dias aqueles curativos azuis próprios para cozinheiros), o que ela e Gideon estavam fazendo era errado. Ela devia desistir dele, só isso. Simplesmente iria até ele e diria: "Isso tem que acabar!"

Mas será que *tinha* que acabar? Ele usara sua influência e seu charme para mantê-la na competição? A mente dela voltou para as várias rodadas até chegar aos canapés. Os que preparara, apesar de no geral terem sido declarados deliciosos, certamente não eram sofisticados. Anna Fortune a teria eliminado.

Ainda assim, não havia sido Gideon que a salvara, apesar de ele ter provavelmente acrescentado algumas palavras de incentivo, e sim Sarah. Ela a teria protegido de qualquer jurado porque Zoe havia salvado seu casamento. E com razão também!, pensou Zoe de maneira desafiadora. Sem um bolo, o casamento teria sido um desastre. Ele acabou sendo quase o centro das atenções! Sarah havia lhe dito depois que tinha mandado fotos por e-mail para sua amiga boleira para que ela pudesse mostrá-lo a futuras noivas. Zoe sorriu ao se lembrar da conversa. Sarah havia perguntado a ela com hesitação se planejava fazer bolos de noiva como aquele; Zoe respondera que nunca mais queria ver outro cupcake na vida. Não era bem a verdade, mas ela com certeza não gostaria de fazê-los como ganha-pão.

Sua cabeça dava voltas e mais voltas, parando de vez em quando para dar uma olhada na pasta com os desenhos. Gideon era uma companhia tão agradável. Ele a fazia rir, ria das piadas dela e ela achava que se dariam bem mesmo que não partilhassem uma química sexual tão intensa. Porém, embora ela gostasse muito, muito mesmo de Gideon — mais do que gostar —, ainda não tinha certeza absoluta sobre ele. E valia a pena arriscar suas chances se ele fosse simplesmente dizer "obrigado e tchau" no final e ela acabasse sem amor e fosse mandada embora com a reputação arruinada? Zoe tentou voltar a se concentrar nos esquemas.

Abriu na seção de peixes, que era no que suas habilidades e falta de experiência a deixariam na mão. O diagrama mostrando como se virava uma lula do avesso e de volta

— várias vezes — a fim de torná-la comestível deixou seus olhos vesgos e seu cérebro exausto. Ela torceu fervorosamente para que fosse mais fácil de entender se ela tivesse uma lula à sua frente. Cortar um peixe como um linguado em filés também não parecia fácil. Ela podia imaginar a gritaria que aconteceria se ela desperdiçasse metade de um peixe caro.

Mas isso era só uma distração, ela sabia. Devia mesmo era estar pensando em uma maneira de dizer a Gideon que tinham que terminar aquela coisa arrebatadora, sensual e deliciosa que haviam aproveitado tanto. Ela não podia mais ter momentos sozinha com ele e certamente não dormiria com ele — não até estar fora da competição, pelo menos. Um suspiro trêmulo atravessou Zoe enquanto a dor de sua decisão era absorvida. Será que ela iria — será que poderia — ser forte o suficiente para levar essa resolução adiante? Será que seus joelhos não ficariam bambos quando visse Gideon e seu corpo não reagiria à presença dele mesmo estando a vários metros de distância? Ela duvidava. Não tinha a menor fé em seu corpo no que dizia respeito a Gideon.

E talvez a decisão não estivesse em suas mãos. A tarefa em um restaurante de primeira, de "alta gastronomia", podia estar além de suas capacidades.

Mas quando repassou mentalmente os últimos dias e considerou o que havia conseguido, Zoe percebeu que tinha aprendido muito e sua confiança crescera. Ainda não estava pronta para jogar a toalha. Descobriu que se incomodava com a ideia de não vencer. Ou pelo menos de não chegar à final. E sofria diante da ideia de nunca mais ver Gideon. Por que a vida era tão complicada? Ela não podia ter a faca e o queijo? Muitas pessoas tinham. Mas, nesses casos, as coisas normalmente acabavam mal. Não havia a menor dúvida sobre isso. Ela tinha que terminar

Cher, Muriel, Becca e Zoe entraram em um táxi, e somente Cher se preocupava com as câmeras filmando sua saia curta. Muriel e Zoe estavam de jeans. Os homens haviam cavalheirescamente deixado que pegassem o primeiro táxi e agora eles entravam no que havia parado logo atrás Suas malas tinham sido levadas separadamente para o hotel.

— Então, Pierre Beauvère, aqui vamos nós! — exclamou Muriel, tentando não soar nervosa.

— Pelo menos temos esta tarde para aprender as manhas antes de cozinharmos para pessoas de verdade — comentou Zoe. — Tenho que admitir que estou apavorada. É como ser convidada para cantar no Covent Garden quando você só esteve no coral da escola.

— Certamente não tão ruim assim, não é? — perguntou Becca nervosa.

Zoe deu de ombros.

— Quase. — Mas ela sabia que o leve enjoo que sentia podia ser em parte devido à sua decisão sobre Gideon. — Fico muito mais feliz cozinhando em um campo.

— Bem, já trabalhei em um restaurante de alta gastronomia — revelou Cher, exalando confiança e verificando a maquiagem no espelho do pó compacto. — Só espero não ter que usar um daqueles chapéus de chef. Eles ficam fofos na hora, mas seu cabelo fica horrível depois

Muriel respirou fundo.

— Cher, não acredito que você está preocupada com a sua aparência depois do serviço quando tem que cozinhar para um chef com estrelas do Michelin, que não parece ser dos mais simpáticos!

— Televisão! Duh! Eu me importo com a minha aparência.

— E nós, não? — replicou Zoe.

— Acho que não. Acho que nunca vi nenhuma de vocês de vestido.

Zoe encolheu em seu assento.

— Eu usei um vestido — disse ela após pensar por um momento.

— Obviamente, não foi um vestido memorável — declarou Cher.

Zoe suspirou, mas por dentro sorria. Cher podia passar o dia inteiro pensando na aparência, mas ela, a velha e desalinhada Zoe, era quem tinha chamado a atenção de Gideon. Tentou não ficar toda prosa com a ideia de como os esforços de Cher haviam sido desperdiçados nesse aspecto. Aí lembrou a si mesma que tinha que parar de pensar nele.

Conforme os competidores eram filmados, várias vezes, saindo do táxi e subindo os degraus do restaurante, Zoe tentou se concentrar na tarefa diante de si. Estava extremamente nervosa.

Tinha ouvido sobre as coisas horríveis que faziam com as pessoas em cozinhas profissionais. Ela se deu uma bronca: só porque você é uma garota e vai ser filmada e provavelmente vão mandar fazer todo tipo de serviço não significa que eles vão colocar sua cabeça dentro de uma lata de lixo cheia de entranhas de peixe.

Sem se convencer, ela deu um sorriso fraco para os outros enquanto empurrava a porta do restaurante — para valer, desta vez — e entrava no local de tortura disfarçado de santuário de boa comida e serviço perfeito.

*

Desde o início da competição, a equipe de filmagem sempre estivera ali, mas, de alguma forma, ela sempre acabava sendo esquecida. Agora, longe da paisagem familiar de Somerby e seus arredores, eles pareciam amigos. Quando tinham ido embora, Zoe sentiu que estava sendo abandonada na escola por pais carinhosos. Os meninos haviam chegado agora e todos os sete concorrentes estavam aglomerados perto da porta, esperando instruções.

Foram recebidos por sete pessoas, seis homens e uma mulher. Zoe ficou feliz em pegar a mulher: ela parecia ser a mais simpática.

Apesar de terem chegado depois do serviço do almoço e de a cozinha estar relativamente tranquila, ainda havia movimento: pessoas de dólmãs preparando pilhas de salsinha ou picando cebolas. Duas delas apoiavam os cotovelos nas bancadas, espiando coisas. Outra estava raspando as sementes de uma fava de baunilha.

Se não estivesse ali para trabalhar, Zoe teria adorado, mas, pela primeira vez na competição, ela se sentia intimidada de verdade. Sabia que suas habilidades não se comparavam às de um chef de uma cozinha profissional e, naquele momento, não conseguia se lembrar de algo no qual era boa. Ser jeitosa com meia tonelada de glacê e um saco de confeiteiro não contaria muito ali.

— Olá. — Um homem alto, hostil, com um sotaque estrangeiro se aproximou dela. — Você é a garota para a TV? — Ele grunhiu em resposta ao aceno dela. — Sylvie vai cuidar de você.

Sylvie fez que sim com a cabeça.

— Sim, chef!

— Encontre um dólmã para ela. Não posso tê-la aqui com essas roupas.

Zoe o viu dar aos outros a mesma recepção calorosa e depois ela se aproximou de Sylvie.

— Siga-me — instruiu-a Sylvie. — Agora, que tipo de sapatos você tem para trabalhar?

Como os jurados haviam verificado os sapatos de todo mundo antes de saírem, Zoe baixou sua mochila e mostrou os tamancos dentro.

— Ótimo. Pierre vai usar suas tripas como comida de peixe se você não tiver sapatos adequados.

Zoe riu, relaxando um pouco.

— Tivemos a conversa sobre sapatos mais cedo. Gideon parecia ter uma fixação por isso. — Zoe se xingou mentalmente por ter mencionado o nome dele. Era "mencionite" e ela tinha que se conter.

— Gideon? Gideon Irving? O crítico gastronômico?

— Ele mesmo. Já ouviu falar nele?

— Nossa, sim! Ele é um crítico bastante conhecido, sabe. Mas eu trabalhei para ele há anos. — Sylvie assumiu um ar um pouco sonhador. — Partiu meu coração, o safado.

Como ela falou isso sem rancor, Zoe sentiu-se compelida a pressionar por mais informações.

— Ah, é?

— É. Ele é bonitão e nós estávamos trabalhando juntos. — Ela suspirou. — Não acho que tenha sido culpa dele, na verdade. Emocionalmente, ele não estava envolvido. Escondia bem, mas eu sabia.

— Isso parece muito triste — comentou Zoe, pensando em si mesma.

— É. Era óbvio que havia alguém de quem ele nunca se esqueceu. Ouvi que ela foi para os Estados Unidos para tentar uma carreira na TV.

— E?

Ela queria que Sylvie dissesse que Gideon era um bom homem apesar de tudo, mas Sylvie entendeu errado sua deixa.

— Ela conseguiu, eu acho. Mas minha teoria sobre ele é, ou melhor, era, que ele realmente nunca a esqueceu.

— Ah. — Como Zoe não recebera o consolo que esperava, tentou pensar em algo a dizer antes que Sylvie percebesse que ela gostava de Gideon. — Você ficou... — Ela fez uma pausa. — Sofreu por muito tempo?

Sylvie deu de ombros e riu.

— Bem, é meio difícil tirá-lo da cabeça depois que ele entra lá, mas Gideon não é do tipo que vai sossegar, e, no fundo, eu sempre soube disso.

O coração de Zoe, que também suspeitava disso, ficou um pouco machucado.

— Ah — falou ela pela terceira vez. Não conseguia pensar em mais nada e não sabia bem o que pensar. Será que ele tinha o hábito de seduzir mulheres com quem trabalhava e depois deixá-las? Será que para ele Zoe era só mais uma marca na tábua de corte? A ideia a fez sentir-se enjoada. Mas Sylvie tinha dito que foi há anos, então talvez ele tivesse mudado. Ela se agarrou a essa ideia.

— Portanto, não vá se apaixonar por ele! — Sylvie riu. — Não que você fosse, ele sendo jurado, mas ele é atraente e você é jovem e bonita.

Sylvie não parecia suspeitar que ela gostava de Gideon. Zoe estava determinada a manter a conversa leve e conjurou sua melhor atuação para o Oscar e riu.

— Ele com certeza é um jurado! — falou ela, como se a ideia de até mesmo pensar em ter qualquer tipo de relacionamento com ele jamais tivesse lhe ocorrido. — E posso não ser a mais jovem e com certeza não sou a mais bonita.

— Então está tudo bem. Agora, vamos arrumar um kit para você.

Felizmente, ela havia sido enganada. Zoe ficou aliviada, pois, em breve, estaria ocupada demais para lidar com todo o turbilhão de emoções que os comentários de Sylvie haviam incitado.

Capítulo 13

Depois de entregar à Zoe o kit com um dólmã, avental, calças xadrez de cozinheiro e chapéu (que fez Zoe perceber que Cher era a única que ficava bonitinha com ele), Sylvie levou-a de volta a Pierre. Enquanto saíam do vestiário, Zoe viu Cher protestando gentilmente contra o chapéu. A Lei de Murphy significava que ela não teria que usar um.

— Eu a quero na seção de peixes — falou Pierre, fechando a cara.

Zoe sentiu como se ele tivesse lido a sua mente. Não apenas havia percebido que ela estava totalmente distraída, como também sabia que ela não conseguia preparar peixe.

E não ajudava o fato de ser orientada por uma antiga namorada de Gideon que deixara bem claro que ter qualquer coisa com ele acabaria em mágoa.

— Ela pode preparar o tamboril — continuou ele e então foi embora, desdenhando dela de forma bem gaulesa, normas de higiene possivelmente sendo a única coisa que o impediam de cuspir.

Sylvie segurou o braço de Zoe.

— Você deve ter percebido que ele não está muito entusiasmado com esse negócio de TV — disse ela, guiando Zoe até a área de preparação de peixes. — Foi forçado a participar pelo chef executivo, que é amigo de Gideon, naturalmente.

— Por que naturalmente?

— Gideon é um crítico gastronômico temido, mas as pessoas gostam dele. As mulheres também. Como nós já conversamos.

Apesar de estar obviamente tentando mostrar que estava tudo bem agora, Zoe teve a impressão de que o coração de Sylvie ainda estava um pouco machucado, senão de fato partido.

— Então, o tamboril? Eu gostaria de poder fazer alguma coisa antes de a equipe voltar. — Zoe não queria mais falar sobre Gideon. Pensar nele todos os segundos já era ruim o bastante e ela tinha que tentar se concentrar. Era mais importante do que nunca que não fosse eliminada por estar distraída demais para dar o seu melhor.

— Ok. Bem, pelo menos você não tem que se preocupar com a cabeça — falou Sylvie —, já que eles a cortam quando pegam o peixe. Do contrário, elas ocupariam espaço demais. E a pele também não tem problema, o que você realmente tem que se preocupar é com a membrana. É praticamente invisível e gruda como cola.

Quinze minutos depois, Zoe ainda estava tendo dificuldades.

— Não consigo tirar essa bosta! — disse ela, esquecendo-se que a equipe tinha voltado e que seus palavrões e sua frustração iriam ser exibidos a milhares de pessoas. — Ainda pego o filé com a membrana!

— Só puxe com os dedos. Precisa ter uma certa manha. Mas não deixe nenhuma sobrando ou Pierre...

— Eu sei, você falou: vai usar minhas tripas como comida de peixe. — Ela agarrou outro pedaço e conseguiu tirá-lo. — Eu achava que a pele era difícil, mas pelo menos você pode vê-la.

— Você está indo bem — disse Sylvie, mas Zoe não acreditou nela.

— Quantos eu tenho que fazer?

— Não muitos. Só meia dúzia.

Seis! Ela tinha que se atrapalhar assim mais cinco vezes. Tirou um pedaço de membrana, o que a encorajou a perguntar.

— Então, como vou cozinhar isso? Você sabe?

Sylvie riu.

— Ah, você não vai cozinhar isso. Pierre diz que tamboril é caro demais para amadores. Você vai cozinhar cavala.

Zoe conseguiu ficar calada dessa vez e só fez uma careta.

— Suponho que você vá me dizer que, na verdade, ele é um fofo.

Sylvie concordou com a cabeça.

— Na verdade, ele é. Só tem padrões muito altos e realmente se importa com a comida.

— Assim como todos nós — acrescentou Zoe rispidamente. — É por isso que trabalhamos tanto. — Aí, sentindo-se culpada por explodir, continuou: — O que eu vou cozinhar?

— Bolinhos de peixe — disse Sylvie.

— Acho que consigo fazê-los — comentou Zoe, um pouco apaziguada.

— Nós servimos dois bolinhos de peixe por porção. Você vai precisar fazer cerca de cinquenta.

Zoe fez um barulho baixinho, como um gatinho precisando de leite. Sylvie riu.

— Vou estar aqui para ajudar. Pierre não se arriscaria a deixar que estragasse tudo. E você pode começar bem cedo de manhã para ter bastante tempo.

Só Cher ainda estava animada depois da tarde no restaurante, tendo feito *pâtisserie* na qual, com seu toque delicado, era enlouquecedoramente boa. Todos os outros estavam exaustos. Becca passara o tempo desossando aves minúsculas e parecia pálida. Shadrach havia cortado legumes tão finos que era possível enxergar através deles. Todo mundo possuía uma história de terror para relatar, mas Zoe tinha certeza de que era a única que quase fora reduzida a lágrimas — ou, se fora, era a única que estava admitindo. Ela partiu com os outros para tomar alguma coisa no bar, mas foi a primeira a ir embora. Precisava estar na cozinha ao alvorecer do dia seguinte ou estaria fora da competição — e aí talvez nunca mais visse Gideon novamente.

O segundo dia no restaurante não foi muito melhor. Ficou muito mais fácil estripar a cavala depois que pegou a manha de puxar as entranhas pela cabeça, mas ela queimou várias por estar com a grelha quente demais e depois queimou os dedos tentando escamá-las quando a carne estava muito quente. Antes que pudesse pensar em cozinhar os bolinhos de peixe, ela tinha que limpar os dedos, mas, apesar de Zoe tentar bastante, eles haviam ficado do tamanho de bananas, cobertos de farinha e migalhas de pão. Ainda assim, no fim, em seu íntimo, Zoe ficou satisfeita com o asseio e a uniformidade de seus bolinhos de peixe e, quando Pierre os viu, ele só grunhiu, o que equivalia a altos elogios sob a perspectiva dela.

Quando finalmente foram cozinhar a primeira porção, a falta de sono começou a cobrar seu preço. Medo e nervosismo a haviam impedido de dormir no começo, mas agora o fato de ter passado a maior parte da noite se revirando sem parar em uma tentativa de ficar confortável, e com períodos pensando em Gideon, significava que ela se sentia um pouco tonta.

A atmosfera na cozinha também a estava afetando. Era eletrizante, mas também assustadora.

— Ou você curte a adrenalina ou não — explicou Sylvie. — Eu adoro. Amo a tensão, o drama, tudo isso. Mas se você gosta de ficar calma, sem ninguém gritando, a cozinha de um restaurante provavelmente não é para você.

— Talvez eu passe a curtir — disse Zoe, forçando entusiasmo em sua voz e saltitando na ponta dos pés em uma tentativa de entrar no clima. — Você sabe, vou ficar estressada no começo e aí vou realmente entrar na onda e sair voando!

— Talvez — ponderou Sylvie, parecendo em dúvida.

Cher, como sempre, estava irritantemente animada. Os outros encontravam-se mais calados, mas ninguém parecia tão nervoso quanto Zoe.

Pierre surgiu como uma aparição maligna no momento em que ela estava cozinhando sua porção de bolinhos de teste. Ela já tivera que fazer uma tomada para a câmera a respeito de tudo e Zoe, pelo canto dos olhos, percebeu Pierre fechando a cara para ela. Ele estava mentalizando para que ela fracassasse.

Zoe baixou o primeiro bolinho de peixe no óleo fervente.

— Você deixou isso quente demais — disse Pierre. — Está queimando os bolinhos. Jogue fora.

Zoe não ousou discutir, apesar de achar que um bolinho de peixe um pouco mais marrom ainda seria aceitável. Afinal, era o restaurante dele e ela entendia que o negócio da filmagem estava tomando muito tempo e espaço. Ela tirou o bolinho de peixe e botou a frigideira de lado para que pudesse esfriar um pouco.

— Agora tente outro — falou Pierre.

Desta vez, o chiado do óleo foi um pouco mais baixo.

— Perfeito — disse Pierre quando ela tirou o bolinho de peixe. — Agora vou experimentar.

Zoe engoliu em seco, esperando tê-lo temperado corretamente — o que, em linguajar de chef, ela havia descoberto, significava muito sal.

— Hmm, nada mau — falou Pierre, depois de dar uma mordida abrindo a mandíbula como uma jiboia. — Vá em frente.

— Pronto! Eu falei para você que ele era um fofo! — disse Sylvie.

— Não acho que dizer "nada mau" e "vá em frente" combine com a definição de ser um fofo, mas, ei, eu aceito o que vier.

— Significa que ele ficou impressionado. Se não estivesse satisfeito, de jeito nenhum ele a deixaria servir esses bolinhos de peixe.

Só havia tempo para fazerem juntos um segmento "como estão se sentindo com o desafio?". Depois Zoe se viu em um canto, com Muriel e Cher, enquanto os outros iam ao banheiro ou saíam para fumar um cigarro escondido.

Muriel, de repente, parecia dez anos mais velha, mas Cher encontrava-se radiante. Ela estava indo bem com *pâtisserie* e seus dedos ágeis, combinados a um chef *pâtissier* muito gentil e sensível, significavam que ela produzira doces lindos, de verdade.

— Pierre é um fofo, não é? — comentou ela, bebendo água de uma garrafa. — Ele foi tão gentil sobre os meus docinhos.

— É assim que eles são chamados hoje em dia? — disse Zoe antes de conseguir se conter.

— Ah, um pires com leite para a mesa oito! — falou Cher, rindo de uma maneira que fez Zoe sentir-se maldosa e como se estivesse sendo tratada de maneira condescendente ao mesmo tempo.

— Pessoalmente, eu acho Pierre um completo imbecil! — opinou Muriel, após uma olhada rápida por cima do ombro para verificar se ele não podia ouvir. — Juro que não havia nem um tiquinho de gordura naquele osso de cordeiro, mas ele tinha que ir lá e achar um pedaço enorme.

— Bem, ele não vai aceitar incompetência, vai? — falou Cher. — Quer dizer, este é o restaurante dele! Ele tem uma reputação! — Outro gole de água. — Eu o vi fazendo um relatório para os jurados.

— Só vamos ser julgados depois do serviço do almoço — afirmou Zoe.

— Verdade, mas, para alguns de nós, acho que você vai descobrir que a decisão já foi tomada.

Aí ela saiu, calma e imaculada em seu dólmã branco, sem nenhum fio de cabelo fora do lugar e sem o chapéu de chef.

— Eu me sinto como uma atriz prestes a entrar no palco para interpretar *Hamlet* sem saber nenhuma fala — disse Zoe para Sylvie enquanto voltava para sua estação de trabalho.

— Não entre em pânico. Você treinou bastante. Vai fazê-los bem agora!

Ela ficou em sua estação, sentindo-se como um cavalo prestes a disputar o Grand National, só que com seus concorrentes disparando primeiro. Outras entradas foram pedidas. No começo, parecia que ninguém queria bolinhos de peixe. Aí o primeiro pedido chegou. Ela conseguiu se lembrar de gritar de volta "Sim, chef!" e então começou. Testou o óleo para ver se estava na temperatura perfeita e baixou cuidadosamente os bolinhos de peixe.

— Ótimo! — disse Sylvie à medida que Zoe os tirava e os colocava sobre o papel para secar. — Agora, ponha-os no prato e acrescente a maionese e a guarnição e está pronto!

Ela ainda temia ouvir "bolinhos de peixe" sendo gritado do balcão, mas, conforme eles eram pedidos com mais frequência, ela aumentou o ritmo até estar esperando, quase ansiosa.

Também aprendeu a calcular exatamente quanto tempo eles levariam para ficar prontos, para que, caso perguntassem, ela soubesse dizer "Dois minutos, chef" com total confiança. Ela não percebeu os jurados ou a equipe de filmagem dando um close na frigideira chiando — estava concentrada em preparar os bolinhos de peixe, perfeitos e no tempo certo. Era animador e assustador ao mesmo tempo; as únicas coisas que a impulsionavam eram muita adrenalina e a determinação de se sair bem.

Ela estava consciente de outras pessoas enfrentando dificuldades. Ao ir para o frigorífico, passou pela seção de carnes e viu Muriel atrapalhada, cercada por costelas de cordeiro semicozido, e Cher gritando ao deixar cair um prato de formas de doce no chão. Tinha quase certeza de que ninguém além dela tinha visto Cher botar as massas que permaneceram intactas de volta ao prato, mas não falou nada. O tempo e o restaurante eram o maior inimigo no momento. Suas batalhas com Cher não seriam travadas durante um desafio. Além do mais, ela tinha que voltar para a própria estação.

— Muito bem, pessoal, o serviço acabou! — ressoou uma voz acima do barulho.

Era como se uma grande máquina tivesse sido desligada. O show havia acabado, mas, para sua grande surpresa, Zoe estava exultante. De alguma forma, durante aquela manhã longa e quente, ela havia entrado na onda e se divertido. Ela olhou em volta. Chefs de todos os níveis da hierarquia ainda estavam limpando suas estações, lavando sua área de trabalho com água quente e sabão e secando repetidamente. Serventes carregavam pilhas instáveis de tabuleiros, tigelas e panelas para serem lavados. As pessoas começaram a conversar; o balão havia esvaziado.

Pierre se aproximou de Zoe e ela ficou tensa; apesar de saber que tinha se saído bem, seu corpo esperava que ela fosse castigada, senão decapitada.

— Você foi bem. Precisa aumentar consideravelmente a velocidade, é claro, se algum dia for trabalhar em uma cozinha profissional. Tirando isso, bom trabalho.

Ele continuou andando, sorrindo como uma cobra ao ver um coelhinho. Zoe perdeu um pouco do entusiasmo. Era evidente que ele achava que as chances de ela trabalhar em uma cozinha profissional eram parcas.

Mike, o produtor do programa, se aproximou deles.

— Certo, pessoal, vamos fazer o julgamento agora. Eles estão esperando vocês no restaurante.

— Podemos dar uma arrumada? — perguntou Muriel. — Em nós mesmos, quero dizer, em vez de nesta cozinha de merda. — Essa era a primeira vez que alguém ouvia Muriel usar um palavrão. Era visível que o desafio a havia afetado profundamente.

Mike balançou a cabeça.

— Sinto muito, mas não. Queremos completamente natural, como vocês estão. Venham, por favor.

Eles formaram uma fila para fora da cozinha e entraram no restaurante para encontrar seus destinos.

— Cadê Gideon? — indagou Muriel em um sussurro.

Zoe tinha percebido a ausência dele antes mesmo de confirmar que ele não estava lá.

— Não sei! — respondeu, e então percebeu que soava um pouco em pânico. Forçou um sorriso. — Ah, bem, menos uma pessoa para tentar impressionar.

— Muito bem, pessoal — disse Anna Fortune. — Antes de mais nada, vão notar que Gideon não está conosco. Ele foi a Nova York para ver se podemos fazer o programa lá.

Zoe esfregou os lábios secos um no outro, tentando umedecê-los. Nova York! Não era para lá que Sylvie dissera que o único e verdadeiro amor da vida dele tinha ido? Zoe se repreendeu mentalmente. Nova York era imensa e, se ele fosse segui-la, teria feito isso anos atrás.

Ela se forçou a se concentrar em Anna, que continuou:

— Mas vão ficar felizes em saber que ele provou a comida de vocês e vai estar de volta para julgar o restante da competição.

Zoe, sem dúvida, ficou feliz em ouvir isso, apesar de não saber o que faria se fosse eliminada agora. Não tinha como entrar em contato com ele e Gideon não tinha como entrar em contato com ela a não ser pela produtora, e ela não podia arriscar fazer isso, no caso de eles ficarem imaginando por quê. Zoe esperava que ele também não perguntasse. Ela estava descobrindo que era possível ter muitos pensamentos profundos e importantes em um espaço muito curto de tempo, mas preferiria que seu cérebro simplesmente parasse, uma vez que os pensamentos a estavam deixando enjoada.

— Vocês se saíram muito bem, no geral, com algumas exceções... — continuou Anna, a voz grave e modulada conseguindo causar uma onda de pânico.

Ela parecia não parar de falar. E, então, foi a vez de Fred; depois eles leram as observações que Gideon fizera antes de ir para o aeroporto. E em seguida Pierre veio e, apesar de aparentemente estar odiando todo o negócio da televisão, pareceu determinado a esticar seus cinco minutos de fama o máximo que pudesse.

Todo mundo estava supernervoso. Zoe podia sentir Muriel a seu lado quase tremendo. Isso era mais difícil para a companheira, Zoe disse para si mesma firmemente, para impedir que a autocomiseração subisse por seus pés doloridos e a inundasse. Muriel era mais velha do que os outros, provavelmente não tinha a mesma energia. Mas o coração de Muriel não estava ali. Ou, se estava, ela o mantivera bem escondido. Ela cruzou os dedos e rezou, com muita força.

Finalmente, Fred disse:

— Este é o fim da linha para um de vocês. Quando for embora, saia de cabeça erguida, sabendo que cozinha melhor do que a maioria das pessoas neste país e que aprendeu mais sobre culinária nesses últimos 15 dias do que muitas pessoas em uma vida inteira.

Era um pouco clichê, pensou Zoe, mas ele estava tentando levantar o moral de quem quer que tivesse que fazer a caminhada da vergonha, tirando seu avental, desabotoando seu dólmã.

— E a pessoa que não vai passar para a próxima rodada é... Muriel!

A princípio, Zoe se sentiu chocada. Muriel não podia ir embora! Ela era sua amiga! Sua aliada! Se Muriel saísse, sobrariam apenas Becca, Cher e os meninos, Shadrach, Bill e Alan.

Aí ela percebeu que, se era Muriel, então não era ela. Alívio seguido de culpa ameaçou dominá-la. Ela se virou para Muriel e a abraçou. As duas começaram a chorar.

— Eu estou bem, sério — disse Muriel, recuperando-se primeiro. — Só estou cansada! Fico tão feliz por ter durado tanto tempo, mas não lidei bem com isso aqui...

Houve muitos abraços e choro e parabéns em geral antes de eles serem enfileirados novamente para fazer a última tomada, quando os participantes remanescentes pareciam aliviados enquanto Muriel ia embora.

— Bem, isso foi divertido! — falou Cher conforme eles se reuniam no saguão do hotel, esperando pelo táxi para a estação. — Não sei por que vocês todos acharam tão difícil!

Zoe ficou muito feliz por Muriel já ter partido quando Cher fez aquele comentário. Um carro a levara para sua casa, onde sua família a receberia.

— Nós todos não estávamos apenas brincando com um pouco de creme chantilly e massa — disse Becca, fortalecida por suas realizações recentes.

— Há muito mais no trabalho de *pâtissier* do que só isso — replicou Cher, séria.

— Que seja, temos sorte de termos continuado. Muriel era ótima cozinheira — opinou Alan.

— Não tão ótima assim — continuou Cher. Zoe não teve ânimo para responder.

Shadrach bocejou e se espreguiçou tanto que Zoe ouviu suas articulações estalarem.

— Bem, fico feliz por termos alguns dias de folga. Quero um pouco da comida caseira da minha mãe.

— O que vocês mais querem? — perguntou Zoe, curiosa.

— Macarrão com queijo, cebolas crocantes e bacon em cima, com pedacinhos de pão — disse Shadrach de pronto. — Estou sonhando com isso há dias.

Zoe pensou a respeito.

— Acho que vai ser torta de maçã para mim. Com massa em cima e embaixo. Minha mãe faz uma massa ótima.

— Feijão com molho de pimenta misturado — falou Bill. — Ei! Eu estou com fome!

Os outros riram. Pelo menos a competição não os fizera perder o gosto por comida — a não ser Cher, mas ela não comia muito, de qualquer modo. Zoe percebeu que tinha passado a gostar bastante de todos. Ela iria sentir saudades de Muriel. Não podia deixar de desejar que tivesse sido Cher a eliminada. Ela simplesmente parecia estar ficando cada vez mais convencida. Talvez, depois de alguns dias longe dela, Zoe fosse se sentir mais tolerante e menos irritada.

Eles voltaram a Somerby, recolheram alguns pertences e cada um tomou seu rumo. Um carro que parecia ser caro apanhou Cher, que acenou alegremente enquanto ia embora. Bill deu à Becca uma carona até a estação de trem. Alan e Shadrach iam embora de manhã. Zoe deu um rápido oi e tchau para Fenella e Rupert, que estavam felizes por ela ainda estar na competição, e então entrou em seu carrinho e foi para casa.

Capítulo 14

Enquanto Zoe embicava seu carro na garagem, atrás do Golf de sua mãe, sentia como se tivesse envelhecido dez anos desde que deixara a casa.

A mãe, ouvindo o carro chegar, saiu de casa para recebê-la.

— Querida! Você parece destruída.

— Muito obrigada, mãe! — disse Zoe, retribuindo o abraço com a mesma força. — Ah, é bom estar em casa! — Falava sério. Sentia como se tivesse vivido em uma bolha muito intensa durante a última semana. Era bom fugir por alguns dias.

A mãe pegou sua mala e as duas entraram na casa. Zeb, o cachorro, teve que ser cumprimentado e até o gato veio e se esfregou nas pernas de Zoe.

— Jenny quer muito se encontrar com você. Ela quer saber de tudo.

Zoe bocejou.

— Talvez amanhã. Eu definitivamente quero dormir cedo esta noite.

— Bem, seu pai vai voltar logo, então podemos comer cedo.

— O que vamos comer? — Todo aquele papo sobre comida caseira na noite anterior havia despertado ainda mais seu interesse no assunto.

— *Shepherd's pie*, ervilhas, e depois torta de maçã — respondeu sua mãe prontamente.

Zoe deu outro abraço nela.

— Você me conhece tão bem!

— Espero que sim. — Ela olhou para o relógio. — Seu pai ainda vai demorar um pouco para chegar. Quer tomar um banho de banheira, ou algo assim?

— Bem, tendo em vista que antes de voltar a Somerby para pegar o carro, eu estava em um hotel muito chique, não estou realmente suja, mas um banho de banheira...

— Com espuma?

— E um livro... seria ótimo.

A mãe de Zoe riu.

— É igualzinho a quando você vinha da universidade para casa.

Depois de uma noite maravilhosamente confortável e revigorante na companhia dos pais, Zoe ficou animada para encontrar sua melhor amiga Jenny no dia seguinte. O problema com ela era que Zoe não conseguia lhe esconder nada e ela iria desencavar todos os detalhes a respeito de Gideon e de como Zoe se sentia antes que estivessem na metade da primeira taça de vinho. Mas Zoe não se importava. Queria falar sobre ele. Era um sintoma de estar apaixonada — ou o que quer que ela estivesse: queria falar sobre o objeto do seu amor o tempo inteiro. E apesar de ter intimidade com sua mãe, não havia um final feliz óbvio com Gideon, e Zoe não queria que ela se preocupasse ou ficasse com aquela cara de inquietação que sempre fazia a filha se sentir mal. E ela sempre contava tudo para Jenny; se conheciam desde o início do ensino fundamental.

Jenny alegava que não havia problema que não pudesse ser resolvido ficando perto de um cavalo, então, quando Zoe lhe telefonou na noite anterior, ela havia sugerido que a amiga fosse às cocheiras onde ela mantinha o seu animal, e

Zoe achou que valia a pena acordar cedo. O cavalo de Jenny, Príncipe Albert — Bert, como todos o chamavam —, estava amarrado a um poste no picadeiro enquanto ela limpava o esterco de sua baia. Zoe foi direto até ele. Sem dúvida havia algo reconfortante em sua presença maciça, e ele conhecia Zoe há bastante tempo, eram velhos amigos.

— Ei, Zoe! — gritou Jenny, empurrando um carrinho de mão até a pilha de esterco. — Como você está?

— Bem, obrigada. E você? E o adorável Bert? — Ela acariciou a cabeça enorme, que se apoiou em seu ombro e sussurrou em seu ouvido com lábios de veludo.

— Nós estamos bem, mas não estávamos em uma competição de culinária. Quero ouvir tudo a respeito.

Zoe estava consciente dos olhos espertos de Jenny a analisando enquanto ela e Bert se comunicavam com afagos e carícias, bafos quentes, fungadas e murmúrios. Jenny tinha uma habilidade extraordinária para sentir quando a amiga estava escondendo alguma coisa.

— Eu amo Bert. Ele está sempre aqui para ajudar. Não faz perguntas — falou Zoe.

— Tenho certeza de que é recíproco. E eu também te amo. Mas eu faço perguntas. Pegue uma vassoura e me ajude a tirar o esterco.

Zoe foi em frente com entusiasmo. De certa forma, era mais fácil botar seus pensamentos em ordem ao estar em movimento. Ela não tinha feito nada além de pensar em Gideon no caminho para casa, mas estava tudo confuso em sua cabeça. Limpar o esterco ajudava a desanuviar sua mente.

— Então, como são os outros? — perguntou Jenny, atirando uma pilha de esterco dentro do carrinho de mão em um movimento ágil.

— A maioria é bem legal. Mas a minha preferida saiu na última rodada. Quem me incomoda mesmo é uma garota de quem eu não gosto.

— Mas você sempre gosta de todo mundo!

— Eu sei, mas dela não. Provavelmente é porque ela não gosta de mim.

— E daí? Fale sobre ela.

Zoe se concentrou em enfiar a vassoura em um canto difícil.

— Ela é muito bonita, muito focada e já tentou pelo menos duas vezes me sabotar.

— Que dramático! Você contou para alguém? Para os jurados?

— Er... não. Não estou numa posição muito boa para fazer isso.

— Por que não? Eles são inacessíveis? Falam muito palavrão? Algum outro problema?

Zoe mordeu o lábio.

— Algum outro problema.

— Com o quê? — Jenny parou de trabalhar e olhou intensamente para a amiga.

— Um deles é bem gato.

— Ah, quer dizer que você gostou de um dos jurados? Aposto como não achou que isso podia acontecer!

— Fui um pouco além de gostar dele.

— Ah. — Jenny pensou por um instante. — Vamos fazer o seguinte, vamos selar os cavalos. Você leva o Bert e eu vou pegar Buzz, da baia ao lado, emprestado. Annabel não vai se importar. Vou só mandar uma mensagem de texto para ela. — Jenny puxou o celular.

— Mas eu não monto há séculos! — protestou Zoe, meio animada e meio nervosa com a ideia de estar no lombo de um cavalo novamente.

— Não é nada de mais! — disse Jenny, dirigindo-se para a sala de arreios. — É igual a...

— Não, não é como andar de bicicleta! — disse Zoe. Também não diziam isso sobre sexo? Caramba, sua cabeça não parecia pensar em muito mais do que isso ultimamente.

— É um pouco — argumentou Jenny —, e você vai ficar bem. Bert vai tomar conta de você. Vamos só subir o bosque, onde podemos cavalgar lado a lado e bater um bom papo; quero todos os detalhes escabrosos.

Elas foram pelo bosque até onde costumavam cavalgar juntas quando tinham 13 anos. Zoe descobriu que achava familiar estar na garupa de Bert.

— Eu havia me esquecido de como é lindo aqui — afirmou para Jenny quando chegaram a uma clareira do outro lado do pequeno bosque.

— Você devia vir aqui com mais frequência. Annabel sempre fica feliz que levem Buzz para dar uma volta, e você e Bert formam uma boa equipe.

— É o velho inimigo, o tempo — disse Zoe, seus olhos percorrendo as plantas e os arbustos, lembrando-se dos momentos felizes que ela e Jenny haviam passado juntas. — Ah, veja, alho de urso. Está tarde para isso, não é?

Jenny deu de ombros.

— Acho que depende de onde está crescendo. Fiz um pesto ótimo com ele no outro dia.

— Ah... Então você está gostando mais de cozinhar?

— Só um pouco. Agora venha para cá e me conte o que você tem aprontado. E não deixe nada de fora!

— Bem, eu acho que parece ótimo. Muito romântico — comentou Jenny quando Zoe terminou sua história. Era um alívio conversar sobre Gideon com alguém, principalmente alguém em que ela confiava cegamente e a conhecia tão bem.

— Mas é tão errado! Ele é um jurado! E provavelmente só me quer como um casinho porque, de acordo com Sylvie, ele está apaixonado por alguma namorada de infância.

— Ele já deve ter superado isso a essa altura! — Sempre prática, Jenny ficava impaciente com a ideia de namoradas de infância. — Mas ele parece um cara legal. Você sabe, que não está nessa só atrás de uma coisa.

— Será? Ainda bem que você acha isso. Quando estou com ele, acho muito difícil descobrir se ele é realmente legal ou se o fato de eu gostar tanto dele não me deixa pensar direito. — Ela suspirou. — Mas o que eu não posso fazer de jeito nenhum é permitir que ele tire minha concentração da competição. Eu não esperava durar tanto tempo, Jenny, mas agora que cheguei até aqui, acho que talvez possa ganhar. Ainda há ótimos cozinheiros no concurso. Tem uma garota chamada Becca que é brilhante, mas às vezes o nervosismo a atrapalha.

— Você consegue controlar o seu?

— Na maior parte do tempo. Nem sempre é fácil, mas consigo.

— Bem, estou impressionada! — Ela deu a volta com Buzz e disse: — Quer dar um trote de leve por essa ladeira? Eu sei que Bert iria amar.

— Está bem, mas você ouviu a parte sobre ser "de leve", não ouviu, Bertie, querido?

— Ele ouviu. Você vai ficar bem.

Quando Zoe finalmente voltou para a casa dos pais depois da cavalgada, sentia-se muito mais tranquila consigo mesma e com a situação. Sabia que conversar com Jenny ajudaria. A amiga não achava que ela estava fazendo uma coisa horrível; só repetiu que não é possível controlar por quem se apaixona, mas que era importante se concentrar na competição. Como Fenella, ela tinha dito que, se Gideon realmente gostava de Zoe, ele esperaria.

Zoe agora estava mais determinada do que nunca a focar em suas habilidades culinárias. Também resolveu não se permitir ter nenhum momento a sós com Gideon até a competição ter acabado — ou pelo menos ter acabado para ela. Sabia que podia fazer isso. Tinha muita força de vontade quando queria. Na verdade, disse a si mesma, não pensaria nele nem por mais um instante.

Ela foi dormir sonhando com ele.

Capítulo 15

Quando os participantes que restavam se reuniram na tenda à espera dos jurados, Zoe percebeu que todos pareciam melhor do que da última vez em que tinham se visto. Antes estavam com os olhos fundos, os cabelos ensebados, beirando uma crise histérica. Agora haviam descansado e provavelmente tinham cozinhado em suas próprias casas, garantindo-se de que realmente eram capazes de cozinhar e que ainda tinham disposição suficiente para continuar na competição. Chegaram a Somerby ao longo do dia e agora, antes que o ônibus os levasse para jantar no pub, seriam apresentados a seu destino: o desafio do dia seguinte.

Mas só havia cinco competidores. Uma olhada rápida em volta revelou a Zoe que Alan não estava ali. Ela esperava que ele não tivesse ido embora porque estava doente ou enfrentava uma emergência familiar. Gostava de Alan. Na verdade, gostava de todo mundo — tirando Cher.

Era irônico, pensou Zoe, que quanto mais se aproximavam uns dos outros, com a noção de que formavam um grupo (excluindo Cher, é claro), mais diretamente a competição se punha entre eles.

— É como se fôssemos gladiadores — murmurou ela para Becca, que por acaso estava a seu lado. — Somos todos uma equipe, mas temos que lutar uns contra os outros.

— O quê? — disse Becca, que obviamente não vira filmes sobre o assunto.

— Deixe para lá. Estou nervosa e falando bobagens. Os jurados estão vindo.

Só que Gideon não estava ali. Apesar de todas as suas resoluções, os planos que Zoe tinha declarado para si mesma, assim como para Jenny e Bert, de evitar pensar nele o tempo inteiro sumiram. Ela só conseguia pensar em por que ele não estava ali.

— Gideon ainda está em Nova York — informou Anna Fortune, olhando diretamente para Zoe e fazendo-a se sentir muito ansiosa.

Será que a jurada sabia de alguma coisa ou, pior, lia mentes? Será que eles estavam prestes a ser expostos, e diante das câmeras? Graças a Deus o programa não era ao vivo.

— E ofereceram a Alan um papel em uma novela, para começar imediatamente, por isso ele não está aqui. É uma notícia muito boa para ele. — De alguma forma ela conseguiu insinuar que Alan não ia receber boas notícias sobre seus dotes culinários, então era melhor se juntar à uma comunidade fictícia no nordeste. Todo mundo murmurou e sorriu. — Agora Fred vai lhes falar sobre a próxima tarefa.

— Bem, chefs — disse Fred, sorridente e simpático como sempre —, este vai ser realmente um desafio para alguns de vocês. É fazer somente um prato...

— Fácil! — falou Cher, que estava atrás de Zoe.

— ... com o que encontrarem em uma excursão para colher ingredientes, que irão fazer sob o olhar atento e informativo do Thorn aqui.

Ele apontou para um homem moreno e barbudo, que podia ter sido figurante em um dos filmes de Nárnia. Thorn vestia roupas que pareciam gastas ou semiusadas: couro, tweed e vários tecidos não identificáveis que podiam ter sido resgatados de latas de lixo reciclável.

— Boa noite. Eu sou um catador experiente, vivo basicamente do que consigo encontrar de graça e tenho feito isso há anos.

Zoe pensou, de maneira maldosa, que ele possivelmente não tinha encontrado muito sabão em suas buscas, nem as plantas que deviam cumprir a mesma função.

— Amanhã de manhã, bem cedinho, vamos nos encontrar aqui e eu vou levá-los para um passeio na floresta que tenho certeza de que mudará suas vidas culinárias para sempre.

Não havia como negar o brilho fanático em seus olhos enquanto ele dizia isso. Os resmungos atrás de Zoe ficaram mais altos e mais obscenos.

— Sinto muito, eu não trabalho com mato ou cogumelos: eles matam as pessoas — declarou Cher.

— Então, você vai ser eliminada — disse Bill. — Não seja tão idiota.

— Não se preocupem. Vou checar tudo que encontrarem. Não vão comer nada prejudicial — garantiu Thorn.

Enquanto ele e Cher se encaravam, Zoe pensou que eles mal pareciam ser do mesmo planeta. Thorn era como um fauno, selvagem, quase animal. Cher, embonecada e pálida, ao lado dele parecia ainda mais com um manequim.

— E vão ficar felizes em saber que uma boa seleção de ingredientes estará disponível para prepararem com suas comidas selvagens — disse Fred. — Thorn não teria permitido usar coisas que vocês não tivessem catado, mas nós o convencemos. E temos que comer o que vocês cozinharem. — Ele sorriu para indicar que havia feito uma piada e todo mundo riu educadamente.

Quando tudo havia sido explicado, várias vezes, com e sem câmera, eles foram dispensados e se dirigiram para o micro-ônibus.

— Que pena para você que o Gideon não está aqui — falou Cher para Zoe. — Como você vai fazer sem o seu jurado preferido?

Zoe não respondeu. Muriel, que sempre conseguia pôr Cher em seu lugar, não estava mais ali para defendê-la. Mas a piadinha de Cher a fez pensar. Ele havia realmente defendido Zoe, em especial? Será que ela era boa o bastante para passar pela próxima rodada sem ele?

— Mas você vai poder ficar com o estábulo todo para você — continuou Cher. — Convenci o Mike a me botar em um quarto no pub. Um pouco mais parecido com o que estou acostumada.

O tom ligeiramente sarcástico de Cher conseguiu insinuar que o estábulo ainda abrigava vacas e que não havia sido transformado em acomodações de luxo.

— Tudo bem. Eu gosto de ficar perto da casa — disse Zoe.

— Para ir escondida para lá sempre que quiser.

— Isso mesmo! — falou Zoe, esperando que Cher não a visse corar. Por que diabos ela havia pensado que a distância a faria gostar mais de Cher? No mínimo, gostava ainda menos dela.

— Bem, você parece gostar muito de ajudar.

— Eu gosto de Fen e Rupert — afirmou Zoe, tentando não soar defensiva. — E o que há de errado em ser útil?

— O fato de que você precisa perguntar isso significa que você simplesmente não é uma vencedora. Não tem a personalidade certa. Mas, ei! — Ela girou a mão de forma que mostrava melhor suas unhas à francesinha. — Só há lugar para um no topo, e esse lugar tem uma grande etiqueta de "reservado", com o meu nome.

Zoe balançou a cabeça e sorriu, esperando parecer com pena da autoconfiança exagerada de Cher. Parte dela admirava a outra por sua ambição egocêntrica. E outra parte temia que ela estivesse certa: talvez ela, Zoe, não fosse uma vencedora. Esse pensamento fortaleceu sua resolução. Ela iria se tornar uma!

Depois das calorosas boas-vindas de Fenella e Rupert, Zoe desfrutara de uma abençoada noite sem Cher no estábulo. Só era uma pena que tivesse que acordar tão cedo. Ela mudou o peso de um pé para o outro e apertou seus dedos dentro das galochas. Estava com frio e, apesar da paisagem ser linda, cinco da manhã era cedo demais para aproveitar qualquer coisa. Todo mundo sentia o mesmo, ela podia ver pela maneira como estavam cruzando os braços e resmungando. Pelo menos Zoe não fora para o pub com os outros na noite anterior.

A chuva não ajudava. Embora não fosse torrencial e eles tivessem sido avisados para usarem botas e capas de chuva, o tempo fazia parecer que ainda estava de noite naquele horário absurdo. Ainda era noite para a maioria das pessoas sensatas.

Eles foram levados em veículos com tração nas quatro rodas a uma floresta e, então, forçados a sair. Cher gemeu mais alto do que todos, mas pela primeira vez Zoe era obrigada a concordar com ela. Porém, ela tinha o bom senso de não fazê-lo em voz alta.

Mas Thorn, que parecia ainda mais feito de musgo e casca de árvore do que na véspera, estava convencido de que era o auge do dia, e uma mera umidade não podia diminuir seu entusiasmo.

— Não se preocupem com a chuva, pessoal. O sol vai sair logo, logo. — Sua voz suave e postura de hippie velho pareciam lhe dar poderes mágicos, porque naquele momento o sol realmente saiu. Só houve tempo de um arco-íris se formar antes de a chuva parar.

— Ah, uau! Isso foi tão incrível! — comentou Cher, fazendo um movimento com as mãos mais adequado a um musical dos anos 1950 do que a uma expedição à procura de alimentos.

Os outros concordaram, e o humor de Zoe melhorou um pouco. Mais cedo, ao ser acordada pelo bip do despertador do celular, ela pensou em desistir da competição, tendo concluído que não ver Gideon nunca mais era, de longe, a melhor opção. Agora, com o sol transformando gotas de chuva em diamantes minúsculos e diante da perspectiva de aprender novas habilidades, ela decidiu dar o melhor de si.

— Vamos dar uma volta pela floresta juntos — falou Thorn —, e aí vocês vão partir por conta própria para catar ingredientes para seus pratos. Vou verificar tudo antes para garantir que ninguém vai se envenenar.

A experiência foi uma revelação para Zoe. Ela sabia que existiam muitas coisas comestíveis além de amoras, mas Thorn parecia pegar absolutamente de tudo. Ele não era cozinheiro, mas conhecia o gosto das coisas e logo todos estavam mastigando pedaços de folhas — a não ser Cher, que parecia achar esquisita e um pouco nojenta a ideia de comer pedaços aleatórios de verduras.

— Muito bem, amigos. Vão e catem — instruiu Thorn finalmente.

Zoe andou o mais rápido que pôde na direção contrária à dos outros. Não queria ficar presa a Cher dizendo "argh" e "eca" o tempo inteiro. Depois que estava longe o bastante para não ser ouvida pelos outros, Zoe parou por alguns segundos, antes de começar a procurar por comida, preocupada em não conseguir encontrá-los novamente. Ela então começou a se divertir. A atividade deixava-a estranhamente entretida e ela se lembrou de quando saía para colher ameixas com o pai.

Havia encontrado um pouco de cardo, que aparentemente daria uma bela salada, porém, mais importante, era facilmente reconhecível. Também viu alguns freixos ao alcance, mas decidiu que não queria fazer picles. Eles ainda não sabiam quanto tempo teriam para cozinhar seu prato. Começando a achar que fora tudo um embuste e que não havia nada de comestível na floresta, ela desceu para o interior do que algum dia devia ter sido uma pedreira e subiu pelo outro lado. Para seu alívio, viu um pouco de unha-de-cavalo, suas enormes folhas semicirculares fazendo com que se lembrasse do porquê do nome. Pelo menos ela teria um legume, pensou, e acrescentou-o à cesta. Aí escutou um barulho. Virou-se. Gideon encontrava-se no topo da pedreira, onde ela estivera antes de descer.

— Zoe! — chamou ele.

O coração dela deu um pulo e seu cérebro quase não conseguia absorver o que via. Conseguira tirá-lo da cabeça por pelo menos meia hora e achava que ele estava nos Estados Unidos, então tinha parado de esperar encontrá-lo. Agora que Gideon havia aparecido, seu cérebro mal conseguia processar aquela presença ali.

Seu instinto queria arremessar a cesta nos arbustos e subir a pedreira até os braços dele, mas um último fiapo de bom senso a deteve. Eles poderiam ser vistos facilmente. Um momento de impulsividade podia jogar fora suas chances de vencer com a mesma facilidade com que ela podia ter atirado sua cesta. Sua boca havia ficado completamente seca e suas pernas tremiam um pouco.

Mas aí ele sorriu e começou a descer na direção dela. De repente, nada parecia importar, nem os avisos de Sylvie, nem a competição, nem a possibilidade de se envergonhar, nada. Ela andou para encontrá-lo, quase sem saber como chegara ali.

Ele a estava abraçando antes que Zoe se lembrasse da resolução de desistir dele. Pouco antes de seus lábios se encontrarem, ela percebeu que todos os seus planos virtuosos não tinham a menor chance. Estava apaixonada por ele, e, se tivesse que sofrer, que assim fosse. Sua paixão levou toda a lógica pelos ares.

Eles permaneceram grudados por longos minutos, então, por fim, se afastaram um ou dois centímetros.

— Nossa, como eu senti saudade de você — disse ele, arfante, em seu ouvido.

Zoe deu um suspiro trêmulo. Agora que estavam juntos, todas as dúvidas dela desapareceram. E daí que algum dia ele havia sido apaixonado por outra pessoa? E daí se o fato de estarem juntos significasse que ela poderia ser expulsa da competição? Os braços dele a envolviam; nada mais importava.

— Como você me encontrou? — perguntou ela.

— Rupert sabia para onde vocês haviam sido trazidos. Eu encontrei os outros, vi que você não estava com eles e fui explorar. — Gideon fez uma pausa. — Talvez fosse a minha alma chamando a sua e isso me ajudou a encontrar você.

Ela deu uma risadinha.

— Bobo! — exclamou, mas seu coração desejava que ele estivesse falando sério. Querendo se aproximar mais dele novamente, Zoe enfiou os braços sob o casaco dele para poder apertar o rosto contra sua camisa. O cheiro dele era uma delícia. Seus braços a abraçaram mais apertado e ele abaixou a cabeça para poder encostá-la no cabelo dela. Por fim, ela falou: — Deixei minha unha-de-cavalo cair.

— Eu ajudo você a pegar mais. — Ele fez uma pausa, sério de repente. — Na verdade, se eu ajudar, você se incomoda de voltar mais cedo? Eu estou de carro.

Por um momento, Zoe achou que ele estava prestes a sugerir algo romântico, mas Gideon parecia preocupado, como se tivesse se lembrado de algo que o estava incomodando.

— Por quê? Qual o problema?

— É a Fen. Acho que o bebê pode estar nascendo.

— Meu Deus, mas isso não é um problema, é?

— Não sei. Eles não me disseram de verdade.

— Agora você é que não está me dizendo de verdade! — Zoe começava a se preocupar. — O que está acontecendo?

— Não tenho certeza, mas Rupert disse que ia ver se você se incomodaria de voltar mais cedo e então Fen falou: "Não, Rupes! Nós já a fizemos se dar mal em um desafio, não vou fazer isso novamente." Aí Rupert disse: "Ah, está bem." Mas ele parecia preocupado.

— Mas você não sabe realmente por quê?

Ele deu de ombros.

— Pode ser porque Fen estava limpando freneticamente a cozinha e resmungado sobre camas e outras coisas.

— Mulheres prestes a dar à luz fazem faxina e arrumam as coisas — falou Zoe, feliz por saber disso e, assim, não ver motivos para se preocupar.

— Acho que isso não tem tanto a ver com fazer o ninho — replicou Gideon —, mas com os pais de Rupert estarem chegando. Pelo que entendi, eles não são hóspedes fáceis de se agradar. Rupert teria pedido à Sarah, mas ela está até o pescoço de casamentos. É a época do ano mais movimentada para ela.

Zoe começou a entender. Rupert achava que Fenella devia ir para o hospital, mas a esposa não queria que os pais dele chegassem e encontrassem a casa uma bagunça. Porém também não queria pedir à Zoe que a ajudasse, porque ela estava no meio de uma competição.

— Vamos fazer o seguinte: vamos catar o máximo que pudermos e que dê para eu fazer alguma coisa e aí voltamos.

— Boa ideia. Você não deve arriscar seu lugar na competição. Seria um grande desperdício quando se saiu tão bem até agora.

As palavras dele a fizeram parar de repente. Quando reencontrou Gideon, ela havia pensado: "tudo por amor e que o mundo se dane", só que, nesse caso, significava que ela não se importaria com a competição em vez de com o mundo. Porém, agora ela percebia que isso era loucura. Gideon tinha razão. A competição era importante, mas Fenella também era. Zoe encontraria uma maneira de fazer as duas coisas. Tinha que encontrar.

— Não quero deixar Fen na mão. Ela se tornou uma amiga de verdade.

— Não vai deixá-la na mão se pegar um pouco mais de mato — falou Gideon.

Ela achou sua expressão cética engraçada.

— Então você não é fã de catar os próprios ingredientes?

Ele deu de ombros.

— Acho que pode ser um modismo, mas você não me ouviu dizer isso. É possível que alguém um dia possa criar um prato que não tenha gosto de adubo.

Na mesma hora Zoe recebeu uma injeção extra de entusiasmo diante da tarefa. Tinha que impressionar Gideon e convencê-lo de que podia fazer qualquer coisa ficar gostosa.

Eles encontraram bastante unha-de-cavalo e mais cardo e encheram a cesta com folhas de dente-de-leão.

— Você sabe que os franceses chamam isso de *pis-en--lit*, não é? — perguntou Gideon, colocando um punhado dentro da cesta.

— Não é todo mundo que chama assim? — disse Zoe. — E eles vendem isso na França. Nós temos de graça. — Ela examinou o resultado de sua coleta. — Acho que temos o suficiente. Não cabe mais nada.

— Ótimo, então me beije.

Os dois tinham acabado de começar a voltar quando Cher apareceu detrás de uma árvore. Estava com o celular na mão e, como não havia sinal na floresta, Zoe de repente entrou em pânico que ela pudesse tê-la visto com Gideon.

— Oiê! — trinou Cher. — Só estou tirando umas fotos das plantas, no caso de precisar sair e pegar mais depois. — Ela fez uma pausa. — Isso e outras coisas interessantes.

— Boa ideia — comentou Zoe, ignorando seu último comentário.

— Então, Gideon — falou Cher. — Você voltou dos Estados Unidos.

— Visivelmente — disse Gideon com certa simpatia.

— E como conseguiu encontrar a Zoe?

— Só esbarrei com ela por acaso. Tive sorte.

Ele falou com tanta calma e com tamanha falta de culpa que Zoe achou que Cher seria forçada a aceitar isso como verdade. Pelo menos, era o que ela esperava que acontecesse.

Apesar de Zoe querer ir direto para a casa para ver como Fenella estava, Gideon insistiu que fossem à tenda.

— Bebês demoram séculos para nascer. Descubra o que precisa fazer com sua pilha de adubo em potencial e, só então, vá ver Fen. — Ele fez uma pausa, percebendo que Zoe ainda estava preocupada. — Eu irei até a casa e, se achar que ela precisa urgentemente de você, venho buscá-la.

Ela suspirou.

— Está bem.

As verduras frescas que pareciam tão apetitosas quando ela as colhera haviam murchado um pouco. Ela esperava conseguir provar que Gideon estava errado e fazer algo delicioso com elas.

Rupert estava na tenda oferecendo chá aos jurados e concorrentes.

— Como está a Fen? — perguntou Zoe assim que se aproximou o bastante dele.

Rupert suspirou.

— Limpando o banheiro de visitas. — Sua opinião a respeito do que a esposa escolhera fazer ficou evidente pela maneira que ele bateu com uma lata de biscoitos na mesa.

— Mas Gideon falou que o bebê estava nascendo — disse Cher.

— Acho que está, mas ela não quer ir para o hospital ainda. Eu telefonei para a parteira, porque Fen está começando a ter contrações, mas ela disse que se Fen ainda está falando não tem problema esperar um pouco. Mas para não esperar demais.

— É o melhor — disse Anna Fortune.

— Vou levar o meu chá lá para cima e vê-la, se não tiver problema — falou Zoe, olhando para Anna.

A jurada deu de ombros.

— Você é quem sabe. Vai perder o tempo que teria para pensar em seu prato, mas a escolha é sua.

— Eu já tenho alguma ideia... — mentiu Zoe.

Anna cedeu um pouco.

— Bem, tudo o que vocês pegaram tem que ser verificado por Thorn para garantir que não é venenoso. Vá ver Fenella então, se vai fazer com que se sinta melhor.

Rupert voltou para a casa com ela.

— Eu agradeceria muito se você conseguisse convencê-la a ir ao hospital. Não quero que ela tenha o bebê aqui, só comigo no comando.

— Meu Deus, não! — exclamou Zoe, subitamente preocupada.

— Ela não para de me dizer que primogênitos levam séculos — falou ele com um suspiro. — Espero que esteja certa!

— Tenho certeza de que está. Todo mundo diz isso.

— Então, o que vai fazer no seu desafio de conseguir os próprios ingredientes? — Ele fez uma pausa. — Desculpe! Não precisa me contar. Eu só queria me distrair um pouco.

— Não me importo que você pergunte e não tenho muita certeza. Como se faz para deixar aquelas coisas gostosas? Só queria que já não tivesse passado a época de alho de urso. Havia alguns crescendo quando visitei meus pais, eu vi quando estava cavalgando, mas já acabou na maioria dos lugares.

— Ahá! — falou ele de maneira orgulhosa. — Nós ainda temos! Fica em um lugar sombrio que nunca recebe nenhum sol. Eu mostro a você.

— Ah, isso seria fantástico! Eu poderia fazer pesto e massa com uma salada de folhas. Pelo menos sei que ficaria gostoso.

— Então venha por aqui.

Depois de pegar uma quantidade generosa, ela disse de repente:

— Você não acha que é trapaça, acha?

Rupert deu de ombros.

— Não faço ideia. Talvez você deva ir correndo lá e perguntar?

Zoe não correu, ela voou. Foi até Fred e Anna.

— Acabei de encontrar esse alho de urso incrível. — Era só meio mentira. — Posso usá-lo? — Eles trocaram olhares. Zoe podia ver que Fred teria dito sim na hora, mas Anna estava pensando a respeito. Gideon encontrava-se ocupado com os outros. Perguntaram a ele e, depois que ele deu de ombros, Anna finalmente disse:

— Tudo bem, é selvagem. Thorn vai ter que verificar se você não cometeu um engano e pegou lírios-do-vale ou algo tóxico, mas, tirando isso, não vejo por que não possa usar o que está crescendo aqui e não na floresta.

Depois de expressar sua gratidão e adicionar o alho de urso à cesta, ela voltou para a casa mais rapidamente do que quando havia saído para procurar os jurados.

Fenella estava de quatro no banheiro, fazendo barulhos que Zoe nunca tinha ouvido um humano fazer antes. Quando ela percebeu a presença de Zoe, pediu desculpas.

— Eu xinguei? Me desculpe! É só que ajuda quando tenho contrações.

— Você não devia ir ao hospital? Rupert está realmente preocupado em ter que fazer o parto do bebê sozinho, com a casa cheia de gente!

— Não posso ir antes de terminar isso. Os pais do Rupert estão chegando e eles acham que eu sou a maior vagabunda.

— Bem, se você vai ser uma vagabunda, que seja a maior! — falou Zoe, brincando para esconder sua ansiedade. Mas Fenella não estava no clima de piadas. — Sério, Fen. Eu posso fazer isso.

— E quanto à competição? Não posso deixar você se arriscar por mim de novo. O negócio do cupcake já foi ruim o suficiente. — Aí ela apertou os olhos bem fechados e arfou, obviamente com dor.

Depois disso, Zoe decidiu não continuar discutindo.

— Posso fazer os dois. Neste momento, você e o bebê são mais importantes, e, se você precisa ir para o hospital, deve ir. Se não puder ir sem esterilizar o banheiro antes, eu faço isso para você.

— Não posso deixar você fazer isso!

— Só vou fazer macarrão com pesto usando o alho de urso que Rupert me mostrou e uma salada. Não vai demorar; me dê as luvas de borracha e a água sanitária.

— Tem certeza mesmo? — indagou Fenella, entregando-os.

— Tenho! Não podemos começar nada ainda porque Thorn tem que olhar todas as folhas e os gravetos, para garantir que não seja cicuta. Vai levar séculos. — Apesar de Zoe ter o que precisava para terminar de limpar o banheiro, Fenella não deu sinais de sair. — Você não devia ir embora agora?

Fenella negou com um aceno de cabeça.

— Eu realmente não quero ir cedo demais. Seria obrigada a ficar séculos lá. Estou melhor aqui.

Zoe ergueu os olhos para o céu.

— A quanto tempo daqui fica o hospital?

— Não é longe! Só uma meia hora. A parteira disse para não ir cedo demais.

— Fen, isso são quilômetros, séculos de distância. — Zoe vestiu as luvas de borracha. — Acho que é a hora certa!

— Não quero ir antes que os pais do Rupert cheguem aqui. Eles são tão difíceis. — Aí Fenella entrou em outra contração, que pareceu mais longa e mais dolorosa do que a última que Zoe havia testemunhado.

— Por que você pediu que eles viessem? — perguntou Zoe quando Fenella pôde falar novamente.

— Pediu a eles? Pediu a eles? Eu não pedi porra nenhuma a eles! Eles disseram que estavam vindo e nada que Rupert pudesse dizer os deteve. Falaram que querem ajudar.

— E vão?

— Caramba! Não! Eles precisam ser paparicados o tempo todo. A ideia que a mãe do Rupert faz de ajudar é tricotar um xale que precisa ser lavado à mão no orvalho do alvorecer recolhido por virgens.

— Meu Deus do Céu!

— E coletes. Coletes tricotados à mão.

— Mas estamos quase no verão!

— Ah, não se preocupe, vão ter encolhido até ficarem do tamanho de selos antes de o tempo esquentar de verdade.

Zoe balançou a cabeça.

— Eu sairia de casa e faria uma barricada na porta, se fosse você. Em algum momento, eles vão voltar para a casa deles.

— Zoe, eles precisam de você — gritou Rupert escada acima. — Está na hora de começar a cozinhar, eu acho.

— Muito bem, pessoal, silêncio! — Mike bateu palmas, parecendo mais com um professor do que nunca. — Anna vai conversar com vocês. Câmeras!

— Bem, chefs, todas as suas cestas foram verificadas. Dentro de um minuto poderão apanhar os outros ingredientes e aí Fred vai explicar sobre o próximo desafio. Mas antes de fazermos isso, só quero lhes falar sobre o desafio depois deste. Sei que normalmente é uma grande surpresa, mas tivemos que agendar outra folga.

— Com licença, por quê? — perguntou Cher no meio dos murmúrios de confusão dos outros. — Se não se incomoda que eu fale, acabamos de ter uma folga. É outro problema de agenda?

Anna encarou Cher.

— Não. O próximo desafio é alta gastronomia em seu aspecto mais exigente. É a grande final e vocês vão cozinhar uma refeição de quatro pratos para chefs com estrelas do Michelin, jurados e celebridades. Existem dois motivos para a folga extra. Um: vocês vão precisar de tempo para inventar e praticar seus cardápios; pratiquem e pratiquem até poderem fazê-lo dormindo. — Ela fungou de um jeito que sugeria que dormir era para os fracos. — O outro motivo é que o julgamento é ligeiramente diferente no desafio final. Não vamos ser só nós três. E os jurados que queremos não podem vir antes.

Fred então deu um passo à frente.

— E depois da final, vamos dar uma grande festa. Estão todos convidados, e a melhor coisa de todas é que não vai ser televisionado. — Ele fez uma pausa e, então, continuou: — Portanto, para o desafio final nós precisamos de uma entrada, um prato de peixe, um prato principal e uma sobremesa. Podem encomendar seus ingredientes com antecedência ou trazer qualquer coisa que quiserem usar. Terão um dia para preparar os pratos. E sinto muito, mas não vamos divulgar quem são os jurados finais.

— Ah, poxa, não vamos contar a ninguém! — disse Cher.

Fred balançou a cabeça em negativa.

— Acho que devemos continuar com a programação. Ainda temos que eliminar alguém. Só quatro de vocês vão competir na última rodada.

Zoe prendeu um bocejo. Eles estavam todos de pé desde o alvorecer e nem a ideia do desafio final podia distraí-la de sua preocupação com Fenella.

— Então, aqueles de vocês que não têm carro serão levados para a estação logo após o julgamento ou de volta para suas acomodações se não houver os trens de que precisam — falou Fred. — Mike já planejou tudo. Mais alguma coisa que temos que dizer a eles? — Ele olhou para o produtor, que consultou sua prancheta.

— Acho que isso é tudo.

— Muito bem — disse Fred. — Escolham seus ingredientes!

Zoe trabalhou como se o diabo estivesse esperando esse jantar e fosse seu trabalho prepará-lo. Ela sabia que ingredientes queria e, como não eram elaborados, apenas os pegou. Aí cozinhou como um demônio, feliz por sua técnica com facas ter melhorado muito desde o desafio do restaurante.

Por fim, o ato de cozinhar e o julgamento haviam acabado. Zoe continuou porque o seu era o mais gostoso, apesar de ter sido considerado o menos ousado. Bill cometeu o erro de cozinhar amor-de-hortelão — perfeitamente comestível, até saudável —, mas, no caso, preparado de maneira inadequada; deixou os jurados com ânsias.

— Na nossa casa, chamamos isso de agarra-saias — falou Fred.

Thorn ficou decepcionado por Bill não ter preparado essa iguaria de maneira que ficasse gostosa. Sua opinião sobre chefs caiu um pouco.

Eles se compadeceram de Bill, e então, após permanecer ali o mínimo de tempo que a educação mandava, Zoe voltou para a casa. Uma corrida rápida até o andar de cima revelou Rupert procurando freneticamente a mala pré-preparada de Fenella e sua esposa insistindo, entre uma contração e outra, que não queria ir para o hospital. Quando viu Zoe, ela disse:

— Você continuou?

— Continuei. O meu estava gostoso. Obrigada por me contar sobre o alho de urso. — Ela olhou para Fenella, que parecia estar pensando em outra coisa.

— O que você vai fazer agora? — perguntou Fenella.

— Na verdade, vamos ter uma folga. Temos que ir para casa e praticar nossas receitas. Eles nos contaram sobre o último desafio. — Ela engoliu em seco. — É fazer quatro pratos na frente de chefs premiados assim como para os jurados.

— Ah! — Rupert olhou para Fenella, uma expressão de choque no rosto.

— Por quê? Qual é o problema?

Mas nem Fenella nem Rupert deram atenção.

— Não — disse Fenella firmemente. — Não podemos... — O que ela não podia fazer foi suprimido por uma contração.

— Na verdade, Zoe, enquanto Fen está distraída, eu vou perguntar a você: Pode ficar aqui por algum tempo? Ficar de olho nas coisas? Sei que Fen não vai para o hospital porque está preocupada em deixar...

— Ainda estou aqui, você sabe — disse Fenella, arfando.

— E eu estou aqui para ajudar você — falou Zoe, com convicção. — Agora, o que precisam que eu faça?

— Não — disse Fenella. — Você precisa treinar para a competição!

— Posso muito bem fazer isso aqui — afirmou Zoe.

Fenella e Rupert trocaram olhares significativos e, então, Fenella suspirou.

— Bem, eu ficaria tão mais feliz quando os pais de Rupert estiverem aqui se eles não puderem entrar e esbravejar pela casa reclamando do estado em que tudo está. E pense! — continuou Fenella. — Gideon talvez fique também e vocês podem... você sabe, ficar juntos!

— Querida, talvez a Zoe não queira... — interrompeu Rupert.

Mas Zoe andara pensando um pouco. Ela podia treinar ali; na verdade, em alguns aspectos seria melhor, porque ela não ia tomar a cozinha um tanto pequena de sua mãe. E se Gideon também fosse capaz de ficar, seria o paraíso. Desde que ninguém descobrisse sobre eles, é claro.

— Não se preocupe, eu entendo e vou ficar aqui pelo tempo que precisarem de mim. Agora, entrem no carro. O hospital está esperando por vocês. — Zoe aceitou o olhar de gratidão de Rupert, que foi seguido por um abraço.

— Você tem sido o máximo — disse ele. — Não sei o que teríamos feito sem você.

Capítulo 16

Os outros já tinham partido havia muito tempo. Cher acenara de maneira imperiosa do Jaguar de seu pai, depois de ter dado um beijo cerimonioso no ar em Zoe e sibilado: "Que a melhor mulher vença." Ninguém havia questionado Zoe sobre o que ela ia fazer durante as duas semanas livres.

O primeiro ato de Zoe foi libertar os cachorros do quarto onde moravam quando a casa estava cheia de estranhos ou de pessoas que não gostavam deles. Apesar de obviamente prezarem bastante seu espaço, ficaram felizes em vê-la e entraram devagar na cozinha.

Aí Zoe decidiu ir para o andar de cima e dar uma boa olhada em tudo. Com os pais de Rupert a caminho, ela precisava saber onde as coisas ficavam e, enquanto Fenella entrava no carro, tinha garantido que se sentia à vontade para andar por lá e ir em busca do que quer que precisasse.

Não conseguiu resistir a ir à suíte nupcial primeiro, esperando se deparar com algum sinal de Gideon. Mas não havia nenhum. O quarto parecia nunca ter sido usado, de tão arrumado que estava. Ela não sabia dizer se ele planejava voltar ou não. Sabia que ele não viajava com muita coisa, mas uma escova de dentes ou algo do tipo teria lhe dado um pouco de esperança de que fosse vê-lo novamente.

O quarto de hóspedes era ao lado do banheiro que ela ajudara Fenella a limpar. E logo contíguo ao banheiro, ficava o armário com as roupas de cama. Ela começou a abrir portas e descobriu uma no fim do corredor. Havia alguns cômodos além dela. Um era pequeno, mas usável, se você ignorasse o piso de madeira sem acabamento e a pia rachada, mas tinha uma cama de solteiro. Ao lado dele havia um quarto maior cheio de ferramentas, escadas e uma pia, um vaso sanitário e um chuveiro novo. Zoe achou que o cômodo menor seria transformado em banheiro para este quarto.

Zoe se assegurou de que sabia onde as coisas estavam antes de voltar para baixo. Começou a se sentir solidária com Fenella; ninguém ia querer sogros exigentes hospedados quando a casa passava por uma reforma tão grande.

Depois que havia descido, ela limpou a cozinha, que parecia um pouco com a famosa embarcação *Mary Celeste*: abandonada de repente. Enquanto trabalhava, ficou pensando em Gideon. Será que ele apenas iria para casa depois que os jurados tivessem feito o que quer que fizessem após um desafio? Ela nem sabia onde ele morava. Ou viria vê-la? Ele saberia onde ela estava.

Ela queria muito que ele viesse encontrá-la e não fosse direto para casa. Não só queria desesperadamente encontrá-lo de novo como não tinha certeza de que queria dormir sozinha em uma casa tão grande só com os cachorros como companhia e a ameaça dos pais de Rupert pairando sobre sua cabeça como a Espada de Dâmocles.

Ela se serviu de uma taça de vinho e fez um brinde a si mesma. Nunca pensou que chegaria tão longe: à final. Mandou uma mensagem de texto para a mãe com a boa notícia. Ela lhe telefonou de volta e conversaram por algum tempo enquanto Zoe explicava o que estava fazendo. Aí ela voltou para o andar de cima para se assegurar de que as acomodações de hóspedes estivessem prontas para os pais de Rupert. Feliz por não ser o quarto que ela e Gideon haviam dividido, ao encontrar um jogo de lençóis sobre a cama, esperando para ser arrumado, ela se divertiu ajeitando-o e garantindo que tudo parecesse imaculado, um pouco como em um hotel.

Pensou em pegar algumas flores, mas realmente não queria sair da casa, mesmo que por pouco tempo. Gideon ou Rupert podiam ligar. Ela chegou a um meio-termo tirando alguns ramos das flores do grande arranjo no corredor, que, de qualquer modo, estava começando a murchar um pouco. Arrancou as flores mais mortas, deixando apenas as melhores partes. Fez uma bela bagunça no chão, mas iria procurar o aspirador e cuidar daquilo mais tarde.

Ela voltou à cozinha mais uma vez e, tendo terminado seu vinho, fez uma xícara de chá e olhou para as fotos na parede. Havia algumas de Fenella e Rupert e outras de Somerby. Aí ela examinou a variedade de livros de culinária empoleirados na estante que adornava um dos cantos do aposento. A casa estava muito silenciosa, sem a agitação de sempre, e ela descobriu que não gostava disso. Estava começando a achar que Gideon havia decidido ir direto para casa e se torturava pensando que ele tinha recuperado o bom senso e tomado a atitude covarde ao nem se despedir dela. Ela acabara de atingir o fundo do poço, no qual picar uma cebola parecia a única maneira de recuperar alguma perspectiva, quando a porta dos fundos se abriu e o próprio Gideon entrou.

— Você *está* aqui. Rupert me mandou uma mensagem de texto dizendo que você estava aqui. Sinto muito se demorei tanto! Tive que levar Becca até a estação e o trem tinha saído, então tive que dirigir até Hereford e me perdi nas estradas no caminho de volta.

Ela foi até os braços dele e sentiu que estava no lugar certo. Era familiar e excitante, reconfortante e emocionante. Ele quis voltar para ela. Ela riu diante da própria imaginação louca.

Ergueu o rosto para ficar na mesma altura do dele. Após um beijo deliciosamente longo e sensual, ele a guiou para fora da cozinha até o quarto onde haviam tido sua noite de paixão. Nenhum dos dois falou. Ele a deitou na cama, beijando-a e despindo-a aos poucos. Eles pareciam grudados um ao outro, incapazes de se afastar, sem tempo suficiente para terminar de se despir. No momento em que Gideon finalmente estava tirando seu cinto, todos os sinos do céu e do inferno soaram e bateram muitas vezes na porta da frente.

— Ah, droga! — arfou ele, sem largá-la apesar de ela tentar se afastar.

— Os pais do Rupert?

— É — respondeu Gideon com um suspiro.

As batidas recomeçaram.

— É melhor nós os deixarmos entrar antes que arranquem toda a tinta da porta — falou Zoe, sua voz abafada pelo peito de Gideon.

— Ou derrubem uma parede — disse Gideon, ainda segurando Zoe como se ela fosse uma boia salva-vidas e ele um marinheiro que se afogava.

Ela deu um suspiro trêmulo e se soltou. Correu para o banheiro, ajeitou o sutiã e parou por um instante para se assegurar de que seu cabelo não estava todo no rosto. Deixando Gideon para se recompor, ela correu para baixo e abriu a porta.

— Graças a Deus há alguém neste fim de mundo, que serve apenas para sugar dinheiro — anunciou um homem alto de chapéu. — Por que eles têm que morar neste *buraco* esquecido por Deus eu não faço ideia! E por que não podem contratar uma babá como as pessoas normais fazem?

— Ah, Algy! Já conversamos sobre isso e é óbvio que eles arrumaram uma empregada, o que já é um avanço. — A mulher seguindo o homem era estranhamente parecida com o marido. — Boa noite, nós somos lorde e Lady Gainsborough. E você é...?

— Zoe Harper. -- Só por um segundo, Zoe pensou em lhes dizer que não era uma empregada doméstica, mas, nesse exato instante, o cachorro abriu caminho para cumprimentar as visitas e então a oportunidade de falar qualquer coisa passou.

— Saiam, seus brutos! — gritou o homem. — Eles não têm uma porcaria de canil? Cães nunca deveriam ser mantidos dentro de casa.

Zoe guiou os cachorros de volta para dentro, achando que tudo seria melhor se o homem parasse de gritar.

— Entrem. Precisam de ajuda com suas malas?

Bem nesse momento Gideon apareceu. Parecia muito mais apresentável do que cinco minutos antes, apesar de ainda estar enfiando a camisa para dentro.

— Você pode levar as malas? — perguntou lorde Gainsborough a ele. — Podemos passar pela porta? Ou seria inconveniente demais para vocês?

Sarcástico além de barulhento, pensou Zoe, achando a situação tão divertida quanto irritante.

— É claro. Se me seguirem, eu mostrarei o seu quarto, a menos que já conheçam o caminho. — Eles podiam ser hóspedes frequentes, apesar de que, a julgar pelo pânico de Fenella ao pensar na chegada deles, provavelmente não fossem.

— Nós nunca sabemos onde vamos poder deitar nossas cabeças — comentou Lady Gainsborough. — Só metade desta porcaria é realmente habitável.

— O seu quarto é uma graça — falou Zoe. Ela pegou várias das muitas malinhas que agora entulhavam o hall e começou a subir as escadas.

— Então Fenella enfim fez a coisa sensata e contratou empregados — declarou Lady Gainsborough. — Nunca pensei que ela fosse fazer algo tão inteligente. Ela tem todas essas ideias loucas. Suponho que você saiba tudo sobre *elas*?

Zoe não se sentiu em posição de comentar.

— Hmm — continuou Lady Gainsborough enquanto Zoe lhe mostrava seu quarto. — Habitável, eu acho. — Zoe estava felicíssima com o efeito das flores, das luminárias laterais que ela pensara em acender e a impressão geral de luxo tranquilo que o quarto dava.

Lady Gainsborough continuou:

— Mas é claro que não podemos dividir uma cama. Ele ronca.

Zoe se permitiu um momento de pânico.

— Está bem, vou arrumar outro quarto para vocês. Fen... A Sra... — O sobrenome de Fenella não lhe ocorreu. — Ela não falou que vocês precisavam de dois quartos.

Lady Gainsborough fungou.

— Não costumava ser tão ruim. Eu provavelmente devia ter mencionado — acrescentou ela de má vontade.

— Vou só ver que quarto é mais adequado — disse Zoe. Ela precisaria dar outra olhada rápida pelo andar para encontrar outro quarto. Esperava realmente que o de Gideon não fosse a única opção possível.

— E se você pudesse trazer uma garrafa de uísque e alguns copos, isso ajudaria.

— Vou pedir a Gideon.

Lorde Gainsborough chegou ao quarto antes que ela pudesse deixar o cômodo.

— Não posso dormir com Sua Senhoria, ela ronca como um trem — anunciou ele. Gideon, que estava carregando o resto das muitas malas, deu uma olhada para Zoe que poderia facilmente tê-la feito ter uma crise de riso.

— Vou preparar outro quarto — disse Zoe. — Eu não sabia que precisavam de quartos separados. E, Gideon, será que você pode trazer uma garrafa de uísque e alguns copos?

— E se a lareira funcionar, o que seria um pequeno milagre, talvez você pudesse acendê-la aqui? — acrescentou Lady Gainsborough.

— Não. A lareira não está funcionando. A chaminé precisa de reparos — replicou Zoe rapidamente, enquanto a visão dela e de Gideon subindo e descendo as escadas com baldes de carvão era acrescida ao horror. — Com licença, vou providenciar outro quarto para vocês.

Acabou que o único outro quarto remotamente adequado desse lado da casa *era* o de Gideon. Ele podia ficar com o quartinho de solteiro nos fundos, decidiu ela. Zoe ainda tinha o quarto no estábulo. Não achava que lorde e Lady Gainsborough iam gostar se Gideon e ela dividissem um quarto. O chão todo rangia, eles certamente ouviriam se os dois tentassem dar uma escapulida no meio da noite. Seu coração afundou. Seria cruel demais se fossem separados pelos sogros perversos de Fenella.

Zoe agradeceu aos céus por ter encontrado o armário de roupa de cama mais cedo e ficou extremamente aliviada ao se deparar com muitos lençóis de boa qualidade nele. Ela supunha que tinha a ver com suítes nupciais com camas e não levou muito tempo para pegar alguns lençóis para o quarto no qual ela e Gideon haviam passado momentos tão especiais. Lorde Gainsborough podia sobreviver sem flores.

Ela voltou ao primeiro quarto, onde os pais de Rupert estavam virando doses de uísque grandes o bastante para um encouraçado flutuar dentro.

— O outro quarto está pronto — anunciou ela, invejando Gideon por ter escapado e os pais de Rupert pela bebida forte.

— Obrigada — falou Lady Gainsborough, que obviamente estava planejando ficar com o quarto com o sofá e as cadeiras. — Agora, quando podemos comer? Não precisamos de muito, mas estamos com fome, então, se puder nos chamar quando estiver pronto... Meia hora, pode ser? Fenella disse que prepararia um ensopado antes de chegarmos, então se puder esquentar um pouco. Ah, e batata assada e algum tipo de verdura também. Mas nada de ervilha ou vagem. — Ela fez uma pausa. — Elas fazem ele peidar.

Zoe desceu para a cozinha, onde Gideon servia uma taça de vinho para ela, tendo feito para si mesmo uma xícara de café.

— Eles querem ensopado, batatas assadas e um legume verde, nada de ervilhas nem vagem, em cerca de meia hora.

Gideon fez que sim com a cabeça.

— E você não viu um ensopado?

Zoe fez um aceno negativo com a cabeça.

— Podemos procurar no congelador.

Ela assentiu.

— E descongelá-lo no micro-ondas?

Ela assentiu novamente.

— E se não houver no congelador algo que dê para usarmos, vamos rezar para que haja algo verde na horta.

— Mas, antes que você vá procurar... venha cá, sua espertinha.

Ela havia acabado de se ver nos braços dele pela segunda vez quando foram incomodados por um tilintar distante. Zoe suspirou.

— Eles têm um sexto sentido, sabem o minuto em que nos aproximamos um do outro. — Ela franziu o cenho. — Isso não é a porta da frente, é?

Gideon balançou a cabeça. O tilintar continuou. Aí ele riu.

— Olhe!

Zoe olhou para onde ele estava apontando. Um antiquado painel com sinos mostrava um deles balançando.

— Eu não acredito nisso! — exclamou Gideon. — Realmente não acredito!

— É melhor eu ir — disse Zoe.

— Eu vou, se você quiser — falou Gideon, aparentemente desistindo de seus planos. — Mas há algo que eu preciso...

Ela o interrompeu.

— Não, eu vou, mas pode procurar o ensopado no freezer?

— Onde fica o freezer?

— Ah! Bem, eu acho que tem um grande em um dos galpões, mas senão o congelador da geladeira é aqui. — Apontou na direção da área de serviço onde a máquina de lavar e a geladeira dividiam espaço com latas de azeite e potes de geleia.

— Não vou entrar em galpão nenhum — Gideon a advertiu. — Se eu não achar nada, eles vão ter que comer omelete.

— Ou espaguete. Sabe, é exatamente o que eu quero. Um espaguete bem simples só com um pouco de azeite e alho.

— E um pouco de pimenta?

Zoe fez que sim com a cabeça.

— Ah, claro. Mas vamos ter que esperar. Agora eu tenho que ir ver o que Sua Senhoria quer.

— Então a campainha funciona, não é? — indagou Lady Gainsborough. — Não tínhamos certeza. Tão pouca coisa funciona nessa choupana.

— Em que posso ajudá-la? — Zoe sentiu como se estivesse em uma peça. Sabia que ficaria tentada a fazer uma reverência quando saísse do quarto.

— Pode me trazer água mineral? Presumo que tenham... Preciso tomar uns comprimidos.

Zoe olhou na direção do banheiro imaginando por que ela não podia engolir seus comprimidos com uísque.

— Há copos, eu verifiquei.

Lady Gainsborough balançou a cabeça.

— Não confio na água da torneira daqui. Acho que o encanamento é provavelmente todo de chumbo.

— Vou ver o que posso fazer — disse Zoe. — Com ou sem gás?

— Sem, por favor. — Lady Gainsborough virou-se de costas, o que significava que não veria se Zoe fizesse ou não uma reverência.

Enquanto corria para baixo, Zoe ficou grata por restar garrafas d'água da filmagem. E, se nenhuma delas tivesse água dentro... bem, as torneiras funcionavam muito bem. Pessoalmente, ela não se importava se a sogra de Fenella morresse de envenenamento por chumbo ou não. Zoe não tivera tempo sequer de imaginar como Fenella estava no hospital!

— Nada nem de longe parecido com um ensopado no congelador — informou Gideon —, mas encontrei isso na geladeira.

Era um pirex cheio de uma carne acinzentada com algumas chalotas inteiras e cogumelos espetados para fora. Em cima, havia uma folha de louro e alguns raminhos.

— Aposto como Fen ou Rupert fizeram isso, botaram ali para esfriar e se esqueceram de guardar no congelador — disse Zoe.

— Mas quando foi feito? — perguntou Gideon.

— Cheire.

— Cheire você — falou Gideon.

Franzindo o nariz antes mesmo de sentir o odor, ela cheirou.

— Está com um cheiro meio avinagrado. Sua vez.

Encorajado pela reação de Zoe, Gideon deu uma boa cheirada.

— Acho que provavelmente está bom — acabou dizendo. — É possível que não percebam se estiver um pouco passado.

— Está bem, vamos botar em uma panela e esquentar. Mas não me peça para comer. — Zoe, de repente tomada pelo cansaço, deu um bocejo enorme. — Desculpe. Acordei muito cedo.

— Foi um dia longo. — Gideon passou o braço em volta do ombro de Zoe e esfregou o braço dela. — Pobrezinha. Podíamos dizer a "eles lá em cima" para caírem fora e se virarem sozinhos. Por mais que eu queira transar até deixar você exausta, preciso falar uma coisa, mas fica para depois.

Zoe esperava que fossem boas notícias e ficou bem feliz em esperar — pelo sexo absurdamente intenso também, se precisasse.

— Eu prometi a Fen que cuidaria deles. E, além do mais, é meio divertido. Veja como um desafio: podemos deixá-los satisfeitos?

— Nada intimida você, não é? — falou ele, a cabeça inclinada, com uma expressão nos olhos que ela não tinha tempo para lidar. — Não importa o que aconteça, você sai lutando e ganha.

— Não tenho tanta certeza quanto a isso.

— Mas você sempre encontra uma solução, nunca desiste.

Zoe pensou a respeito.

— Bem, sempre acho que se você começou uma coisa, um emprego, uma competição, até mesmo só cozinhar uma refeição, deve dar o melhor de si, senão qual o objetivo?

— Essa sempre foi a minha postura — disse Gideon enquanto escolhia uma panela do suporte no canto e a colocava no fogo. — Eu sempre quis escrever sobre gastronomia, mas sabia que não tinha como ganhar a vida com isso, então fiz outras coisas antes. Mas nunca me esqueci da minha ambição.

— E agora você realizou o seu sonho.

— Não exatamente. Ganhei outros sonhos pelo caminho. Como você sabe, quero educar de verdade o público a respeito de comida. Quero conseguir o apoio dos supermercados para que uma pessoa ocupada não precise ler o verso de todos os pacotes para saber o que há dentro, ou de onde vem. Elas vão confiar que foi adquirida de maneira ética. — Ele jogou o ensopado dentro da panela, e a aparência da comida tinha ficado ainda menos apetitosa.

— É o que eu gostaria para a minha delicatéssen. Comida ética, deliciosa e sem preços absurdos. — Zoe ergueu os olhos para ele, entusiasmada por descobrir que partilhavam algo que era importante para ela. Aí olhou para o ensopado. — Tem certeza de que está bom? Não queremos lidar com eles sofrendo de uma intoxicação alimentar. — A ideia a deixou pálida de pavor.

Gideon, que estivera procurando por uma colher de pau, olhou para ela.

— Isso realmente seria um teste para a sua amizade com Fen e Rupert.

Ela estava adorando esse tempo juntos. Eram como uma equipe entrincheirada contra um inimigo em comum. Sentiu que podia lidar com qualquer coisa se Gideon estivesse a seu lado.

Zoe cheirou o ensopado.

— Vou acrescentar um pouco de vinho. Isso deve disfarçar qualquer gosto esquisito. — Ela deu uma olhada na direção dele. — Eu sei que não devia botar vinho em uma comida e não deixar o álcool evaporar, mas isso é uma emergência.

Gideon ergueu as mãos em rendição.

— Eu não ia falar nada!

Zoe fez que sim com a cabeça.

— Ótimo, então vou começar as batatas assadas no micro-ondas. Vou torrar a casca no forno. Posso imaginar o alvoroço se eles acharem que as batatas foram cozidas em um micro-ondas.

— Mas eles não podem esperar batatas assadas em menos de uma hora.

— Acho que não fazem ideia de quanto tempo uma batata leva para assar — disse Zoe. — Imagino que nunca pisem em uma cozinha a não ser talvez para entregar algum animal em que acabaram de atirar.

Ela estava no jardim à procura de vegetais, uma vez que o congelador continha exclusivamente ervilhas, vagens e milho-doce, quando Gideon chamou da porta:

— Entre! É o Rupert. Ele quer falar com você!

Segurando o escorredor cheio de coisas verdes junto ao peito, Zoe correu para a casa. Ela também estava querendo muito falar com Rupert. Como um homem tão gentil podia ter pais tão difíceis era um mistério.

— Rupert? Como está Fen? Ela já teve o bebê?

Rupert riu.

— Ainda não, infelizmente. Mas já vai tomar uma peridural em um minuto, então pelo menos não vai sentir tanta dor.

— Mas tirando isso, está tudo bem?

— Está. Todo mundo está sendo ótimo. Mas como estão as coisas com você? Meus pais estão sendo um pesadelo? — Interpretando corretamente o silêncio de Zoe como relutância em dizer a um homem que seus pais eram hóspedes infernais, ele continuou: — Agora você pode ver porque a pobre Fen ficou naquele estado por causa deles. Insistiram em vir para ajudar com o bebê, apesar de estarmos bem por conta própria. Eles estão tratando você como empregada? Fale que você não é! Não aceite ficar recebendo ordens.

— Está tudo bem. É mais fácil ser empregada do que tentar fazer amizade.

— É, bem, eu posso entender isso. — Rupert deu uma risadinha. — Encontrou o *boeuf bourguignon*?

— Ah, era isso? Encontrei.

— No congelador? Eu já fiz há algum tempo.

— Não, na geladeira. Mas acho que está bom. O cheiro está ok agora que acrescentamos um pouco mais de vinho. Quer falar com seus pais?

— Não, vou ligar para o celular de mamã.

Zoe fez uma pausa e então falou:

— Rupert, por favor, me diga que você não chama realmente sua mãe de mamã.

Ele riu, mas não respondeu imediatamente:

— Só de vez em quando. Aliás, Fen mandou um beijo.

— E eu mando outro para ela! Estamos pensando em vocês! — Zoe de repente percebeu que estava um tanto emocionada com a ideia de Fenella tendo seu primeiro filho.

— Eu realmente não quero que eles jantem aqui embaixo — disse Zoe com convicção, quando avisou a Gideon que não havia novidades. — Vamos ter que encontrar outro lugar.

— A sala de jantar é do tamanho de um campo de futebol — argumentou Gideon. — Podíamos simplesmente abrir espaço em uma ponta da mesa.

— Não! Teríamos que conversar ou ficar de pé atrás das cadeiras deles. Não estou a fim de nenhuma dessas opções no momento. Vou dar uma procurada para ver se encontro outro lugar.

Ela entrou no cômodo que Fenella usava como escritório. Tirando a escrivaninha, que era uma pilha cambaleante de papéis, era perfeito. Havia uma mesa redonda sem muita coisa em cima, duas cadeiras que serviriam e — por milagre — uma lareira que obviamente funcionava. Como era maio, não fazia frio de verdade, mas um fogo daria um toque a mais. Uma toalha sobre a escrivaninha daria conta da bagunça em segundos.

A fada do acendimento de lareiras, ou possivelmente Rupert, havia deixado gravetos na cesta em cima de algumas toras. Estavam todos bem secos. Zoe, que gostava de acender fogueiras, não demorou muito para fazer o fogo pegar. Ela se assegurou de que ele estava realmente aceso e então botou a tela na frente e saiu em busca de toalha de mesa e talheres.

Pensou em se sentar no sofá da cozinha, mesmo que só por um minuto, antes que os pais de Rupert precisassem que ela tirasse a mesa. Tinha conseguido fazer o escritório de Fen parecer bastante aconchegante, e o ensopado, na verdade, estava com um cheiro bem gostoso quando Gideon finalmente o trouxe. Era óbvio que os pais de Rupert o tinham retido. Talvez estivessem reclamando que suas facas e seus garfos não estavam tão brilhantes assim. Era verdade, não estavam, mas Zoe ficara feliz em achar a prataria de verdade e pensou que, à luz de velas, um pouco de oxidação poderia não aparecer. Nos castiçais em si ela tinha dado uma esfregada rápida.

Zoe ajeitou uma almofada nas costas e puxou uma manta de *mohair*, cobrindo-se, só para ficar confortável. Aí fechou os olhos.

— Você está começando a transformar isso em um hábito — sussurrou Gideon um pouco depois.

Relutantemente, Zoe abriu os olhos.

— Eu só me sentei por um momento. — Ela abriu um sorriso sonolento para ele.

— Eu sei. A mesma coisa quase aconteceu comigo. Nós acordamos cedo.

— Eles gostaram do jantar?

— Adoraram. Especialmente as verduras. Eu não as reconheci. O que eram?

Zoe teve que pensar no que ele estava falando por um minuto.

— Ah! Ah, você sabe! Unha-de-cavalo! Acho que fica com outra aparência cozida. Não consegui encontrar outra coisa. Thorn disse que fica muito bom com semente de gergelim. Mas é melhor você não contar a eles. — Ela fez uma pausa. — É melhor eu me levantar.

— Fique aí um minuto. — Gideon colocou a mão no ombro dela. — Eu meio que me acostumei a ver você dormir.

Zoe engoliu em seco. Ela não queria mais dormir tanto agora que Gideon estava com ela.

— Sabe, vou ter que ir para casa ao raiar do dia amanhã. Tenho que trabalhar.

A ideia de ficarem separados era horrível.

— Que tipo de trabalho? — indagou Zoe, apesar de perceber, assim que falou, que era uma pergunta idiota. Ele era escritor, este era seu trabalho.

— Preciso fazer uma matéria para uma revista de gastronomia. Deixei muito para cima da hora.

— Você precisa ir para casa para fazer isso? Não precisa só de um laptop? Pode usar o meu.

— Sempre achei que dividir um computador é algo mais íntimo que dividir uma escova de dentes — falou ele.

Zoe não sabia como reagir. Também se sentia um pouco assim, mas não queria que sua sugestão parecesse grande coisa. Conseguiu dar de ombros. Teria oferecido partilhar uma máquina de respiração artificial se significasse que ele ia ficar ali com ela.

— Tanto faz. A oferta está de pé — conseguiu dizer finalmente.

Gideon olhou sério para ela.

— É muita gentileza sua, mas tenho meu próprio laptop. E preciso das minhas anotações.

Zoe sentiu-se envergonhada. É claro que ele estaria com seu laptop. Nenhum escritor — no caso dela, chef — viajaria sem um se estivesse de carro. E, se fosse de trem, teria um netbook.

— Posso começar sem as anotações — falou Gideon. — Tire outra soneca. Eles não vão precisar da gente por algum tempo.

Enquanto Zoe fechava os olhos, ela pensou no quanto aquilo era aconchegante: Gideon trabalhando e ela dormindo. Para ela, significava que eles eram amigos e não apenas amantes.

Ela ainda estava em um devaneio quando ouviu a porta se abrir. Era Lady Gainsborough com alguns pratos.

— Nós chamamos, mas não veio ninguém. Há alguma chance de termos sobremesa? Gostamos de terminar a refeição com alguma coisa doce. Não só fruta. Isso também o faz peidar.

Zoe sentou-se ereta abruptamente.

— Mas se estão em quartos diferentes... — disse Zoe, sua sonolência fazendo-a esquecer por um momento seu papel como empregada obediente da família.

— Eu posso escutar — falou Lady Gainsborough, franzindo ligeiramente as sobrancelhas para indicar que não estava acostumada a ser questionada. — Agora, e quanto à sobremesa?

— Acho que não há nenhuma — respondeu Zoe, decidindo ser firme.

— Bem, você não pode fazer alguma coisa? Você é cozinheira ou não é?

Zoe suspirou, forçada a reconhecer que, tendo em vista os desafios que havia superado recentemente, fazer uma sobremesa não seria nada difícil.

— Vou levar alguma coisa assim que puder. O que acha de sorvete?

Lady Gainsborough balançou a cabeça.

— Só se for a última opção. Algy vai reclamar.

— Está bem, vou arranjar alguma coisa.

Lady Gainsborough saiu, naturalmente sem dizer obrigada, e Zoe espiou dentro da geladeira. Gideon abandonou o laptop e espiou por cima do ombro dela.

— Aposto que você não pode fazer nada nem passável com o que há aí — opinou ele, olhando para uma bagunça de manteiga, queijo, restos e vidros de geleia e condimentos.

— Aposta quanto? — desafiou Zoe, que vira uma barra de chocolate branco comida pela metade. Estava enfiada bem no fundo e parecia morar ali há algum tempo.

— Cinquinho.

— Feito! — Eles selaram a aposta com um beijo. Aí Zoe farejou uma caixa de creme. Tinha um cheiro bom apesar de o creme estar meio duro nas bordas.

Encorajada, pegou esses ingredientes e foi para a fruteira atrás de maçãs.

— O que você vai fazer com isso? — indagou Gideon.

— Espere e verá. E dê uma última olhada com carinho nessa sua nota de cinco. Ela não vai ficar muito tempo na sua carteira. Mas não fique no meu pé. Vá escrever sua matéria.

Ela não levou muito tempo para fazer massa de panqueca e alguns crepes. Aí fritou algumas maçãs em manteiga, acrescentou uma dose de calvados e, então, voltou sua atenção para o chocolate branco e o creme.

A aposta de Gideon aumentou seu entusiasmo. Ela não se importava muito se os pais de Rupert tinham algo delicioso para comer, mas queria impressionar Gideon.

Arrumou o restante do chocolate em uma tigela, colocou-o em banho-maria e ficou mexendo até ele estar derretido. Acrescentou um pouco do creme e provou. Perfeito! Cremoso no ponto certo, decidiu.

Gideon estava absorto em seu texto, mas erguia os olhos e sorria de vez em quando, cheirando o ar com apreciação conforme os aromas deliciosos flutuavam por toda a cozinha.

Mais ou menos vinte minutos depois, ela o convocou.

— Venha e olhe para isso! E pague a sua dívida!

Em cada um dos dois pratos havia um crepe perfeito recheado de maçã frita com um potinho de creme de chocolate branco ao lado. Ela havia peneirado um pouco de açúcar de confeiteiro em cima das panquecas e elas pareciam quase dignas de um restaurante.

— Hmm, nem todo mundo gosta de chocolate branco. Na verdade, algumas pessoas acham que nem devia ser chamado de chocolate.

Zoe deu um tapa brincalhão no braço dele.

— Qual é! Pague! — disse, sabendo que ele só a estava provocando. — E é melhor eu levar isso lá para dentro agora.

Contendo um "tchã-rã!", ela colocou um prato na frente de cada um dos pais de Rupert.

— O que é isso? — indagou lorde Gainsborough. — Creme? Só gosto de creme do Bird's.

— Mas você adora panquecas — falou a esposa. — Pare de ser tão difícil.

Zoe saiu do aposento antes que risse.

— Elas passaram no teste? — perguntou Gideon. — Se eles não gostarem, não tenho que pagar.

— Bem, o creme não era do Bird's, o que foi um pouco chato, mas aparentemente lorde Gainsborough adora panquecas. Sua esposa disse a ele que ele gosta.

— Neste caso... — Gideon enfiou a mão no bolso de trás, abriu a carteira, tirou uma nota de cinco libras e a entregou à Zoe.

— Agora me arrependo por não ter convencido você a apostar mais. — Zoe pegou o dinheiro e o enfiou no bolso do jeans. — Eu podia ter conseguido um bom dinheiro.

— Eu não teria arriscado nada mais do que isso — falou Gideon. — Sei que você não só é uma boa cozinheira como é muito criativa.

— Muito obrigada — agradeceu ela, de uma maneira que significava que ele nunca adivinharia o quanto suas palavras representavam para ela.

— Então, você vai me deixar provar a sobremesa? Sinto como se tivesse pagado por ela.

— Você pagaria muito mais do que cinco libras por essa sobremesa em um restaurante, mas há bastante massa, então é melhor nós a usarmos.

Eles haviam tirado a mesa e servido bebidas quentes para os pais dele (café coado e chá de hortelã) quando ouviram um carro. Os cachorros começaram a latir e Gideon e Zoe se entreolharam.

— Quem...?

— Você acha...?

Capítulo 17

A porta da cozinha bateu e Rupert apareceu. Ele tinha o maior sorriso que Zoe já vira em seu rosto.

— É uma menina! — anunciou ele, sua voz aguda de emoção e alívio. — Mãe e bebê estão ótimos! — Ele abraçou Zoe como se ela fosse sua amiga mais antiga.

— Ah, Rupert, isso é maravilhoso! — exclamou ela. — Estou tão feliz por vocês dois!

Rupert estava felicíssimo. Abraçou Gideon também, dizendo:

— Nunca mais quero passar por isso de novo, mas foi incrível. Simplesmente incrível. Pobre Fen! Vê-la com tanta dor foi horrível.

As palavras jorravam de Rupert. Eles ouviram sorrindo e concordando com a cabeça enquanto ele descrevia o parto, contração a contração, e, então, a peridural e o nascimento. Até lhes mostrou algumas fotos que tinha conseguido tirar da mãe e do bebê, diante das quais eles obedientemente fizeram "uuh" e "aaw". Finalmente, Rupert parou.

— Preciso de um gole d'água — falou, rouco.

— Eu precisaria de algo mais forte se tivesse acabado de passar por tudo isso — opinou Gideon, parecendo um pouco pálido.

Zoe entregou a água para Rupert.

— É melhor dizer a seus pais que está em casa.

Rupert virou o copo d'água em um gole.

— Meu Deus! Onde estou com a cabeça? Nem falei para eles que Fen já teve o bebê! Olhe, você se incomoda de pedir que eles venham aqui enquanto eu encontro champanhe? Temos que comemorar! Onde eles estão, por falar nisso?

— Transformei o escritório de Fen em uma sala de jantar. Não íamos aguentar tê-los aqui. — Zoe parou por um momento, consciente de que ia dizer algo que poderia magoá-lo. — Quer dizer, acho que eles não estão acostumados a cozinhas.

— Não, não estão. Mas podem aguentar desta vez. — Ele desapareceu por um instante nos fundos da casa e reapareceu segurando algumas garrafas. — Coloquei isso para gelar antes de sair. — Desenrolou o arame de uma delas. — Então, poderia ser uma fofa e ir chamá-los? — perguntou para Zoe. — Eles devem estar aqui quando eu estourar a rolha.

Zoe bateu à porta da sala de jantar improvisada e entrou.

— Rupert está aqui. Ele quer falar com vocês.

— Ah! O bebê! — O pai de Rupert se levantou. — Apesar de que, o que ele sabe sobre isso, eu não sei.

— Ele esteve lá, querido — informou a mãe de Rupert. — Você sabia que ele ia estar.

O pai de Rupert fez um som como um leão irritado.

— Não entendo essa moda de pais na sala de parto. Bastante desnecessário e muito desagradável para todos os envolvidos.

— Totalmente. Não acontecia na minha época — declarou Lady Gainsborough, balançando a cabeça em desaprovação aos hábitos modernos. — Os homens ficavam fora do caminho e só viam a mãe quando ela estava toda limpa e arrumada. — Ela largou o *petit point* que estava fazendo, possivelmente para fazer algo além de tricotar roupinhas pequenas que só podiam ser lavadas à mão. Eles seguiram Zoe até a cozinha.

— É uma menina! — anunciou Rupert, servindo champanhe em taças.

— Ah — disse seu pai, parando de repente. — Bem, não fique chateado. Ela é jovem para tentar de novo. Você pode ter um menino da próxima vez.

Agora Zoe entendia a demora de Rupert em contar aos pais. Ele devia ter antecipado que queriam que ele tivesse um filho e herdeiro.

— É uma pena — falou sua mãe, balançando a cabeça, de alguma forma insinuando que com um pouco mais de organização e planejamento, e menos concessões aos costumes modernos, esse golpe poderia ter sido evitado.

— Na verdade — disse Rupert, parecendo irritado —, estamos felicíssimos em ter uma menininha! Ela é absolutamente linda!

— Ah, vamos, querido — continuou sua mãe. — Todos os bebês são iguais. Fico feliz que esteja sendo forte, mas não há necessidade. Nós somos seus pais. Você pode ser sincero conosco.

— Estou sendo sincero! Estamos encantados em ter uma menina e ela é linda!

— Tudo bem, tudo bem — disse sua mãe —, não precisa ficar chateado. Tenho certeza de que ela vai ser muito bonita daqui a mais ou menos um ano.

— Ela é linda agora! E se quiserem champanhe, peguem uma taça.

Gideon pegou duas e as entregou aos avós relutantes.

— Já pensaram em nomes? — perguntou Zoe, em parte, por circunstâncias sociais e, em parte, porque queria saber.

— Honoria, Eugenia, Arethusa — enumerou Rupert, segurando sua taça de maneira austera.

Sua mãe franziu o cenho.

— Mas nenhum desses é um nome de família. No que estão pensando? Ou foi ideia de Fenella?

— Nós conversamos sobre isso juntos — contou Rupert, tendo engolido metade do conteúdo de sua taça em um gole só e a completado.

— Mulheres estão propensas a ideias malucas quando acabaram de ter filhos — falou lorde Gainsborough. — Ela vai recobrar o juízo em algum momento.

A esposa concordou.

— Nós nos oferecemos para pagar por uma enfermeira para os primeiros meses do bebê, uma que estabeleça bons horários para ele. Mas, ah, não, a boba vai amamentar. — Ela balançou a cabeça, revoltada com a ideia.

Gideon ergueu uma sobrancelha e começou a abrir o arame da segunda garrafa. Zoe notou seu olhar; ela ansiava para que tivessem um momento tranquilo juntos. Havia relutantemente chegado à dolorosa conclusão de que, com todo o drama, não teria como eles passarem a noite juntos discretamente.

Rupert continuou, determinado.

— Temos que registrar o nascimento antes que se passem seis semanas e escolhemos nossos nomes. — Ele olhou para Zoe, os olhos cintilando perigosamente. — Há alguma coisa para comer? Eu sei que não deveria perguntar, mas...

— Por que não deveria perguntar a ela? — questionou seu pai. — Pelo amor de Deus! Essas malditas ideias comunistas! — Ele terminou sua taça de champanhe. — Agora eu vou para cama, se ninguém faz objeção. — Ele falou isso como se fosse possível que as pessoas protestassem por se privarem de sua companhia. Quando chegou à porta, parou subitamente e virou-se. — Por falar nisso, sua empregada nos serviu um vinho tinto bastante decente. Tem que nos contar onde o comprou.

— Outra hora, se não se incomodar — falou Rupert.

— Espere por mim! — gritou a mãe de Rupert para seu marido. — Eu também vou! Você pode me ajudar a subir aquela escada mortal!

Só um momento se passou antes que Zoe começasse a rir. Cansaço, champanhe e o ridículo dos pais de Rupert a tomaram.

— Você está bêbada? — indagou Gideon, tentando ele próprio não rir.

— Talvez! Sei lá! — Zoe continuou a rir apesar de saber que realmente não era tão engraçado.

— Peço desculpas por eles — disse Rupert, afundando-se em uma cadeira à mesa. — Nós não os vemos muito, como podem ter percebido, e eu esqueci o quanto são assustadores.

— Tenho certeza de que podem ser encantadores — falou Zoe, finalmente séria e determinada a não deixar que Rupert se sentisse obrigado a pedir mais desculpas. — E tenho que dizer que lidar com eles foi um bom desafio. Preparar o jantar deles foi divertido. Por falar nisso... ensopado?

Rupert franziu o cenho.

— Ensopado? Ah, minha nossa! Eu fiz isso há séculos. Não acredito que fui tão organizado.

— Você não foi organizado o suficiente para congelá-lo, mas seus pais acharam que estava bom — contou Gideon.

Rupert apoiou a cabeça nas mãos.

— Ah, meu Deus, espero não tê-los envenenado.

— Não teria sido você quem os envenenou — disse Zoe, soando mais calma do que se sentia —, teríamos sido nós. — Um pensamento lhe ocorreu. — Eles vão nos processar?

Rupert riu e balançou a cabeça.

— Ah, não, eles são da velha guarda. Uma diarreia é uma diarreia. Não há muito com o que se preocupar. — Ele fez uma pausa. — Mas vou deixar o ensopado para lá. Vou só fazer um lanche.

Gideon o empurrou de volta em seu assento.

— Nós somos empregados; você acabou de ter um bebê. Podemos arranjar alguma coisa para você.

— É claro! — concordou Zoe. — Posso fazer um sanduíche ou uma omelete, sei lá. — Ele parecia com fome, mas nada que ela lhe ofereceu pareceu deixá-lo contente. — Ou você pode comer um crepe recheado de maçã e calvados com um creme de chocolate branco.

Rupert sorriu.

— Agora sim!

Quando, alguns momentos depois, ela botou o prato na frente dele, Rupert deu um suspiro de satisfação.

— Meu Deus, você é boa! — exclamou ele.

— Ela é, não é? — concordou Gideon, e Zoe ficou radiante.

— Não gostaria de um emprego, gostaria? — perguntou Rupert, parecendo esperançoso.

Zoe riu.

— Não neste momento, obrigada, mas vou me lembrar da oferta.

— Ela tem uma competição para terminar antes de pensar em empregos. É importante que não se distraia — censurou Gideon firmemente.

— Eu sei, só estava arriscando — disse Rupert. — O que planeja fazer se ganhar?

— Quero abrir a delicatéssen perfeita. Você sabe, o de sempre, vendendo azeite e *aceto balsamico*, mas também fazer pratos, para que os locais e os visitantes possam comprar refeições prontas e bolos e essas coisas, mas bem-feitos e caseiros.

— Não gostaria de fazer comida, refeições prontas, para vender em supermercados? — perguntou Rupert. Ele havia passado para o prato de queijo e biscoitos que Zoe encontrara.

Ela negou com um aceno de cabeça.

— Não. Gosto do aspecto pessoal de tudo isso. Eu ia gostar de servir o chá especial para o cliente exigente e fazer os pratos para a pessoa que têm alergias a certos ingredientes.

— Sei como é — concordou Rupert. — Eu entendo isso. Também gosto do aspecto pessoal desse negócio, na maior parte do tempo. Acertar para eles às vezes é um problema, mas, quando você consegue, é muito satisfatório.

Zoe assentiu.

— Eu também gosto de resolver problemas. Na verdade, é um dos motivos de eu ter entrado na competição.

Gideon encheu os copos de novo. Rupert brincou com o seu por alguns instantes.

— Não sei direito como dizer isso, mas Fen ficaria muito grata se você estivesse aqui quando ela chegar em casa com o bebê. Mesmo quando ela está em seus melhores momentos, Fen não consegue lidar com meus pais, e, quando uma pessoa acabou de ter um bebê, fica muito vulnerável. A parteira me falou — acrescentou ele antes que Zoe pudesse perguntar como ele sabia disso.

Gideon balançou a cabeça em negativa.

— Zoe tem que treinar para o desafio de alta gastronomia. Ela é boa, mas precisa pensar no que vai preparar e se assegurar de que é capaz de fazê-lo.

Zoe ficou dividida. Ela não era boa em dizer não e gostava muito de Rupert e Fenella.

— Posso treinar aqui. A cozinha é muito maior do que a cozinha dos meus pais. — Ela olhou para Gideon, para se assegurar de que ele havia entendido. — Eu estava em uma casa alugada antes da competição e abri mão dela, ou pelo menos não renovei o aluguel.

— Se você pudesse permanecer conosco, ficaríamos muito agradecidos. Você viu como meus pais são. Eles simplesmente não entendem quanto trabalho dão e sempre tiveram empregados. Vivem em uma época diferente da nossa.

Gideon concordou.

— É incrível que você seja tão normal, sério.

— Hmm — assentiu Zoe. Ela queria acrescentar "tão calmo, tão bem-humorado, tão pouco exigente", mas achou que ainda que não tivesse problema ele falar sobre os próprios pais, ela e Gideon deveriam manter suas reclamações ao mínimo.

— Foi o que Fen disse quando os conheceu. Ela não queria ir à minha casa e encará-los de jeito nenhum, só quando ficamos noivos. E apenas fez isso porque era absolutamente necessário. Eu havia falado demais sobre eles com ela.

— Sério? — perguntou Gideon, seu interesse crescendo. — E o que aconteceu quando você a levou para conhecê-los?

Os ombros de Rupert pareceram murchar quando ele se lembrou do constrangimento.

— Foi bem horrível até eles descobrirem que os ancestrais de Fen, na verdade, são bem mais chiques do que os meus, apesar do título. Então pararam de achar que eu estava me rebaixando — admitiu. — Mas ainda não a entendem. — Balançou a cabeça com tristeza.

Zoe e Gideon trocaram olhares e ela percebeu que Gideon partilhava de seu ligeiro medo de que Rupert ficasse piegas e sentimental; compreensível, mas não os ajudava.

Zoe falou de forma a alegrá-lo:

— Tenho certeza de que vão amá-la quando a virem sendo a mãe genial que ela certamente será. Dá para perceber. — Não sendo mãe, Zoe estava inventando aquilo conforme falava, mas achava que muito provavelmente era verdade.

Rupert sorriu e ficou de pé.

— Mas não importa, na verdade. Posso oferecer um conhaque a vocês? Acho que preciso de um.

— Hmm — disse Zoe, sem ter certeza de por quanto tempo mais poderia permanecer acordada.

— Sinto muito, não para mim — respondeu Gideon. — Eu tenho que dormir um pouco. Preciso pegar a estrada de manhã cedo. — Ele olhou para Zoe enquanto dizia isso.

Na mesma hora ela sentiu-se desolada. A consciência de que esse curto idílio sem terem que ser furtivos já havia acabado fez lágrimas arderem em seus olhos. Sabia que era o cansaço que intensificava sua reação, mas não podia evitar.

— Na verdade, talvez eu me junte a você no conhaque, Rupert. — Ela olhou para Gideon, incapaz de manter sua expressão neutra, apesar de tentar. Ela não tinha direitos sobre ele, não podia questionar quando ou aonde ele ia. Gideon era livre, assim como ela. Ela bebericou o conhaque que Rupert havia feito deslizar pela mesa, esperando que a tornasse corajosa.

— Mas, Gideon — argumentou Rupert —, você não pode deixar a festa agora que está ficando divertido!

— Infelizmente, tenho que ir. Como falei, preciso acordar terrivelmente cedo. Tenho que ir para casa, terminar uma matéria, fazer a mala e ir ao aeroporto para pegar um voo à tarde.

Voo? Que voo? Aonde ele ia? Por que não havia mencionado isso antes? Era isso o que ele queria lhe dizer mais cedo? Zoe entrou ligeiramente em pânico e então respirou fundo. Ele tinha sido tão carinhoso naquele breve tempo juntos naquela noite, no meio da correria atrás dos pais de Rupert. Ela sentiu as lágrimas arderem.

— Vou evitar todo o trânsito e... — Ele olhou para Zoe e ela quis que estivessem sozinhos, mas não conseguia pensar em como armar isso. — Zoe? — disse Gideon baixinho. — Posso falar com você antes de ir dormir?

Ela o seguiu porta afora, lutando contra as lágrimas. Mas quando finalmente subiu as escadas e se juntou a ele em seu quarto, ela parecia calma, mesmo que não se sentisse assim.

— Eu não quero ir, realmente não quero — confessou Gideon no momento em que passaram pela porta. — Mas tenho essa reunião marcada há séculos. Eles são um grupo de produtores de azeite, um consórcio minúsculo. Eu realmente gostaria de comprar deles, se pudesse. — A voz dele foi sumindo.

Zoe fez que sim com a cabeça, feliz por ter tomado o conhaque, que tinha lhe dado a força de que ela precisava.

— É claro que você tem que ir. Não há nenhuma razão para não ir.

— Não há? Bem, não, na verdade não. Você vai ficar bem. — Ele declarou como um fato consumado. — Mas, Zoe, você vai me prometer que vai treinar seus pratos. Não pode simplesmente virar escrava dos pais de Rupert nem de Rupert e Fenella e do bebê. A competição é importante.

— Eu sei que é. Vou praticar. Quero que a minha *pâtisserie* fique tão boa quanto... a dos outros concorrentes — acrescentou ela, contendo-se antes de dizer o nome de Cher, para que não soasse vingativa.

Ele beijou o topo de sua cabeça.

— Boa garota. Estou tão orgulhoso de você. Agora vá e faça companhia ao Rupert. Eu queria... mas não podemos...

Do fundo da tristeza dela, veio uma pontinha de travessura.

— Ah, é? Por quê?

Ele bagunçou o cabelo dela.

— Você sabe perfeitamente bem por quê. Não com a casa cheia. — Ele a puxou para si. — Isso é um adiantamento para a próxima vez que nos encontrarmos. — Ele lhe deu um beijo intenso e demorado, até Zoe ficar sem fôlego e ter quase esquecido que ele estava indo embora. — Vou querer o resto quando estivermos de novo sozinhos — falou ele, que também estava sem fôlego.

Lutando contra uma mistura confusa de tristeza e desejo frustrado, Zoe se juntou novamente a Rupert na cozinha. Ele parecia ainda estar cheio de adrenalina por ver a filha nascer, mas pelo menos havia passado do conhaque para o chá. Zoe fez uma caneca para si, abençoando a chaleira que estava fervendo quase que permanentemente, tornando isso um trabalho de minutos.

— Então, me diga — disse ela, forçando um sorriso no rosto. — Qual vai ser realmente o nome do bebê?

Ele soltou uma gargalhada.

— Então, você não acreditou? Fico feliz!

— E aí?

— Glory. Vamos chamá-la de Glory. Diminutivo de Glorianna.

— Ah. É um nome adorável! — Depois que teve um ou dois segundos para se acostumar, Zoe descobriu que realmente achava que era um nome adorável. — E quando seus pais vão saber a verdade?

— Ah, sei lá. No batizado, provavelmente.

Zoe sorriu.

— E quando Fen acha que vai ter alta para voltar para casa?

— Em um dia, mais ou menos. Ela precisa se recuperar do parto e tudo, mas está ansiosa para voltar. — Ele fez uma pausa. — Houve um momento, durante o parto, acho que chamam de transição, quando ela disse que a não ser que eu tirasse meus malditos pais da casa primeiro, ela jamais voltaria para cá.

— Ela vai pensar diferente agora que tem o bebê, tenho certeza — apaziguou Zoe, apesar de não se sentir muito confiante a respeito.

— É melhor que pense mesmo. Quando meus pais decidem uma coisa, tipo, estar aqui para ajudar com o bebê, eles não desistem.

— Espero que isso não soe horrível, mas a sua mãe não dá a impressão de ser uma avó muito presente.

Rupert riu.

— Ela não foi uma mãe presente, por que deveria mudar? Boa questão! Mas ela tem noção do que é correto. — Ele se levantou e deu um grande bocejo. — Uma pena que Gideon tenha que ir. Ele é um cara legal. Tem você em alta conta.

Zoe corou.

— Bem...

— Sério! Diz que você é a melhor cozinheira da competição. — Ele franziu o cenho. — Mas disse que não podia falar muito. As pessoas poderiam comentar. Deixe para lá!

É melhor eu ir para a cama agora. Estou supercansado. Você também tem que ir — acrescentou. Zoe o amou naquele momento por agir com uma educação tão britânica e não bisbilhotar.

— Estou exausta mesmo.

— Bem, não se preocupe com o café da manhã dos meus pais. Eu farei um belo café da manhã completo para eles. Isso os manterá quietos durante horas. Acorde quando bem quiser.

— Está bem, mas, sério, gostei bastante de ser empregada. Ou talvez tenha sido uma cozinheira?

— Você não é nenhum dos dois! Você é uma amiga!

— Está tudo bem. Eu sei disso. Só estava dizendo... — O que ela estava dizendo escapou de sua mente e ela deu um bocejo enorme. — Eu vou para a cama. Boa noite. E parabéns!

Capítulo 18

Zoe dormiu até tarde na manhã seguinte. Ela acordara uma vez de manhãzinha e percebera que era o carro de Gideon que a havia perturbado. A tristeza a tomou de novo, mas seu longo dia da véspera fez com que logo adormecesse, e ela despertou de novo depois das nove horas. Tomou uma ducha e foi para a casa.

A cozinha estava repleta de agitação e barulho. A notícia sobre o bebê havia se espalhado e metade da vizinhança parecia ter chegado para desejar felicidades a Rupert. Seus pais, sentados à mesa com montanhas de bacon e ovos na frente deles, pareciam muito menos mandões e imponentes do que na noite anterior.

— Bom dia! — disse ela quando conseguiu se fazer ouvir em meio às pessoas sentadas à mesa. Só três tomavam café da manhã, mas todas, cerca de seis, tinham canecas de alguma coisa na frente delas.

— Zoe! Querida! — falou Rupert, levantando-se e a envolvendo em seu suéter de cashmere. — Pessoal! Esta é a Zoe! Ela vai ficar um tempinho para ajudar com o bebê.

Em meio aos "oi, Zoe", ela ouviu o pai de Rupert dizer:

— Achei que ela era empregada, não a amante de Rupert.

— Não seja ridículo! — exclamou a mãe. — Ele não a deixaria entrar na casa se estivesse dormindo com ela.

Feliz por ninguém mais parecer ter escutado isso, Zoe puxou uma cadeira e aceitou uma caneca grande de algo que um Rupert sorridente colocou na sua mão. Era café. A adorável atmosfera calorosa da cozinha suavizou um pouco o golpe da partida de Gideon. No mínimo, Zoe sentia que havia feito amigos ali.

— Então você está naquela competição de culinária que estão fazendo aqui? — perguntou uma mulher simpática sentada ao lado de Zoe. — Não sei como você consegue cozinhar na frente das câmeras. Eu ficaria uma pilha de nervos e deixaria tudo cair.

— É assim no começo, mas você se esquece das câmeras assustadoramente rápido — comentou Zoe.

— Bem, antes você do que eu — disse a mulher, balançando a cabeça e empurrando a cadeira para trás. — Rupert, tenho que ir. Mande um beijo para Fen e o bebê. Assim que ela chegar, eu volto. Mas não a deixe receber muitas visitas, ela vai ficar exausta. — Ela deu uma olhada em direção à mesa que não foi notada pelos pais de Rupert, mas foi apreendida por todos os outros.

— Eu também tenho que ir — repetiu quase todo mundo, e a grande mesa logo ficou quase vazia, deixando apenas os pais de Rupert e Zoe. Rupert estava levando as pessoas até a porta.

Zoe se levantou e começou a recolher os pratos enquanto os pais de Rupert saíam do aposento.

Ela estava prestes a verificar se tudo fora tirado do escritório de Fenella quando percebeu que ele estava ocupado. A mãe de Rupert estava trocando algumas palavras com o filho.

— Querido, sei que você tem todas essas ideias bolchevistas sobre como tratar os empregados, mas eles realmente têm que saber o lugar deles! Eles se sentem confortáveis com isso! Sabe-se lá Deus o que Winterbotham teria feito se usássemos seu nome de batismo! Teria quarenta chiliques, isso sim.

Zoe teve que escutar, apesar de saber perfeitamente bem que não devia.

Dava para perceber que Rupert estava se divertindo, e ficou imaginando se a mãe dele também percebia isso.

— Mamã! Zoe não é Winterbotham! Ela é uma amiga querida que está ajudando! Não é uma empregada.

— Bem, ela fez uma imitação muito boa ontem!

Zoe fez que sim com a cabeça, toda cheia de si.

— Embora aquele espinafre que ela serviu no jantar fosse um pouco esquisito. Eu não sabia que você plantava espinafre e é estranho que ele cresça nesta época do ano.

Pelo tom de sua voz, Zoe podia perceber que ela estava com o cenho franzido.

— Sabe, mamã, não faço a menor ideia do que você está falando.

— Um homem típico, nem um pouco interessado na horta. Mas o que eu estou dizendo é, se a mantiver a distância, ela será bastante útil. Mas toda essa bobagem de "todos os amigos juntos" é só isso... bobagem!

— Mas se eu a tratar como uma empregada vou ter que lhe pagar — falou Rupert.

Zoe enrijeceu. Ela não podia aceitar dinheiro de Rupert e Fenella, a não ser que realmente trabalhasse para eles.

— Ah, ela trabalha aqui de graça? Neste caso, meu querido, esqueça que eu disse alguma coisa!

Zoe voltou para a cozinha. Então a mãe de Rupert era sovina, além de exigente. Pobre, pobre Fen!

Rupert foi categórico que Zoe fizesse o que quisesse fazer após o café da manhã, pelo menos até ele deixar a cozinha arrumada. Depois de uma caminhada rápida para desanuviar a mente, ela se sentou com o laptop no estábulo e começou a pesquisar receitas. Porém acabou aceitando o fato de que não conseguia se concentrar; aparentemente, tudo o que conseguia fazer era pensar em Gideon. Não conseguia decidir se ele realmente gostava dela — de uma maneira significativa, a longo prazo — ou se ela era só uma garota conveniente para ele ficar no momento. Como ela desejava que tivessem tido outra noite juntos. Se tivessem estado juntos por mais tempo, ela poderia saber mais sobre ele. Quando estavam a sós ela se sentia tão segura a esse respeito, mas, na ausência dele, era invadida por dúvidas. Dúvidas que diziam que ela estava louca em ficar com Gideon quando tinha sido advertida sobre ele e sabia que estava pondo seu coração em risco.

Zoe se levantou do computador e voltou para a casa. Haveria montes de coisas para fazer lá. Não estava fazendo nada de bom sentada sozinha, sonhando.

Rupert insistira em assar uma peça de carne para o jantar, deixando-a pronta antes de sair para visitar Fenella e o bebê.

— Então, o que Fen está achando do hospital? — perguntou Zoe, juntando as cascas de batata e acrescentando-a ao material para adubo.

— Ela diz que todo mundo é ótimo, mas está com saudade de casa — explicou ele, salpicando mostarda e farinha sobre metade de uma vaca. — Quer que eu compre chocolates ou alguma coisa como agradecimento para a equipe.

— Posso fazer cupcakes, se quiser. As enfermeiras provavelmente ganham muito chocolate. Cupcakes seriam algo diferente. — E também a deixariam ocupada.

— Ah, Zoe, eu não posso pedir que você faça isso!

Interpretando isso como um "sim, por favor", Zoe disse:

— Você não pediu, eu ofereci. E fico muito feliz em fazer alguns. Há formas e coisas que sobraram do casamento. —

Ela fez uma pausa. — Vai me dar algo para fazer enquanto os sinos não tocam no painel.

Rupert lhe deu um olhar de vergonha misturada com desespero.

— Eu sei! Sinto muito! Eu expliquei, mas eles não entendem que você é uma amiga e não uma empregada.

— Tudo bem, sério! É bem engraçado, na verdade, e eu gosto de tentar adivinhar as exigências deles e deixá-los satisfeitos.

— Você é o máximo. — Rupert fechou a porta do forno depois de colocar a carne.

— E, como tal, você gostaria que eu catasse mais um pouco de unha-de-cavalo? Eles comeram ontem sem problemas. Ou será que vão reclamar de comer a mesma verdura duas vezes seguidas?

— Sinceramente, eu lhes daria ervilhas e vagens, e que se danem os peidos!

Rupert lhe deu um abraço apertado e um beijo na bochecha antes de sair para ver sua esposa e filha.

Capítulo 19

O comitê de boas-vindas para o bebê foi bem parecido com a fila de empregados em *Downton Abbey*, prestes a receber um convidado importante. Zoe sentiu como se estivesse participando de um drama de época na televisão. Exceto que, desta vez, é claro, não havia câmeras filmando.

Isso aconteceu porque os pais de Fenella vieram correndo da Escócia assim que descobriram que os pais de Rupert estavam lá.

— Fenny jurou que não queria ninguém — disse a mãe de Fenella. Ela era mais simpática do que a de Rupert, apesar de ser mais nobre. Até insistiu que Zoe a chamasse de Hermione. — Falou que ela e Rupert ficariam ótimos e que poderíamos vir quando fosse um pouco mais conveniente para nós! — Isso foi dito à Zoe enquanto ela picava cebolas e cenouras para fazer *cottage pie* com a carne que havia sobrado. — Mas, sinceramente, meu bem, acho que os pais de Rupert são terríveis e não quero a minha filha desprotegida contra eles!

Zoe, que já gostava bastante de Hermione, concordou com um gesto de cabeça. Ela e Hermione ainda não estavam no estágio em que podiam dividir observações maldosas a respeito dos pais de Rupert, mas não iria demorar muito.

— E você soube da última?

Como os pais de Rupert pensavam em Zoe como subalterna, eles não a informaram sobre o que quer que fosse a última.

— Eles querem que o batizado aconteça imediatamente!

Era evidente que Hermione estava horrorizada e Zoe também. A pobrezinha da Glory ainda nem havia chegado do hospital!

— Por que tão cedo? — Bastante certa de que os pais de Rupert não iam gostar, ela adicionou um pouco de alho aos legumes que douravam na frigideira.

— Porque eles querem fazer um cruzeiro pelo mundo e trouxeram a camisola de batismo com eles! — Os olhos de Hermione faiscaram. — Nós temos uma linda camisola de batismo que eu aposto que é muito mais bonita do que a deles, mas parece que a dos Gainsborough tem que ser usada.

— Mas o batizado não podia ser depois que eles voltassem do cruzeiro? — Uma quantidade generosa de molho Worcester foi posta sobre os legumes.

— Aparentemente não! Eles são tão antiquados que fico surpresa que dirijam. Estavam até resmungando sobre Fen ser purificada!

Zoe, que estava juntando carne e legumes em um prato, apoiou a frigideira.

— Sinto muito, não entendi.

— Exatamente! É o que eu quero dizer! Quem diabos é purificado hoje em dia?

— Não sei o que significa...

— Ah, é um antigo costume em que uma mãe que acabou de ter um bebê é purificada na igreja porque o parto é obviamente nojento.

Zoe voltou-se para seu purê de batatas. Tinha formado um monte do tamanho de um travesseiro pequeno e começou a jogá-lo em cima da carne e dos legumes.

— Por quê? — Ela não duvidava de que Lady Gainsborough fosse insistir.

— Não há um motivo de verdade! Mas os pais do Rupert são completamente antiquados e provavelmente acham que dar à luz deixa a mulher impura. — Hermione fez uma pausa. — Apesar de que, para ser sincera, acho que não estão falando muito sério.

— Ótimo. — Zoe abriu a porta do Aga e deslizou a travessa para dentro. Será que grandes pratos feitos de sobras figurariam em seu cardápio de alta gastronomia? De alguma forma ela duvidava, apesar de estar bem dentro de suas habilidades.

— Agora que você acabou isso, que Deus a abençoe, vamos subir e esperar por Fen e Glory — falou Hermione. — Elas não devem demorar.

Era visível que os pais de Rupert haviam tido a mesma ideia ou talvez estivessem preocupados em ser os primeiros a ver o bebê, mas no fim todos acabaram nos degraus de Somerby.

— Bem, pelo menos o dia está bonito! — comentou o pai de Fenella, olhando a situação pelo lado positivo. — O que acham do nome?

— Nunca ouvi nada tão ridículo na vida — opinou lorde Gainsborough. — Arethusa! Pelo amor de Deus!

— Parece que isso foi uma espécie de piada de Rupert — disse a mãe dele. — Mas Glorianna é ainda pior! Só *espero* que possamos fazê-la recuperar o bom senso antes do batizado. Por que ela não podia escolher um nome de família adequado, eu não sei.

Hermione estava se irritando.

— Bem, acho que é uma boa escolha. Levei um tempinho para me acostumar com a ideia, mas agora que me acostumei, acho que é um nome lindo. Ela vai ser chamada de Glory, de todo modo. — Hermione fechou a cara para a outra avó e Zoe esperou que elas nunca tivessem que passar um Natal juntas.

— Este sol não é uma bênção? — comentou Zoe, que havia se empoleirado em um dos degraus que levava à porta da frente. Ela falou com os olhos fechados de tal modo que ninguém pudesse responder. Não houve réplica. Ela podia sentir a tensão aumentando entre as duas avós.

— Ah, são eles — observou o pai de Fenella, e todo mundo ficou em silêncio observando o Range Rover subir o caminho comprido até a casa.

— Onde está o bebê? — indagou a mãe de Rupert no momento em que conseguiram ver dentro do carro. — Por que Fenella não o está carregando?

— Ele precisaria estar de cinto — vociferou Hermione. — Quer dizer, ela.

— Estas regras de saúde e segurança são absurdas! — falou o pai de Rupert, e Zoe percebeu que teria ficado decepcionada se ele não tivesse dito algo do gênero.

— Acho que Fenella não tem a menor ideia de como tomar conta de um bebê — murmurou a mãe de Rupert enquanto o filho estacionava. — Eu ofereci a melhor enfermeira que há, mas ela não aceitou.

Pelo bem de Fenella e Rupert, Zoe ficou muito feliz que o barulho do cascalho e do freio de mão abafaram o comentário e Hermione não o escutara.

— Ah, uau! — disse Fenella, saindo do carro. — Que comitê de boas-vindas! Eu me sinto como a rainha! Mamãe! Papai! Eu não esperava vocês também! Que ótimo!

Os pais de Rupert estavam muito mais interessados no bebê, portanto, Fenella foi capaz de abraçar e ser abraçada.

Rupert foi para o banco de trás do Range Rover onde o bebê estava deitado em sua cadeirinha de carro, dormindo profundamente.

— Nunca vi nada tão ridículo na minha vida — comentou a mãe de Rupert. — É pelo menos duas vezes o tamanho do bebê!

Fenella, liberada do abraço de seus pais, juntou-se a Rupert perto do banco traseiro.

— Compramos isso usando uma parte do cheque que nos enviaram — disse ela, soltando os cintos e pegando nos braços o bebê, embrulhado em um xale de renda.

— Agora, vamos entrar — falou Rupert. — Quer um copo de espumante?

Zoe, a espectadora, viu o olhar de amor feroz e protetor no rosto de Rupert e sentiu que Fenella era a mulher mais sortuda do planeta. Seu coração deu um pulo.

— Não sei se devo tomar espumante — disse Fenella, franzindo um pouco o cenho. — Pode não ser bom para Glory.

A mãe de Rupert fez um barulho que era uma combinação de nojo e desespero.

— Por favor, não me diga que você vai tentar alimentar a criança você mesma! Vai ser um total desastre! Confie em mim! — Mas ela estava falando sozinha, pois ninguém mais estava escutando. — Você precisa é de um cronograma rígido, nada de ninar, e rotina, rotina, rotina. Eu tenho um livro. Diz tudo sobre o assunto. Treinado para usar o penico aos três meses. Se você não aceita a babá...

Depois que estavam todos dentro em segurança, Hermione assumiu o comando.

— Agora vá direto para a cama, querida — disse para sua filha. — Você vai acabar ficando exausta.

Zoe sentiu um pouco de pena de Fenella. Trazer seu filho para casa pela primeira vez deveria ser uma comemoração, não um campo minado. Se seus sogros não estivessem lá, ela provavelmente teria ficado descansando no jardim com a filha e tomado uma taça de champanhe até sentir-se cansada e querer ir para a cama. Mas em vez de poder fazer isso, algo simples, ela foi cercada por parentes, alguns deles hostis.

— Devo botar a chaleira para ferver? Fazer um chá? — sugeriu Zoe alegremente.

— Obrigada! — respondeu Fenella de um jeito que fez Zoe imaginar se ela estava prestes a chorar.

Quando Zoe trouxe o chá, com um prato de cupcakes, Fenella estava acomodada na cama. Havia um moisés sobre um cavalete ao lado dela e nele Glory ainda dormia, inconsciente e sem se importar com a guerra que sua pessoinha havia causado.

— Não se isole aqui em cima se preferir ficar lá embaixo — estava dizendo Hermione.

— O que houve com o velho e bom resguardo? — indagou a mãe de Rupert. — Quando tive Rupert, mal me mexi na cama por três semanas.

— É um pouco diferente hoje em dia — explicou Hermione. — As mães voltam a fazer as coisas bem mais rápido.

— Tenho certeza de que sim — concordou a mãe de Rupert. — Mas será que é uma boa ideia?

Zoe pigarreou.

— Os homens estão lá embaixo abrindo garrafas de champanhe e uísque. Acho que querem conselhos sobre com qual devem começar.

Por algum milagre, as duas mulheres saíram do aposento quase que imediatamente.

— Caramba, Zoe! Como você fez isso? Na verdade, eu gostaria muito de ficar com mamãe, mas não posso lidar com ela e a mãe do Rupert se provocando por minha causa como duas gatas com um único gatinho. A mãe do Rupert não gosta de mim! Por que ela está aqui?

Zoe apoiou a caneca e o prato de cupcakes onde Fenella conseguia alcançar.

— Devo descer para pegar uma garrafa de champanhe? Rupert parece ter trazido uma caixa.

Fenella balançou a cabeça em negativa.

— Chá é exatamente o que eu quero agora. E um cupcake. — Ela deu uma mordida enorme e mastigou beatificamente. — Todos que cuidaram de mim no hospital adoraram os que você mandou. Acho que eles às vezes não têm nem tempo para comer.

Um murmúrio vindo do berço fez as duas mulheres se sobressaltarem.

— Aah, ela está acordando — comentou Zoe, tendo olhado por algum tempo para o pacotinho que se remexia. — Ela quer mamar?

— Espero que sim. — Fenella fez uma pausa. — Pode pegá-la para mim?

— Está bem, em um minuto! — Zoe correu para o banheiro da suíte e lavou as mãos como uma louca por alguns minutos durante os quais o murmúrio havia quase se transformado em choro. Aí, cheia de coragem, enfiou as mãos por entre os cobertores e encontrou Glory. Depois de notar por um momento como ela era minúscula e vulnerável, entregou-a à Fenella. — Isso deu medo!

— Eu sei! Eles são bem durões, mas ainda me dá nervoso.

— Quer que eu saia? Um pouco de privacidade?

— Nossa, não! Bebês pequenos estão sempre comendo. Eu nunca conseguiria falar com ninguém se achasse que tinha que ficar sozinha para amamentar. — Ela desabotoou a blusa e então soltou a parte da frente do sutiã. — Aqui está, pequenina.

Zoe não pôde deixar de pensar que era muito peito para enfiar em uma boca de bebê tão pequena, mas Glory pareceu abocanhá-lo alegremente e logo estava sugando como louca, fazendo barulhinhos de contentamento. Era uma cena linda, mãe e filha partilhando um momento de paz e felicidade juntas.

— Vou chamar a sua mãe — disse Zoe após alguns minutos. — Acho que ela gostaria de estar aqui. E não se preocupe, vou manter a mãe do Rupert longe.

— Ela não é um pesadelo?

— Nem me fale! Embora eu deva confessar, como ela não é minha sogra, eu a acho engraçada.

— Como será a mãe do Gideon?

Zoe parou no meio do caminho até a porta.

— Falei algo errado? — perguntou Fenella. Zoe deu de ombros. Tivera tempo suficiente para pensar a respeito de Gideon e seu relacionamento, se era um relacionamento e não só um casinho. Era o fim do caso ou apenas o começo de algo? Mas ela sentiu que podia ser sincera com Fenella.

— Não, na verdade, não. Quer dizer, sei lá. Ele teve que ir embora e agora... — Ela fez uma pausa. — Eu me sinto meio estranha sobre isso, como se não tivesse mais certeza sobre ele. Não tive notícias dele desde que foi embora.

— Tenho certeza de que está tudo bem — disse Fenella, decidida. — Ele é um cara legal. Não ia simplesmente se esquecer de você porque viajou.

— Não. Não, tenho certeza de que ele não faria isso. — Apesar de não estar inteiramente segura, ela sentia que Fenella podia estar certa. Falou com mais animação: — Certo. Vou chamar a sua mãe.

Mas, enquanto descia para a cozinha, a sensação fria da dúvida a tomou. Gideon era muita areia para o caminhãozinho dela: um homem bem-sucedido e sofisticado. Ela era uma simples cozinheira que participava de uma competição. O que ela realmente tinha para lhe oferecer? Não conseguia deixar de se lembrar das palavras de Sylvie com uma regularidade irritante. Apesar de a ausência estar fazendo com que gostasse mais dele, podia estar longe dos olhos, longe do coração para ele.

Suprimindo suas dúvidas, pois não havia nada que pudesse fazer a respeito neste momento, Zoe foi até a cozinha. Havia garrafas abertas e Rupert servia taças. Hermione estava espremida entre seu marido e lorde Gainsborough, com Lady Gainsborough ao lado dele. Considerando-se que era um aposento tão grande e que obviamente não gostavam uns dos outros tanto assim, eles estavam estranhamente próximos. Tirá-la de lá ia requerer habilidade.

Zoe se posicionou logo atrás deles. Tentada a puxar a manga de Hermione como uma criança, Zoe pigarreou e disse:

— Acho que Fen quer companhia.

Um segundo depois, ela desejou ter falado "quer a mãe dela", mas tinha soado tão carente em sua cabeça que ela preferiu dizer de outra forma. Mas, conforme Lady Gainsborough na mesma hora se afastou do grupo, Zoe percebeu seu erro.

— Eu vou subir — afirmou Lady Gainsborough. — Tenho um livro para ela. Será uma boa oportunidade, junto com alguns bons, e, admito, antiquados conselhos. Senão ela vai estragar este bebê em dois tempos.

— Não, eu vou — disse Hermione com severidade. — Afinal de contas, ela é minha filha.

— Bem, ninguém está impedindo você de vir também — falou Lady Gainsborough, obviamente desejando poder impedi-la.

— Eu também vou — murmurou Zoe, pensando que Fenella ia precisar de um árbitro.

— Por que minha nora precisaria de você? — Lady Gainsborough olhou com surpresa para Zoe.

— Só achei...

— Você não é babá, é? Tem alguma experiência com crianças? Bem que achei que não. Fique aqui embaixo e limpe a cozinha antes do jantar. Isso, sim, seria muito útil.

Não havia como argumentar. Lady Gainsborough estava certa. Apesar de provavelmente saber menos sobre cuidar de um bebê do que a maioria das crianças no ensino fundamental, ela pelo menos tivera um casal.

— Vou subir para tirar as coisas do chá em um minuto — disse Zoe com firmeza, pensando que devia haver algumas vantagens em ser a empregada.

Os homens foram para o jardim fumar os charutos que Rupert havia comprado. Enquanto saíam, Zoe ouviu lorde Gainsborough dizendo:

— O lar de um inglês não é mais seu castelo se ele não pode fumar dentro dele! Você é um escravo das anáguas, Rupes.

— Não mais do que você, papai. — Zoe ouviu Rupert responder. Ela sorriu.

Zoe arrumou a cozinha em tempo recorde e botou a mesa, aí correu para o quarto de Fenella no andar de cima, esperando que não houvesse sangue no tapete, ou pior. Ao abrir a porta, Lady Gainsborough praticamente a derrubou.

— Você vai ter que ser mais forte, querida. Chorar não vai ajudar! — declarou ela ao passar voando por Zoe e descer as escadas.

Quando entrou no quarto, Zoe deparou-se com duas mulheres, uma com os olhos marejados de lágrimas e a outra com olhos cintilando de raiva.

— Você tem que fazer Rupert pedir para eles irem embora! — disse Hermione. — Aquela mulher e eu não podemos ficar juntas nesta casa!

— Não posso, mamãe! Isso ia dificultar muito a vida do Rupert. Temos que tentar nos dar bem. Ah, Glory! Sua fralda precisa ser trocada.

Hermione apanhou a neta e checou a fralda.

— Está um pouco molhada.

— Vou pegar as coisas para você — falou Zoe, só para o caso de alguém achar que ela sabia trocar um bebê.

Quando a cama finalmente estava coberta por um trocador, vários metros de algodão, uma tigela de água morna e uma toalha, Fenella parecia menos chorosa. Elas todas ficaram olhando enquanto Hermione desembrulhava Glory, as perninhas vermelhas chutando o ar e os braços esticados se mexendo.

— Ela é tão linda — disse Zoe quando Fenella terminou. — Absolutamente adorável.

— Não é mesmo? — indagou Hermione, fechando a roupa de Glory e pegando-a no colo. — Pensar que aquela mulher diz que não devemos niná-la. — Ela beijou a neta.

— Como assim? Ela realmente disse isso? — Zoe percebeu que Hermione odiava Lady Gainsborough ainda mais do que ela.

— Ela não falou, ela deu um livro para Fenny. — Com a mão que não estava segurando o bebê, Hermione pegou a encadernação e lhe entregou.

Zoe o apanhou e foi ao banco na janela para dar uma olhada. Antes de mais nada, tratava-se de um livro velho. Zoe tinha esperado algo novo e intocado, mas este tinha passado anos e anos na estante. Uma breve olhada no começo lhe disse que foi publicado antes da Segunda Guerra Mundial. Certamente nem mesmo Lady Gainsborough poderia esperar que alguém usasse um manual tão antigo.

— Você não está pensando em ler isso, está? — perguntou a Fenella.

— Foi o que eu disse! — anunciou Hermione.

— Não vou seguir o que ele manda — insistiu Fen —, mas achei que devia dar uma folheada.

— Ouça, querida, mesmo que esse livro não fosse totalmente contra tudo o que eu sei sobre bebês, é datado! Não posso entender por que ela lhe deu.

— Está chateada comigo por recusar a enfermeira que ela se ofereceu para pagar — explicou Fenella, quase arrancando o bebê de sua mãe e oferecendo-lhe o outro peito.

— Pelo menos um humano teria sido melhor do que esse livro assustador — falou Hermione.

— Acho que não. A irmã do Rupert, que está bem próxima de Gêngis Khan quando se trata de educar crianças, tipo dar tapas e mandar para a cama sem jantar, disse que a enfermeira que minha sogra lhe pagou era barra-pesada demais.

— Caramba — murmurou Zoe de seu lugar à janela, fascinada pelo número de roupinhas minúsculas que eram consideradas necessárias, incluindo coisas chamadas cueiros.

— Um livro dá para ignorar! — disse Fenella. — Uma mulher teria sido muito mais difícil.

— Pelo menos Glory é um bebê de verão — disse Zoe, ainda hipnotizada pelo conteúdo do livro. — Pode colocar o carrinho dela lá fora para "tomar ar" e não estará tão frio.

— E ela está insistindo para batizá-la porque, se Glory morresse agora, iria para o inferno! — chorou Fenella.

— Ela não vai morrer e não vai para o inferno — falou Hermione zangada, ainda que não com sua filha. — E se você não quiser batizá-la agora, apenas diga isso.

— Não tenho nenhuma moral no momento — disse Fenella, fungando. — Eu não paro de chorar. Não me ajuda em nada.

— Eu digo não por você, então — ofereceu-se Hermione. — Estou bem disposta a brigar com aquela mulher!

— Não, mamãe! — Isso obviamente não ajudava. — Não quero pessoas brigando. Se eles querem batizar Glory agora, não me importo. Desde que Sarah e Hugo possam vir e eu não tenha que fazer os preparativos.

— Você não vai precisar fazer nada querida, eu garanto.

— Eu também! — intrometeu-se Zoe. Esse era um terreno no qual ela se sentia mais à vontade. — Apesar de achar que Rupert vai ter que falar com o vigário. Ele é legal?

— Ele é uma graça! — disse Fenella, sorrindo de repente. — E ele é uma mulher! Quer dizer, ela é uma mulher, mas isso é genial, porque vai deixar os pais do Rupert furiosos. Eles são completamente contra mulheres como sacerdotes. É uma posição importante demais no clero anglicano.

— Achei que você não queria brigas — disse Hermione, confusa.

— Bem, quero e não quero. Não quero ter que manter a paz entre você e eles, mas não me incomodaria se algo os fizesse ir embora em um acesso de raiva, desde que Rupert não tenha que passar semanas e semanas tentando uma reconciliação.

Hermione suspirou.

— Está bem, então. Glory pode usar a camisola Gainsborough horrenda e não a nossa lindinha.

— É horrenda? Eu não vi. E é uma camisola de bebê, como pode ser horrenda? — perguntou Fenella.

— Tem que ser. Aquela família não tem bom gosto — afirmou Hermione.

— Mas Rupert é ótimo — opinou Zoe.

— Bem, para ser justa — era obviamente um esforço —, camisolas de batismo antigas costumam ser bem pequenas, então se você quiser que Glory use a dos Gainsborough, ou mesmo a nossa, é melhor ser agora.

Fenella se levantou para o jantar. Rupert carregou a filhinha até o porão com mais carinho do que Zoe jamais vira alguém carregar qualquer coisa. Zoe levou o cavalete de apoio do moisés em uma das mãos e o cesto na outra. Fenella teve permissão para carregar uma almofada extra para se sentar.

— Isso é uma boa ideia? — indagou a sogra no instante em que Fenella apareceu. — Tenho certeza de que... a coisa aqui — ela apontou para Zoe — ... podia ter levado uma bandeja para você.

— Eu queria me juntar ao resto do mundo — informou Fenella. — E *Zoe* já passou tempo demais cuidando de mim.

Lady Gainsborough falou:

— Se você prefere assim, querida — com uma expressão silenciosa de —, não me culpe se tudo der terrivelmente errado.

— Fenella, minha cara — disse o sogro. — Tome uma taça de vinho tinto. É bom para o sangue.

— Isso, tome uma bebida! — encorajou o pai de Fenella.

— Não sei se é uma boa ideia — disse Fenella.

— Por que não? — perguntou o sogro, que obviamente pensava que abstinência era, acima de qualquer outra coisa, um sinal seguro de insanidade.

— Amamentando — informou-lhe sua esposa como se fosse um eufemismo para beber vômito.

— Ah, querida, tenho certeza de que só uma taça não vai fazer mal — insistiu Rupert.

Quando todo mundo tinha taças cheias e Rupert estava novamente encarregado do Aga (a *cottage pie* havia sido retirada do forno antes, em algum momento), Lady Gainsborough bateu um garfo contra uma taça, chamando a atenção de todos.

— Sinceramente, estamos só em família — resmungou Hermione para Zoe por trás da mão.

— Er, com licença? — Lady Gainsborough havia ouvido o resmungo. — Precisamos tomar algumas decisões.

Zoe levantou-se para ajudar Rupert. Ela não queria que a pegassem tomando partido.

— Na verdade, só Fen e Rupert precisam decidir alguma coisa — opinou Hermione, brincando com o saleiro de uma maneira que sugeria que ela poderia atirá-lo com velocidade e precisão se necessário.

— Peço licença para discordar — disse a mulher que nunca pedia licença para nada, nunca. — Esta é uma decisão familiar.

— Que decisão? — perguntou Rupert de maneira afável, sem ter noção das várias opiniões.

— Que roupa de batismo será usada — vociferou Lady Gainsborough. — Como a bebê é uma Gainsborough, é importante que ela use a camisola da família.

— Não vejo da mesma forma — falou Hermione, apesar de concordar em particular que seria a melhor opção. — Nossa camisola é muito mais bonita.

— Provavelmente é pequena demais — disse Lady Gainsborough. — O bebê de Fenella — ela obviamente não conseguia usar o nome — é maior.

— Está dizendo que meu bebê é gordo? — perguntou Fenella, magoada.

— Três quilos e 750 gramas nunca é gordo, amor — disse Rupert. — É um ótimo peso, saudável.

— Posso fazer uma sugestão? — interveio lorde Gainsborough, alto, assegurando-se de que todos o escutavam. — Que adiemos a questão de que camisola o bebê vai usar até amanhã? É só uma menina, afinal de contas.

Felizmente, Rupert e Zoe conseguiram botar grandes travessas de comida na frente dos principais envolvidos antes que a guerra estourasse.

Capítulo 20

Para a satisfação de todos, a vigária adorou que o batizado fosse realizado durante a missa matinal no domingo seguinte. Fenella e Rupert ficaram encantados e extremamente gratos. Sarah e Hugo, que seriam os padrinhos, tinham o fim de semana livre.

Zoe mencionou para Fenella que devia voltar para casa, que sua ajuda não era mais necessária e que, como não era membro da família, estava só atrapalhando. Ela não mencionou que tinha que praticar para seu desafio de alta gastronomia.

— Ah, meu Deus, fui tão egoísta! Não pensei que você quisesse ir para casa. É claro! Você precisa treinar! Vá, se quiser. Eu dou um jeito. — Ela franziu ligeiramente o cenho. — Não pode treinar aqui, pode? Não, é claro que não. Esqueça que eu perguntei.

A angústia de Fenella fez Zoe rir

— Ah, Fen! Eu não quero tanto assim ir para casa. Tenho certeza de que poderia treinar, se ninguém se importar de comer a comida. Estou me divertindo tanto. — Ela havia procurado algumas receitas em seu laptop quando não estava ocupada sendo prestativa e realmente precisava testar algumas delas, mas nao se sentira à vontade usando as famílias de Somerby como cobaias, não que tivesse tido tempo. Porém ela de fato precisava começar; sentia ainda mais responsabilidade porque havia prometido a Gideon.

Como, de alguma forma, ela e Gideon não haviam trocado números na pressa da partida dele, Somerby era o único lugar em que ele poderia entrar em contato com ela. Zoe se sentia tremendamente decepcionada por ele não ter tentado, nem ter ligado para Rupert para saber como o bebê estava. Ela sentia saudades dele. Sentia-se bastante solitária no estábulo, não que desejasse que Cher estivesse lá com ela. Mas, pelo menos, ela teria sido uma distração.

— Você precisa mesmo de mim? — indagou Zoe.

— Se preciso de você? Sim! Meu Deus! Depois de você ter liberado aquela cômoda para as roupas do bebê, até a mãe do Rupert disse que você não era uma total imprestável. Isso é código para "absolutamente inestimável". E, se ela acha que você é útil, o restante de nós está completamente dependente da sua presença! Mas você não deve, não importa o que faça, pôr em risco as suas chances de ganhar a competição porque não teve tempo de treinar.

— Vou arrumar tempo — garantiu Zoe, aliviada e satisfeita. Ela se sentia mais perto de Gideon estando ali, onde haviam estado juntos pela última vez. Permaneceria pelo tempo que a quisessem.

— E é claro que precisamos de um bolo de batizado, sem falar no almoço.

— Almoço?

— Vamos batizar Glory durante a missa da manhã, então todos vão voltar para cá para o almoço. Com sorte, vamos conseguir colocar duas mesas compridas sob as árvores e fingir que estamos na França.

— Ah, parece ótimo!

— É. Rupes vai assar algumas peças de salmão e fazer o prato de carne que é a marca registrada dele. Vamos ter salada, pão, queijo, vários tipos de frios. Frutas vermelhas de sobremesa e um bolo. — Ela sorriu de maneira esperançosa para Zoe. — Sei que é um pouco descarado perguntar, mas que tipo de bolo você gostaria de fazer? Há alguma coisa específica que queira praticar? Nós sabemos que você é incrível com cupcakes, então suponho que você não queira fazê-los.

— Na verdade, não. Eu provavelmente preciso treinar alguma espécie de *pâtisserie*...

Fenella pensou por um instante.

— Não tenho certeza se vale, mas sempre quis uma daquelas torres feitas de profiteroles...

— Um *croquembouche*? — Os olhos de Zoe se arregalaram. — Massa de éclair? Nunca fiz um.

— Ah, só faça o que quiser! Tenho certeza de que qualquer coisa vai ser uma delícia.

— Não! Se você quer um *croquembouche*, é o que vai ter. Acho que seria muito bom para mim. Apesar de ser algo demorado de se fazer, caso você precise que eu faça outras coisas.

— Vou me assegurar de que não precise. Você já fez demais. — Ela pegou a mão de Zoe. — Não tenho como dizer o quanto estou grata. Você tem sido totalmente o máximo. E mamãe vai ajudar e vai ser muito simples, mas eu adoraria esse bolo. Posso até imaginá-lo. Todo francês e lindo.

— Vamos em frente, então!

Zoe calculou que teria que fazer pelo menos cem carolinas e, depois de debater com Fenella, decidiu recheá-las de creme aromatizado e juntá-las com caramelo. Ela encontraria algumas flores cor-de-rosa ou pétalas de rosa para completar a decoração. Esse tipo de sobremesa dramática podia ser exatamente do que ela precisava para o último desafio. Ela pensou em Gideon. Ele ficaria satisfeito por ela finalmente estar trabalhando.

Ela fez suas carolinas em fornadas, quando a cozinha não era necessária para nenhuma outra coisa. Ela e Fenella queriam manter segredo o máximo possível, apesar de Hermione ter percebido logo que haveria muitas carolinas de creme no batizado.

— Se você não está descascando batatas ou fazendo outra coisa para aqueles folgados... — Ela fez uma pausa para se assegurar de que Zoe sabia de quem estava falando. — ... está preparando massa. O que está acontecendo?

Zoe deu uma risadinha.

— Não é realmente um segredo, apesar de Fen e eu estarmos tentando esconder para conseguir um efeito dramático, mas estamos fazendo uma daquelas torres no lugar do bolo.

— Quer dizer, você está fazendo? Você é um tesouro. A pobre da Fen só parece ser capaz de fazer leite para aquele bebê! Que fome! Ela nunca para de comer!

— Tenho certeza de que está tudo bem. Fen parece gostar. Sempre que eu levo um lanche para ela está aconchegada com Glory, lendo — disse Zoe.

— É, e é claro que Você-Sabe-Quem diz que é loucura e que ela só devia alimentar Glory de quatro em quatro horas. Nunca vi um bebê que passasse quatro horas sem mamar.

— Contanto que seja o melhor para Glory, o que mais importa? — falou Zoe, que estava começando a sentir que agora entendia bastante sobre bebês. Alimentar, trocar a fralda e dar banho de vez em quando pareciam bastar.

Apesar da insistência de todos de que ia ser tudo muito "simples", Zoe sabia o suficiente para perceber que "simples" em geral significava "inacreditavelmente elaborado e planejado". Sendo assim, todo mundo estava ocupado comprando comida, encomendando-a e, depois, indo pegá-la. Zoe saiu para buscar pelo menos cinco litros de nata na leiteria de Susan e Rob e, então, para pegar salame caseiro. Ia ser um banquete. Apesar de saber que não estava sendo testada e, desde que tivesse uma aparência razoável, ninguém se importaria se seu *croquembouche* não parecesse pertencer à vitrine de uma *pâtisserie* francesa, ela tinha o próprio orgulho. Também precisava sentir que estava treinando para ganhar a competição e não só se divertindo com amigos, por mais que essa ideia fosse tentadora.

Zoe estava juntando suas carolinas, tendo tirado o último tabuleiro do forno, Hermione fazia pequenos cupcakes e Fenella estava acomodada no sofá, com Glory no moisés, quando a mãe de Rupert entrou na cozinha.

— O que está acontecendo? — indagou ela, fazendo Zoe se sentir como uma menininha que havia sido flagrada avançando na geladeira de madrugada. — Não vamos precisar de todas essas bombinhas de creme! Por que raios você fez tantas?

— Só estou fazendo o bolo do batizado — respondeu Zoe, soando mais confiante do que se sentia.

— Mas por quê? Você não tem a camada de cima do seu bolo de casamento? — A mãe de Rupert dirigiu sua ira a Fenella, que pareceu confusa.

— Sei lá.

— Ah! — falou Hermione. — Acho que guardei em algum lugar. Está no freezer.

— Mas o topo deve ser usado como bolo de batizado. É tradicional. — Agora Lady Gainsborough parecia aturdida. — Certamente vocês sabem disso, não é? — Ela se revezava em olhar para Fenella e Hermione, mas não se virou para Zoe, que era empregada e, portanto, não se esperava que soubesse das coisas.

Zoe largou o círculo dourado que ia usar como base para o bolo, perguntando-se se devia esperar até estar sozinha para começar a montar. Já era algo complicado o suficiente de fazer, mas, com a Terceira Guerra Mundial acontecendo à sua volta, seria quase impossível. Por outro lado, seria um bom treino para estar completamente estressada quando o montasse.

— Não acredito que vocês não sabiam isso a respeito do bolo do batizado — repetiu Lady Gainsborough.

— Bem, eu podia até ter conhecimento disso, mas, quando viemos para cá, não sabíamos que teríamos um batizado atirado em nossa direção, então não o trouxemos conosco! — disse Hermione, com a razão do seu lado. — Se vocês não estivessem com tanta pressa...

— Você devia estar preparada! Como eu estava com a camisola!

— Bem, eu não podia ter mandado um bolo para cá pelo correio — argumentou Hermione.

— Podemos usar o bolo do casamento da próxima vez — disse Fenella diplomaticamente, ainda que com os dentes cerrados.

— Acho que sim. E você também pode ter um menino — falou Lady Gainsborough. Ela saiu do aposento. O "descansar, soldado" foi tácito, mas óbvio.

Zoe havia recheado as carolinas, arrumado por ordem de tamanho e preparado o caramelo que ia juntá-las. Era a parte seguinte que a preocupava. O YouTube havia sido bastante útil e ela passara muito tempo assistindo a vídeos com conselhos. Mas as dicas não eram unânimes. Alguns sites usavam matrizes de aço extremamente caras, outros, palitos de dente e poliestireno. E um, que não era tão ambicioso, só montava o *croquembouche* sem nada para sustentá-lo. Mas a questão mais urgente era ter que fazê-lo cercada de pessoas, algumas das quais queriam cozinhar outras coisas. Apesar de a pressão poder ser imensa quando ela cozinhava na competição, pelo menos tinha espaço. Ela foi procurar Rupert e explicou seu problema.

— Ah, não se preocupe — falou ele tranquilamente. — Há uma sala do lado de fora da capela. Nós a construímos para o caso de as pessoas precisarem esperar lá por qualquer motivo. Pode ser sua sala exclusiva para o *croquembouche*. Vamos acrescentá-la à lista de instalações que oferecemos.

Era o fim da tarde de sábado. Zoe estava começando a montar sua obra-prima. Estava marcado para Sarah e Hugo chegarem às nove na manhã seguinte, a tempo para a missa das onze horas. Todo mundo havia escolhido que roupa usaria, e Fenella tinha emprestado um vestido muito bonito a Zoe, que ficava mais longo nela do que em Fen, mas era perfeito para a ocasião.

Ela havia feito o caramelo, atingindo a consistência perfeita. Tinha recheado mais de cem profiteroles com creme aromatizado com baunilha e conhaque e posicionado o círculo dourado como guia e base. Era agora ou nunca. Ela tinha que começar.

Já havia mergulhado três carolinas no caramelo e as colocara no círculo, sem nenhum desastre ter acontecido. Estava ganhando confiança e segurava a quarta quando Fenella entrou. Estava chorando.

— Não acredito no que a minha mãe fez!

Zoe, a essa altura uma grande fã de Hermione, ficou surpresa.

— O que foi? O que ela fez?

— Ela lavou a camisola dos Gainsborough!

— Ah!

— Flavia disse que ela não devia. Falou que era delicada demais para ser lavada e a minha mãe lavou!

— Ela se desintegrou? — Aquilo era péssimo. Não era à toa que Fenella estava chorando.

— Não! Pelo menos eu acho que não! Mas está de uma cor bem diferente!

— Não me diga que sua mãe a colocou com uma meia vermelha e a camisola ficou cor-de-rosa!

Apesar da aflição, Fenella riu.

— Não é tão ruim assim! Ela a lavou à mão, com muito cuidado, com xampu para bebê.

— Mas então qual é o problema?

Hermione entrou parecendo altiva e sem aparentar remorsos.

— Não há nenhum problema! A camisola está perfeita.

— Mas, mamãe! Flavia disse que não devia ser lavada e você a lavou!

— Eu não ia deixar minha neta ser batizada com uma camisola imunda!

Fenella gemeu e agarrou os próprios cabelos.

— É tudo verdade, mas ela vai descobrir e aí vai me matar!

— Não vai, não. Bem, talvez, mas pelo menos a camisola vai estar limpa. Sério, estava com um fedor nojento. Você não ia querer que Glory a usasse. Agora está limpa e na verdade é bem bonita.

— Talvez ela não descubra que foi lavada — sugeriu Zoe, que realmente queria ficar sozinha em seu espaço reservado para poder construir sua criação.

— Não dá para ela não perceber que não está mais daquele amarelo encardido — disse Fenella. — É óbvio pra cacete!

— Olhe a língua, querida — falou Hermione.

— Tudo bem para você, mamãe. Você não tem que enfrentá-la! — Fenella baixou os olhos para a mesa, horrorizada. — Botei a mão em um profiterole. Tudo bem se eu o comer?

— Fique à vontade — disse Zoe. — Agora, se vocês duas não se incomodam, eu prefiro fazer isso sozinha.

Comendo sua carolina de creme, Fenella guiou sua mãe para fora ainda discutindo sobre a camisola.

Zoe voltou para seu *croquembouche.*

Zoe levantou-se muito cedo no domingo e, enquanto caminhava do estábulo até a casa principal, ficou felicíssima ao ver que havia aquela espécie de orvalho que prometia tempo bom. Parte dela sentia que ela poderia viver aqui para sempre — mas só se Gideon estivesse ali. O sonho de Fenella de um grupo grande sentado a mesas compridas debaixo das árvores iria se concretizar. A alternativa, em caso de um dia chuvoso, era uma tenda, mas nunca havia sido realmente uma opção, pois ninguém fizera nada para armá-la.

Zoe pegou uma tesoura na gaveta da cozinha e saiu pelo jardim, procurando rosas de um tom claro de cor-de-rosa. Depois que tivesse acabado de decorar sua sobremesa, ajudaria Rupert a arrumar as mesas e as cadeiras.

Encontrou a rosa perfeita. Sua mãe teria sabido de que variedade era, mas para Zoe era suficiente que fosse fragrante, com pétalas de um pálido cor-de-rosa, e já tivesse desabrochado.

Quando a hora se aproximasse, ela planejava jogar açúcar queimado em círculos sobre o bolo para que ele cintilasse e brilhasse ao sol. Ia ficar lindo!

Atraída para a cozinha pela necessidade de chá, Zoe encontrou Fenella com Glory no ombro.

— Ah, posso segurar? — perguntou Zoe.

Fenella a entregou.

— Sim, pegue. Vou fazer uma xícara de chá para você. Aposto que é por isso que está aqui.

— Achei melhor vir antes que todo mundo chegue querendo café da manhã. — Zoe deu tapinhas nas costas de Glory, adorando a sensação da cabeça aveludada contra seu pescoço. Ela estava usando só uma fralda e um colete e parecia simplesmente perfeita. — Não acho que ela precise de uma camisola metida à besta para ficar linda.

— Nem eu, mas é meio que como um casamento. Espera-se uma roupa grandiosa. — Fenella entregou uma caneca a Zoe. — Sente-se e tome antes que tudo fique uma loucura.

Glory deu um bocejo enorme e Zoe se pegou fazendo a mesma coisa.

— Eu acordei cedo — explicou.

Fenella concordou com um aceno de cabeça.

— Nós também, mas eu me sinto bem. Vou estar morta na hora do chá. — Ela deu tapinhas primeiro em um seio, aí no outro. — Se você quiser entregá-la a mim, vou alimentá-la. Se eu a amamentar agora, ela vai estar pronta por volta das dez horas e aí deve aguentar a cerimônia. — Ela desabotoou a blusa. — Tenho pavor de ter que alimentá-la na igreja.

— Tenho certeza de que já aconteceu antes e o mundo não acabou — disse Zoe, decidindo que precisava de torrada.

Ela apontou com a faca na direção do pão para ver se Fenella queria um pouco.

— Ah, sim, por favor. Sei que para a vigária não teria problema algum, mas pense nos meus sogros! Eles iam morrer.

— Faça isso, então! Podemos fazer um velório rápido enquanto a igreja já está reservada.

Fenella deu uma risadinha.

— Vai ser um pouco caótico quando voltarmos da igreja. Rupert vai oferecer bebidas a todos, mas vamos ter que correr para tirar as coisas da geladeira.

— Tudo bem, eu faço isso enquanto vocês estiverem na igreja. — Zoe espalhou manteiga em uma torrada. — O que você quer?

— Marmite, por favor — respondeu Fenella. — Mas você vai à igreja.

— Sei que você me convidou e foi muita gentileza me incluir...

— Considerando-se que você é "empregada" — acrescentou Fenella com um sorriso.

— Mas eu prefiro arrumar as coisas aqui. Quero fazer o açúcar queimado do *croquembouche* no último minuto possível. — Ela mordeu a própria torrada. — Vai ser muito mais fácil para você se estiver tudo pronto quando as pessoas chegarem aqui.

— Na verdade, posso comer outro pedacinho? Tenho andado estou com uma fome insaciável — disse Fenella. — E, apesar de concordar que seria muito mais fácil se já estivesse tudo pronto, você tem que estar na igreja conosco.

— Por quê? — Zoe lhe entregou a segunda fatia de torrada.

— Porque... bem, eu provavelmente devia ter mencionado isso a você antes, mas Rupert e eu queremos que você seja madrinha da Glory.

— Mas Sarah...

— Meninas normalmente têm duas madrinhas. Você teve um papel tão importante na chegada dela e tem nos apoiado tanto desde então que apenas achamos que é a coisa certa.

Zoe subitamente sentiu vontade de chorar.

— Mas, sério, Fen, em geral é alguém que você conhece há anos.

— Não, é alguém que você não se incomodaria que cuidasse do seu bebê se o pior acontecesse.

Só por um instante, Zoe ficou completamente emocionada. Lágrimas quentes escorriam de seus olhos independentemente do que ela fizesse para tentar contê-las. Aí ela encontrou um lenço de papel e assoou o nariz.

— Não sei o que dizer!

— Só diga sim — pediu Fenella. — Ah, e talvez me faça mais uma caneca de chá? Só para selar o acordo.

Se isso fosse um filme, pensou Zoe seguindo os convidados do batizado para a igreja, Gideon apareceria no final, veria Glory nos braços dela e perceberia que ela era a mulher certa para ele. E, se mais tempo tivesse se passado e ele não soubesse de Glory, ficaria confuso, mas encantado, e um pouco decepcionado pelo bebê não ser deles. Às vezes as coisas são melhores nos filmes, ela percebeu com tristeza, empurrando Gideon para longe de seus pensamentos. Quase sempre, na verdade.

Mas o problema em tentar tirar alguém de seus pensamentos era que isso envolvia pensar muito nessa pessoa para começo de conversa. Felizmente, depois que Sarah e

Hugo chegaram e o pai de Fenella começou a planejar quem deveria ir com quem, Zoe se pegou distraída e convencida de que seria mais fácil se ela fosse para a igreja no próprio carro.

Zoe achou a missa linda. Os pais de Rupert quase viraram pedra com a ideia de ter que apertar a mão de pessoas que não conheciam durante a Paz, e nesta igreja a Paz envolvia todo mundo andando para se cumprimentar e uma quantidade bem grande de beijos. Eles estavam com cara de que cada aperto de mão era potencialmente fatal.

A parte do batismo também foi maravilhosa. Todos participaram e, lenta mas definitivamente, os pais de Rupert foram forçados a se soltar e se envolver.

Zoe achou tudo muito emocionante. Ela não tinha certeza se era porque ser madrinha havia sido jogado em cima dela (apesar de o horror abjeto expressado por lorde e Lady Gainsborough ter valido totalmente a pena) ou porque seus sentimentos por Gideon pareciam colorir tudo. Não podia deixar de invejar Fenella, com um marido que a adorava e o bebê mais doce que se podia imaginar. Nem seus sogros a tornavam menos sortuda aos olhos de Zoe.

Mas como todos estavam chorosos, Zoe pode enxugar os olhos com o lenço de papel prestativamente fornecido pela vigária (que também precisou de um) e fingir que era só o milagre da vida que a estava fazendo chorar. Ver Fenella e Rupert acalentando Glory amorosamente em seus braços bastava para fazer o coração mais duro lacrimejar, e ela viu até Lady Gainsborough enxugar os olhos discretamente com um lencinho monogramado com bordas de renda.

Como previsto, foi uma total confusão quando voltaram para casa. Pessoas entravam no caminho tentando ser prestativas, aqueles que sabiam onde a comida estava se esqueceram da guarnição e de remover o filme plástico. Os avôs de Glory saíram correndo procurando por uma bebida e a mãe de Rupert ficou entre os freezers e a mesa exigindo empregados.

Fenella e Glory se sentaram à cabeceira da mesa, alheias a tudo, juntas, a bebê fazendo um lanche pós-batismo.

Aí, de repente, tudo deu certo. Bandejas de comida foram dispostas no centro da mesa, intercaladas por garrafas. Havia pratos em cada lugar, cadeiras suficientes, todos tinham um copo cheio. Brindes foram feitos e tomados, propostos por quase todos. Finalmente Fenella disse:

— Ah, por favor, comam, estou faminta!

Zoe saiu da mesa antes das sobremesas, deixando a limpeza e a troca de pratos para outras pessoas. Em vez disso, ela se retirou para o aposento reservado ao *croquembouche* a fim de decorar sua obra-prima. Primeiro esquentou seu caramelo no fogareiro elétrico de uma boca que Rupert havia fornecido. Quando estava na temperatura perfeita, fez alguns círculos em cima do papel vegetal, aí o girou várias vezes em volta da torre de carolinas e acrescentou os círculos. Parecia um cone dourado ou um cometa. Na verdade, parecia tanto com um cometa que Zoe logo fez uma estrela de caramelo. Ela a colou na torre e suspirou de satisfação. Então voltou para a festa.

Ela estava prestes a se sentar para respirar quando Fenella falou:

— Acho que estamos prontos para o bolo agora, ele está pronto?

— Vou pegá-lo. Pode ver se há lugar na mesa?

Era o cenário perfeito. Pessoas em roupas bonitas sentadas à longa mesa debaixo das árvores, tendo comido e bebido um pouco demais. Rupert havia aberto espaço para o bolo e Sarah ajudou Zoe a carregá-lo.

— Está incrível! — elogiou Sarah. — Tenho que sugerir isso como bolo de casamento quando as pessoas quiserem algo especial que não seja todo de chocolate.

— Você pode pôr chocolate, mas eu acho que caramelo fica mais bonito.

— E combina com a Glory, de certa forma, sendo dourado — falou Sarah.

Elas chegaram ao espaço vazio e o apoiaram na mesa.

— Ah, uau — disse Fenella. — É realmente fantástico, até melhor do que eu esperava. Você é um gênio, Zoe!

— Sério, não ficou nada mau — falou Rupert, sorrindo de um jeito que deixou Zoe radiante de orgulho.

— Ficou bem bonito — comentou Lady Gainsborough —, e podemos ter o bolo do casamento quando eles tiverem um menino.

— Mas até lá vamos continuar com os *croquembouches* — disse Fenella. — Agora, como corto esse negócio?

Depois de todos os outros terem exclamado diante da linda obra de Zoe e dito que era uma pena terem que cortá-la (apesar de estarem loucos para provar um pedaço), Hugo tirou algumas fotos. Ele passou o batizado inteiro fotografando freneticamente e prometeu a Zoe algumas fotos para seu portfólio — e uma muito meiga dela com Glory. Zoe não podia deixar de desejar que Gideon também estivesse ali. Talvez ela pudesse lhe mandar a foto em algum momento — ou talvez não; a fotografia poderia fazer com que ela nunca mais o visse.

Finalmente, Rupert ousou servir o *croquembouche* e começaram de cima para baixo, guardando a estrela de caramelo para depois. Estava delicioso. As carolinas se partiam e então desmanchavam, soltando creme aromatizado. Foi de fato um triunfo.

— Essa moça não é má cozinheira. — Zoe ouviu Lady Gainsborough dizer para um dos convidados. — Apesar de que torná-la madrinha é levar a gratidão um pouco longe demais.

Sarah e Zoe estavam terminando de arrumar as coisas. Os convidados tinham ido embora, Rupert levara seus pais para dar uma volta de carro, e Fenella e Glory haviam se retirado para a cama para um reconfortante cochilo.

— Isso foi uma vitória — falou Sarah. — É ótimo quando esses planos realmente dão certo. Com frequência chove ou a comida não fica tão boa ou a salada murcha ou alguém sem querer atiça um vespeiro... mas isso foi perfeito!

— Fico tão feliz, pelo bem da Fen. Foi tudo tão corrido, do ponto de vista dela. É genial que tenha dado certo.

— Eles sempre podem dar uma festona para todos os amigos deles um pouco mais tarde, quando Glory puder usar o que quiser.

— Apesar de que ela estava uma graça!

— É, mas foi meio preocupante, todo mundo segurando-a com os dedos melados! — Aí Sarah parou com os comentários. — Então, Zoe, quais são seus planos?

— Para agora? Ou para depois da competição?

— Para depois. Imagino que agora você vai planejar cardápios e treinar como uma louca. Mas acho que você devia fazer um *croquembouche* para a sua sobremesa. Deu tão certo.

— Provavelmente vou fazer. Ele demonstra minhas habilidades: massa de éclair, caramelo... coisas complicadas.

— E então? — Sarah parecia realmente interessada.

— Bem, se eu ganhar, e é um grande se", gostaria de abrir uma delicatéssen. — Ela foi em frente e contou a Sarah tudo o que havia contado a Gideon e, assim como ele, Sarah pareceu aprovar.

— Acho que parece excelente, mas fiquei imaginando se você gostaria de ter um bufê para casamentos. É evidente que você é boa nisso.

— Eu não me incomodaria de fazê-lo em paralelo, para complementar minha renda. Nossa, não pareço adulta? Mas basicamente seria algo à parte, não minha ocupação principal. É uma delicatéssen o que eu quero de verdade.

— Bem, vamos manter contato. — Sarah fez uma pausa. — O que você vai fazer se não ganhar? Apesar de todos os sinais indicarem que vai.

— Ah, não fale isso que dá azar! Se eu não ganhar, vou apenas arranjar um emprego. Cozinhando em um pub, trabalhando um pouco em bufê, sei lá. — Ela deu um profundo suspiro. — Eu quero ganhar. Quando entrei, achei que só queria a experiência, a exposição, mas agora eu realmente, realmente quero ganhar!

Capítulo 21

— Tem certeza de que tem que ir? — Fenella estava com Glory apertada contra o peito, de pé nos degraus de Somerby, enquanto Rupert botava as malas de Zoe no carro.

— Tenho! Minha família acha que eu emigrei e, de qualquer modo, você não precisa mais de mim.

Zoe tinha sentimentos conflitantes em deixar Somerby, Fenella e Rupert, mas agora que todos os parentes haviam partido, ela não tinha desculpa para ficar. E, de qualquer maneira, como Gideon não telefonara — talvez ele também não tivesse o número de Somerby —, não havia um motivo em especial.

— Bem, vou dizer de novo, se algum dia você quiser um emprego, ou qualquer outra coisa, com certeza você encontrará aqui — garantiu-lhe Fenella. — Vamos precisar de alguém responsável pelo bufê ou algo assim em breve.

— Agradeço muito...

— Mas, é claro, quando ganhar a competição você vai abrir sua delicatéssen, então não vai precisar de emprego — continuou Fenella. — Se algum dia precisar de referências...

— Eu posso não ganhar! Na verdade, provavelmente não vou ganhar e aí agradeceria muito por um emprego.

Rupert andou até Zoe e passou o braço em volta de seus ombros.

— Acho que você quer ir agora. Fen a manteria aqui para sempre, se pudesse.

— Fico feliz que tenham gostado tanto que eu ficasse. Também agradeço muito. Eu me diverti muito e passei por várias experiências úteis. Mas vou embora agora ou não vou chegar em casa a tempo para o almoço, e meus pais estão me esperando.

Foi difícil deixar Somerby. Em sua cabeça, o lugar estava tão vinculado a Gideon. Eles se encontraram lá — ou por perto —, ela havia se apaixonado e eles se conheceram mesmo.

Ela se recusava a ficar neurótica por ele não ter entrado em contato. Haveria um motivo perfeitamente razoável para isso.

Apesar dessa atitude sensata, uma pulga continuava atrás de sua orelha. Será que ela era só a garota que estava disponível e o distraía? Será que seus sentimentos não eram recíprocos? Será que era tudo unilateral? Ela relembrou alguns dos momentos que compartilharam: bancando mordomo e cozinheira para os pais de Rupert, quando se encontraram no bosque, o último beijo apaixonado. Não, ela não podia ter entendido os sinais tão errado. Devia estar tudo bem.

Então, enquanto dirigia pelas estradas de sebes altas, ela tentou se sentir feliz. Tinha sido um caso alegre, cheio de diversão e carinho e uma noite gloriosa de sexo incrível. Ela não devia se preocupar por ter terminado. Não tinha. O caso deles estava só dando um tempo!

Conforme se aproximava de casa, ela se pegou indecisa sobre o que deveria dizer ou não à mãe. Ela poderia muito bem perguntar. E ainda que Zoe ficasse feliz em falar sobre Gideon horas e horas, sua mãe ficaria preocupada por ele ser um jurado. Zoe também estava preocupada. Mas ela provavelmente não ia conseguir não dizer nada. Era uma coisa de mãe saber reconhecer se suas filhas haviam passado por alguma espécie de mudança.

Seus pais estavam no degrau da porta quando ela chegou. Ficou surpresa ao ver o pai.

— Não está trabalhando, papai? — perguntou enquanto o abraçava.

— Não, tirei a tarde de folga.

— É ótimo vê-la, querida — disse a mãe, abraçando-a com a mesma força.

— Ei, vocês dois! Não fiquei fora tanto tempo!

— Eu sei, mas você passou por muita coisa — falou sua mãe, acompanhando-a para dentro da casa. — Achei que podíamos fazer um lanche no jardim para o almoço, está fazendo tanto sol.

Durante o vinho e a salada, Zoe manteve seus pais entretidos com histórias de Somerby, os pais de Rupert, o *croquembouche* e, em uma versão censurada, Gideon. Quando o pai foi a seu escritório para adiantar um pouco de trabalho, a mãe fez chá e colocou a caneca firmemente na frente de sua filha; ela queria detalhes.

Escutou em silêncio enquanto Zoe fazia a descrição de como haviam se conhecido e como ele era total e absurdamente lindo e impressionantemente sexy. Ela continuou e contou como ele era diferente das outras pessoas e como até certo ponto suas esperanças e ambições coincidiam com as dela.

A mãe permitiu um silêncio longo e diplomático antes de dizer:

— Então o fato de que ele é um jurado não faz com que isso seja proibido?

Zoe suspirou e assentiu com um gesto de cabeça.

— Mas nem sempre você pode escolher... de quem gosta. — Ela parou, mas sabia que sua mãe não tinha sido enganada. Ela sentia que isso estava além do só gostar.

— Vou botar a chaleira no fogo novamente — falou a mãe.

Depois que ela tinha voltado com as canecas de chá cheias de novo e trazido um pacote de chocolates, continuou:

— Não podem deixar tudo em suspenso até o fim da competição?

— É mais ou menos o que estamos fazendo. Ainda não conversamos realmente sobre isso. De qualquer modo, não tenho notícias dele desde que foi embora. O que não é um problema para mim. — Ela sorriu para esconder sua mentira. — E talvez ele esteja pensando a mesma coisa, talvez seja por isso que não tentou entrar em contato. Talvez ache que é melhor não nos vermos até tudo ter acabado.

— Parece uma pena arriscar...

— Eu sei, mamãe! Você não precisa me lembrar. Estou determinada a não colocar minhas chances na competição em risco.

A mãe de Zoe pareceu um pouco cética, mas só disse:

— Ah! Como posso ter esquecido? Chegou algo para você pelo correio há alguns dias. Pode ter informações sobre seu desafio final.

Feliz por sua mãe ter sido distraída de Gideon, Zoe a seguiu para dentro da casa.

— Que emocionante! Nós sabemos que é alta gastronomia, mas não todos os detalhes.

— Aqui está! — Entregou a Zoe alguns envelopes, com o que considerava importante em cima.

Enquanto Zoe pegava os envelopes e o abridor de cartas que a mãe lhe entregou, ela percebeu que o segundo envelope estava escrito à mão. Não reconheceu a letra, mas soube imediatamente de quem era. Seu coração cantarolou e ela deu um pequeno suspiro de êxtase, esperando que a mãe não percebesse.

— Então, mamãe? Quer outra xícara de chá? Eu faço. — Ela própria estava satisfeita, mas a capacidade de sua mãe de tomar chá não tinha limites.

Quando voltou, Zoe estava totalmente no comando de seus sentimentos e focada na competição.

O envelope oficial era grande e estava cheio de folhas de papel. A primeira coisa que Zoe pegou foi um convite impresso.

— Uau! — exclamou, passando-o para sua mãe.

— Uma festa de encerramento! Que legal! Você acha que vai estar cheia de celebridades?

— Talvez — disse Zoe, examinando-o. — Mas não vou pedir autógrafo para o Jamie Oliver, mesmo que você me implore.

— Ah, está bem. Alan Titchmarsh?

— É um evento de culinária. Ele faz jardins.

Um suspiro resignado.

— Está bem, então o que você vai vestir?

— Mamãe! O que eu vou vestir não é importante! É como eu cozinho. Veja! — Ela puxou uma folha de papel na qual estava escrito o próximo desafio e a entregou para sua mãe. Na verdade, estava ansiosa para chegar ao que tinha certeza ser a carta de Gideon, mas achou que tinha que dar prioridade à sua vida profissional.

— Uma refeição sofisticada para seis: dois chefs, dois críticos, uma celebridade amante da gastronomia e um dos jurados originais — leu sua mãe em voz alta.

— Ah, meu Deus — disse Zoe, lendo por sobre o ombro dela. Ver impresso tornava tudo assustadoramente real. —

Quatro pratos e comida de alta gastronomia da melhor qualidade. — Ela teve um momento de pânico. Havia perdido um tempo de treinamento precioso em Somerby, mesmo que tivesse sido por uma boa causa. Tinha muito o que recuperar!

— Mas você pode pedir os ingredientes que quiser. Dizem que boa comida começa no mercado — continuou sua mãe, lendo.

— Ou direto com quem produz — disse Zoe. — Há uns ótimos fornecedores perto de Somerby.

— Mas ainda assim, odeio falar isso, mas fico tão feliz por ser você e não eu!

Zoe puxou uma cadeira e sentou-se à mesa do jardim.

— Está tudo bem. Eu cheguei até aqui, posso fazer isso. E já sei o que vou fazer de sobremesa: um *croquembouche*.

— Ah? Como fez para o batizado. Boa ideia!

O entusiasmo de Zoe aumentou.

— Gostaria de botar folhas de ouro em alguns fisális, ou algo do gênero, para poder ter bolinhas douradas entre as carolinas.

— Você vai ter tempo? Parece terrivelmente trabalhoso. E será que a folha de ouro vai grudar? Você sabe como o caramelo sempre cai das maçãs do amor a não ser que se tome muito cuidado. E o que vai fazer como entrada?

Zoe juntou os papéis, incluindo o envelope escrito à mão.

— Na verdade, mamãe, eu preciso pensar um pouco. Vou levar isso para cima e reler tudo e aí vamos atacar os livros de culinária.

Segurando os papéis junto ao corpo, ela correu para o quarto, atirou tudo na mesinha lateral, mas pegou o envelope e sentou-se na cama.

Finalmente ela podia abrir a carta de Gideon. Ela queria rasgá-la com os dedos, mas, como havia pegado o abridor de cartas quando trouxe os papéis, usou-o para cortar. Ela podia querer manter o envelope intacto.

Querida Zoe,

Sinto muito não ter entrado em contato. Ainda estou me batendo por não termos trocado telefones. Eu não tinha nem o número de Somerby comigo. Consegui arrumar o endereço da sua casa por meios tortuosos!

Tenho muito para contar a você. A vida ficou mais agitada do que o normal. Mas vamos estar juntos logo, logo e eu vou explicar tudo.

Estou prestes a entrar em uma reunião.

Seu Gideon

Como carta de amor, ela não era inteiramente satisfatória, mas era muito melhor que nada. E era tão bom ver a letra dele. Era uma boa letra e ele obviamente tinha usado uma caneta-tinteiro. A maioria das pessoas mandava mensagens de texto ou e-mail hoje em dia; era muito especial ter algo tangível que ela podia guardar para sempre. Era a cara do Gideon ter escrito para ela. Mas não havia nenhuma despedida carinhosa. Quanto tempo leva para escrever "com amor"? Quase nenhum. Mas será que "seu" era melhor? Talvez significasse mais do que só "com amor". Zoe quase nunca escrevia um e-mail no qual não pusesse "com amor" no final.

Ela examinou o papel de novo. Era de um hotel. Gideon não tinha lhe dado seu e-mail, seu celular nem nada. Talvez ele não quisesse que ela entrasse em contato? Talvez essa fosse uma carta para "manter a uma distância segura"?

Ela se entregou a uma tristeza por alguns instantes e então releu a carta mais uma vez para dar sorte. Ele se dera ao trabalho de descobrir o endereço dela. Não tinha nenhuma obrigação de escrever. Não, Zoe decidiu ficar feliz. Ficar feliz ou infeliz era com bastante frequência só uma decisão, percebeu, satisfeita por tê-la tomado.

Ela se levantou e foi para o andar de baixo. Estava na hora de vasculhar o mundo culinário atrás de receitas.

Planejar o cardápio foi divertido. A mãe de Zoe tinha muitos livros de culinária, Zoe tinha ainda mais e ainda havia a internet. Sua mãe se atirou à tarefa com entusiasmo e seu pai, obsequiosamente, comia as amostras que lhe eram dadas.

— Você não é má cozinheira, Zoe — falou ele, devorando uma tortinha minúscula cheia de cogumelos cortados fininho e um ovo de codorna poché em cima.

Zoe estava franzindo o cenho.

— Obrigada. Nós também gostamos disso, mas não tenho certeza. É pequeno demais para ser considerado uma entrada, na verdade.

— Coloque dois, então! — Seu pai parecia pensar que essa era a solução óbvia.

Zoe balançou a cabeça.

— Dois não ficaria com uma aparência legal e três seria demais. Vou ter que pensar em outra coisa.

— Ah, que pena — disse seu pai.

— Não se preocupe, há massa sobrando. Vamos comer isso no jantar.

Pensar em pratos diferentes com alguém que realmente queria que você ganhasse era tão mais divertido do que fazer tudo sozinha. Sua mãe era uma ótima cozinheira, apesar de não entender inteiramente sobre como era cozinhar em uma competição.

— Eu sei que não há nada mais delicioso do que uma travessa perfeita de sopa, mas não é o bastante nesse ponto da competição — explicou Zoe.

Sua mãe suspirou.

— Acho que estou pensando em comida gostosa que não é estressante demais para servir.

Zoe pensou em alguns dos melhores restaurantes nos quais havia comido. Às vezes eles serviam uma porção minúscula de sopa que era quase a melhor parte da refeição.

— Acho que, em quatro pratos, eu posso ter um que seja simples.

— Desde que esteja perfeito?

— E lindamente apresentado.

— Você pode levar as xícaras de café do meu casamento se quiser. Eu não as uso há anos — disse a mãe.

Zoe não falou por alguns segundos. As xícaras de café de sua mãe eram antiguidades, da marca Spode, decoradas com vagens de ervilhas e gavinhas verde-clarinho com bordas douradas. Zoe sempre as adorara.

— Mas, mamãe! — Ela teve que limpar a garganta, de tão emocionada que ficou com a oferta. — E se elas quebrarem?

— Não espero que quebrem. E pelo menos seria por uma boa causa. Eu nunca as uso, no fim das contas.

— Mas são tão especiais!

— Eu sei. Então nada mais justo que você as tenha para esta ocasião especial.

Zoe podia ver uma sopa de ervilhas, exatamente da mesma cor das xícaras, e como ficaria maravilhoso. Ela abraçou a mãe.

— Se você realmente tem certeza...

— É claro! Agora, o que você vai fazer em seguida? Uma entrada? Ou peixe?

— Peixe, eu acho. Eles querem técnica. Algo trabalhoso e demorado. Qualquer coisa remotamente fácil e eu posso receber uma nota baixa. Dito isso, acho que vou arriscar e fazer um peixe simples, talvez um peixe-galo, o que seriam dois pratos simples.

— Bem, você tem a massa de éclair para as carolinas, isso é bem técnico.

— É, e eu treinei bastante.

— Eu sei! — falou a mãe. — Meu clube do livro adorou aquelas carolinas.

— Mas eu devia fazer outra tentativa com o caramelo e o açúcar queimado.

Sua mãe deu uma risadinha.

— Que outras habilidades você tem que possa exibir? Malabares?

Zoe riu.

— Desossar, rechear, alguma coisa "em três versões", possivelmente algo que você não comeria normalmente.

— Como arganaz, por exemplo?

— Isso, só que provavelmente algo que não está em extinção. Coelho, talvez?

— Você gosta de coelho? — A mãe de Zoe parecia disposta a transformar Miffy em comida se fosse necessário.

— Não muito. Posso fazer algum tipo de ave ou caça. — Zoe repassou todas as criaturas nas quais conseguiu pensar, mas não encontrou nada que a inspirasse.

— Ou filé.

Zoe olhou para sua mãe como se ela estivesse louca por alguns segundos, e então sua expressão mudou.

— Três versões de carne seria algo bastante incomum. Posso fazer um *beef Wellington* miniatura, um filé frito na frigideira, perfeito com batatas Jenga, você sabe, quando você as empilha em uma torrezinha como no jogo? E talvez steak tartare?

Sua mãe fez que sim com a cabeça.

— Mas e quanto à comida fria em um prato quente?

Zoe pensou a respeito. Sua mãe tinha uma queda por pratos quentes que ninguém mais na família entendia. Mas ela podia ter razão.

— Ou um hambúrguer minúsculo perfeito? Cebolas fritas crocantes? Um chutney perfeito? Eu provavelmente posso fazer isso com antecedência. Disseram que nós podemos ter seis ingredientes que não fizemos nós mesmos ou que preparamos antes.

Planejar o cardápio perfeito levou vários dias, folhas de papel, pesquisas na internet, viagens à biblioteca e surtos de indecisão. Mas foi divertido e, quando ela não estava pensando em Gideon e imaginando coisas a respeito dele, ocupava completamente a mente de Zoe.

Por fim, ela ficou feliz com seu cardápio e se dedicou a fazer o chutney perfeito e o melhor e mais suave molho para o peixe. Também gastou bastante dinheiro em folhas de ouro comestíveis e fisális.

Quando não estavam pensando em comida, Zoe e sua mãe pensavam no que ela deveria vestir para a festa e a sessão de fotos. Sua mãe achava que ela não estava dando a devida atenção ao assunto.

— Mas é uma competição de comida, mamãe! Não *Britain's Next Top Model!*

— Confie em mim, querida, se não fizer um esforço, você vai se arrepender para sempre. E aposto que Cher vai se esforçar.

Jenny, que viera para o almoço, na maior parte para ficar do lado da mãe de Zoe, concordou.

— Você tem que ser a maior gostosa.

A mãe de Zoe ergueu as sobrancelhas, mas fez que sim com a cabeça.

— E aquele garoto de quem você gosta? Ele não vai estar lá?

Zoe riu com a ideia de Gideon ser descrito como um garoto.

— Só achei que pareceria mais séria e comprometida se não tentasse competir com Cher no visual.

A mãe de Zoe e Jenny trocaram olhares desanimados.

— Está bem! Eu quero ficar linda. O máximo que puder, já que sou tão baixinha.

— *Mignon*, querida.

— E graças ao Jimmy Choo, Louboutin etc., você não precisa mais ser tão baixinha — opinou Jenny.

— Para alguém que quase só pensa em cavalos, você gosta bastante de designers de sapatos — murmurou Zoe.

— Não moro em uma caverna! — defendeu-se Jenny.

— Gosto bastante da Emma Hope — disse melancolicamente a mãe de Zoe, possivelmente pensando em sua juventude.

— Talvez eu deva fazer meu cabelo — falou Zoe, que agora estava gostando bastante da ideia de se arrumar toda.

Jenny inspecionou a juba de Zoe, que, como sempre, estava mais para o lado selvagem.

— Eu gosto um pouco mais comprido, mas estou vendo que está precisando de um bom corte.

Zoe pegou um punhado de cachos.

— Fico pensando como ficaria alisado.

— Muita manutenção — disse Jenny.

— Por que você não vai ver a Debbie? — sugeriu sua mãe. — Ela é a melhor cabeleireira da região. Todas as minhas amigas vão lá.

Zoe mordeu o lábio, sem ter certeza se a declaração "todas as minhas amigas vão lá" era a recomendação certa para ela, considerando que era de outra geração.

— Ah, é — disse Jenny. — Ela é muito boa. Fez o cabelo para uma amiga que ia se casar. Vai resolver os seus problemas. — Ela lançou um olhar cheio de desejo para a última bomba de creme. — Posso comer isso? Sei que já comi duas, mas estão uma delícia.

Zoe empurrou o prato na direção dela.

— Por favor! Ninguém na casa aguenta mais massa de éclair no momento. Tenho feito de olhos vendados.

— Sério? — Jenny quase pareceu acreditar nisso.

Zoe fez um som de desaprovação.

— Não, claro que não! Mas tenho feito muito para que seja menos uma coisa com que me preocupar para a competição.

Debbie foi genial. Para começar, ela era só um pouco mais velha do que Zoe, então sabia exatamente o que estava na moda e o que combinaria melhor. Ela voltou para casa com a cabeça cheia de cachos que podia prender para trás com grampos, ou usar com uma faixa, ou só deixar bagunçado.

Ela não podia deixar de imaginar como Gideon reagiria. Ele gostava de seu visual descontraído e provavelmente ia gostar disso. Ou, pelo menos, ela esperava que sim. Estava tão ansiosa para vê-lo de novo.

Sua mãe marcou e pagou uma hora na manicure. Enquanto estava lá, ela fez as sobrancelhas. Pensou brevemente em colocar cílios postiços, mas a menina do salão falou:

— Sinceramente, você não precisa. Seus cílios estão ótimos assim mesmo.

Ela voltou vibrando para casa e deu uma voltinha para sua mãe e mais tarde para seu pai, que disse:

— Acho que você está igual ao que estava antes de gastar todo aquele dinheiro, mas o que é que eu sei?

Ele foi empurrado carinhosamente e despachado para a sala de estar com o jornal.

— Você está deslumbrante, querida. Está realmente igual ao que estava nesta manhã, só que mais cuidada, mais bem-tratada. *Gamine*, meio francesa. Você vai ficar pau a pau com aquela Cher.

— Mamãe! Não é uma competição de beleza, ok?

— Ah, é sim — comentou sua mãe. — Sempre é.

Duas semanas depois, com uma mala cheia de mudanças de ideia de última hora, ingredientes misteriosos que a produtora de TV podia não ser capaz de fornecer e as antigas xícaras de café de sua mãe para lhe dar sorte, Zoe pegou o trem para Londres.

— Ainda bem que não tem que fazer baldeação em Swindon — comentou seu pai, enquanto a ajudava a arrastar a bagagem para a plataforma.

— Não, e só vou ter que pegar um táxi em Paddington.

— É como quando você foi para a faculdade, só que quase pior! — exclamou sua mãe. — Tem certeza de que não quer levar meu floral de Bach? Só para o caso de você ficar muito nervosa?

— Vou ficar bem, mamãe. Sério. Ou pelo menos tão bem quanto possível.

— Só faça o melhor que puder. Seu pai e eu estamos tão orgulhosos de você!

— Tem certeza de que você e papai não podem ir para o último julgamento e a festa de encerramento depois?

— Amor! Eu adoraria, mas seu pai vai estar fora a trabalho e eu odiaria estar lá sozinha. E ainda tenho aqui um monte de coisas das quais seria difícil me livrar.

Zoe suspirou.

— Você não estaria sozinha. Eu estaria lá.

— Você estaria ocupada e eu ficaria extremamente nervosa por você. Eu só ficaria infeliz e você se preocuparia comigo.

Não havia como negar a verdade disso. Sua mãe era ótima com pessoas que conhecia, mas no fundo era tímida. Também ficava terrivelmente nervosa quando o assunto era a filha. Zoe não queria forçá-la a ir a algo que ela não fosse aproveitar.

— Está bem, se você realmente não quer.

— Obrigada, querida. Sinceramente, é melhor assim.

Zoe abraçou seus pais, esperando que o trem chegasse ou que sua mãe fosse embora antes que começasse a chorar.

— Se quer fazer algumas compras, é melhor não desperdiçar todo o seu tíquete de estacionamento se despedindo de mim.

— Está bem, está bem, entendi a dica. — Sua mãe lhe deu mais um abraço apertado. — Mande notícias!

Assim que ela se acomodou em seu assento, seu telefone apitou. Era uma mensagem de texto de Jenny. "Boa sorte, mal posso esperar para ver quando for ao ar." Zoe não tinha pensado muito no programa em si. Agora que era forçada a fazê-lo, achou que podia ter que se esconder quando chegasse a hora. Ela não tinha certeza se conseguiria assistir. Apesar de que, talvez, se estivesse aconchegada ao lado de Gideon, pudesse ser suportável. Aí, ralhando consigo mesma por sonhar acordada, ela abriu sua pasta e se forçou a pensar em três versões de carne.

Capítulo 22

Assim que o táxi de Zoe encostou na frente do hotel londrino onde eles iam se hospedar, ela viu Cher saltando de outro. Ela também tinha muitas malas, que levaram algum tempo para serem descarregadas. Quando ambas haviam esvaziado seus táxis, Zoe olhou adiante. Cher a viu e sorriu.

— Oiê! — falou ela, estranhamente simpática. Parecia um pouco esquisita. Zoe ficou imaginando se havia feito alguma coisa no tempo em que passaram em casa, mas não conseguiu descobrir o quê.

— Olá! Como vai?

— Ótima, obrigada. — Ela jogou o cabelo para trás por cima do ombro; ele estava ainda mais longo, mais louro e com mais mechas do que nunca. Aí Zoe percebeu o que estava estranho nela. Cher havia colocado Botox. Sua testa, revelada pelo novo penteado, estava lisa como papel.

Alguém da emissora de TV se aproximou.

— Estão com seus perecíveis aí, meninas? — perguntou ele. — Vou levá-los para vocês.

Entregá-los levou algum tempo, mas, no fim, porteiros elegantemente uniformizados pegaram suas malas e elas entraram no hotel.

Sem as malas, a não ser por uma bolsa de mão grande o suficiente para alojar um poodle de médio porte, Cher se desmanchou toda de novo.

— Querida! Amei o cabelo! — elogiou ela, beijando o ar perto do ombro de Zoe. — Está parecida com Amélie, meio francesa.

Zoe beijou Cher de volta e ficou com um monte de extensões de cabelo no rosto.

— Obrigada! Era essa a ideia. Você está fabulosa como sempre. Mais fabulosa, talvez. — Cher era uma dessas mulheres irritantes que realmente conseguia fazer um bronzeamento artificial dar certo. Ela não estava nem laranja nem listrada.

— Valeu! Eu estive nas Maldivas, melhorando meu bronzeado e meu jantar final, é claro. — Sua risada tilintou alegremente, de alguma forma transformando isso em uma mentira. — Mas também conseguindo um pouco de descanso e diversão. Tenho um monte de coisas para contar a você — continuou ela. — Tomara que a gente esteja em suítes vizinhas!

— Suítes? Incrível! — exclamou Zoe, subitamente ansiando por um hotelzinho barato, sozinha.

— É, parece que há um grande negócio rolando entre a cadeia de hotéis e a emissora de TV. Meu tio me contou tudo a respeito. É o que ele faz.

— Se vocês duas quiserem subir juntas no elevador — falou um carregador —, as malas irão separadamente.

— Ótimo! — disse Cher. E enquanto subiam no elevador espelhado de mármore, ela gesticulou com a boca para Zoe sem emitir nenhum som: — Gatinho!

Zoe tinha que concordar que o carregador era gatinho, mas ele também podia ver Cher mexendo a boca, então não comentou.

— Vamos fazer o seguinte — falou Cher enquanto era levada até sua porta. — Vamos desfazer as malas e aí você vem para o meu quarto e vamos atacar o frigobar. Está tudo pago!

— A que horas eles querem que a gente vá para a sessão de fotos? Não disseram lá embaixo no saguão às seis horas? — Zoe sabia perfeitamente bem que sim, mas queria que Cher decidisse por si mesma que elas precisariam de cada segundo no meio-tempo para se aprontar. Ela não queria ficar bêbada com Cher antes. Não era uma despedida de solteira.

— Vamos ter tempo para um drinque rápido. É bom estar relaxada para a sessão de fotos. Não queremos ficar tensas, queremos? — A insinuação era de que só uma das duas corria o risco de ficar assim, e não era ela.

— Está bem, eu vou ao seu quarto às quinze para as seis. Vamos fazer nossa própria maquiagem, não é? — Antes que Cher pudesse responder, Zoe disparou pelo corredor como se estivesse desesperada para tirar seu Curvex da mala.

Cher pedira uma garrafa de champanhe ao serviço de quarto e entregou uma taça a Zoe no momento em que ela passou pela porta.

— Tome, beba isso. Você e eu precisamos ter uma conversa.

Apesar de Cher estar sendo tão simpática quanto antes, Zoe sentiu-se subitamente com frio. Talvez fosse só o ar--condicionado que estivesse um pouco alto.

Cher abriu o laptop.

— Quero que você veja algumas fotos.

Zoe bebericou seu champanhe, imaginando se realmente havia tempo para fotografias "eu, maravilhosa, na praia".

Cher colocou um dedo esguio com unha à francesinha no computador e uma foto encheu a tela.

— Tirei com o meu celular, então não estão ótimas, mas acho que estão nítidas o suficiente, você não acha?

Zoe olhou para a tela. Parecia ser um close-up estranho de um programa de resistência na selva. Aí reconheceu seu casaco. Um segundo depois ela viu Gideon. Eles estavam se beijando.

Várias outras fotos sobre o mesmo tema se seguiram.

— Pronto! — disse Cher. — O que você acha?

Zoe se sentiu enjoada. Seus joelhos ficaram bambos e ela desabou no sofá. Um gole de champanhe não ajudou muito. O que podia dizer?

Ela caiu em trivialidades.

— Meu Deus! O meu cabelo! Eu realmente andava por aí assim? — Ela estava ganhando tempo e ficou bastante satisfeita com seu esforço.

— Nunca pensei que fosse dizer isso, mas não é com o seu cabelo que você devia estar se preocupando, querida.

— Você acha que eu estou com um certo pneuzinho?

Cher balançou a cabeça, fingindo estar triste.

— É quem você está beijando. Gideon. Um jurado. Você está olhando para um grande escândalo. E não só pelo seu cabelo.

Zoe segurou sua taça como se, de alguma forma, pudesse salvá-la. Ela tinha a sensação de que Cher sabia exatamente o que ia dizer a seguir.

— E então? — Cher olhou para ela com a cabeça inclinada.

Zoe deu de ombros.

— O que você quer que eu faça a respeito?

— Simples. Não ganhe a competição.

— Cher! Não é provável que eu ganhe! Há pessoas melhores do que eu nessa competição. Você pode ganhar!

— Eu posso e quero aumentar as minhas chances. É você que estão dizendo que está cotada para o primeiro lugar. Não por causa da sua comida. — Ela provocou, como se a comida de Zoe fosse terrível. — Mas por causa de sua "excelente habilidade em lidar com crises". Eu falei para você, sei tudo a respeito. Portanto, eu quero você fora. Essas fotos vão ajudar.

— Suponha que eu diga que não me importo? Suponha que eu diga "publique e que se dane"?

Cher pode não ter entendido a citação do Duque de Wellington, mas isso não parecia ter importância.

— Escute, você pode dizer que não se importa com isso e que não liga se não ganhar. Mas se o programa for manchado por esse grande escândalo, não vai afetar somente a você, vai afetar todo mundo e Gideon nunca mais vai trabalhar na televisão. A carreira dele? — Ela fez um gesto com a mão mergulhando na direção do chão. — Desse jeito. Você tem que acabar com suas chances de ganhar.

— Posso simplesmente desistir? — De alguma forma, a ideia de não dar o melhor de si era bem pior do que não competir, apesar de isso ser bem horrível. Ela havia se esforçado tanto.

Cher negou meneando a cabeça.

— Não. Os motivos serão conhecidos e os resultados vão ser os mesmos. Você simplesmente vai ter que cozinhar mal para não ganhar. Não deve ser muito difícil. — Cher deu uma risadinha. — Você pode fazer isso até sem tentar!

Isso parecia uma salvação.

— Eu posso não ganhar...

Cher negou mais uma vez.

— Não. Você tem que se assegurar de que não vai ganhar. Tem que estragar um prato. Eu quero que a sua reputação como cozinheira seja destruída, na televisão, em público. É o que você merece.

Zoe respirou fundo para protestar, mas Cher ergueu a mão.

— Não! Você dormiu com um jurado! Isso é errado de diversas formas. Você tem que garantir que não vai lucrar com isso.

Zoe achou que não podia protestar e dizer que as fotos deles se beijando não significavam que tivesse dormido com ele. Era irrelevante. De qualquer modo, ela *havia* dormido com ele.

— Só me diga, você que parece saber tudo, em algum momento você teve a impressão de que Gideon me favoreceu em relação ao restante de vocês?

O pequeno dar de ombros de Cher disse a Zoe o que ela queria saber.

— Não estou dizendo isso, mas ele podia ter favorecido. E dormir com ele ainda é errado. Você deve saber disso.

Zoe ficou em silêncio. Ela sempre soubera que dormir com Gideon era errado e ainda assim a realidade era que, mesmo agora, não teria feito nada diferente.

— Então estamos na mesma página? — Era como se Cher estivesse combinando à qual boate elas iriam primeiro.

Zoe fez que sim com a cabeça. Ela não sabia o que mais fazer.

— Então, saúde! — Cher encheu as duas taças de novo. — Vai ser uma noite ótima!

Capítulo 23

Cher estava mais encantadora e mais parecida com uma produzida namorada de um jogador de futebol do que nunca na limusine que apanhou as três concorrentes mulheres e as levou ao hotel onde a sessão de fotos seria feita. A coletiva de imprensa e a festa também iam ser lá. Ela tratou Becca de maneira extremamente condescendente, o que deixou Zoe com muita raiva, mas como ela tinha seu próprio turbilhão interno, não podia fazer muito para ajudar, tirando um ocasional sorriso solidário. Seus sentimentos estavam tão confusos. Ela ia ver Gideon, o que era ao mesmo tempo muito emocionante e completamente aterrorizante. Será que teria uma oportunidade de falar com ele? E, mais importante, como ele receberia a notícia de que ela estava sendo chantageada por Cher? Ela desejava agora ter aceitado o frasco de floral de Bach que sua mãe havia tentado lhe empurrar. O que realmente queria agora era um tranquilizante. Talvez alguém lhe oferecesse um conhaque. Gideon ia ficar furioso. Mas ele também tinha muito a perder. Por que, ah, por que eles não tinham sido mais cuidadosos?

— Eu vou me acostumar a esse estilo de vida! — disse Cher, esticando suas pernas longas e perfeitas à sua frente. — Depois dessa competição, alguns de nós vão ser estrelas! — Ela falou a palavra com um êxtase que fez Zoe se contorcer. Uma olhada para Becca do outro lado lhe disse que ela sentia a mesma coisa.

— Você pode não ganhar, Cher — disse Becca corajosamente. — E nós somos chefs, não modelos.

— Eu *posso* não ganhar — concordou ela —, mas é improvável. A questão é que seu nervosismo vai acabar com você, e Zoe... bem, ela não está realmente neste nível, está? E quanto a não ser modelo, acho que eu poderia cumprir esse papel com bastante facilidade.

— Isso não é justo! — exclamou Becca. — Zoe tem sido brilhante!

— Mas não como cozinheira. Ela é só uma alegre assistente, a ajudante em momentos problemáticos, fazendo cupcakes, sendo uma estrelinha, fazendo boas ações sempre que pode. O que esta competição quer é um chef com estrelas do Michelin, não uma escoteira endeusada.

Zoe se encolheu em seu assento. As declarações cruéis de Cher eram normalmente fáceis de ignorar, mas essa acertou em cheio. Ela tinha sido a ajudante — ela *gostava* de ajudar! Também gostava do desafio, de solucionar problemas. Talvez estivesse errada ao ceder a esse instinto. Talvez isso a fizesse parecer pouco profissional. Mas, sério, essa não era a questão. Seu maior erro, enorme, e que mais alterou sua vida, havia sido ir para cama com um dos jurados. Ela podia valer três estrelas no Michelin agora, ainda assim, não ia conseguir se livrar dessa cozinhando.

— Becca está nesse padrão — falou Zoe, forçando-se a dizer alguma coisa para esconder como se sentia péssima. Zoe podia estar fora da competição, mas ainda podia torcer por Becca. De qualquer modo, ela merecia vencer.

Cher balançou a cabeça com tristeza.

— Nervosismo — repetiu. — Isso vai atrapalhar você, não vai? Pense em cozinhar para todos aqueles chefs de alto nível, debaixo dos holofotes, os olhos do mundo em você.

As suas mãos vão suar, vão escorregar na faca. Você pode até se cortar.

— Estamos cozinhando assim desde o início da competição — disse Becca —, não é diferente agora. O melhor chef vai vencer. E não se esqueça de Shadrach. Ele está sempre se cortando, mas isso não o impede de cozinhar pratos incríveis.

— Mas bagunçados. Ele não vai ganhar quando sua estação de trabalho é uma bagunça tão grande.

Como a estação de Cher era sempre imaculada, Zoe realmente esperava que isso não fosse verdade.

— Você não tem como saber isso — replicou Becca. — É a comida que conta. Ele pode facilmente ganhar.

Para deleite de Cher e temor dos outros, eles foram arrumados antes da sessão de fotos. Mas, apesar do turbilhão de emoções que se passava em seu íntimo, Zoe achou bem divertido e estranhamente relaxante.

Todas as três garotas estavam sentadas na frente de um espelho e cada uma tinha um maquiador pairando acima de si. Refestelando-se mentalmente, Zoe não pôde deixar de pensar que o Botox de Cher parecia duro e falso agora que podia vê-la refletida no espelho.

– Diga-me, Cher — começou ela, decidindo que gostava de se sentir superior. — Por que você decidiu pôr Botox? Havia algumas rugas de preocupação, possivelmente por causa da competição, aparecendo?

Cher não ficou nem um pouco envergonhada.

— Ah, não, nada desse tipo. Eu só queria estar o melhor possível. Porque a minha aparência é importante para mim.

— Mas você só tem 20 e poucos anos!

— E daí?

Zoe desistiu. Cher obviamente achava que não havia nada estranho em injetar toxinas na sua pele, mesmo que os defeitos que corrigissem não fossem visíveis para mais ninguém.

— E você acha que ajudou?

Cher ficou indignada.

— É claro que ajudou! Duh! Olhe! — Ela apontou para a testa. — Nenhuma ruga!

— Nenhuma expressão! — intrometeu-se Becca, que ganhara muita confiança durante a competição.

— Franzir o cenho é valorizado demais — opinou Cher, um pouco irritada. — Podemos usar cílios postiços?

— O que você quiser — falou seu maquiador. — Você é a cliente.

— Eu sou a Susie — disse a garota designada para Zoe. — De que tipo de visual você gostaria?

— Olá. Eu normalmente uso um look bem natural. — Zoe estava sentindo que suas técnicas de se maquiar eram incorrigivelmente amadoras.

— Você tem um cabelo ótimo! Esses cachos são naturais? Incrível. Tantas meninas fazem chapinha no cabelo hoje em dia. É uma pena.

Zoe pode ter imaginado, mas achou que Susie havia olhado para Cher de um jeito desaprovador.

— Talvez, considerando que é uma ocasião um pouco especial, eu possa ter um visual mais dramático do que o normal? — Zoe olhou suplicantemente para Susie, esperando que ela lhe dissesse o que era melhor.

— Podemos fazer isso. Uma espécie de natural melhorado e você pode botar alguns cílios postiços na ponta dos seus para dar um tchã a mais, se quiser.

Foi com Becca que a mudança foi mais drástica. Ela nunca usava maquiagem, mas tinha dado carta branca para seu maquiador e, apesar de não estar exagerado, ela agora parecia a menina bonita que era e não o camundongo ansioso que havia chegado à competição. O novo visual também aumentou sua confiança. A moça não ia sucumbir a táticas questionáveis.

Apesar de ter limitações no quesito expressão facial, Cher conseguiu demonstrar descontentamento com a transformação de Becca; ela queria ser a mais bonita e não ter rival no quesito glamour.

— E agora, senhoras, se estiverem prontas, vamos fazer a sessão de fotos. — Uma garota glamorosa no jeans mais justo e os saltos mais altos que Zoe jamais vira sem ser em uma revista de celebridades sorriu para elas, aprovando o que via.

Zoe queria Mike e a equipe simpática que eles tinham conhecido em Somerby. Essas pessoas eram gentis, mas estranhas. As outras pareciam parte da família.

— Não me lembro de ter visto toda essa publicidade sem relação com comida em outras competições de culinária — murmurou ela para Becca. — Você só vê os concorrentes de dólmã.

— Este programa é muito maior do que qualquer coisa que eles tenham feito antes — disse Cher. — Meu tio me contou tudo. Nós vamos ser estrelas.

— Tenho certeza de que não — falou Becca. — A não ser que a gente ganhe, e não podemos todas ganhar. E mesmo então, só vamos ser famosas por cinco minutos, e só por causa da nossa comida.

Cher lhe lançou um olhar que dizia: "Você não sabe de nada, queridinha."

Zoe seguiu as outras até o cenário da sessão de fotos. Era uma cozinha falsa, com um grande fogão, muitas panelas de cobre e potes com ervas, bem no meio da superfície de trabalho. Bonito, mas muito irritante, se você realmente tivesse que cozinhar ali, ela concluiu.

— Agora queremos vocês todos juntos para começar — disse a garota no comando. — Venha, Shadrach, vamos botá-lo no meio, cercado pelas meninas. Isso mesmo...

Levou uma eternidade. A certa altura, Zoe se viu deitada de bruços, com as pernas dobradas para cima e o queixo apoiado nas mãos, parecendo — não havia outra palavra para aquilo — fofa.

Cher se saiu muito bem; ela se refestelou com a atenção e adorou cada pedido extravagante.

— Acho que, se pedissem para se sentar no fogão quente com as pernas abertas, ela o faria — falou Shadrach.

— Preciso de uma bebida — disse Becca —, e não estou falando de água.

— Só faltam fazer algumas fotos para revistas. Todos vocês, sentem-se juntos no sofá — ordenou a garota de salto agulha, ainda ereta, ainda no comando.

Zoe descobriu que se acostumou a sorrir a pedidos. Após quase uma hora, seu maxilar estava começando a doer e seu lábio superior não parava de grudar nos dentes. Mas, finalmente, eles foram liberados e taças de champanhe foram postas em suas mãos.

— Só um tempinho para relaxar antes de irem para casa dormir cedo à espera do grande dia — disse a menina de salto alto. — Ou não vão conseguir dormir?

Zoe havia acabado de sair do banheiro antes que o táxi chegasse para levá-los de volta ao hotel quando notou Gideon. Ele a viu no mesmo instante e eles se aproximaram como ímãs, quase sem perceber as pessoas perambulando pelo meio.

— Oi, você — disse ela sem fôlego. Todo o amor e desejo que ela dizia a si mesma não serem reais desde que o vira pela última vez voltaram como se a inundassem. Aí ela se lembrou de Cher. — Onde podemos ficar a sós? Precisamos conversar.

— E muito mais! — Ele riu para ela, seus olhos brilhando.

— Ah, Gideon, não é isso. Eu queria que fosse! Tenho algo que preciso contar para você. Mas não aqui!

Ele concordou.

— Eu sei de um lugar. Venha comigo. Entre aqui. — Gideon abriu uma porta.

Era uma salinha cheia de mesas e cadeiras empilhadas.

— Como você sabia disso? — indagou Zoe, impressionada.

— Abri a porta por engano quando estava procurando o banheiro masculino. — A expressão dele se suavizou. — Ah, Zoe, senti tanto a sua falta.

Ele a puxou para um abraço e, por algum tempo, eles ficaram com os braços em volta um do outro, sem nem se beijar. Era o paraíso. Finalmente, ela se afastou e ergueu os olhos para ele.

— Eu tenho que sair da competição.

— O quê? Por quê? Do que você está falando? — Ele segurou as mãos dela como se estivesse relutante em deixá-la ir.

— Não quero dizer sair de verdade. Quero dizer... fracassar deliberadamente.

— Isso faz menos sentido ainda! — Ele estava franzindo as sobrancelhas agora.

Ela se afastou, consciente de que ia irritá-lo. Não conseguia olhar para ele, sentia-se tão envergonhada, suja, pelo que havia acontecido.

— Cher tem fotos. De nós. Juntos. Ela as tirou no bosque, naquela vez em que fomos catar nossos ingredientes.

— E daí?

Ela olhou para ele agora. Por que ele estava sendo tão estúpido?

— E daí? E daí que ela disse que se eu não fracassar de propósito, ela vai contar para todo mundo que nós estamos tendo um caso. O programa pode ter que ser cancelado, até onde eu sei. Vai ser manchado pelo escândalo! — Zoe lutou para não soar histérica, mas não estava fazendo um bom trabalho. Ela queria andar de um lado para o outro para se livrar um pouco da tensão, mas havia pilhas de cadeiras e mesas em todos os cantos.

— Mas isso é chantagem!

— É! Mas tivemos um caso e ela tem provas. E está em posição de me chantagear.

— Nos chantagear. Eu também estava lá.

— E a sua carreira vai ser afetada, não vai?

— É, acho que vai. — Ele suspirou. — Mas não pode deixar isso afetar agora. Você tem uma chance de verdade de ganhar essa competição.

Ela balançou a cabeça.

— Eu devia ter pensado nisso antes. — Por que, ah, por que ela não havia controlado seus sentimentos? O que tinha sido tão maravilhoso agora só parecia inacreditavelmente sórdido. Aí ela sentiu uma centelha de raiva. Ele devia ter pensado nisso. Ele também estava lá. Ele a havia encorajado!

Gideon passou a mão pelo cabelo como se isso ajudasse a clarear as ideias.

— Eu sei que nunca dei nenhuma vantagem a você. Isso deve valer de alguma coisa.

— Nada vai valer contra o fato de que você é um jurado e eu sou uma concorrente e que dormimos juntos.

Gideon grunhiu.

— Tem que haver um jeito de sair dessa, só precisamos encontrá-lo. Droga. Isso é sério.

— Do meu ponto de vista, tenho duas opções. Ou eu desisto, mas aí todos os motivos vão se tornar conhecidos, Cher vai garantir que isso aconteça, ou cometo um erro em uma das minhas receitas e apenas perco. — Zoe fez uma pausa e olhou para Gideon. — Eu provavelmente não ganharia, de qualquer modo.

— Não vou aceitar! Você não vai desistir da competição por causa da Cher. Ela é do tipo que tentaria seduzir os jurados. Eu sei disso!

Isso fez Zoe sentir-se ainda pior.

— Infelizmente, não consegui tirar fotos de vocês juntos na cama...

— Eu não dormi com ela, sua idiota!

— Não me chame de idiota! É você que não consegue ver o que é óbvio.

— Olhe, eu vou dar um jeito! Você não deve desistir.

— Não vou desistir, mas vou ter que fracassar. Estou falando sério. Não vou arriscar a sua carreira ou o programa.

Gideon colocou as mãos nos ombros dela.

— E eu não vou deixar você fazer isso. Não acredito que você está disposta a jogar a toalha para Cher assim.

— A decisão é minha — falou Zoe, tentando fazer com que sua voz parasse de tremer. — Você não pode me impedir. Eu preciso fazer isso.

— Não seja tola! Caramba, estou decepcionado com você, Zoe. Achei que você se importava com a competição.

— Ele parecia ameaçador, como se quisesse injetar um pouco de bom senso nela.

— Pare de gritar comigo.

Naquele momento a porta se abriu e uma moça entrou, obviamente uma funcionária. Gideon ainda estava olhando fixamente para ela e zangado, então Zoe aproveitou a oportunidade para escapar. Ela não conseguia mais lidar com aquilo — com nada daquilo —, muito menos com Gideon.

Capítulo 24

Às oito horas da manhã seguinte, Zoe estava de dólmã branco, com a logomarca da competição de culinária bordada no peito. Ela havia recebido uma estação de trabalho e todos os seus ingredientes estavam em caixas ao seu redor, tirando aqueles nas geladeiras. Ela se sentia dormente. Gideon estava furioso. Ela teria que encontrar tempo durante a festa para conversarem. Ele havia dito que daria um jeito, mas ela sabia que isso não era possível. Ele ficaria zangado e ela poderia perdê-lo, mas o pensamento do que Cher poderia fazer com aquelas fotografias era muito, muito pior.

Havia decidido que se dedicaria ao máximo no preparo dessa refeição. No último minuto, faria algo — ainda não sabia o quê — para estragá-la. Mas é claro que, se algo desse errado, ela não teria que fazer isso, só diria a Cher que o erro havia sido proposital. Gideon ia simplesmente ter que superar isso. Depois que tivesse tempo para refletir, ele ia perceber que era a única coisa que ela podia fazer.

Zoe tinha consciência de que "três versões de carne" não era comum, mas queria fazê-lo. Havia adquirido uma peça de carne na área onde morava que fora envelhecida especialmente no açougue por um longo tempo e tinha certeza de que estaria deliciosa. Decidiu começar a fazer a massa de brioche para o pão do mini-hambúrguer. Ninguém esperaria por um hambúrguer, e, com o mini *beef Wellington*, podia ser um pouco pesado, mas seus outros pratos eram razoavelmente leves.

Depois que a massa do pão estava crescendo, ela começou o preparo do éclair. Teria que abri-la e refrigerá-la várias vezes. A seguir, a sopa. Ervilhas frescas, retiradas das vagens e sem a pele, brevemente cozidas em caldo de galinha engrossado com creme. Batida no último minuto, a sopa seria servida nas xícaras de café da mãe com o nome de cappuccino. Fez uma pilha de crocantes de parmesão, ressecando-os no forno sobre um rolo de massa para que ficassem com a aparência de Pringles.

Em seguida ela fez as bombinhas de massa para seu *croquembouche*. A emissora de televisão havia alugado uma matriz para ela a um custo altíssimo, o que tornaria sua construção muito mais fácil do que havia sido à mão livre.

Ela não queria que sua refeição fosse descrita como pesada ou exagerada. Começou com as batatas fritas grossas e quadradas. Ia fritá-las três vezes em gordura de pato para deixá-las o mais crocante possível. Havia uma fritadeira lá para ela.

Consultou sua lista. Era muito importante não entrar em pânico e cozinhar as coisas fora de ordem. Tudo que tinha que ser cozinhado antes precisava estar pronto, mas não com tanta antecedência que passasse do melhor ponto. As batatas seriam fritas pela última vez enquanto os jurados estivessem comendo o peixe-galo. (O tomilho-limão, do jardim de sua mãe, era, como as xícaras de café, outro talismã de boa sorte.) Ela colocou de molho em uma tigela de água os cogumelos selvagens que seriam servidos com o peixe-galo.

Estava começando a achar que poderia terminar tudo por volta de uma hora, seu horário, quando a equipe de televisão e um chef famoso vieram para entrevistá-la sobre seu cardápio. (Cher ficara animadíssima com a lista de jurados célebres que precisava impressionar.)

Pelo menos não era Gideon. Isso teria sido horrível.

— Então, Zoe, você tem um cardápio bastante incomum aqui: cappuccino de ervilhas frescas. Isso é só um jeito chique de dizer sopa de ervilhas, não é?

Ele era um chef conhecido por sua atitude belicosa, mas como Zoe sentia que já havia perdido tudo o que tinha importância para ela, não se esquivou de dar uma resposta direta.

— Isso mesmo. Parte da alta gastronomia é fazer a comida parecer o mais atraente possível. Chamar de cappuccino e servi-la em xícaras de café é parte disso.

— Então não vai nos dar muita sopa?

— Não. Quando se tem quatro pratos, não precisa de muita sopa.

— E sopa é desafio suficiente para se qualificar como alta gastronomia?

— Qualquer comida pode se qualificar como alta gastronomia se for bem-feita. — Ela ficou satisfeita com essa resposta.

Ele fez que sim com a cabeça.

— É um pouco anos 1980, mas retrô está na moda no momento.

— Foi o que eu pensei — concordou Zoe prontamente, que achava que sopa era sopa e não sabia que podia ser retrô.

— E aí temos peixe-galo, bastante simples, mas três versões de carne? Está de... está brincando?

Zoe riu.

— De jeito nenhum. Temos *beef Wellington*, um pouco de filé, só feito na frigideira e um hambúrguer em miniatura.

— Isso é um pouco diferente, se me permite dizer, Zoe. — O chef deu um sorriso largo. Talvez ele estivesse entendendo o modo de pensar de Zoe. — Um hambúrguer? Para uma refeição de alta gastronomia?

— Por que não? O que é mais delicioso do que um hambúrguer perfeito?

— Você mesma vai moer a carne?

— Vou picá-la bem fininho. Vou ter mais controle dessa forma.

— E vai servi-lo com...?

— Um pão de brioche e chutney de tomate e pimenta chilli. Vou usar tomates-cereja.

— Pequenos, mas com formato perfeito, não é?

— É o meu objetivo. Posso fazer uma maionese de mostarda para acompanhar. Ah, e microervas para dar um pouco de cor.

— Está bem, e então temos o *croquembouche*. É uma sobremesa grande!

— É. Eu podia ter feito uma versão menor, mas pensei, que graça tem isso? Um *croquembouche* tem que ser grande. A intenção é essa. — Enquanto falava, Zoe sentiu seu nervosismo diminuir. Estava acostumada às câmeras agora. Podia fazer isso. Só esperava que, quando chegasse a hora H, ela não fosse travar. Mesmo que tivesse que sair, faria isso graciosamente.

— Já fez um *croquembouche* antes, eu presumo?

— Ah, sim, para a festa de batizado de uma amiga. Daquela vez eu não tinha uma matriz, então acho que vai ser mais fácil agora...

— E fisális com folhas de ouro?

— É, eu queria pequenas esferas douradas, como joias.

— Bem, boa sorte, Zoe. Estou ansioso para provar tudo mais tarde.

Zoe estava indo bem. Tirar Gideon da cabeça era mais ou menos como mudar a Coluna de Nelson de lugar, mas ela deu um jeito. De certa forma, sua ansiedade a respeito dele e de seu relacionamento (se é que eles tinham um agora) e o fato de que estava sendo chantageada a deixaram focada. Era tudo tão horrível que ela simplesmente esqueceu e se concentrou exclusivamente em cozinhar.

E deu tudo certo. Ela sentia como se tivesse se transformado em um robô-cozinheiro que não podia fazer nada errado. Sua massa de brioche para o pão estava leve como o ar e fresca, portanto, ninguém poderia acusar o pão de acrescentar peso ao prato.

Ela sempre tivera jeito para massas, mas ficou imaginando, enquanto trabalhava em sua base, se sua calma artificial a tornava ainda melhor. Mãos frias eram boas para massas; talvez um coração frio e trancado também ajudasse. Ela fez tortinhas com as sobras, depois de ter medido massa suficiente para seis *beef Wellington* pequenos.

Aí começou a picar. Suas facas estavam tão afiadas que conseguiriam cortar uma echarpe de seda se ela tivesse achado o teste necessário, e o açougueiro de sua mãe não a havia decepcionado — a carne estava perfeita. Estava tão macia que ela conseguiu o efeito fininho que queria em um breve tempo. Fritou uma porção pequena para provar e decidiu só temperar um pouco antes de fazer seus hambúrgueres. Podia ter acrescentado cebolas ou ervas, mas achou que era melhor do jeito que estava.

E o tempo todo as câmeras focalizavam nela, aproximando-se para closes e se afastando. A essa altura, Zoe estava tão acostumada com a presença delas que quase não as notava, não mais do que você percebe o barulho de um ventilador ou de uma geladeira. Elas só faziam parte do pano de fundo.

Após pensar um pouco e experimentar em casa, ela decidira enrolar a carne para seus *Wellington* em presunto de Parma e acrescentar cebola e um pouco de alho ao *duxelle* de cogumelos cortados fininho. Também fez isso à mão e não em um processador de alimentos, para poder controlar exatamente o quão fino seriam cortados. Ela não queria um purê.

Aí, como tinha tempo, fez a primeira selagem para cada pedaço de carne separadamente, para que, se cometesse um erro, não arruinasse todos eles. Enquanto testava o primeiro, ficou imaginando por que estava se dando tanto trabalho quando tinha que perder a competição. Mas seu orgulho significava que queria perder de propósito e não porque lhe faltava habilidade.

O *croquembouche* foi quase fácil, com uma matriz para ajudar. Ela tinha aperfeiçoado a técnica de fazer todas as carolinas do mesmo tamanho e o resultado foi lindamente cônico e não se inclinava para nenhum lado.

Ela olhou para o relógio e verificou que havia feito o máximo que podia. Decidiu que agora era a hora de folhear os fisális a ouro. Mais uma vez tudo saiu maravilhosamente bem. Ela havia mergulhado os fisális em água com açúcar para garantir que ficariam pegajosos e então pegou algumas folhas de ouro para produzir pequenas esferas douradas perfeitas. As folhas dos fisális, por sua vez, pareciam asas. Ela não as acrescentaria à sobremesa até os jurados estarem comendo suas três versões de carne. O açúcar queimado também seria bem no último minuto.

Verificou sua lista pela centésima vez e finalmente começou a ficar nervosa. Enquanto cozinhava, estivera totalmente absorta, mas agora tinha que esperar até todos estarem sentados antes de poder terminar seus pratos e servi-los. E saber que Gideon estava lá fora, do outro lado da parede, não diminuía sua ansiedade. Ela ficou imaginando se os outros também estariam nervosos. Estavam todos trabalhando em aposentos diferentes. Zoe estava feliz por ir primeiro.

Também estava feliz por seus pais não estarem em Londres para o último julgamento e a festa. Sua mãe estava certa, ela teria se preocupado com eles. Com Gideon, com ter que "fracassar" e tudo o mais, ela não precisava de mais nenhuma distração.

Afinal, Mike entrou em sua cozinha.

— Tudo certo? Tudo pronto? Você parece muito calma e organizada. Sabe que é a primeira a entrar? Quando tiver acabado, um carro irá levá-la para a sala de exibição e você vai esperar até todos os concorrentes e todo mundo estar lá, e aí vai assistir ao programa. É claro que vai ser a versão sem cortes, mas vai ver todos os comentários dos jurados.

— Eu sei. — Eles haviam explicado isso tudo mais cedo, mas ela sabia que Mike era muito correto e queria se assegurar de que Zoe não estava em dúvida em relação a nada.

— Está bem, pode servir a sua entrada.

Capítulo 25

Zoe havia cortado a hortelã tão fina que ficou como se fosse poeira. Isso era para imitar o cacau em cima do cappuccino. Acrescentou algumas ervilhas sem pele como os grãos de café. Serviu os crocantes de parmesão em uma cesta, como se fossem biscoitos de *tuile*. Só por um segundo ela ficou com pena por não poder tirar uma foto da sopa para sua mãe. Mas ainda assim ela a veria na televisão, se tudo desse certo. Tudo certo, é claro, significava Zoe não ganhar.

— Serviço! — chamou ela, voltando a se controlar, e, no minuto em que suas bandejas haviam saído, ela se concentrou no peixe.

Era como ser duas pessoas, concluiu. Metade dela estava realmente aproveitando o desafio e como tudo estava indo bem. A outra metade encontrava-se agoniada porque sabia que a qualquer momento teria que estragar alguma coisa. Gideon ficaria furioso, mas ia superar isso no final, não ia? Ela ficou imaginando como os outros estavam. Podia quase sentir Cher exigindo que ela fracassasse — ou então...

Tinha que ser a carne. Era tarde demais para os *Wellington*, envoltos em segurança em massa, presunto de Parma e cogumelos finamente picados, mas, enquanto mergulhava o que chamava de batatas Jenga na fritadeira pela terceira vez, decidiu que ia salgar demais o filé e o hambúrguer. Não podia haver dúvida a respeito. Eles podiam perdoar um item temperado errado, mas não dois.

Ela cobriu o hambúrguer em uma camada fina de molho Welsh Rarebit e passou o maçarico por cima. Aí pegou sal no saleiro e, de uma maneira muito profissional, segurando-o alto, botou além da conta antes de colocar a parte de cima do brioche.

As xícaras de sopa voltaram.

— Como você está indo? — perguntou Mike. — Seu prato principal está quase pronto?

— Ah, sim. Só um minuto. — Ela salgou exageradamente o filé do mesmo jeito, tirou uma batata da pilha para oferecer a Mike e então falou: — Serviço!

— Você não botou um pouco de sal demais naquele filé? — perguntou ele, mordendo a batata frita.

— Chefs sempre reclamam se você não tempera as coisas o suficiente — disse Zoe. Isso era totalmente verdade, mas ela sabia que, naquele caso, tratava-se de uma mentira. Não podia deixar Mike saber que ela estragara suas chances na competição.

Enquanto o garçom carregava o *croquembouche* até os jurados, ela sabia que não podia ter feito nada para estragar aquele prato. Como o tinha preparado para o batizado de Glory, o associava a memórias felizes demais. Estragá-lo deliberadamente não era uma opção.

Ela percebeu que havia se arriscado. Com o açúcar queimado, a folha de ouro e todas as outras coisas que podiam ter dado errado, ela podia não ter precisado salgar excessivamente seu filé e seu hambúrguer.

— Eles pareceram gostar — falou Mike um pouco mais tarde, dando um tapinha em seu ombro de maneira amigável. — Agora volte para o hotel para se trocar e aí o carro irá levá-la para a sala de exibição. Haverá uma revigorante taça de champanhe esperando você lá. Depois do julgamento é a festa.

Zoe sentia-se exaurida. Apesar de tudo ter saído muito bem, ainda tinha preparado muita comida. A ideia de uma ducha e dez minutos na cama era extremamente tentadora.

Ela acordou com um sobressalto trinta minutos depois e teve que correr. Haviam pedido que eles usassem chapéus de chef para o julgamento e Zoe agarrou o seu e o enfiou na bolsa enquanto corria quarto afora e descia para o táxi que a esperava. Ela descobriria como usar o chapéu sem parecer uma completa idiota mais tarde.

A primeira pessoa que encontrou no saguão do cinema foi Fenella. Ela carregava Glory por cima do ombro e estava dando tapinhas em suas costas.

— Fen! Que bom ver você! — Zoe ficou tentada a tomar Glory dela para um abraço reconfortante.

— Zoe! Como foi?

— Ah. Na verdade, bem! — Zoe assumiu uma expressão positiva, de repente desesperada para contar tudo a Fenella, mas não podia. Ela tinha simplesmente que passar por aquilo sozinha.

Depois de muitos carinhos entre Glory e sua madrinha Zoe, elas entraram no cinema. As luzes estavam acesas e as pessoas conversavam. A sala estava cheia do que Zoe presumiu serem amigos e parentes dos concorrentes e equipe de filmagem que não estava de serviço. Glory, entediada com a conversa, adormeceu.

Cher foi a próxima concorrente a chegar. Ela estava incrível, completamente maquiada e com seu chapéu de chef inclinado para um lado de maneira atraente.

— Como foi? — perguntou ela, plantando-se ao lado de Zoe.

— Ah! Bem! — Provavelmente não era uma boa ideia dizer a Cher que havia salgado demais seu filé com pessoas à toda volta, caso alguém ouvisse.

— Você não vai ganhar, vai? — indagou Cher, sagaz.

— Quem sabe? — disse Zoe. — Como foi sua refeição?

— Ah, ótima. Qual era o seu cardápio?

Zoe lhe contou.

— Sopa? Você fez sopa? Não é nada difícil, é?

— Bem...

— Sobremesa?

— *Croquembouche*. — Certamente Cher ficaria impressionada com isso, pelo menos.

— Isso é tão antiquado! — Cher sorriu encantada. — Você não vai ganhar com esse cardápio.

Zoe deu de ombros. Ela não podia concordar nem discordar disso.

Becca chegou parecendo afobada.

— Graças a Deus isso acabou! Nunca mais vou cozinhar na frente das pessoas!

— Ah, pobrezinha! — comentou Cher, tão sincera quanto uma serpente deslizando pela relva. — Qual foi seu cardápio?

Zoe achou que soava horrendamente técnico, mas tinha fé em Becca. Queria realmente que ela ganhasse porque era a melhor, não porque ela, Zoe, havia perdido de propósito.

Shadrach veio parecendo mais do que nunca ter tido uma briga com uma sebe espinhosa.

— Você parece um pouco estressado — arrulhou Cher.

Ele não respondeu, só se jogou em seu assento e passou a mão pelo rosto. Presumivelmente, ele havia tomado uma ducha depois de cozinhar, mas ainda estava suando.

— Pelo menos ele está fora da competição — murmurou Cher para Zoe e Becca.

Becca trocou um olhar significativo com Zoe.

— Ela transborda confiança — murmurou Becca.

Finalmente, após uma eternidade, segundo o nervosismo de Zoe, estava na hora da exibição. Ela ficou muito feliz por ser a primeira. Sua agonia acabaria mais rápido.

Era esquisito, os competidores concordaram, murmurando juntos, ver o que acontecia com a sua comida depois de passá-la pelo balcão. Os garçons entravam na sala de jantar e colocavam os pratos na frente dos jurados. Só um jurado do programa estava presente, e, como parecia ser inevitável, o de Zoe foi Gideon. Cher beliscou o braço da outra no instante em que as câmeras mostraram que era ele.

Ele estava com o animado chef célebre que tinha entrevistado Zoe a respeito de seu cardápio, outro chef, dois críticos de culinária, um dos quais era famoso por suas resenhas irascíveis, e uma mulher que Zoe não reconheceu.

Zoe se concentrou tanto na comida que ficou tonta. Ficou satisfeita por ter algo para impedi-la de desmaiar, ou de passar mal, ou demonstrar suas emoções de alguma outra forma física constrangedora.

No geral, ficou satisfeita com a apresentação de seu cappuccino de ervilha. Estava muito bonito nas xícaras de sua mãe e a hortelã parecia mesmo cacau em pó. Mas será que a ideia toda era um clichê culinário horroroso? Ela concluiu que era.

Ninguém disse nada por alguns segundos atormentadores.

— Está bom! — comentou um dos chefs. — Surpreendentemente bom!

— Simples, mas delicioso — concordou um dos críticos de culinária. — Mas será que sopa é simples demais para esta competição?

— Vamos ver como ela lida com o peixe-galo — disse o primeiro chef.

— Sim — concordou a mulher loura. — É um peixe delicado. Fácil de estragar.

As xícaras de café foram removidas e o peixe-galo trazido para substituí-las.

— Isso está bom — disse Gideon, apesar de que falar qualquer coisa parecia deixá-lo estressado. Ele estava esperando algo completamente intragável ou que Zoe tivesse mudado de ideia?

— É comível — falou o crítico de culinária mais rude —, mas ainda acho simples demais para o grau desta competição. Estamos procurando algo digno do Guia Michelin.

— Não seja tão ridículo — rosnou Gideon. — É uma competição para amadores, não chefs que passaram anos trabalhando em suas técnicas.

Cher inclinou-se para perto de Zoe.

— Eles vão cortar essa parte.

Zoe não respondeu.

— Estamos vendo um nível muito alto aqui — argumentou o chef. — Estou bastante impressionado.

— O próximo prato vai ser interessante — comentou o crítico culinário rabugento. — Carne em três versões. Não consigo ver isso dando certo. A massa para o *Wellington* e um pão para o hambúrguer. Deve acabar ficando muito pesado.

— Espere até provar — disse um dos chefs. — Acho que é uma ideia divertida. A massa e o pão foram feitos do zero. Essa garota tem um bom conjunto de técnicas.

Zoe estava muito feliz com a apresentação de seu prato principal. É claro que ela o vira no balcão e passara um tempinho arrumando-o e colocando as folhas de salada, mas, de algum modo, vê-lo na frente de um comensal lhe dava uma dimensão diferente. Mas ela temia vê-los comendo.

Cada um começou por uma parte diferente. Gideon atacou seu mini *beef Wellington*.

— Nunca tenho muita certeza sobre esse negócio de "três versões" — opinou ele. — Acho que demonstra mais o chef se exibindo do que a produção de uma boa refeição.

Zoe sentiu-se um pouco desanimada, esquecendo-se por um minuto de que ele não deveria gostar de sua comida.

— Essa massa está deliciosa — disse o primeiro chef. — É um negócio que derrete na boca de verdade.

— A carne está bem macia, mas temperada demais — falou o outro chef, mastigando com um entusiasmo surpreendente.

— Nunca fui fã de microervas — comentou um crítico de culinária —, mas admito que são bonitas. — Ele pegou uma batata frita. — Excelentes batatas fritas!

— Então por que — questionou o outro crítico —, por tudo o que é mais sagrado, o filé está tão salgado?

— E o hambúrguer — acrescentou a mulher. — Tirando isso, está perfeito!

Gideon estava franzindo as sobrancelhas. Ele olhou para cima e foi como se estivesse olhando diretamente para ela. Ele devia saber que Zoe salgara deliberadamente a carne. Ela se encolheu.

— Batatas fritas, excelente... — elogiou o primeiro crítico, deixando Zoe feliz por ter colocado oito batatas e não só seis.

— Vamos ver como é a sobremesa — disse o primeiro chef.

— Ah, uau! — falaram os jurados quando o *croquembouche* foi trazido. Também houve alguns "ah, uau" da plateia.

— Muito esperta — resmungou Cher para Zoe. — Mas um tanto antiquado.

Alguém atrás a mandou ficar quieta e Cher recostou-se em sua cadeira com um meneio zangado.

— Bem, isso está muito bonito — disse a mulher loura —, mas se essas carolinas estiverem empapadas, o negócio todo é só uma grande pilha de massa.

— *Croquembouche* significa "quebra na boca" — explicou Gideon.

— Acho que nós sabemos disso — disse um dos críticos de culinária, franzindo a testa. Zoe ficou imaginando se eles eram rivais.

— Falei para o público saber — disse Gideon.

— Ah. Desculpe, companheiro.

— Bem, isso certamente quebra na boca — observou um dos chefs. — Esta é uma das melhores massas de éclair que já comi.

— E eu adorei essas frutinhas douradas — comentou a mulher. — Extravagante, mas totalmente apropriadas.

— Essa garota tem talento para massas — afirmou um chef.

— Hmm, uma pena sobre seu paladar completamente duvidoso — disse o outro.

— Diga-nos, Gideon — pediu a loura —, você provou todas as comidas que esta garota preparou durante a competição...

— O nome dela é Zoe — informou Gideon e, então, fez uma pausa. — O público!

— Ah, desculpe — falou a mulher, que estava realmente começando a irritar Zoe agora. — Eu me esqueci. Então, diga-nos, ela tem um paladar duvidoso?

As unhas de Cher se enterraram no braço de Zoe. Era difícil saber qual das duas estava mais nervosa.

— Tenho que dizer que até agora seu paladar tem sido bom — disse Gideon com ênfase. Ele sabia que ela fizera aquilo de propósito.

Houve um silêncio, durante o qual um dos críticos comeu outra porção de *croquembouche*.

— Bem, é melhor escrevermos nossas notas — falou a mulher. — Vocês todos estão com seus cartões?

Por razões técnicas, esperaram um curto intervalo entre cozinheiros, então houve tempo para os outros concorrentes parabenizarem Zoe.

— Você foi brilhante! — disse Becca. — Estou torcendo para você ganhar!

— Você não espera ganhar? — perguntou Shadrach a ela, surpreso.

— Ah, eu não espero ganhar — falou Becca. — Não cheguei nem perto dela.

Cher era a próxima cozinheira. Gideon foi trocado por Fred, o jurado animado que todos tinham amado. Os outros continuavam os mesmos.

— Eles todos vão discutir quem vai ganhar no fim — explicou Mike para os presentes —, mas a decisão final cabe a nossos jurados originais.

A entrada de Cher incluía *foie gras*, um *sorbet* e uma emulsão de amêndoas. Tudo parecia desesperadamente complicado para Zoe, mas Cher parecia confiante.

Os jurados não disseram nada por um tempo agonizantemente longo.

— Muito ambicioso — disse um deles.

A mulher, que Zoe sabia ser Laura Matheson, proprietária de uma famosa minicadeia de restaurantes, espalhou um pouco de *foie gras* em seu garfo, inspecionou e então o colocou na boca. Comeu, mas não falou por um longo tempo.

O crítico de culinária jogou seu garfo na mesa.

— Bem, não sei quanto a vocês, mas eu acho que esse *sorbet* tem gosto de catarro ligeiramente adocicado.

— Nojento! — falou Laura. — Você tinha que falar isso?

— Como é que você sabe qual é o gosto do catarro? — disse um dos chefs. — Técnicas de verdade foram usadas aqui!

A discussão continuou, mas não houve consenso.

— Vamos provar o prato principal — falou Fred.

— Minha nossa! Uma espuma! — declarou o crítico que dissera que o *sorbet* tinha gosto de catarro. — Achei que o perigo das espumas tinha passado. Parece que não.

— Você vê espumas em cardápios com estrelas do Michelin! — sibilou Cher.

Ocorreu à Zoe que talvez Cher tivesse copiado o cardápio de um restaurante com estrelas do Michelin. Era trapacear, de certa forma, mas se ela conseguisse preparar tudo, isso a tornaria uma chef fantástica. E não conseguia não sentir pena dela depois da observação sobre catarro; estaria em cadeia nacional.

— As lulas estão bem cozidas — comentou Laura —, mas o recheio não tem muito sabor.

— É difícil cozinhar lula bem — opinou um chef. — Temos que parabenizá-la por isso.

— Eu o conheci — sussurrou Cher para Zoe, seu humor melhorando. — Ele é um doce!

Zoe não comentou. Era ela quem estava sendo chantageada e parecia que Cher era perfeitamente capaz de transar para chegar ao topo!

— Vamos em frente. Temos limites de tempo — disse Fred após um aceno de cabeça de Laura.

— Eu sei que pombo-torcaz deve ser cor-de-rosa — falou o crítico de culinária, que obviamente não era fã do estilo de cozinha da Cher —, mas um bom cirurgião deve ser capaz de trazer este de volta à vida.

— Ah, qual é! Era para você ser um especialista em comida! Isto é cozinha de qualidade! — disse o chef que Cher havia conhecido.

— As couves-de-bruxelas estão muito boas — falou Laura.

— Mais *foie gras* — criticou um dos chefs. — Ela tem ações de uma criação de gansos?

— Eu quero a sobremesa — pediu o crítico. — E espero que seja uma torta de maçã boa pra cacete, ou um crumble, algo para contrabalançar toda essa comida insípida e semicrua.

Era um quarteto de sobremesas. Havia *panna cotta*, gelatina, *sorbet* e uma granita, todos aromatizados ou com pera ou com capim-limão.

— Sabores muito delicados — disse Laura.

— Delicados demais, na minha opinião — falou o crítico com gosto infantil para sobremesas.

Cher estava resmungando alto ao lado de Zoe enquanto os jurados passavam para os outros dois concorrentes. Becca e Shadrach assistiam agoniados enquanto suas refeições eram julgadas. Zoe também estava angustiada. Ela cometera deliberadamente um erro, mas tanto Becca quanto Shadrach

— dois cozinheiros muito bons — tinham pequenos desastres. Zoe ainda podia ganhar!

Cher, obviamente pensando a mesma coisa, encarou-a com os olhos semicerrados, seu Botox impedindo que ela desse um sorriso maldoso de escárnio.

Houve um longo e angustiante hiato depois que todas as refeições haviam sido degustadas enquanto os jurados julgavam. Só a última parte disso seria vista aquela noite, quando eles dessem o resultado. Ninguém sabia quanto tempo levaria até terem a notícia. Cher agarrou o braço de Zoe e a puxou para o banheiro feminino.

— Você disse ao Gideon que não pode ganhar? — perguntou ela, tendo verificado que nenhum dos reservados estava ocupado.

— Disse! E salguei demais meu filé e meu hambúrguer.

— Ah, isso foi de propósito, é?

— É claro!

— Não que seja provável que você ganhe, de qualquer maneira, o seu cardápio foi tão ingênuo e retrô. — Cher verificou o próprio reflexo no espelho, mas não mexeu em um fio de cabelo sequer.

— Então com o que você está preocupada? — Zoe puxou seus cachos e rearrumou seu chapéu de mestre-cuca.

— É você quem deve ficar preocupada. Se eles tomarem a decisão errada...

Zoe não conseguia saber se Cher queria ganhar mais do que chantageá-la. E como ela ainda tinha as fotografias, mesmo que Zoe não ganhasse isso ainda era motivo de muita preocupação.

Pareceu levar uma eternidade. Todo mundo saiu de seus lugares e perambulou por ali, conversando, bebendo e ficando nervoso.

— Não sei nem por que estou pensando em ganhar — disse Becca enquanto começava sua segunda taça de champanhe. — Não vou. Vocês foram brilhantes!

— Se você ignorar o negócio do "catarro ligeiramente adocicado" — falou Shadrach.

— Nós todos preferimos ignorar isso — disse Zoe. — Fico enjoada só de pensar nisso.

— E você não teve que comê-lo! — falou Shadrach.

— Ah, cale a boca! Eles não gostaram muito do seu suflê solado. Por que você pensou em botar uma bola de sorvete dentro de um suflê quente eu não sei! — disse Cher, as garras à mostra.

— Mas obviamente estava muito gostoso! — falou Zoe.

— Parecia vômito — retrucou Cher, sem ser superada por um crítico de culinária no quesito observação cortante.

Finalmente, foram todos chamados de volta aos seus lugares para assistir à última parte do julgamento. Os chefs famosos, a dona de restaurantes e os críticos gastronômicos não estavam mais lá. Eram apenas os jurados que eles haviam passado a conhecer e (em alguns casos) amar.

— Só acho que todo o cardápio dela estava bem-equilibrado e quase perfeito — estava dizendo Fred, mas ninguém sabia de quem ele falava.

— Havia algumas comidas excelentes ali — argumentou Gideon. — Achei que o suflê estava fantástico.

Isso provocou um soluço em Zoe. Ela estava feliz por ele não estar falando coisas boas sobre sua comida? Ou sentia-se traída?

A discussão foi de um lado para o outro até o fim, quando, de um jeito maravilhoso e horrível, pareceu que Zoe estava na frente.

— Sempre gostei da comida dela e ela sempre se comportou de maneira brilhante em circunstâncias muito difíceis — disse Fred.

Houve uma pausa longa o suficiente para ler *Guerra e paz*. Aí Gideon falou:

— Podemos perdoar seu filé terrivelmente salgado? — Ele olhou em desafio para a câmera nesse momento e, mais uma vez, Zoe sentiu que seu olhar era direcionado a ela. Queria desesperadamente que estivesse tudo acabado para que pudesse explicar a ele que ela não tinha escolha. Não podia suportar que ele pensasse mal dela.

Outra pausa, tão longa quanto a primeira.

— Não — disse Fred. — Acho que não podemos.

— Então nossa vencedora é a Becca? — perguntou Gideon.

Os outros jurados fizeram que sim com a cabeça.

Houve um tumulto no cinema. Cher arfou.

— Não... não!

Becca desapareceu debaixo de uma multidão de amigos e parentes que lutavam para ser os primeiros a parabenizá-la. Zoe quase não conseguiu dizer "Bom trabalho! Eu sabia que você conseguiria!" antes que Becca fosse levada para dar uma entrevista sobre como se sentia.

Cher olhou para Zoe, sua expressão severa. Ela havia se controlado agora.

— Você deve estar muito aliviada.

Zoe assentiu.

— E você deve estar muito decepcionada. Tentou chantagear a concorrente errada.

Cher balançou a cabeça.

— Ah, não. Você melhorou muito seu trabalho, mesmo com o cardápio totalmente antiquado. Teria ganhado se não tivesse salgado a carne. — Ela sorriu, mas era um sorriso frio. — Ainda tenho as fotos, sabe. — Sua voz destilava veneno.

Zoe olhou para ela por um minuto, mas não se deu ao trabalho de protestar e exigir que ela as deletasse do telefone na sua frente. Não queria dar à Cher nenhuma desculpa para causar uma comoção. Zoe deu-lhe as costas e andou na direção de Mike, que os estava chamando.

— De volta ao hotel para trocar de roupa e aí vamos para a festa! — falou ele.

— Vamos ser maquiadas? — indagou Cher.

— Não — respondeu Mike com convicção. — Não vai ser televisionado. A maquiagem é por sua conta.

Cher jogou seus cabelos dourados para trás e deu de ombros.

Capítulo 26

Enquanto Zoe passava o vestido pela cabeça, aceitou que tinha que ir à festa apesar de estar em farrapos. Precisava desesperadamente ver Gideon e conversar com ele, mesmo que ele ainda estivesse disposto a matá-la. Do seu ponto de vista, ela não teve escolha a não ser fazer o que tinha feito, e havia sido tanto por ele quanto por si mesma. Mas será que ele veria desse jeito? Ou diria — e com razão — que enquanto Cher ainda tivesse as fotos eles ainda poderiam ser chantageados e que ela havia estragado suas chances de vencer à toa?

Mas ela queria vestir toda a sua armadura. Queria ser a namorada perfeita, elegante. E era legal estar glamorosa para variar. Ele não a via de vestido, adequadamente maquiada e usando bons sapatos com frequência. Ela não podia competir com Cher, é claro, que, bronzeada e cheia de Botox, depilada e modelada, era linda como uma modelo, mas não precisava mais se preocupar com a concorrente. Precisava?

Um ótimo *timing* fez com que ela e Becca conseguissem dividir o táxi. Cher ainda estava se arrumando e Shadrach fora direto do cinema, onde tinham assistido ao programa, para a festa. Ele provavelmente estaria na festa usando seu dólmã branco, só que no seu caso a palavra "branco" não era mais muito adequada.

Mike veio até elas.

— Becca! Zoe! Vocês estão incríveis! Muito lindas. Não que não tenham sido sempre, mas agora vocês parecem mais... arrumadas. — Ele olhou especialmente para Zoe e ela conseguiu lhe dar um sorriso.

— Eu estou arrumada. Sério, não há um fio de cabelo fora do lugar... em lugar nenhum!

Mike riu.

— Sem informações demais, por favor! Becca, posso roubar você por um instante?

Zoe gostaria de ter tido Becca para conversar. De repente se sentia tímida. A festa parecia estar cheia de pessoas gritando umas com as outras e ela não conhecia ninguém. Sua mãe realmente teria odiado aquilo.

Aí ela viu Gideon. Ele estava do outro lado da sala. Não queria que o primeiro passo para conversarem fosse seu, mas achou que devia lhe dar a chance de falar com ela ficando ali por perto. Assumiu uma expressão determinada enquanto pedia licença para atravessar a multidão.

Conforme se aproximava de seu alvo, notou Sylvie, que a apoiara durante o desafio do restaurante e foi falar com ela, grata por não ser mais "a que não tem amigos".

— Oi, Sylvie! Tudo bem?

— Zoe! Oi! Que pena que você não ganhou! Teria vencido se não tivesse salgado demais o filé. Isso realmente não é a sua cara. Achei que você tinha um bom paladar. — Sylvie parecia estar levando o fracasso de Zoe para o lado pessoal.

Zoe deu de ombros como se pedisse desculpas.

— Ah, você sabe como é. Eu fiquei nervosa.

Sylvie balançou a cabeça, ainda descrente.

— Mas o seu peixe estava perfeito, ou parecia estar. Fico feliz com isso.

— Você me ajudou tanto — disse Zoe. — Tem a minha eterna gratidão pelo que me ensinou.

— Você foi uma boa aluna! — Sylvie fez uma pausa. — O que Gideon falou com você sobre salgar demais o filé?

— Ainda não conversamos depois do desafio — falou Zoe.

— Ele vai queimá-la viva — disse Sylvie calmamente. — Ele sabe o quanto você pode ser boa. Tem dito isso a todo mundo.

Ouvir aquilo foi meio que um choque. Nunca ocorrera a ela que ele falaria sobre suas habilidades como chef com outras pessoas. Parecia um pouco indiscreto naquelas circunstâncias. Em um momento de pânico, Zoe ficou imaginando se ele tinha sido indiscreto sobre mais alguma coisa, mas percebeu um momento depois que é claro que ele não seria. Ele não era assim. Mas demorou um pouco para que o lado racional dela dominasse seu coração, que estava tão histérico quanto um passarinho selvagem em uma gaiola.

Zoe se conteve.

— É melhor eu ir falar com ele. — Se Sylvie, sabendo só metade da história, achava que Gideon ficaria furioso, então era provável que ele comesse Zoe viva.

— Vou estar aqui com um conhaque e uma toalha molhada se você precisar — disse Sylvie. — Mas cometer um erro tão básico...

Zoe estava se preparando para ter uma conversa que sabia que não seria nem um pouco agradável quando uma loura muito bonita aproximou-se de Gideon por detrás. Ele, que estava entretido em uma conversa, não notou a presença dela, mas Zoe e Sylvie estavam bem posicionadas para ver como ela planejava surpreendê-lo. Passou os braços em volta dele e beijou sua bochecha. Zoe viu Gideon se virar surpreso e, então, um grande sorriso iluminou seu rosto ao tomá-la nos braços em um abraço de urso.

— Esta é a esposa dele — murmurou Sylvie ao lado dela. — Eu o pesquisei no Google, você sabe, depois que conversamos sobre ele, de uma forma meio obcecada, e vi que era ela.

Zoe vacilou e por pouco não se agarrou a Sylvie. Sua boca estava seca. Sentia-se tão enjoada e tonta que desejou poder provocar um desmaio. Mas ela mal conseguia se mover. Por algum motivo, as pessoas estavam cercando-a, então ela e Sylvie foram esmagadas uma contra a outra. Uma saída discreta estava fora de questão. Ela olhou para Gideon, fazendo força mental para que ele olhasse em sua direção e, de alguma forma, fizesse tudo ficar bem. Enquanto o observava, ela viu a mulher — a esposa dele — abraçá-lo com mais força.

— Querido!

Zoe não sabia se podia ouvir a mulher falar acima da multidão ou se estava apenas lendo seus lábios, mas a linguagem corporal dela não deixava nenhuma dúvida. Essa mulher gostava muito, muito de Gideon. E ele parecia gostar igualmente dela. O braço dele ainda estava apertado em volta de sua cintura e ela se inclinou para a frente para falar com ele. Ele riu de algo que ela sussurrou em seu ouvido. Zoe não conseguia observar, mas não podia se afastar. O cerco das pessoas ao seu redor era simplesmente forte demais.

Então, Gideon se virou e viu Zoe. Ele sorriu e acenou para que ela se aproximasse. Era a motivação de que ela precisava para mexer seus membros paralisados. Ele queria apresentá-la a sua *esposa*? Como ele podia — como qualquer um com um pouco de coração podia fazer isso?

— Não é um bom momento para ter uma conversa — murmurou ela para Sylvie. — E preciso ir ao banheiro. A gente se vê depois. — Ela começou a escapar da multidão, mas se pegou olhando para Gideon de novo.

Ele olhou diretamente para ela, sua expressão confusa.

Gideon era inacreditável. Lutando contra as lágrimas, ela balançou a cabeça e começou a abrir caminho para valer por entre a multidão. Saiu da sala e entrou no corredor. Estava procurando o banheiro feminino, querendo ficar sozinha para conseguir recuperar o autocontrole, quando, de repente, Gideon estava à sua frente.

Ele devia ter sido muito mais enérgico para atravessar a multidão do que ela. Parecia confuso — até mesmo magoado.

— Zoe, o que está fazendo? Aonde vai?

— Para casa! — respondeu ela instintivamente.

— Mas precisamos conversar! Quero apresentá-la a...

— A *sua esposa*? Você deve estar completamente louco! — Ela disparou pelo corredor na maior velocidade que seus saltos permitiam.

— Pelo amor de Deus! — Ele foi atrás dela e pegou seu braço no instante em que ela chegava à esquina. — Zoe! Você está sendo ridícula!

Ela balançou a cabeça.

— Não estou, não. Estou sendo perfeitamente sensata. Você é casado. Sua esposa está aqui. É claro que vocês obviamente se amam. Não vamos fingir que é algo diferente. Nós tivemos... — Ela olhou para os dois lados do corredor para se assegurar de que ninguém podia ouvi-la — ... um casinho. Mas eu não quero destruir seu casamento. Só vou para casa cuidar da minha vida.

— Não é assim! — Gideon olhou para ela franzindo as sobrancelhas, os lábios apertados.

Zoe sabia que estava prestes a chorar. Estava cansada, extremamente agitada e muito estressada.

— Ah, encontre outra desculpa! Essa frase é batida demais! — censurou ela.

— Você está sendo muito irracional!

— Ah, estou? Bem, sinto muito por não me juntar ao seu "*ménage à trois*", mas eu sou apenas antiquada demais!

— Não foi nada disso que eu quis dizer!

— Não interessa. Estou terminando o que quer que seja que tenhamos tido. — Cruelmente, seu cérebro voltou ao tempo que passaram juntos em Somerby, quando ela havia achado que eles eram um casal de verdade. Ela sabia que não ia segurar as lágrimas por muito mais tempo.

— Você não pode simplesmente desistir de nós!

— Posso, sim! — Ela fez uma pausa longa o bastante para libertar os pés dos sapatos. Por um milagre, viu uma placa indicando o banheiro feminino e correu naquela direção. Ela podia ouvir passos atrás de si e começou a suar. Tinha que chegar à porta antes que ele a alcançasse.

A ajuda veio de uma fonte inesperada. Uma voz americana chamou, ecoando pelo corredor.

— Gideon? Amor? Há alguém que você realmente precisa conhecer...

Isso fez com que ele pausasse, e Zoe entrou no banheiro.

Ela se recostou na porta até ter certeza de que Gideon não ia segui-la e então se refugiou em um reservado.

Estava jogando água no rosto quando Fenella e Glory entraram.

— Ah, Zoe! Estou feliz em ver você. Está tão lotado lá dentro que achei que nunca encontraria você para me despedir. Só quero trocar a fralda da Glory e então vamos embora.

— Ah, é? Tão rápido? — Zoe de repente sentiu como se suas únicas amigas no mundo estivessem emigrando, deixando-a para viver uma vida longa e solitária sozinha.

— É. Nós queremos voltar. Glory não gosta muito de ficar dentro do carro. É mais fácil se viajarmos à noite. — Ela deitou a menina no trocador de bebês e começou a despi-la. — Quais são seus planos?

— Ah, acho que eu também vou para casa. Se é que isso é um plano.

— Seus pais vão ficar decepcionados por você não ter vencido? — Fen levantou as pernas de Glory e fez uma fralda limpa deslizar para debaixo dela.

— Vão, mas não vão me deixar me sentindo péssima a respeito disso nem nada.

— Sente-se péssima? — Fen parecia curiosa. — Você se saiu tão bem!

— Não. Não, na verdade, não. — Zoe se sentia tão péssima no geral que era difícil saber o quanto ela se incomodava por não ter vencido quando sabia que, se não tivesse sido chantageada, poderia tê-lo feito, ou pelo menos ter tido uma chance justa.

— Então, o que vai fazer quando chegar em casa? Tirando descansar?

Zoe deu de ombros, imaginando realmente se algum dia teria disposição suficiente para fazer qualquer coisa de novo.

— Ficar de bobeira por algum tempo e então começar a procurar emprego, eu acho.

— Será que não pensaria em voltar com a gente? Temos um grande evento no fim de semana e realmente adoraríamos a sua ajuda. É um dos casamentos da Sarah.

Zoe pensou a respeito. De certa forma, ela queria ir para casa, ser paparicada pela mãe, que a reconfortara durante todas as decepções de sua vida. Mas, por outro lado, em Somerby ela estaria ocupada. Não teria tempo para pensar em Gideon ou no que a relação deles poderia ter sido.

— Tenho que perguntar para a minha mãe, me assegurar de que ela não vai se sentir rejeitada.

— Ligue para ela.

Zoe pegou seu telefone. A chamada foi atendida imediatamente.

— Mãe? Mamãe, eu não ganhei. Não estou nem um pouco surpresa. Becca, a garota que ganhou, foi maravilhosa e ela finalmente conseguiu controlar seu nervosismo.

— Ah, bem, foi incrível você ter chegado até onde chegou — disse sua mãe. — Gostaram das minhas xícaras de café?

— Ah, sim, e elas vão voltar para você logo, logo. Vão ser enviadas por remessa especial.

— Você não vai trazê-las?

Zoe fez uma pausa.

— Espero que você não se incomode, mas Fen me pediu que voltasse com eles para Somerby. Eles têm um grande evento e ela precisa de ajuda com o bebê. — Ela respirou fundo e tirou sua carta da manga. — Ia realmente me distrair da derrota.

— Então é claro que você deve ir para Somerby, querida! — Sua mãe parecia aliviada por Zoe ter algo bom programado. — E nunca se sabe, pode haver um emprego para você lá!

— Ah, mamãe, devo voltar logo para casa, quero tanto abraçar você! Mas sinto que é o que eu preciso fazer agora.

— Desculpa por ter arrastado você da festa — disse Fenella enquanto eles partiam noite adentro. — Os outros bebês adoram suas cadeirinhas de carro e adormecem assim que são colocados nelas. Mas não a nossa pequena Glory.

— Tudo bem — falou Zoe. — Estou feliz em pensar que não vou dar de cara com Cher por engano. Sinto um pouco como se estivesse escapando. — Ela não tinha voltado para a festa. Esperava que as pessoas não se importassem por não ter se despedido.

— Ah? — disse Rupert, olhando para Zoe pelo retrovisor.

— Ah, você sabe — falou ela, agora esperando não ter se revelado. — Houve tanta publicidade e tal. E Cher e eu, na verdade, nunca nos demos bem.

— E quanto a você e Gideon? — perguntou Fenella. — Desculpe perguntar, mas não pude deixar de notar que ele parecia estar com outra pessoa na festa.

— É — respondeu Zoe sem rodeios. — Ele é casado.

— Ah, meu Deus, Zoe, eu sinto tanto! — exclamou Fenella. — Que cretino!

Zoe concordou.

— É. Todos os homens são uns babacas, com exceção da atual companhia. — Ela bocejou alto. — Sou capaz de dormir aqui, na verdade. Estou destruída.

— Fique à vontade — incentivou Fenella. — Pretendo fazer a mesma coisa. Vamos planejar a morte do Gideon de uma maneira horrível amanhã.

Zoe estava cansada, mas não estava com sono. No entanto, fingir que dormia significaria que ela não teria que conversar.

O grande Range Rover ronronou pelas ruas de Londres até a estrada e, apesar de seu sofrimento, Zoe adormeceu para valer. Quando acordou, eles estavam dirigindo pelas estradas sinuosas de Herefordshire e quase na casa.

Apesar de ser verão, quando chegaram e Fenella havia alimentado Glory, ela insistiu em dar uma bolsa de água quente para Zoe, e Rupert exigiu que ela aceitasse uma bebida forte. Levando os dois consigo, subiu para o quarto que lhe foi designado e que, infelizmente, era aquele no qual ela dormira com Gideon. Fenella apoiou a mão em seu braço em solidariedade.

— Sinto muito, mas a cama está feita e eu não quero que você vá para o estábulo. Acho que você deve ficar na casa, conosco.

Tirando a amargura inevitável de dormir na cama na qual ela tinha sido tão feliz com Gideon, Zoe também estava contente por ficar na casa. A bolsa de água quente e o uísque, assim como a exaustão natural depois do que havia passado, fizeram com que ela adormecesse quase imediatamente.

Ela acordou com os pássaros cantando e a luz do sol se derramando pela janela. Levou alguns segundos para lembrar onde estava e por quê. Seus sentimentos estavam tão confusos que ela se sentiu ligeiramente enjoada. Levantou-se e foi até a janela, esperando que a manhã de verão a acalmasse.

É claro que estava feliz por não ter vencido, pois significava que a ameaça de chantagem de Cher quase desaparecera (enquanto ela tivesse as fotos, Zoe não poderia relaxar por completo). E é claro que estava muito feliz por estar em Somerby, onde ninguém poderia procurá-la. Mas a lembrança da briga com Gideon parecia quase com um músculo distendido ou um ferimento não cicatrizado. Podia ver o rosto dele, que costumava olhar para ela com tanta ternura, cheio de confusão e desprezo.

Não que fosse tudo culpa dela. Ambos haviam sido os responsáveis. Mas pelo menos ela era solteira. Gideon tinha uma esposa que não havia mencionado. E Becca merecia ganhar. Ela era de longe a melhor cozinheira. Porém Zoe tivera uma boa chance até deixar seu cérebro ser dominado por seu coração — e tudo por um homem que se esqueceu de lhe contar que era casado.

Só que ela o amava. Até sua mente e seu coração, divergentes, finalmente se encontrarem, ela continuaria a amá-lo. O problema era que seu coração não acreditava no que sua cabeça sabia perfeitamente bem. Ela não era burra, em termos de intelecto, mas não conseguia convencer seu coração — ou seu corpo — de que Gideon era um homem ruim e que ela estava bem melhor sem ele.

Tomou uma ducha rápida, pôs um vestido sem manga e desceu com o cabelo ainda molhado e sem maquiagem.

— Adoro o verão — anunciou para Fenella e Rupert, que estavam na cozinha —, você só precisa usar duas peças de roupa. — Estava determinada a parecer corajosa. Tinha sido uma tola. E Fenella havia lhe avisado para tomar cuidado.

Fenella e Rupert riram, como era esperado que fizessem.

— Está dizendo que só está usando duas peças de roupa? — perguntou Fen.

— Isso mesmo. Vão ficar aliviados em saber que estou usando calcinha. — Ela puxou uma cadeira e se sentou. — Onde está minha afilhada esta manhã?

— Ainda dormindo. — Rupert pegou a babá eletrônica como se para verificar se ainda estava funcionando. — Ela mamou quando chegamos, que foi bem tarde, e, por incrível que pareça, está dormindo pesado desde então. Agora... — falou ele, esfregando as mãos. — Café da manhã?

Zoe aceitou ovos, bacon e salsicha, um pouco surpresa por estar tão faminta. Seu ar inexoravelmente alegre estava fazendo efeito. Ninguém a olhava com pena ou lhe fazia perguntas indiscretas, e ela pôde bebericar a caneca de chá que Fenella lhe entregara e ficar vendo Rupert cozinhar. Não tinha certeza se ia ter vontade de cozinhar tão cedo, mas só estar na cozinha de Somerby era tranquilizante.

— Está bem — falou Rupert, botando na mesa dois pratos cheios de comida. — Torrada de verdade ou torrada feita no Aga?

— Torrada feita no Aga, com certeza.

— Então, Zoe — disse Fenella, depois que estavam servidos com tudo do que precisavam —, o que você vai fazer agora? E por que diabos salgou tanto o filé?

— Fen! — exclamou seu marido, indignado. — Você disse que eu tinha que ter tato e aí você logo pega pesado!

— O quê? — disse Zoe olhando de um para o outro, imaginando como poderia sair dessa conversa.

— Fen falou: "Agora, Rupes, não diga nada. Tenha tato. Pobrezinha" — citou ele. — E ela simplesmente enfia o pé na jaca, sem o menor tato!

— Ah. — Zoe deu um longo suspiro. Ela tinha certeza de que seu vestido sem manga, a atitude bem-disposta e o apetite enorme os convenceriam de que estava tudo certo com ela. Pelo visto, não era bem assim.

— O que deu errado? — perguntou Fen. — Você estava indo tão bem! De jeito nenhum você ia botar sal demais por engano.

— Você acha que mais alguém pode pensar assim? — Isso podia ser sério.

— O quê? Você salgou demais a carne de propósito? — questionou Fenella, pensando. — Para ser sincera, acho que as pessoas que não conhecem a sua comida devem ter pensado que você só se enganou.

— Mas não se enganou? — perguntou Rupert, espátula na mão, tendo acabado de acrescentar um pedaço de pão à gordura de bacon acumulada na frigideira.

— É claro que não! — vociferou Fenella. — Ela é uma cozinheira brilhante!

— Talvez ela não queira falar a respeito — opinou Rupert, pressionando o pão contra a frigideira.

— Espero que você vá compartilhar esse pão frito — falou Zoe, para adiar o momento da verdade.

— É claro! Vou botá-lo no forno por um tempinho para ficar crocante e secar a gordura extra — concordou ele.

— Eu vou fazer mais chá — disse Fenella —, aí a Zoe pode nos contar tudo.

— Só se ela quiser! — censurou Rupert, colocando o pão no forno como prometido.

Fenella balançou a cabeça, determinada em seu papel de durona.

— Sinto muito, na verdade você não tem escolha. Vai ter que contar tudo.

— Está bem. — Zoe suspirou. — Chá e pão frito podem ser o suficiente para me fazer desembuchar.

— Você pode botar geleia nele, se quiser — disse Rupert, o bonzinho.

— Tudo bem. Eu vou contar... O negócio é... era... — começou Zoe com a boca cheia — ... que Cher tirou fotos de mim e Gideon juntos.

— Como ela conseguiu isso? — A indignação de Fenella fez com que ela batesse com a caneca na mesa e derramasse chá. — Tivemos tanto trabalho para tornar esse lugar seguro e discreto para que as pessoas pudessem vir para cá e se sentirem relaxadas.

— Ela tirou as fotos quando estávamos catando comida no bosque — explicou Zoe. — Não entrou no quarto nem nada.

Fenella suspirou e se sentou.

— Ah.

— Foram flagrados brincando no bosque, é? — disse Rupert, uma sobrancelha levantada em desaprovação fingida.

— Estávamos catando — falou Zoe com dignidade. — Mas talvez tenhamos dado uns beijinhos.

— Esse é o problema de celulares com câmeras! — comentou Fenella. — Olhe só a confusão que causam!

— Dito isso, eu nunca tiraria fotos se não fosse com meu telefone — falou Zoe.

— Verdade — concordou Fenella. Suspirou. — Então ela tirou fotografias. Quando você descobriu?

— Só quando estava em Londres, antes do desafio final. Ela disse que, se eu ganhasse, ela ia levar as fotos para a imprensa, acho que deve conhecer um paparazzo, sei lá. De qualquer modo, ela e o tio parecem conhecer todo mundo. E ainda falou que ia acabar com a credibilidade do programa, o que realmente iria acontecer, e arruinar com a carreira de Gideon também.

— E quanto à sua carreira? — perguntou Fenella.

Zoe sorriu e mordeu o lábio.

— Acho que ela pensou que eu não tinha uma. E, no momento, está certa.

— Então você falou isso para Gideon? O que ele disse sobre isso? — indagou Rupert.

— Ele ficou furioso. Falou que eu não devia ceder à chantagem. Mas como tudo que Cher ia dizer era verdade, achei que não tinha opção.

Fenella apoiou um dedo solidário no braço de Zoe.

— E... vocês brigaram por causa disso?

Zoe quase riu.

— Ele ficou furioso! Não consegui fazê-lo entender que eu não tinha escolha. Tinha que acabar com as minhas chances de vencer.

— Tenho que dizer que você podia ter feito isso com mais competência — observou Rupert. — Na verdade, você foi extraordinária. Foi isso o que me fez ficar tão desconfiado sobre o negócio do sal.

— Ah, meu Deus, agora eu percebo isso. Na hora só entrei no clima... eu sabia que não podia ganhar, então não me preocupei em ganhar, só segui com o meu plano. Decidi na hora o que iria fazer para estragar tudo.

— Mas os outros também cometeram erros — disse Rupert. — Você foi consistentemente a melhor.

— Rupert é um grande fã de competições de culinária — explicou Fenella. — Não sei bem por quê.

— Você é uma grande fã de programas de imóveis — contra-atacou ele. — Realmente não sei como você explica isso. Não é como se não tivéssemos imóvel suficiente com o qual lidar aqui.

— Mas Rupert, você acha que as pessoas vão sacar que eu perdi de propósito? Isso é preocupante!

— Todo o resto deu bastante certo — comentou Fenella.

— É loucura! Eu sei que, se estivesse tentando ganhar, todo tipo de coisa teria dado errado. Eu só estava tão preocupada que a carreira de Gideon fosse arruinada... — A voz dela perdeu força conforme ela notou que tinha dito muito mais do que pretendia. — E aí descobri sobre ele e percebi que perdi muito mais do que uma maldita competição...

— Acho que precisamos de mais chá — anunciou Fenella, acenando com a mão para Rupert, mas sem olhar para ele. — Então você realmente o ama?

Zoe respirou fundo.

— Já foi muito ruim ele ter ficado zangado comigo, mas aí, antes que pudesse conversar com ele a respeito, eu vi os dois... — Ela deixou a voz morrer, sua garganta se fechando com o choro.

— Então você realmente o ama? — repetiu Fen com suavidade.

Zoe fez que sim com a cabeça.

— Mas é inútil. Além de nunca mais querer falar comigo de novo, ele é casado. Posso ser extremamente burra, mas não vou perder meu tempo ficando apaixonada por um homem casado. Nem mesmo por um que se importava comigo — acrescentou ela.

Fenella não falou por alguns momentos.

— Provavelmente está sendo sábia. Mas vocês pareciam bem juntos.

— Por um tempinho sim, apesar de que podia ter sido melhor, se eu não me sentisse tão culpada e tal. E isso foi antes de eu saber sobre a esposa dele!

— E não se preocupe com o negócio da competição — falou Rupert. — Os espectadores não vão saber como o seu paladar é bom.

De certa forma, essa afirmação fez Zoe se sentir pior. Quando a babá eletrônica deu sinais de vida, ela ficou de pé em um pulo.

— Eu vou!

— Ela ainda não está totalmente acordada! Pode deixá-la por alguns...

Mas as palavras de Fenella sumiram enquanto Zoe subia as escadas voando, grata por uma desculpa para fugir.

Sarah e Hugo chegaram a tempo do jantar aquela noite. Zoe agiu como *sous-chef* de Rupert e fez vários tipos de batatas e diferentes legumes. Ela queria se manter ocupada e só podia embalar Glory por um certo número de horas ao dia, tendo em vista que a bebê tinha mãe.

Eles não falaram muito sobre a situação de Zoe. Sabiam que tudo seria destrinchado mais tarde, em volta da mesa, com Sarah e Hugo. Zoe se sentia como um balão de ar quente sem ar quente. Cozinhar tanto, se preocupar tanto, treinar tanto e finalmente se sair tão bem tinha sido para nada. Agora tudo o que lhe restava era a sensação de ter sido uma completa idiota, uma garota boba, encantada com um homem lindo e poderoso. Sua autoestima era a mais baixa possível. Manter-se ocupada era a única coisa que podia impedi-la de se atirar na cama e chorar por dias.

A hospitalidade pródiga de Rupert significava que garrafas de champanhe e de Pimm's foram oferecidas quando Sarah e Hugo chegaram lá.

— Tomem uma King Pimm — disse Rupert. — Cava e Pimm's: menos doce e quatro vezes mais inebriantes.

— Eu prefiro uma taça de espumante — falou Sarah. — Pimm's sobe muito à minha cabeça.

— Tome o espumante então. Vamos guardar a cava para ser tomada com Pimm's.

Zoe bebericou sua taça de champanhe devagar. Estava preocupada demais para se sentir em clima de comemoração. O clima de festa durou mais do que ela gostaria. Queria conversar com Sarah e Hugo sobre seus problemas. Fenella estava tão confiante de que eles teriam a resposta certa e Zoe se lembrava de como Sarah tinha se interessado antes por seus planos para o futuro.

Hugo pareceu sentir sua ansiedade e sentou-se a seu lado. Ele lhe fez perguntas amigáveis sobre a competição, sua comida e como ela tinha montado seu cardápio enquanto os outros riam, colocavam a mesa e abriam garrafas.

— Não se preocupe — falou Hugo. — Sarah tem um plano e, se Sarah tem um plano, vai ficar tudo bem.

O plano envolvia uma amiga com uma delicatéssen.

— Ela acabou de adquiri-la de alguém que não era muito bom nisso. Quer fazer um relançamento completo.

Isso parecia interessante.

— Ah, é?

— É uma lojinha simpática, em uma localização adorável em uma cidade perfeita para delicatessens. Você sabe, muitas pessoas ligadas em gastronomia que querem ingredientes esquisitos...

— Misteriosos é a palavra que preferimos — informou Rupert.

— Ingredientes esquisitos — continuou Sarah. — Mas ela tem muito trabalho a fazer. Telefonei para ela hoje à tarde para ver se gostaria de uma assistente fofa...

— E? — Zoe não podia aguentar o suspense.

— Ela ficou doida, por assim dizer. Adoraria ter você.

— Mas ela não sabe nada sobre mim!

Sarah balançou a cabeça.

— Eu falei que você é boa cozinheira, que sabia se virar bem e que mantém a calma durante uma crise. O único ponto negativo é que ela só pode oferecer um salário mínimo. Você vale muito mais, mas se tudo andar como previsto, ela vai poder pagar mais...

Zoe levou apenas um segundo para se decidir. Parecia perfeito. Ela ficaria ocupada e faria as coisas que amava. Também seria uma boa experiência para quando finalmente abrisse sua própria delicatéssen; ela estava mais determinada do que nunca a economizar para chegar lá.

— É exatamente o que eu quero. Não me importo muito com o dinheiro. Só quero fazer alguma coisa. Trabalho duro é a cura para quase tudo!

— Bom para você! — disse Rupert, colocando a mão grande em seu ombro.

— É, bom trabalho — concordou Hugo.

Zoe deu um sorriso.

— Então, onde fica a delicatéssen? Não muito longe, eu espero.

— Ah, não, é em Cotswolds.

— Na vizinhança? — perguntou Zoe, feliz em pensar que estaria perto de casa e de Somerby.

— É em Fearnley — disse Sarah. — Logo antes...

Mas Rupert e Fenella haviam caído na gargalhada.

— Nós sabemos onde fica Fearnley!

— Vocês sabem? — falou Zoe. — Onde é, então?

— É onde os pais de Rupert moram! — disse Fenella, sem conseguir parar de rir. — Eles provavelmente vão entrar na loja e você vai servi-los de novo!

Zoe entendeu a graça.

— Bem, pelo menos eu sei que não devo lhes servir ervilhas ou vagens.

Capítulo 27

— Está bem, mamãe, você não vai me enviar nenhuma carta de Gideon?

— Não, querida.

— Ou dar o número do meu celular se ele ligar para casa?

— Não.

— Ou dizer a ele onde estou?

A mãe de Zoe abraçou a filha.

— É claro que não! Sei o quanto isso é duro para você. Não vou fazer nada para tornar mais difícil!

Finalmente satisfeita, Zoe entrou em seu carro. Havia conseguido fazer com que Fenella prometesse a mesma coisa, e todos em Somerby. Fenella havia levado mais tempo para ser persuadida, mas era mais difícil para ela, que conhecia Gideon. Sabia exatamente o quanto ele podia ser encantador.

— Não vou esquecê-lo se continuar esperando por uma carta ou um e-mail dele. Tenho que entrar em abstinência total. — E, de qualquer maneira, pelo que Zoe sabia, Gideon poderia não querer entrar em contato com ela. Era provável que estivesse de volta aos braços da esposa e arrependido por ter pulado a cerca.

Com essas promessas feitas, só para garantir, duas semanas após a competição Zoe dirigiu até a cidadezinha de Fearnley. Ela tinha ficado triste em deixar Somerby e a pequena Glory. Passara a gostar tanto da família inteira, mas não podia ficar lá. Era um lugar onde poderia ser encontrada com muita facilidade e havia lembranças dolorosas demais. Alguns dias em casa com sua família, com Jenny por perto, haviam ajudado a melhorar um pouco seu ânimo, e agora ela sentia sua determinação renovada Podia morrer como uma velha de coração partido, mas teria sua própria delicatéssen um dia, e ajudar a amiga de Sarah era um bom começo. Sentia-se como duas pessoas: uma vivendo como um adulto normal, plenamente funcional, a outra acalentando um coração partido e imaginando se algum dia superaria isso.

Enquanto procurava a loja, ela viu que Fearnley era sem dúvida a cidade perfeita para uma loja de comida especializada. Uma variedade de antiquários e lojas de presentes dividiam espaço com hotéis, casas de chá e lojas vendendo louça, vestidos e acessórios para casa. A cidade fora um chamariz para turistas durante centenas de anos; provavelmente estava na hora de ter algo para atender aos proprietários de casas de veraneio e aos militares aposentados mais esclarecidos. Ela pensou nos pais de Rupert e ficou imaginando se eles comprariam folhas de chá, biscoitos Bath Oliver e pasta de anchova se algum local os fornecesse.

Ela viu a loja, a vitrine pintada de branco e, ao lado, uma viela que levava aos fundos do estabelecimento, com uma vaga de estacionamento para Zoe. Ela estacionou ao lado de uma van Transit velha e saltou, inspecionando os fundos da loja, sentindo-se um pouco tímida, mas também entusiasmada com essa nova fase de sua vida.

Astrid, sua nova chefe, recebeu-a com um pincel em uma das mãos e uma xícara de café na outra. Vestia um macacão que tinha um leve respingo de tinta branca.

— Oi! Você é a Zoe? Ótimo! Pegue uma xícara de café e aí podemos começar. Incomoda-se em pintar e decorar um pouco? Podemos conversar e trabalhar.

— Não me importo em fazer esse tipo de coisa, mas só sei o básico de pintura, nada sofisticado.

— Eba! Sarah disse que você ficaria feliz em ajudar. Nós não queremos nada sofisticado, apenas quero tudo novo e branco antes que os carpinteiros cheguem para instalar as prateleiras. Tenho essa ideia louca de que quero uma prateleira enorme e comprida pela loja toda onde eu possa botar pratos e latas decorativas, como você teria em uma cozinha.

— Parece ótimo. Adorei a ideia!

Zoe não estava tão entusiasmada quanto soava, não porque desgostasse da ideia de uma grande prateleira decorativa cortando a loja inteira, mas porque seu coração estava machucado. Naquele momento, todo entusiasmo tinha que ser fingido. Mas aqui ela estaria ocupada da manhã até a noite. Talvez, se fosse para a cama todas as noites devido à exaustão física, ela conseguisse dormir e não seria forçada a assistir às lembranças de Gideon passando sem parar em sua cabeça.

Astrid, que sabia como delegar, logo encontrou um macacão igual ao seu e achou uma música animada no rádio. Ela entregou o rolo para Zoe.

— Aqui, fique à vontade com esse garotão!

Zoe sorriu. Gostava dela. Trabalhar ali seria divertido.

Quando Astrid declarou que se não comesse alguma coisa iria cair morta de fome, Zoe saiu para arranjar sanduíches. Ela os comprou em um pequeno supermercado, mas não tinham uma aparência muito boa. Um sanduíche feito na hora era algo que uma boa delicatéssen podia fornecer. Ela então sugeriu isso a Astrid.

— Ah, caramba, sim! — respondeu Astrid, quando Zoe lhe contou sua ideia. — Eu pensei em lanches, como meu avô costumava chamá-los, mas, qualquer outra ideia, por mais maluquinha que pareça, eu quero ouvir.

— Cartões com sugestões de receitas para os clientes? Posso ajudá-la com isso.

— Ótima ideia! Podemos selecionar alguns ingredientes e colocá-los em uma receita. Cozinha de verdade, facilitada para as pessoas! Estou tão feliz por Sarah ter sugerido você. É perfeita.

— Não sei, não...

— Ei, venha ver o que eu fiz enquanto você estava fora. — Zoe seguiu Astrid escada acima. — Comecei a arrumar o apartamento do andar de cima. É onde você vai ficar. Tenho usado como escritório até agora, mas ele já está mobiliado.

Enquanto Zoe perambulava por ali, Astrid vasculhou uma geladeira no andar de baixo procurando duas cervejas para tomar com o piquenique. O lugar tinha um potencial enorme e, na verdade, era bem grande. Havia dois quartos, um praticamente todo ocupado com uma cama de casal e outro quase tomado por uma mesa e muitos papéis. Além disso, havia um aposento mais ou menos grande com vista para a rua que tinha um sofá, uma poltrona, uma cozinha minúscula e um banheiro.

— Precisa que eu tire as minhas coisas do segundo quarto? — perguntou Astrid, entregando uma garrafa aberta de Beck's para Zoe.

Zoe captou a dica.

— É claro que não. Um quarto está perfeito para mim.

— E eu sei que não há muitos confortos, mas tenho uma TV em casa que vou trazer para cá e a cama, o edredom etc. são novos. Você gostaria de mais alguma coisa?

Zoe olhou ao redor.

— Só preciso de uma mesa para o meu laptop.

— A cozinha é bem minúscula, assim como o banheiro, e ambos são gelados, mas vamos resolver isso antes do inverno — continuou Astrid.

A ideia do inverno fez Zoe estremecer, não só por causa do frio em potencial, mas porque ela não conseguia imaginar como seria sua vida ou se ainda estaria ali. E será que teria esquecido Gideon até lá? Ou ele ainda assombraria seus pensamentos? Ainda assim, ela passara uma parte bem longa da manhã — dez minutos pelo menos — sem pensar nem um pouco nele. Era um progresso!

Os dias passaram rapidamente, apesar de as horas serem longas. Zoe se viu fazendo de tudo, desde decorar até verificar as entregas (tentando não imaginar se o azeite de oliva viera graças à empresa de Gideon) e ajudar Astrid com seu release para a imprensa.

— Eles sempre fazem uma grande festa de inauguração nesses programas de televisão — anunciou Astrid.

— Eu sei. Minha mãe é viciada nesses programas "salvando um hotel desprezível de ser fechado pelas autoridades sanitárias" — falou Zoe, mergulhando um biscoito de gengibre em seu chá. Estavam tirando uma folga antes de continuar enchendo as prateleiras, empoleiradas em cadeiras salpicadas de tinta, usando como mesa uma caixa de cabeça para baixo.

— Eu também sou viciada neles! Em todos esses negócios de transformação, adoro aquele no qual Ruth Watson é muito grossa com todos aqueles aristocratas e eles passam a entender seu modo de pensar. Na maior parte dos casos. — Astrid fez uma pausa. — Vamos abrir antes, de uma maneira discreta, quando estivermos prontas e todo o negócio dos alvarás estiver resolvido, aí vamos convidar todo mundo em quem pudermos pensar para uma festa enorme. — Ela fez outra pausa. — Eu adoraria que você cuidasse do bufê, se você quiser, quer dizer...

A essa altura, Astrid já havia descoberto a abrangência dos talentos de Zoe quando o assunto era comida. Ficou sabendo como ela fizera canapés e cupcakes ao mesmo tempo. Também ouvira bastante sobre Gideon. Tendo sofrido sua cota de síndrome do homem errado, ela aprovava a política de tolerância zero de Zoe no que dizia respeito a ter contato com ele.

— Está bem, só precisamos saber para quantas pessoas vai ser. — Zoe puxou um caderno surrado do bolso de trás da calça e tirou um lápis velho. — Você quer canapés quentes e frios? E sobremesa?

— Sim para tudo. E... — Astrid olhou especulativamente para Zoe. — ... o que seria muito bom para colocar na vitrine seria um *croquembouche*.

Zoe suspirou.

— Eu não devia ter falado para você sobre isso! Mas acho que a essa altura já peguei o jeito.

— Seria tão bonito. E elegante — disse ela com certa melancolia.

Zoe era uma cozinheira: vitrines não tinham tido um papel em sua vida até então.

— Se você quer assim.

— Quero! E a minha amiga, que tem uma loja de acessórios de cozinha em uma cidadezinha perto de Birmingham, tem uma matriz que pode me emprestar. Eu vou vê-la no fim de semana. Vou trazer.

— Não vamos poder rechear as bombinhas com nada, mas acho que posso fazer ficar bonito. E você está certa, vai atrair as pessoas. — Ela bateu no caderno com o lápis. — Então, quantas?

Astrid parecia preocupada.

— Eles nunca dizem como criam a lista de convidados naqueles programas. Vamos ter que começar com a lista telefônica local.

— E o jornal local?

Astrid fez que sim com a cabeça. Zoe anotou tudo.

Finalmente, elas estavam prontas. A Vigilância Sanitária e os Bombeiros haviam lhes dado seu alvará (um documento oficial que tinham que prender na parede), a tinta agora estava seca e as prateleiras, cheias. Zoe sentiu certo orgulho e satisfação ao pensar em quanto tempo e energia ela despendera ali. Quem dera fosse sua própria delicatéssen. Ainda assim, esta era uma boa segunda opção. Astrid havia sido a chefe perfeita e, tirando o fim de semana no qual ela foi para Birmingham e as noites passadas sozinha no apartamento em cima da loja, Zoe realmente não tivera tanto tempo assim para pensar em Gideon. Uma linha de produção de refeições prontas que ela havia montado na cozinha de Astrid também a ajudou a manter seu foco em comida e não no amor. E, com acomodações gratuitas e um salário modesto, Zoe sabia que podia sobreviver trabalhando pelo tempo que Astrid precisasse dela. Com sorte seu coração teria cicatrizado até lá.

A abertura de verdade da loja, em comparação à inauguração, foi decepcionantemente simples. Astrid abriu a porta da frente, virou a placa para "Aberto" e foi só isso.

No entanto, ambas estavam felicíssimas com a aparência da loja. A prateleira decorativa comprida era uma graça. Ela também servia para guardar alguns itens aleatórios que Astrid ainda não sabia como usar. Havia uma enorme panela de cerâmica esmaltada, bonita apesar de muito lascada, pela qual ela tinha se apaixonado em um bazar. Montes de latas de azeite de oliva, assim como vidros de azeitona e um de limão em conserva eram intercalados com pratos decorativos, muitos deles doados pela mãe de Astrid.

— Estou tão feliz por termos decidido fazer essa prateleira — falou Astrid, admirando. — Ficou sensacional!

— Foi tudo ideia sua — disse Zoe.

— É, mas você arrumou os pratos e tal. Não gostar de escadas é uma desvantagem terrível para uma comerciante.

Zoe deu uma risadinha.

— Eu tive as outras prateleiras para me dar apoio extra. De qualquer modo, está pronta agora. Podemos arrumar um espanador de penas com um cabo bem longo para mantê-la limpa.

Na mesma hora Astrid tomou nota.

— Excelente!

Além de sua adorada prateleira apenas para decoração, as outras estavam carregadas com o raro, o útil e o simplesmente delicioso. Havia um pequeno freezer cheio de refeições prontas feitas por Zoe, para que os veranistas pudessem vir correndo comprar algo rápido e fácil quando haviam tolamente convidado amigos para o jantar. Havia uma seção em que os ingredientes ficavam agrupados com uma folha com receitas para pessoas que queriam cozinhar mas precisavam de inspiração. Havia legumes orgânicos adquiridos de produtores locais, assim como uma vasta seleção de queijos e embutidos "completamente locais".

Zoe estava feliz em oferecer outro canal de venda para algumas das pessoas cujos produtos havia usado durante a competição. Havia leite e creme de um fornecedor local e tão especial que praticamente exibia na caixa o nome da vaca que havia produzido o leite. Também havia uma bandeja de pudim de pão. A receita viera de uma velha senhora que Astrid conhecera, e Zoe a fizera. Ela e Astrid haviam comido a primeira fornada quase toda, de tão delicioso que estava, mas haviam jurado não comer mais até terem realmente vendido um pouco.

— A margem de lucro é tão genial! — falou Astrid. — Nós sempre temos pão velho para usar, então não custa quase nada!

Zoe pensou por um momento no que os outros concorrentes podiam estar fazendo. Imaginou se Cher agora estava sendo contratada como uma glamorosa apresentadora de TV — ela não duvidaria caso isso acontecesse. Também imaginou se Gideon em algum momento havia entrado em contato com Fenella e Rupert, mas descartou a ideia. Não era bom ficar se preocupando com isso como um cachorrinho abandonado.

Como não estavam realmente com pressa para a inauguração, Zoe foi capaz de planejar a comida quando Astrid estava de serviço, e sua chefe aperfeiçoava a lista de convidados e o release de imprensa enquanto Zoe trabalhava.

Elas frequentemente comiam juntas à noite, em geral no chalezinho de Astrid, que tinha um pátio minúsculo no jardim com uma mesa que era, segundo Astrid, só grande o bastante para dois pratos, dois copos e uma garrafa.

— Toda a imprensa local, os jornais gratuitos e a *Cotswold Life* confirmaram— disse Astrid —, e uma nova revista de gastronomia com base local. Vai ser bom!

— Vai ser excelente, mas quantas pessoas eu devo servir?

— Cinquenta — respondeu Astrid com firmeza.

— Você simplesmente chutou esse número do nada, não é?

Astrid confirmou com um aceno de cabeça.

— É um processo de tomada de decisão tão válido quanto qualquer outro! Podemos vender o que sobrar.

— Acho que não! — disse Zoe. — Mas podemos comer.

Alguns dias depois Astrid estava anotando um pedido e Zoe encontrava-se atrás do balcão, rearrumando o display de florais de Bach, quando ouviu o sino da porta. Ela se virou com um sorriso de boas-vindas no rosto, mas, quando viu quem era, se abaixou, tentando se manter fora de vista. Eram os pais do Rupert.

Felizmente para ela, eles estavam falando alto um com o outro e não prestavam atenção.

— Como vamos ser atendidos? A primeira loja adequada na cidade em milênios e não há empregados!

Astrid se virou. Zoe estivera ali segundos antes. Mas não agora.

— Posso ajudar? — perguntou.

— Ah! Ótimo! Fico feliz em ver que há alguém aqui. Minha esposa quer dar uma olhada, não é, querida?

Atrás do balcão, a vontade de rir de Zoe aumentou.

Ela podia ouvir os dois perambulando pela loja, pegando coisas, fazendo sons ligeiramente enojados e indo em frente.

— O que diabos é isso? Parece miolo seco!

Devem ser os cogumelos selvagens extremamente caros, pensou Zoe.

— E feijões cozidos? Em uma loja como esta? Para que é essa etiqueta chique? Onde estão os que nós sempre comemos? São perfeitamente bons.

Hmm, pensou Zoe. Será que a cidade inteira era cheia de pessoas que não estavam dispostas a pagar mais pelos feijões especiais importados dos Estados Unidos feitos seguindo uma receita tradicional envolvendo melaço preto?

— Arc! — disse Lady Gainsborough. — Eles têm aquela pasta de peixe horrorosa de que você gosta!

Deve ser a pasta de anchovas, pensou Zoe, que agora estava ficando com câimbra nas pernas.

— Graças a Deus há algo comestível.

Zoe desejou que eles se apressassem e decidissem se queriam comprar alguma coisa ou não antes que ela caísse. Também desejou ter simplesmente atendido os dois.

Enquanto ouvia o pai de Rupert andar até a geladeira, concluiu que não querer nenhum contato com Gideon a tinha deixado paranoica. Ele dificilmente teria recorrido a lorde e Lady Gainsborough para obter detalhes do paradeiro dela. Ela se sentou. Não podia aparecer atrás do balcão agora.

— Ouro! — trovejou o pai de Rupert. — Eu encontrei ouro!

A mãe de Rupert correu para perto dele.

— O que, em nome de Deus, você encontrou que o deixou tão entusiasmado?

— Pudim de pão! — declarou lorde Gainsborough. — Achei que nunca mais comeria de novo!

Astrid riu quando Zoe apareceu detrás do balcão ao ver que a barra estava limpa, esticando e esfregando as pernas.

— Era aí que você estava! Você tem que adorar esses velhinhos. Eles compraram todo o pudim de pão. São dez libras em caixa sem quase nenhum custo. A não ser pela sua habilidade na cozinha — acrescentou ela apressadamente.

Zoe só sorriu. Imaginar a indignação que o casal Gainsborough teria sentido pelos dois terem sido chamados de velhinhos valia a câimbra.

Capítulo 28

Astrid e Zoe haviam decidido que a inauguração da delicatéssen seria feita no gastro-pub a duas portas de distância, pois não havia espaço suficiente na loja para entreter todo mundo. Mas é claro que a delicatéssen estaria aberta e as pessoas seriam encorajadas a ir até lá com seus vales-desconto especiais nas mãos. A filha muito bonita de uma amiga de Astrid fora subornada para ficar atrás do balcão e servir as vítimas movidas à Pimm's conforme chegassem.

Astrid e Zoe deram uma última volta pelo salão do pub. As bandejas de canapés estavam arrumadas próximo às jarras de Pimm's e garrafas de vinho, cerveja e refrigerantes.

— O problema é — falou Astrid, obviamente não muito feliz com o arranjo, apesar de elas não terem opção — que não é a nossa cara. Podia ser qualquer festa no pub.

— É um pub chique — argumentou Zoe. — Mas entendo o que você está falando. Estamos inaugurando a loja e o espírito da delicatéssen não está muito evidente na festa.

— Aquelas bandejas de bufê com os canapés não ajudam — falou Astrid.

— Eu sei! Vou pegar aqueles pratos antigos da loja, eles são enormes. Vamos colocar a comida neles. Vai ficar muito mais mediterrâneo e especial.

— Mas estão na prateleira alta — objetou Astrid. — E a Tilly só vai estar lá daqui à meia hora.

— Mas eu não tenho problemas com escadas. Fui eu que os coloquei lá, posso tirá-los.

Zoe tinha tudo planejado. Ajeitou a escada em uma posição em que podia baixar os pratos em uma cesta que havia pendurado, evitando assim descer os degraus carregando a estimada porcelana. Astrid tinha insistido para que ela pusesse o celular dentro do sutiã para ligar pedindo ajuda se tivesse dificuldades. Só a chegada iminente de seus convidados a impediu de ir com Zoe para garantir que nada desse errado.

Zoe havia posto cuidadosamente dois pratos na cesta e estava se esticando para pegar o terceiro, um pouco mais distante, quando ouviu uma voz familiar chamar seu nome da porta.

O pânico a fez subir em vez de descer e ela se viu fora da escada, de pé em uma prateleira mais baixa e agarrando-se à de cima.

— Eu não quero ver você, Gideon! — disse ela. Mal foi capaz de falar, sua boca muito seca.

Ela o ouviu rir abaixo dela.

— Acho que você não tem muita opção.

Zoe fechou os olhos, achando que seria mais seguro se não pudesse vê-lo. Uma parte dela havia se perguntado, só por um segundo, se ele havia sido conjurado por sua imaginação fértil. Ela estava pensando nele no momento em que tinha se esticado para pegar o segundo prato, um pensamento induzido pela lata de azeite de oliva que agora ela sabia que *fora* importada pela empresa dele.

Ela o ouviu andar e ficar de frente para ela, mas manteve os olhos bem fechados.

— Zoe, por favor, me escute. Me deixe explicar. Tenho tentado entrar em contato com você há semanas. Ninguém quis me dizer onde você estava.

— Ótimo. — Pelo menos seus amigos e sua família haviam feito o que ela tinha pedido. — Então como você me encontrou? — Enquanto não pudesse vê-lo, ela se sentia segura fazendo perguntas.

— Eu estava hospedado na casa de um amigo. Ele escreve sobre gastronomia e recebeu o release de imprensa. Vi o *croquembouche* nele e soube que tinha que ser você. Corri direto para cá.

Com os olhos ainda fechados, ela deu um longo suspiro. Como teria sido romântico se eles realmente pudessem ter um relacionamento. O que ele achava que podia conseguir vindo vê-la agora? Era casado! Isso fortaleceu a resolução de Zoe de permanecer firme.

— Zoe, pode descer daí? É difícil falar com as suas costas e seus nós dos dedos brancos.

— Você não pode vê-los! E, de qualquer modo, não estão brancos. Eu não me importo com altura. — Ela não tinha medo de altura, mas estava ficando meio estressada por ter que se segurar em algumas prateleiras enquanto lidava com Gideon. Teria ajudado se parte dela não estivesse secretamente feliz por ele estar ali. Ela sabia que não devia ficar, mas estava revirando de entusiasmo e confusão. Seu coração e seu corpo estavam determinados a traí-la.

— Por favor?

Isso soou bastante educado para alguém mais acostumado a dar ordens do que a pedir permissão ou fazer pedidos.

— Não. — Ela queria dizer sim, queria sair de sua situação altiva, em todos os sentidos, mas tinha que ser forte.

Ela não podia vê-lo, mas o ouviu suspirar.

— Sinto muito ter que agir como um tirano, mas acho que preciso assumir o controle.

Zoe de repente sentiu-se ser agarrada pelos joelhos e puxada para trás. Ela se segurou nas prateleiras para se equilibrar e ele se virou para ficar de frente para ela. No segundo seguinte, estava pendurada por cima do ombro dele.

— Gideon! — repreendeu ela com o máximo de firmeza que podia. — Me bote no chão! — Ela tentou não soar histérica, mas sua respiração estava entrecortada. Só esperava que ninguém resolvesse entrar naquele momento. Era tão impróprio. E como ele ousava maltratá-la assim?

— O que está acontecendo?

Zoe viu os chinelos de lantejoulas douradas de Astrid.

— Socorro! Estou sendo raptada!

— Sim, querida, mas você viu por quem? — Ela parecia uma imitação ruim de Leslie Phillips. Por que não a estava ajudando? Gideon obviamente tinha tido tempo de convencê-la a passar para o lado dele.

— Sim! Gideon! Me bote no chão! Nós temos uma festa para organizar. Eu estou trabalhando!

— Estou dando a você o dia de folga — disse Astrid, a traidora.

— Ele subornou você? Como você vai fazer? Isso é ridículo!

Ninguém prestou atenção nela. Ela se viu sendo carregada para fora da loja até a rua. Já estava com o rosto vermelho, então não podia corar mais. Ela desistira de lutar. Só iria fazê-la parecer mais ridícula.

Felizmente, o carro de Gideon estava estacionado bem em frente. Ela o ouviu destrancar a porta com seu controle. Aí ele a colocou no banco de trás. Ela se sentou ereta.

— Ponha o cinto de segurança — falou Gideon. — Por favor.

Zoe deu um profundo suspiro. O carro possuía um cheiro maravilhosamente familiar. Ela prendeu o cinto.

— Aonde você está me levando? — indagou zangada.

— Para algum lugar onde possamos conversar.

Ela voltou a suspirar e se recostou no couro gasto. O que ele podia dizer a ela que fosse melhorar tudo?

Ela pensou em pedir a ele que parasse a fim de poder se sentar na frente, ao lado dele; achava um tanto estranho ficar sozinha atrás. Mas aí decidiu que essa não era uma boa ideia. Se chegasse perto demais, podia não ser capaz de resistir se ele tentasse seduzi-la de novo. Zoe não devia ceder. Dera alguns passos pequenos para esquecê-lo. Se caísse nos braços dele na primeira oportunidade, ela ficaria pior do que antes. Mas e se ele tivesse vindo lhe dizer que sentia muito, que tinha aproveitado seus momentos juntos mas que o que havia entre eles tinha acabado e ele esperava que ela não se sentisse mal com isso? Seria cavalheiresco da parte dele vir lhe dizer pessoalmente, mas ela desejava que ele não o fizesse.

Depois de uns 15 minutos dirigindo em silêncio, Gideon parou em uma clareira ao lado de um bosque. Havia um rio e um banco visíveis um pouco adiante na trilha. As árvores desciam quase até a água e um retalho de luz do sol pintava a área de dourado. Parecia totalmente romântico. Que irônico, pensou Zoe.

— Chegamos. — Ele abriu a porta dela e a deixou sair do carro.

A resolução de Zoe de ser firme foi abalada e aí se fortaleceu. No silêncio do carro, ela havia decidido que a melhor forma de lidar com a situação era manter um clima leve. Ela não podia deixá-lo saber do efeito que tinha sobre ela ou o quanto a havia magoado.

— É aqui que você faz surgir uma garrafa de champanhe ou uma cesta de piquenique cheia de guardanapos engomados e ovos de codorna — disse ela, tentando ser irreverente, mas sem conseguir direito.

Ele balançou a cabeça.

— Desculpe. Não tenho nada na manga ou enfiado na bota. Eu não sabia se ia vê-la, mas, quando vi o panfleto, bem... — Ele fez uma pausa e sorriu — ... eu saí voando. — De repente ele parecia nervoso, como se estivesse inseguro sobre si próprio ou ela. Pelo menos Zoe ficou feliz ao notar isso.

Aí o familiar sorriso peculiar dele aumentou seu nervosismo e brincou com suas emoções. A combinação a deixou ligeiramente zonza e com os joelhos bambos de desejo e confusão.

— Vamos andar — sugeriu ele. — Gostei do seu vestido — acrescentou.

O elogio a deixou um pouco confusa. Estava usando um vestido simples de decote canoa sem mangas, feito para ficar bonito debaixo de um avental. Não era nada especial. Ela suspeitava que ele estivesse tentando cair nas suas graças.

— Gostou?

— Gostei! — Ele estendeu a mão para ela, a qual ela ignorou estudadamente. Ele deu de ombros e então disse: — Venha.

— Não posso ir longe. Esses sapatos não são adequados para lama. — Ela soava como uma criança petulante, mas era assim que se sentia. Tinha uma delicatéssen para ajudar a inaugurar. Não estava com tempo para passeios no bosque.

— A trilha é boa e vamos parar quando chegarmos ao banco. Tenho tanta coisa para dizer a você.

— Eu devia estar ajudando a Astrid. Ainda há muito a ser feito. Não posso simplesmente sair correndo.

— Tenho certeza de que Astrid pode se virar, e você não saiu correndo, saiu carregada.

Zoe podia fazer isso. Ela iria escutá-lo. Estava se acostumando a estar com ele de novo e seu senso de humor voltava.

— Isso é verdade e ela viu acontecer.

— Ela certamente pareceu aprovar!

— Eu sei! Ela é tão romântica. — Zoe balançou a cabeça. — Simplesmente deixou que me carregassem como uma Sabina.

Ele fez uma pausa, como se estivesse se lembrando.

— Não sei se foi bem assim. De acordo com *Sete noivas para sete irmãos*, as Sabinas foram carregadas todas juntas.

— Bem, você sabe o que eu quis dizer.

Ele parou e a observou, semicerrando os olhos como se tentasse ler as letrinhas miúdas na cabeça dela.

— O que eu não consigo descobrir direito é se houve ou não algum tipo de boa vontade da sua parte quando eu a abduzi.

Zoe prendeu a respiração, esperando que ele não percebesse que, apesar de sua determinação, ela estava completa e perdidamente apaixonada por ele como sempre estivera — e ele podia levá-la, se fosse solteiro. Ela não podia deixá-lo saber disso. De alguma forma, ela devia impedi-lo de tocar nela. Mas havia um acanhamento nele que a fez ter esperanças. Ela nem tinha certeza do que esperava: que ele a deixasse em paz para sempre? Ou que, de alguma maneira, deixasse de ser casado — apaixonado — com sua namorada de infância?

— Não sei o que dizer. — Ela também não sabia o que pensar ou como se sentia e certamente não queria admitir nada.

— As coisas estão meio confusas — falou ele.

— É um eufemismo para dizer que você é casado — murmurou ela.

Eles chegaram ao banco e, apesar de que, de certa forma, Zoe gostaria de continuar andando, seus sapatos estavam ficando enlameados e era tarde demais para lhe dizer que ela não se importava com eles.

— Vamos nos sentar — disse ele, puxando-a de leve para o seu lado.

Os dois ficaram observando o rio. Era tão largo e raso que quase podia ser atravessado sem galochas. Andorinhas varriam a superfície atrás de moscas e alvéolas voejavam por ali, fazendo Zoe se lembrar de um poema que aprendera na infância. Do interior da floresta, um pássaro cantava. Zoe teria adorado estar ali se não estivesse tão confusa e ansiosa. Ele viera encontrá-la, mas por quê? Mesmo se dissesse que a amava, não ia resolver nada.

— Eu fui casado, mas estou prestes a ficar solteiro — declarou ele, quebrando o silêncio. — Meu divórcio sai no mês que vem.

Zoe deu um suspiro profundo em resposta. O casal que ela tinha visto na festa de encerramento não parecia prestes a se divorciar. Eles pareciam um casal que ainda se amava.

— Eu sabia que você ia achar difícil de acreditar — continuou ele. — Porque, como você jogou na minha cara antes de sair correndo, é o que todo homem casado que está traindo sua esposa diz: "Somos casados só no papel" ou "Ela não me entende". — Ele fez uma pausa. — Mas é verdade. Você saiu correndo sem me dar tempo para explicar.

Zoe sentiu uma centelha minúscula de esperança. Ele realmente estava falando sério? Parecia sincero mas sofisticado, porém não era isso o que os homens sexy sempre faziam quando estavam tentando pintar um retrato positivo de si mesmos e conseguir o que queriam? Ela se afastou um pouco dele. Era uma agonia se sentar tão perto.

— Zoe, qual é o problema? Você parece muito nervosa.

— Eu estou muito nervosa!

— Por quê? Você tem medo de mim? — Ele parecia preocupado.

— É claro que não! Não de você, exatamente...

— Do que, então? — Foi um sussurro. A preocupação e a ternura na voz dele quase a fizeram chorar.

Ela fechou os olhos e inclinou a cabeça para trás, tentando se concentrar no canto dos pássaros.

— Passei cada segundo de cada minuto de cada dia desde que nos vimos pela última vez tentando esquecer você.

— Mas eu não quero que você esqueça. Eu quero que a gente fique junto.

Zoe se virou para ele, frustrada.

— Mas você é *casado* e, apesar do que diz sobre o seu divórcio, parece se dar muito bem com a sua esposa!

— Nós nos damos bem. Ela é uma pessoa muito física... — Ele parou, percebendo que provavelmente estava piorando as coisas. — O que estou tentando dizer, de uma maneira muito desajeitada, eu sei, é que nós sempre tivemos um relacionamento muito tranquilo, mas não há absolutamente nada entre nós agora, não existe nada há séculos. Ela mora nos Estados Unidos há anos. O que eu posso dizer para você acreditar em mim?

— Por que ela veio ver você? — perguntou Zoe.

— Ela queria que eu fosse para os Estados Unidos para apresentar uma competição de culinária. Ela é produtora de TV lá. Você se lembra de quando eu fui para Nova York no meio da competição? Foi para conversar com ela e a equipe de lá sobre isso. Ela veio até aqui para ver...

Zoe interrompeu-o antes que ele pudesse terminar.

— Então por que você não foi?

Ele mordeu o lábio.

— Eu queria ver se havia um emprego para você também. Não havia. Levei algum tempo para descobrir isso. Tentei de verdade. Mas se você não pudesse, eu também não queria ir. Rosalind voltou para tentar me convencer a ir de qualquer jeito. Ela disse que eu estava desperdiçando uma grande oportunidade. Mas eu apenas não podia deixar você.

— Ah. — Zoe fechou os olhos, tentando conter as lágrimas que ameaçavam escapar e escorrer por suas bochechas.

— Você podia não querer ir, de qualquer modo, mas eu precisava saber.

Zoe ainda não ousava olhar para ele. Tudo o que ele estava dizendo lhe dava mais e mais esperanças, mas ela tinha que ter certeza.

— Por que vocês não se divorciaram antes? Quer dizer, quando perceberam que não eram felizes no casamento?

Gideon suspirou.

— Eu realmente preciso contar tudo para você. Éramos muito jovens, nos conhecemos na universidade, na verdade, fomos quase as primeiras pessoas que conhecemos quando chegamos lá. Mergulhamos de cabeça. Era companheirismo e luxúria, e na época pareceu amor.

— Não é isso que é amor?

Gideon olhou intensamente para ela.

— Acho que não. Amor é quando você não consegue pensar na vida sem aquela pessoa, quando você pensa nela de maneira obsessiva, quando você cortaria alegremente o braço fora, sem pensar muito a respeito, se fosse beneficiá-la de alguma maneira. — Ele fez um som, meio gargalhada, meio desespero. — Basicamente o que eu sinto por você. — Ele pegou a mão dela e beijou seu punho como se não soubesse que o estava fazendo. Ela não o afastou.

Em seu coração, Zoe reconhecia que cada palavra era verdade. É assim que é! É exatamente o que eu sinto por você!, ela queria dizer. Mas não podia se dar ao luxo de deixá-lo saber como se sentia até ter ouvido tudo. Ele ainda não havia explicado por que eles haviam ficado casados por tanto tempo.

— Mas por que vocês se casaram se não sentiam... não estavam realmente apaixonados?

Ele balançou a cabeça.

— Falamos sobre isso recentemente e chegamos à conclusão de que foi uma combinação de pressão familiar, o fato de que nos dávamos tão bem e de que éramos ambos tão ambiciosos. Ela recebeu uma oferta para um emprego incrível. Sabíamos ser impossível irmos juntos para os Estados Unidos sem sermos casados. Digamos que pareceu uma boa ideia na época. — Ele fez uma pausa. — E aí o tempo passou e seguimos caminhos diferentes. Mas continuamos amigos e meio que esquecemos de nos divorciar. Nunca teve importância antes. Na verdade, e estou sendo sincero aqui, apesar de não ficar bem para o meu lado, às vezes era útil poder dizer que eu era casado.

Zoe estremeceu ao pensar quantos corações haviam sido espatifados nas rochas da indiferença dele.

— Mas agora... — Gideon fez uma pausa.

— Mas agora o quê?

— Agora tem importância porque eu conheci você. Quando fui para os Estados Unidos, eu disse a Rosalind que queria dar entrada nos papéis do divórcio. E isso foi uma das outras coisas que ela veio me dizer: que nós dois em breve estaremos solteiros.

O coração de Zoe havia começado a cantar, mas aí teve um sobressalto novamente.

— Alguém que eu conheci... Sylvie, você provavelmente não se lembra dela... Sylvie disse que achava que você era realmente apaixonado por outra pessoa, alguém do seu passado.

— Eu me lembro da Sylvie. Não sou tão galinha assim. Mas ela estava errada sobre o negócio de amor perdido. Eu sempre procurei a pessoa certa. — Ele olhou para ela e Zoe percebeu de novo um pouco de acanhamento, algo atípico nele. — Isso faz de mim uma menininha adolescente?

Zoe sorriu, mordendo o lábio.

— Um pouco.

— Sinto muito. Não é bom para a minha imagem.

— A sua imagem é ótima.

— Bem, já é alguma coisa. Mas quero que todo o resto também seja ótimo, em particular, quero que você confie em mim novamente. — De repente, ele deu um sorriso largo. — E se você ainda gostar de mim... bem, podemos começar daí.

Zoe percebeu que também estava sorrindo timidamente, mas em segundos já havia um largo sorriso em seus lábios. Ela se jogou nos braços dele e logo depois estavam se abraçando e se beijando e rindo. E aí Gideon a agarrou com tanta força que ela não conseguia respirar.

— Senti tanto a sua falta! Eu a teria encontrado muito antes se não achasse que tinha que resolver tudo entre mim e Rosalind antes de procurar por você.

— Onde você teria procurado? — indagou ela, olhando para a camisa dele, que agora estava com alguns botões abertos.

— Eu já tinha tentado Somerby, a sua casa...

— Eu fiz todo mundo prometer que não lhe diria onde eu estava.

— E ninguém disse! A sua mãe foi uma fofa.

— Você jogou seu charme para cima dela? — questionou ela acusadoramente.

— Joguei, mas nem assim ela me contou. Eu a levei para almoçar e tudo. — Ele fez uma pausa, rindo de lado para ela. — Observei-a cuidadosamente. Se você ficar parecida com ela, é um bom investimento a longo prazo.

— Ah, eu sou? E você tem um pai que eu devo analisar?

— Claro que tenho! E ele perdeu muito pouco cabelo, então você se deu bem.

Ela se aninhou no peito dele e suspirou, feliz.

— No que você está pensando? — perguntou ele após alguns instantes.

— Estou imaginando se eu ainda amaria você se fosse careca — respondeu ela.

— Boba! É claro que amaria!

Eles levaram algum tempo para resolver essa questão, mas enquanto andavam de volta para o carro, de braços dados, ele disse:

— Ah, e também resolvi um outro assunto pendente.

— Ah, é? Qual?

— Cher e as fotografias.

Zoe sentiu uma palpitação de ansiedade. Aquelas malditas fotografias, ela esperava nunca mais ouvir sobre esse assunto.

— Acredito que não tenha sido fácil convencê-la a entregá-las. Penso nisso de vez em quando. — Ela não queria admitir, nem mesmo agora, que seu pensamento estivera tão tomado por ele que as tentativas de chantagem de Cher pareciam quase insignificantes.

— Na verdade, foi bem fácil. Eu a levei para tomar um drinque. Ela ficou muito feliz em aceitar o convite. E aí lhe falei que se ela fizesse qualquer coisa com as fotos, o programa não iria ao ar e a grande oportunidade dela seria perdida para sempre.

— Então ela deletou as fotos na hora?

— É. E do laptop também.

— Mas ela pode ter um backup?

— Acho que fui muito dissimulado. Eu descobri que ela não entende muito de tecnologia. Então é possível, mas improvável. E mesmo que tenha feito, acho que a ameaça de não estrelar um programa de culinária no horário nobre a manterá calada.

— Graças a Deus. Eu me arrependo de ter desistido da competição, mas na época pareceu que eu não tinha opção, pelo bem de nós dois.

— Sei que você estava pensando na minha carreira, isso foi uma das coisas que mais me deixou zangado. Porém, na verdade, o programa foi exibido para algumas pessoas importantes e você se saiu muito bem. Tenho certeza de que alguém irá financiar você se ainda quiser abrir uma delicatéssen.

— Quero. Eu me diverti tanto com Astrid. E, falando nela, eu preciso voltar.

Ele beijou o topo de sua cabeça.

— E eu vou voltar e trazer meu amigo para a inauguração. Ele edita uma revista de culinária muito chique e vai ser um bom contato para Astrid. E aí vou reservar o quarto de hotel mais luxuoso de Cotswolds para levar você depois da inauguração. E lá eu vou dizer e mostrar a você exatamente o quanto te amo...

— E me deixar contar as formas? — Ela riu.

— Você é chocante! Não pensa em nada além de sexo?

— Mas isso foi poesia! E às vezes eu penso em cozinhar.

— Fico feliz em ouvir isso. E fico feliz em atestar que você é muito boa nas duas coisas.

Este livro foi composto na tipologia Minion Pro
Regular, em corpo 11,5/15, e impresso em
papel off-white no Sistema Cameron da
Divisão Gráfica da Distribuidora Record.